中国文学名作鉴赏

范颖 方燕妹 亓丽 ◎ 主编

中山大学出版社
·广州·

版权所有　翻印必究

图书在版编目（CIP）数据

中国文学名作鉴赏/范颖，方燕妹，亓丽主编．—广州：中山大学出版社，2011.8
ISBN 978-7-306-03963-7

Ⅰ．中… Ⅱ．①范… ②方… ③亓… Ⅲ．中国文学—文学欣赏 Ⅳ．I206

中国版本图书馆 CIP 数据核字（2011）第 162815 号

出 版 人：祁　军
策划编辑：熊锡源
责任编辑：熊锡源
封面设计：林绵华
责任校对：杨文泉
责任技编：何雅涛
出版发行：中山大学出版社
电　　话：编辑部 020-84111996，84113349，84111997，84110779
　　　　　发行部 020-84111998，84111981，84111160
地　　址：广州市新港西路 135 号
邮　　编：510275　　　　传　真：020-84036565
网　　址：http://www.zsup.com.cn　E-mail：zdcbs@mail.sysu.edu.cn
印 刷 者：佛山市浩文彩色印刷有限公司
规　　格：787mm×960mm　1/16　14.75 印张　310 千字
版次印次：2011 年 8 月第 1 版　2017 年 8 月第 3 次印刷
印　　数：4001～5000 册
定　　价：29.00 元

如发现本书因印装质量影响阅读，请与出版社发行部联系调换

编写说明

2008年，我们编写了《中国文学简史》，对中国文学的发展历程做了简明扼要的介绍。在教学过程中，我们觉得有必要把文学史和文学作品的鉴赏结合起来，于是就有了编写本书的想法。

本书名为《中国文学名作鉴赏》，因此，它包含两方面的内容：一是中国文学中的"名篇"，一是对文学作品的"鉴赏"。

哪些作品可以算得上是"名篇"？这是个见仁见智的问题。本书对这个问题的考量，主要基于以下三个方面：首先，所收作品须具有一定的代表性；其次，所收作品要适合大学教材的层次；最后，当然，这些作品也多少代表了编者的某种倾向性。总体上，我们选择了内容积极向上、体裁风格多样、体现不同历史时期文学风貌的作品。

与一般"文学作品选读"类教材不同的是，本书强调对文学作品的"鉴赏"，以培养学生的文学鉴赏能力。最基本的，我们想引导学生回答下面两个问题：对于不同的文学作品应该如何着手进行欣赏？当我们说某个作品写得好的时候，它好在哪里？本书收录的20篇文学评论性质的文章，指导理论、写作风格、评论角度等都各不相同。它们可以作为学生自己从事创造性文学鉴赏活动的范本，其中的很多篇目本身就具有较高的文采，值得认真阅读。

本书的编写比较仓促，其中错漏及考虑不周之处在所难免，切望各位读者提出宝贵的批评意见。

编者

2011年7月

目 录

上编　诗词曲赋

1. 氓 ··· (3)
   《诗经·氓》赏析 ································· 扬之水 (4)
2. 湘夫人 ··· 屈　原 (6)
   解读《湘君》、《湘夫人》 ························· 刘国勇 (7)
3. 唐诗十首 ·· (10)
   送杜少府之任蜀州 ··································· 王　勃 (10)
   春江花月夜 ··· 张若虚 (10)
   竹里馆 ·· 王　维 (11)
   白雪歌送武判官归京 ································ 岑　参 (11)
   行路难 ·· 李　白 (12)
   羌村三首 ··· 杜　甫 (12)
   长恨歌 ·· 白居易 (14)
   金铜仙人辞汉歌（并序）·························· 李　贺 (19)
   诗的境界——情趣与意象 ························· 朱光潜 (20)
4. 宋词十首 ·· (25)
   菩萨蛮（小山重叠）································ 温庭筠 (25)
   蝶恋花（槛菊愁烟）································ 晏　殊 (25)
   踏莎行（候馆梅残）································ 欧阳修 (25)
   蝶恋花（伫倚危楼）································ 柳　永 (26)
   念奴娇·赤壁怀古 ····································· 苏　轼 (26)
   鹊桥仙（纤云弄巧）································ 秦　观 (27)
   永遇乐（落日熔金）································ 李清照 (27)
   苏幕遮（燎沉香）···································· 周邦彦 (27)
   青玉案·元夕 ·· 辛弃疾 (28)
   扬州慢（淮左名都）································ 姜　夔 (28)
   人间词话 ··· 王国维 (29)

1

5. 元曲二种 ··· (48)
  西厢记 ··· 汤显祖 (48)
  般涉调·哨遍——高祖还乡 ································· 睢景臣 (52)
  元曲独特的审美情致——蛤蜊风味 ······················· 黄 卉 (54)

6. 现代诗歌十首 ·· (59)
  雪花的快乐 ··· 徐志摩 (59)
  弃妇 ··· 李金发 (60)
  我爱这土地 ··· 艾 青 (61)
  蛇 ·· 冯 至 (61)
  我们准备着 ··· 冯 至 (62)
  我是一个任性的孩子 ·· 顾 城 (62)
  回答 ··· 北 岛 (65)
  会唱歌的鸢尾花 ·· 舒 婷 (66)
  面朝大海 春暖花开 ··· 海 子 (72)
  尘埃 ··· 白 萩 (73)
  朦胧诗的美学追求 ··· 范满兮 (73)

中编 散文

7. 道德经 ··· (81)
  从"天道自然"到"人道无为"——论老子《道德经》的民本思想
  ·· 张红云 (83)

8. 大学 ··· (86)
  《大学》:为学与为道 ·· 孙以楷 (88)

9. 项羽本纪(节选) ··· 司马迁 (91)
  现当代名人评《史记》 ······································· (101)

10. 秋声赋 ··· 欧阳修 (103)
  状秋声萧飒而砰湃 抒秋情深沉而豁达
  ——读欧阳修的《秋声赋》 ····························· 吴功正 (103)

11. 西湖七月半 ·· 张 岱 (107)
  "锐利的巧思"——读晚明小品随感 ···················· 王 恺 (108)

12. 现代散文四篇 ··· (112)
  故乡的野菜 ·· 周作人 (112)
  暂时脱离尘世 ··· 丰子恺 (113)
  脸谱 ··· 梁实秋 (114)
  听听那冷雨 ·· 余光中 (115)
  论梁实秋散文的幽默风格 ································· 高丽花 (119)

下编 小说、话剧与电影

13. 宝玉挨打 ··· 曹雪芹 (127)
   薛宝钗论 ··· 王昆仑 (131)
14. 智取生辰纲 ·· 施耐庵 (141)
   金圣叹批《智取生辰纲》 ································ 金圣叹 (148)
15. 伤逝 ·· 鲁 迅 (150)
   从《伤逝》看"五四"女性启蒙神话的瓦解 ········· 刘湘香 (160)
16. 萧萧 ·· 沈从文 (165)
   乡言村语中的"湘西世界"——沈从文小说《萧萧》新论 ···· 孙叶林 (173)
17. 烦恼人生 ··· 池 莉 (181)
   烦恼人生中的片刻轻松——论池莉小说的生存哲学
   ·· 谷瑞丽 牛光夏 (210)
18. 蚊刑 ·· 孙方友 (216)
   妙在小大之间——微型小说艺术探微 ················ 胡凌芝 (217)
19. 日出（存目） ·· 曹 禺 (221)
   从新排《日出》看曹禺剧作的恒久魅力 ············· 何西来 (221)
20. 电影《活着》（存目） ································· 张艺谋 (224)
   论张艺谋电影的视觉表现性 ··························· 范 颖 (224)

上编　诗词曲赋

1. 氓

氓之蚩蚩，抱布贸丝[1]。匪来贸丝，来即我谋[2]。送子涉淇，至于顿丘[3]。匪我愆期，子无良媒[4]。将子无怒，秋以为期[5]。

[注][1]氓（méng）：民，指普通的男子。蚩蚩（chī）：笑的样子。布，麻布或葛布。也有解释为货币之布的，似不足信。此处当为物物交易。贸：交易。 [2]匪：同"非"。即：就，接近。谋：商量。 [3]子：你，指氓。淇：淇水，卫国河名，在今河南北部。顿丘：地名。 [4]愆（qiān）期：拖延婚期。愆：错过。 [5]将（qiāng）：请。

乘彼垝垣，以望复关[1]。不见复关，泣涕涟涟。既见复关，载笑载言。尔卜尔筮，体无咎言[2]。以尔车来，以我贿迁[3]。

[注][1]乘：登上。垝垣（guǐyuán）：坍塌的土墙。复关：不详，一说地名，氓所居住的地方，一说指返回的车子。 [2]尔：你，女子回忆当初时事。卜：用龟甲占卜。筮（shì）：用蓍草占卜。体：卦象，指龟卜所得的灼裂纹样和根据蓍卜结果所得的卦形。古人占卜常龟、筮并用，越是慎重越是如此。咎言：不吉利的话。 [3]车：指迎娶的车。贿：财物，此指嫁妆。

桑之未落，其叶沃若[1]。于嗟鸠兮，无食桑葚[2]。于嗟女兮，无与士耽[3]。士之耽兮，犹可说也[4]。女之耽兮，不可说也。

[注][1]沃若：润泽的样子。用桑树的润泽丰茂比喻年轻的女性。 [2]于嗟：于，同"吁"，于嗟，感叹声。桑葚（shèn）：桑树结的果实。古人认为，斑鸠吃多了桑葚会迷醉。 [3]士：指年轻男子。耽（dān）：沉溺。 [4]说：同"脱"，脱身。

桑之落矣，其黄而陨[1]。自我徂尔，三岁食贫[2]。淇水汤汤，渐车帷裳[3]。女也不爽，士贰其行[4]。士也罔极，二三其德[5]。

[注][1]陨：落。 [2]徂（cú）：往，到，此指出嫁。三岁食贫：多年过着穷日子。 [3]汤汤（shāng）：水势盛大的样子。渐：浸湿。帷裳：车厢两旁的帷幔。这两句是回忆被弃后经过淇水回娘家的情形。 [4]也：语助词，凑足音节。爽：差错，过失。士贰其行：行读（háng），指行为。贰，即"二"，不一。士贰其行，男子的行为前后不一致。 [5]极：没有准则。罔，无。极，准则。二三其德：指男子三心二意，用情不专。

三岁为妇,靡室劳矣[1]。夙兴夜寐,靡有朝矣[2]。言既遂矣,至于暴矣[3]。兄弟不知,咥其笑矣[4]。静言思之,躬自悼矣[5]。

[注][1]靡室劳矣:不以操持家务为苦,任劳任怨之意。靡,无。 [2]夙兴夜寐:早起晚睡。夙,早。兴,起。靡有朝矣:没有一天不如此。朝,日。 [3]言:句首语助词。遂:安也,犹如《邶风·谷风》里说的"既生既育"的情形,就是日子安定了。暴:暴虐。 [4]兄弟不知:娘家兄弟不了解内情。咥(xì):大笑的样子。 [5]静言思之:安静后细细思量。躬自悼矣:自我伤悼。躬,自身。悼,哀伤。

及尔偕老,老使我怨[1]。淇则有岸,隰则有泮[2]。总角之宴,言笑晏晏[3]。信誓旦旦,不思其反[4]。反是不思,亦已焉哉[5]!

[注][1]及尔:与你。偕老:一同到老。老使我怨:"及尔偕老"的话只让我怨恨罢了。 [2]隰(xí):低湿之地。泮:同"畔",边。 [3]总角:总,扎在一起。总角,牛角辫儿,古时儿童的一种常见发式。宴:安乐,快乐。晏晏:和悦的样子。 [4]信誓:诚实的誓言。旦旦:诚恳的样子。反:违反。不思其反:不曾想这些誓言被违反。 [5]反是不思:就是"不思其反"倒着说,为了跟下文押韵。亦已焉哉:也就算了罢。已,止。焉、哉,双重感叹加强语气。

[思考题]
1. 分析《氓》中女主人公的形象。
2. 分析《氓》中比兴手法的运用。

《诗经·氓》赏析

扬之水

《氓》与《邶风·谷风》,都可以算作"弃妇词",但这两位弃妇的"品格"大有不同。《谷风》之女,乃所谓"品格贞一"者,故历来博得经学家的同情。《氓》之女,则所谓"被诱失身"也,因此虽遭弃的身世与《谷风》同,而同情的一票却颇难得。如今自然不必再存迂腐之见。两诗都是写情、写怨,这情与怨乃各依附了自己的故事,或曰"境遇",且凭借了这境遇而沉潜浮荡,于是它可以从那么邈远的地方,递送过来触手可温的情思。就诗的艺术而言,不好断然说它曾经是怎样地谋篇布局,但并不很长的篇幅里,讲一个曲曲折折的故事,而每一个情节都站在一个极妥帖的位置,论"三百篇"之"赋",《氓》总可以归入上乘。

氓,毛传曰"民"。蚩蚩,毛曰"敦厚之貌",据韩诗义,则"蚩蚩"者,乃笑之痴也。毛、韩虽义异却不妨互相发明。"抱布贸丝",而"匪来贸丝,来即我谋"，范处义曰："从我贸丝，其意非为丝也，即欲谋我为室家耳。是时必有谋昏之言，诗之所不及，不然安得已有从之之意，遂送其去涉淇水之外，至于一成之顿丘。是时必有迫促之言，亦诗之所不及，不然安得遽有'无良媒'、'无我怒'、'秋以为期'之约。"邓翔曰："'送子'二句，将落矣，'匪我'句忽又颺开，笔乃不直；藏过负约一段情事，此为省笔。'涉淇'而忽变卦，恐氓生怒，故又慰之、约之。"可知这里多用了省略之笔，而又省略得恰好，正是以说出来的，照应那未说出来的。刘义庆《幽明录》中有故事曰《买粉儿》，略云："有人家甚富，止有一男，宠恣过常。游市，见一女子美丽，卖胡粉，爱之，无由自达，乃托买粉日往市，得粉便去。初无所言，积渐久，女深疑之。明日复来，问曰：'君买此粉，将欲何施？'答曰：'意相爱乐，不敢自达，然恒欲相见，故假此以观姿耳。'女怅然有感，遂相许以私。"后来《聊斋志异》的《阿绣》，开头也有相似的情节，乃买扇也。"匪来贸丝，来即我谋"，此中自然藏了故事，虽然没有细节，但八个字已尽曲折，还有起伏在时间中的喜嗔怨怒。

"乘彼垝垣"之乘，特有神。王先谦引《说文》"乘，覆也"，曰"凡物相覆谓之乘。《易·屯卦》郑注'马牝牡曰乘'，是也。人在垣上，若覆之者，故亦曰乘"。其实"乘彼垝垣"，意思很清楚，而形象却模糊，但是此处偏偏需要这样的效果。王解乘为覆，并没有使形象变得清晰，却由这一注，而见得由"乘"字牵出的许多情味来。亦正如下面的"泣涕涟涟"，王应麟《诗考》引王逸注《楚辞》引诗作"波涕涟涟"，张慎仪曰此"波"乃讹字也，丁晏则以为是诗云涕下如流泉波涕。推敲起来，"波"字实可存，丁解亦好，好像因此而带出一点儿俏皮，而此节叙事本来是带着俏皮的，这也正是见出性情的地方。

"桑之未落，其叶沃若"，"桑之落矣，其黄而陨"，多解作女用来比喻自己色衰爱弛，但欧阳修说："'桑之沃若'，喻男情意盛时可爱；至'黄而陨'，又喻男意易得衰落尔。"此解似较诸说为胜，如此，沃若、黄陨之喻，乃是扣合"士也罔极，二三其德"来说，而这也正是一个伤心故事的开端和终结。郑笺"用心专者怨必深"，最是觑得伤心处，而"女之耽兮，不可说也"，正好可以用着"爱情于女是生命之全书"的意思，倒不是特意引来西人为我说法，只是于此格外感慨古今中外人情之相通。

（原载《诗经别裁》，南昌：江西教育出版社2000年7月版）

2. 湘夫人

屈 原

帝子[1]降兮北渚，目眇眇[2]兮愁予。
嫋嫋[3]兮秋风，洞庭波[4]兮木叶下。

[注] [1] 帝子：指湘夫人。舜妃为帝尧之女，故称帝子。 [2] 眇眇(miǎo)：望而不见的样子。愁予：使我忧愁。 [3] 嫋嫋(niǎo)：吹拂的样子。 [4] 波：生波。

白薠兮骋望[1]，与佳期兮夕张[2]。
鸟何萃[3]兮蘋中？罾[4]何为兮木上？

[注] [1] 薠(fán)：草名，生湖泽间。骋望：纵目而望。 [2] 佳：佳人，指湘夫人。期：约会。 [3] 萃：集。 [4] 罾(zēng)：鱼网。罾原当在水中，反说在木上，比喻所愿不得，失其应处之所。

沅有茝兮醴有兰[1]，思公子兮未敢言[2]。
荒忽[3]兮远望，观流水兮潺湲[4]。

[注] [1] 沅：即沅水，在今湖南省。醴：同"澧"(lǐ)，即澧水，在今湖南省，流入洞庭湖。茝(chǎi)：白芷，一种香草。 [2] 公子：指湘夫人。古代贵族称公族，贵族子女不分性别，都可称"公子"。 [3] 荒忽：即恍惚，不分明的样子。 [4] 潺湲(chán yuán)：水流的样子。

麋[1]何食兮庭中？蛟何为兮水裔[2]？
朝驰余马兮江皋[3]，夕济兮西澨[4]。
闻佳人兮召予，将腾驾兮偕逝[5]。

[注] [1] 麋：兽名，似鹿。 [2] 水裔：水边。蛟本当在深渊，在水边喻所处失常。 [3] 江皋：江岸。 [4] 澨(shì)：水边。 [5] 腾驾：驾着马车奔腾飞驰。偕逝：同往。

筑室兮水中，葺之兮荷盖[1]。
荪壁兮紫坛[2]，播芳椒[3]兮成堂。
桂栋兮兰橑[4]，辛夷楣兮药房[5]。

罔薜荔兮为帷[6]，擗蕙櫋兮既张[7]。
白玉兮为镇[8]，疏石兰兮为芳[9]。
芷葺兮荷屋，缭之兮杜衡[10]。
合百草兮实庭[11]，建芳馨兮庑门[12]。
九嶷缤兮并迎[13]，灵之来兮如云[14]。

[注] [1]葺（qì）：覆盖。盖：指屋顶。 [2]荪壁：用荪草饰壁。荪（sūn）：一种香草。紫：紫贝。坛：中庭。 [3]椒：一种香木。 [4]栋：屋栋，屋脊柱。橑（lǎo）：屋椽。 [5]辛夷：木名，初春开花。楣：门上横梁。药：白芷。 [6]罔：通"网"，作"结"解。薜荔：一种香草，缘木而生。帷：帷帐。 [7]擗：析开。蕙：一种香草。櫋（mián）：际木。 [8]镇：镇压坐席之物。 [9]疏：分疏，分陈。石兰：一种香草。 [10]缭：束缚。杜衡：一种香草。 [11]合：会聚。百草：指众芳草。实：充实。 [12]馨：能够远闻的香。庑（wǔ）：廊 [13]九嶷（yí）：山名，传说中舜的葬地，在湘水南。这里指九嶷山神。缤：盛多的样子。 [14]灵：神。如云：形容众多。

捐余袂兮江中[1]，遗余褋兮醴浦[2]。
搴汀洲兮杜若[3]，将以遗兮远者[4]。
时不可兮骤得[5]，聊逍遥兮容与[6]！

[注] [1]袂（mèi）：衣袖。 [2]褋（dié）：外衣。 [3]汀：水中或水边的平地。杜若：一种香草。 [4]远者：指湘夫人。 [5]骤得：数得，屡得。 [6]逍遥：游玩。容与：悠闲的样子。

[思考题]
1.《湘夫人》为什么被后人称为"千古言秋之祖"？
2.以《湘夫人》为例分析屈原作品的特点。

解读《湘君》、《湘夫人》

刘国勇

神话产生于生产力极为低下的人类童年时代。面对复杂多变的自然现象，比如风雨雷电、日月星辰等，原始人都无法做出科学的解释，自然界的威力使他们恐惧不已。于是盲目崇拜，凭借狭隘的生活体验，创造出人格化的神的形象。

《国语·鲁语》记仲尼之语曰："山川之灵，足以纲纪天下者，其守为神。"许慎《说文解字》解"神"为"天神，引出万物者也"。这可看出原始人类对"神"的理解，并由此造出后世的神话故事。其中自然神话在中国神话中占有很大比重，

出现了一大批令人惊叹的自然神象,如"雷神"、"河伯"等。

《九歌》塑造了大量的神话人物形象,如"东皇太一"、"山鬼"、"湘君"、"湘夫人"等。可以说,《九歌》就是由一个个神话人物形象演绎出来的许多精彩故事。现特以《湘君》和《湘夫人》(以下简称二《湘》)为例,加以解读,以窥堂奥。

《湘君》和《湘夫人》中描写了这样一个恋爱故事:湘夫人约湘君在洞庭边相会。但由于时间差或其他什么原因,二人未能相见,故双方产生了埋怨乃至猜忌之情。湘君风驰电掣般赶到约会地点之后却不见湘夫人,于是唱道:"心不同兮媒劳,恩不甚兮轻绝!石濑兮浅浅,飞龙兮翩翩。交不忠兮怨长,期不信兮告余以不闲。"这儿流露的,正是湘君复杂的内心世界:他蒙受着爱的煎熬,所以要埋怨湘夫人;但他又执著地追求着这爱,故对二人相爱的前景并不绝望。章末——"捐余玦兮江中,遗余佩兮醴浦,采芳洲兮杜若,将以遗兮下女"——捐玦遗佩赠杜若,表达的更是永不相弃、长相恩爱的感情。《湘夫人》一章命意尽同。

文中"湘君"、"湘夫人"(以下简称二湘)两个形象身上既闪烁着神的灵光,又具有人的性格特征;既神奇高远,又平凡亲切。虽已人格化,但仍具有神秘灵异的气息。

首先,衣着佩饰华美,风姿仪容,缥渺绰约:"美要眇兮宜修。"

其次,居所高雅馨香:"筑室兮水中,葺之兮荷盖。荪壁兮紫坛,播芳椒兮成堂。桂栋兮兰橑,辛夷楣兮药房。……合百草兮实庭,建芳馨兮庑门。"

所用器物也与众不同:"罔薜荔兮为帷,擗蕙櫋兮既张。白玉兮为镇,疏石兰兮为芳。"这些描写,很符合神灵的身份。

这一切虽写的是神神相爱的故事,但文中二湘两个形象身上却带有深深的人的烙印,他们一样地有喜怒哀乐,具有人的感情。当湘君去幽会时,心情之急切,跃然纸上;行动之迅捷,叹为观止:"驾飞龙兮北征,邅吾道兮洞庭。"人还未到,早已发出爱的讯息:"横大江兮扬灵。"当求之不得,热切相思时,他们也会"横流涕兮潺湲,隐思君兮陫侧","思公子兮未敢言"。同样具有儿女情态!这难道不是人们现实生活的写照吗?

闻一多先生认为:"古代东方民族所谓山川之神,乃是从前死去了的管领那山川的人,而并非山川本身。"此论若成立,那么湘君和湘夫人身前就应该是掌管湘水的楚国人!是人,就应该有七情六欲,和凡人有共同之处。说不定他们前世还是一对情人呢!古希腊人:"爱神是人类最幸福的来源。"追求与向往爱情,即是追求和向往幸福。

可以说二湘表面上是超现实的神,而实质是现实中的人,他们对爱情的追求就是楚人追求美好爱情生活的生动表现。

刘城淮在《中国上古神话通论》中认为:"在恋爱神话中,与婚姻神话等一

样,每每可以看到,主人公以自然神的面目出现。但他们在实质上,完全是人神。因此,我们不要视他们为自然神,也不要把关于他们的神话看做自然性神话。"

"从《湘夫人》中,我们可以看到主人公与情人幽会时,除了与其身份相符外——湘夫人是湘水之神,故选择洞庭水边和情人幽会——还受到野婚影响。野婚,即男女彼此看中后,到山林中去过夫妻生活。它是外婚制的初级形态,后来衰微了,但其影响却未消失。"(同上)

人类爱情史走过三大步:最早是性爱,以男女互悦为主;继之是情爱,男女只爱自己所喜欢的女男;后来是理爱,按一定理念爱上对方。

在二《湘》中,湘君去湘夫人那里,既显示了男子对女子的追求,又透露了走访婚的风习:在走访婚制下,男方晚上到女方家里去过夜,白天回到自己家里,这些都是表现婚姻的具体情境的。作品中的湘夫人"帝子降兮北渚,目眇眇兮愁予……与佳期兮夕张",就证实了这一点,相约黄昏后!

至此,我们也对二位湘水之神如此相爱,却又不长相厮守的现象便恍然大悟了:原来楚国先民们在某些地方还保存有野婚制度,二神所演绎的难道不正是野婚现象吗?湘夫人为了和湘君共度良宵,早早地就在洞庭边准备"爱巢"——"筑室兮水中",至于建筑爱巢时所体现的精致和美妙,更是爱意的体现。诚如李大明《九歌论笺》所说:"这些描写绝非侈靡的等闲之笔,而是屈原(也是楚人)感情的象征。在《离骚》和《九章》等诗中,屈原也喜爱香草美物的。诚如西汉人刘安《离骚传》所述:'其志洁,故其称物芳。'那么在二《湘》中,香草美人也同样成了楚人德性与情怀的美好象征。"如其所说,"香草美人"中可见楚人的性格情怀,用句俗话说,即是爱美,志洁高雅!难道爱情不是美丽的,不是高雅的艺术吗?更何况是与自己喜爱的对象在一起,而无媒妁之扰呢?二湘均具有此共同特性,矢志不渝!

《湘君》、《湘夫人》植根于楚国土地,它不但是楚人礼神祈福的最好的祭歌,更是楚人对美好爱情生活的向往和民族风俗(野婚)的集中体现。

3. 唐诗十首

送杜少府之任蜀州[1]
王 勃

城阙辅三秦[2]，风烟望五津[3]。
与君离别意，同是宦游[4]人。
海内存知己，天涯若比邻。
无为在歧路[5]，儿女共沾巾[6]。

[注] [1] 少府：官名。之：到，往。蜀州：现在四川崇州。也作蜀川。 [2] 城阙（què）：皇宫门前的望楼，这里指唐朝都城长安。辅：以……为辅，这里是拱卫的意思。三秦：泛指秦岭以北、函谷关以西的广大地区。本指长安周围的关中地区，秦亡后，项羽三分秦故地关中为雍、塞、翟三国，以封秦朝三个降将，因此关中又称"三秦"。 [3] 风烟望五津："风烟"用作状语，表示"在风烟中"。五津：指岷江的五个渡口白华津、万里津、江首津、涉头津、江南津。这里泛指蜀川。 [4] 宦（huàn）游：出外做官。 [5] 无为：不要。歧路：岔路。古人送行常在大路分岔处告别。 [6] 沾巾：泪水沾湿衣服，即挥泪告别。

春江花月夜
张若虚

春江潮水连海平，海上明月共潮生。
滟滟[1]随波千万里，何处春江无月明！
江流宛转绕芳甸[2]，月照花林皆似霰[3]。
空里流霜不觉飞[4]，汀[5]上白沙看不见。
江天一色无纤尘[6]，皎皎空中孤月轮[7]。
江畔何人初见月？江月何年初照人？
人生代代无穷已，江月年年望相似。
不知江月待何人，但见长江送流水。
白云一片去悠悠，青枫浦上[8]不胜愁。
谁家今夜扁舟子？何处相思明月楼[9]？

可怜楼上月徘徊，应照离人[10]妆镜台。
玉户[11]帘中卷不去，捣衣砧[12]上拂还来。
此时相望不相闻，愿逐[13]月华流照君。
鸿雁长飞光不度，鱼龙潜跃水成文[14]。
昨夜闲潭[15]梦落花，可怜春半不还家。
江水流春去欲尽，江潭落月复西斜。
斜月沈沈藏海雾，碣石潇湘无限路[16]。
不知乘月几人归？落花摇情[17]满江树。

[注][1] 滟（yàn）滟：波光闪动的光彩。　　[2] 芳甸（diàn）：遍生花草的原野。　　[3] 霰（xiàn）：天空中降落的白色不透明的小冰粒。　　[4] 流霜：飞霜，古人以为霜和雪一样，是从空中落下来的，所以叫流霜。这里比喻月光皎洁，月色朦胧、流荡，所以不觉得有霜霰飞扬。　　[5] 汀（tīng）：水边平地。　　[6] 纤尘：微细的灰尘。　　[7] 月轮：指月亮，因月圆时像车轮，故称月轮。　　[8] 青枫浦上：青枫浦，地名，泛指游子所在的地方。浦上：水边。　　[9] 明月楼：月夜下的闺楼，指闺中思妇。　　[10] 离人：此处指思妇。　　[11] 玉户：形容楼阁华丽，以玉石镶嵌。　　[12] 捣衣砧（zhēn）：捣衣石、捶布石。　　[13] 逐：跟从、跟随。　　[14] 文：同"纹"。　　[15] 闲潭：安静的水潭。　　[16] 无限路：言离人相去很远。　　[17] 摇情：激荡情思，犹言牵情。

竹 里 馆[1]

王 维

独坐幽篁[2]里，弹琴复长啸[3]。深林[4]人不知，明月来相照[5]。

[注][1] 竹里馆，辋川别墅的胜景之一，房屋周围有竹林，故名。　　[2] 幽篁（huáng）：幽是深的意思，篁是竹林。幽深的竹林。　　[3] 啸（xiào）：长声呼啸。魏晋名士称吹口哨为啸。　　[4] 深林：指"幽篁"。　　[5] 相照：与"独坐"对应。

白雪歌送武判官归京

岑 参

北风卷地白草折[1]，胡天八月即飞雪。
忽如一夜春风来，千树万树梨花开。
散入珠帘湿罗幕，狐裘不暖锦衾薄。

将军角弓不得控[2],都护铁衣冷难着。
瀚海阑干[3]百丈冰,愁云惨淡万里凝。
中军[4]置酒饮归客,胡琴琵琶与羌笛。
纷纷暮雪下辕门,风掣红旗冻不翻[5]。
轮台[6]东门送君去,去时雪满天山路。
山回路转不见君,雪上空留马行处。

[注][1]白草:西北所产之草,干枯后成白色,牛马所嗜。折(shé),折断。
[2]角弓:硬弓,以兽角为饰。控:拉开。 [3]瀚海:指沙漠。阑干:纵横貌。
[4]中军:主帅亲自率领的部队,此处借指主帅所居的营帐。 [5]掣(chè):
牵曳。冻不翻:冻住了,不能翻动。 [6]轮台:地名,驻军地。

行 路 难
李 白

金樽清酒斗十千,玉盘珍羞[1]直万钱。
停杯投箸不能食[2],拔剑击柱心茫然。
欲渡黄河冰塞川,将登太行雪满山。
闲来垂钓碧溪上,忽复乘舟梦日边。
行路难,行路难!多歧路[3],今安在?
长风破浪会有时[4],直挂云帆济沧海[5]。

[注][1]珍羞:珍贵的菜肴。"羞"同"馐"。"直",同"值"。
[2]箸:筷子。 [3]歧路:岔路。 [4]会:当。 [5]云帆,指航行在大海里的船只。

羌村三首
杜 甫

其一
峥嵘赤云西,日脚下平地[1]。
柴门鸟雀噪,归客千里至[2]。
妻孥怪我在,惊定还拭泪[3]。
世乱遭飘荡,生还偶然遂[4]。
邻人满墙头,感叹亦歔欷[5]。
夜阑更秉烛,相对如梦寐[6]。

[注][1] 峥嵘：山高峻貌，这里形容云峰。赤云西，即赤云之西，因为太阳在云的西边。古人不知地转，以为太阳在走，故有"日脚"的说法。这两句是未到时的远望。　　[2] 因有人来，故宿鸟惊喧。杜甫是走回来的，所谓"白头拾遗徒步归"，他曾向一个官员借马，没借到。"千里至"三字，辛酸中包含着喜悦。[3] 妻孥（nú）：妻子和儿女。杜甫的妻这时以前虽已接到杜甫的信，明知未死，但对于他的突然出现，仍不免惊疑，只是发愣，所以说"怪我在"。下句说，惊魂既定，心情复常，方信是真，一时悲喜交集，不觉流下泪来。这两句写得极深刻、生动，是一个绝妙的镜头。　　[4] 遂：如愿以偿。这两句是上两句的说明，下四句的引子。"偶然"二字含有极丰富的内容和无限的感慨。杜甫陷叛军数月，可以死；脱离叛军亡归，可以死；疏救房琯，触怒肃宗，可以死；即如此次回鄜，一路之上，风霜疾病、盗贼虎豹，也无不可以死。现在竟得生还，岂不是太偶然了吗？妻子之怪，又何足怪呢。　　[5] 歔欷（xū xī）：悲泣之声。在这些感叹悲泣声中，读者仿佛可以听到父老们（邻人）对于这位民族诗人的赞叹。　　[6] 夜阑，深夜。"更"读去声，夜深当去睡，今反高烧蜡烛，所以说"更"。这是因为万死一生，久别初逢，过于兴奋，不忍去睡，也不能入睡。因事太偶然，故虽在灯前，面面相对，仍疑心是在梦中。

其二

晚岁迫偷生，还家少欢趣[1]。
娇儿不离膝，畏我复却去[2]。
忆昔好追凉[3]，故绕池边树。
萧萧北风劲，抚事煎百虑[4]。
赖知禾黍收，已觉糟床注[5]。
如今足斟酌，且用慰迟暮[6]。

[注][1] 晚岁，即老年。迫偷生，指这次奉诏回家。杜甫心在国家，故直以诏许回家为偷生苟活。少欢趣，正因为杜甫认为当此万方多难的时候却待在家里是一种可耻的偷生，所以感到"少欢趣"。"少"字有分寸，不是没有。　　[2] 这句当在"畏"字读断，是上一下四的句法。这里的"却"字，作"即"字讲。却去犹即去或便去。是说孩子们怕爸爸回家不几天就又要走了，因为他们已发觉爸爸的"少欢趣"。金圣叹云："娇儿心孔千灵，眼光百利，早见此归，不是本意，于是绕膝慰留，畏爷复去。"　　[3] 忆昔，指上一年六七月间。追凉，追逐凉爽的地方，即指下句。[4] 杜甫回来在闰八月，西北早寒，故有此景象。萧萧，兼写落叶。"抚"是抚念。抚念家事则满目凄凉，抚念国事则胡骑猖獗，因而忧心如焚。　　[5] "赖"字有"全亏它"的意思，要是再没酒，简直就得愁死。糟床，即酒醡。注，流也，指酒。[6] 这两句预计的话，因为酒还没酿出。"足斟酌"是说有够喝的酒。"且用慰迟暮"，姑且用它（酒）来麻醉一下自己吧。

其三

群鸡正乱叫，客至鸡斗争。
驱鸡上树木，始闻叩柴荆[1]。
父老四五人，问我久远行[2]。
手中各有携，倾榼[3]浊复清。
苦辞"酒味薄[4]，黍地无人耕。
兵革[5]既未息，儿童尽东征"。
请为父老歌[6]，艰难愧深情[7]。
歌罢仰天叹，四座泪纵横[8]。

[注] [1] 柴荆，犹柴门，也有用荆柴、荆扉的。最初的叩门声为鸡声所掩，这时才听见，所以说"始闻"。按养鸡之法，今古不同，南北亦异。《诗经》说"鸡栖于埘"，汉乐府却说"鸡鸣高树颠"，又似栖于树。石声汉《齐民要术今释》谓"黄河流域养鸡，到唐代还一直有让它们栖息在树上的，所以杜甫诗中还有'驱鸡上树木'的句子"。按杜甫《湖城东遇孟云卿复归刘颢宅宿宴饮散因为醉歌》末云"庭树鸡鸣泪如线"。湖城在潼关附近，属黄河流域，诗作于将晓时，而云"庭树鸡鸣"，尤足为证。驱鸡上树，等于赶鸡回窝，自然就安静下来。 [2] "问"是问遗，即带着礼物去慰问人，以物遥赠也叫做"问"。父老们带着酒来看杜甫，所以说"问我"。 [3] 榼(kē)，酒器。浊清，指酒的颜色。 [4] "苦辞酒味薄"是说苦苦的以酒味劣薄为辞。苦辞，就是再三地说，觉得很抱歉似的，写出父老们的淳厚。下面并说出酒味薄的缘故。苦辞、苦忆、苦爱等也都是唐人习惯语。刘叉《答孟东野》诗："酸寒孟夫子，苦爱老叉诗。"都不含痛苦或伤心的意思。 [5] 兵革，一作"兵戈"，指战争。 [6] 请为父老歌，一来表示感谢，二来宽解父老。但因为是强为欢笑，所以"歌"也就变成了"哭"。 [7] 这句就是歌词。"艰难"二字紧对父老所说的苦况。来处不易，故曰艰难。惟其出于艰难，故见得情深，不独令人感，而且令人愧。从这里可以看到人民的品质对诗人的感化力量。 [8] 杜甫是一个"自比稷与契"、"穷年忧黎元"的诗人，这时又正做左拾遗，面对着这灾难深重的"黎元"，而且自己还喝着他们的酒，哪得不叹？哪得不仰天而叹以至泪流满面呢？

长 恨 歌[1]

白居易

汉皇重色思倾国[2]，御宇多年求不得[3]。
杨家有女初长成，养在深闺人未识。
天生丽质难自弃，一朝选在君王侧[4]。
回眸一笑百媚生，六宫粉黛无颜色[5]。
春寒赐浴华清池[6]，温泉水滑洗凝脂[7]。

侍儿扶起娇无力[8]，始是新承恩泽时[9]。

[注][1]唐宪宗元和元年（806），白居易任周至（今属陕西）县尉。一日，与友人陈鸿、王质夫到马嵬驿附近的仙游寺游览，谈及李隆基与杨贵妃事。王质夫认为，像这样突出的事情，如无大手笔加工润色，就会随着时间的推移而消没。他鼓励白居易："乐天深于诗，多于情者也，试为歌之，何如？"于是，白居易写下了这首长诗。陈鸿同时写了一篇传奇小说《长恨歌传》。　　[2]汉皇：原指汉武帝。此处借指唐玄宗李隆基。唐人文学创作常以汉称唐。重色：爱好女色。倾国：绝色女子。汉代李延年对汉武帝唱了一首歌："北方有佳人，遗世而独立。一顾倾人城，再顾倾人国。宁不知倾国与倾城，佳人难再得。"后来，"倾国倾城"就成为美女的代称。[3]御宇：驾御宇内，即统治天下。汉贾谊《过秦论》："振长策而御宇内。"[4]杨家四句：蜀州司户杨玄琰，有女杨玉环，自幼由叔父杨玄珪抚养，17岁［开元二十三年（735）］被册封为玄宗之子寿王李瑁之妃。后被唐玄宗看中，22岁时，玄宗命其出宫为道士，道号太真。27岁被玄宗册封为贵妃。白居易此谓"养在深闺人未识"，是作者有意为帝王避讳的说法。丽质：美丽的姿质。　　[5]六宫粉黛：指宫中所有嫔妃。古代皇帝设六宫，正寝（日常处理政务之地）一，燕寝（休息之地）五，合称六宫。粉黛：粉黛本为女性化妆用品，粉以抹脸，黛以描眉。此代指六宫中的女性。无颜色：意谓相形之下都失去了美好的姿容。　　[6]华清池：即华清池温泉，在今陕西省临潼县南的骊山下。唐贞观十八年（644）建汤泉宫，咸亨二年（671）改名温泉宫，天宝六年（747）扩建后改名华清宫。唐玄宗每年冬、春季都到此居住。　　[7]凝脂：形容皮肤白嫩滋润，犹如凝固的脂肪。　　[8]侍儿：宫女。　　[9]新承恩泽：刚得到皇帝的宠幸。

云鬓花颜金步摇[1]，芙蓉帐暖度春宵[2]。
春宵苦短日高起，从此君王不早朝。
承欢侍宴无闲暇，春从春游夜专夜。
后宫佳丽三千人，三千宠爱在一身。
金屋妆成娇侍夜[3]，玉楼宴罢醉和春。
姊妹弟兄皆列土[4]，可怜光彩生门户[5]。
遂令天下父母心，不重生男重生女[6]。

[注][1]金步摇：一种金首饰，用金银丝盘成花之形状，上面缀着垂珠之类，插于发髻，走路时摇曳生姿。　　[2]芙蓉帐：绣着莲花的帐子。　　[3]金屋：据《太真外传》，杨玉环在华清宫的住所名端正楼。此言金屋，系用汉武帝"金屋藏娇"语意。　　[4]姊妹句：杨玉环被册封贵妃后，家族沾光受宠。她的大姐封韩国夫人，三姐封为虢国夫人，八姐封为秦国夫人，堂兄杨铦官烘胪卿、杨锜官侍御史，堂兄杨钊赐名国忠，官右丞相。姊妹，姐妹。列土，裂土受封。列，通"裂"。[5]可怜：可爱，值得羡慕。　　[6]不重生男重生女：陈鸿《长恨歌传》云，当时民谣有"生女勿悲酸，生男勿喜欢"，"男不封侯女作妃，看女却为门上楣"等。

骊宫高处入青云[1]，仙乐风飘处处闻。
缓歌慢舞凝丝竹[2]，尽日君王看不足。
渔阳鼙鼓动地来[3]，惊破《霓裳羽衣曲》[4]。
九重城阙烟尘生[5]，千乘万骑西南行[6]。
翠华摇摇行复止，西出都门百余里。
六军不发无奈何，宛转蛾眉马前死[7]。
花钿委地无人收[8]，翠翘金雀玉搔头[9]。
君王掩面救不得，回看血泪相和流。

[注][1]骊宫：即华清宫，因在骊山下，故称。 [2]凝丝竹：指弦乐器和管乐器伴奏出舒缓的旋律。 [3]渔阳：郡名，辖今北京市平谷区和天津市的蓟县等地，当时属于平卢、范阳、河东三镇节度使安禄山的辖区。天宝十四载（755）冬，安禄山在范阳起兵叛乱。鼙（pí）鼓：古代骑兵用的小鼓，此借指战争。 [4]霓裳（cháng）羽衣曲：唐代著名舞曲，相传是唐玄宗依据西凉节度使杨敬述所献乐曲加工润色而成。乐曲着意表现虚无缥缈的仙境和仙女形象。天宝后曲调失传。 [5]九重城阙：九重门的京城，此指长安。烟尘生：指发生战事。 [6]千乘万骑西南行：天宝十五年（756）六月，安禄山破潼关，逼近长安。玄宗带领杨贵妃等出延秋门向西南方向逃走。当时随行护卫并不多，"千乘万骑"是夸大之辞。乘：马车。 [7]翠华四句：李隆基西奔至距长安百余里的马嵬（wéi）驿（今陕西兴平），扈从禁卫军发难，不再前行，请诛杨国忠、杨玉环兄妹以平民怨。玄宗为保自身，只得照办。翠华：用翠鸟羽毛装饰的旗帜，皇帝仪仗队用。百余里：指到了距长安一百多里的马嵬坡。六军：泛指禁卫军。当护送唐玄宗的禁卫军行至马嵬坡时，不肯再走，先以谋反为由杀杨国忠，继而请求处死杨贵妃。宛转：形容美人临死前哀怨缠绵的样子。蛾眉：古代美女的代称，此指杨贵妃。 [8]花钿（diàn）：用金翠珠宝等制成的花朵形首饰。委地：丢弃在地上。 [9]翠翘：像翠鸟长尾一样的头饰。金雀：雀形金钗。玉搔头：玉簪。

黄埃散漫风萧索，云栈萦纡登剑阁[1]。
峨嵋山下少人行[2]，旌旗无光日色薄。
蜀江水碧蜀山青，圣主朝朝暮暮情。
行宫见月伤心色[3]，夜雨闻铃肠断声[4]。
天旋日转回龙驭[5]，到此踌躇不能去。
马嵬坡下泥土中，不见玉颜空死处[6]。

[注][1]云栈：高入云霄的栈道。萦纡（yíng yū）：萦回盘绕。剑阁：又称剑门关，在今四川剑阁县北，是由秦入蜀的要道。此地群山如剑，峭壁中断处，两山对峙如门。诸葛亮相蜀时，凿石驾凌空栈道以通行。 [2]峨嵋山：在今四川峨眉县。玄宗奔蜀途中，并未经过峨嵋山，这里泛指蜀中高山。 [3]行宫：皇帝离京出行在外的临时住所。 [4]夜雨闻铃肠断声：《明皇杂录·补遗》："明皇既

幸蜀，西南行。初入斜谷，霖雨涉旬，于栈道雨中闻铃音与山相应。上既悼念贵妃，采其声为《雨霖铃曲》以寄恨焉。"这里暗指此事。　　[5] 天旋日转：指时局好转。肃宗至德二年（757），郭子仪军收复长安。回龙驭：皇帝的车驾归来。
[6] 不见玉：不见杨贵妃，徒然见到她死去的地方。

君臣相顾尽沾衣，东望都门信马归[1]。
归来池苑皆依旧，太液芙蓉未央柳[2]。
芙蓉如面柳如眉，对此如何不泪垂？
春风桃李花开日，秋雨梧桐叶落时。
西宫南内多秋草[3]，落叶满阶红不扫。
梨园弟子白发新[4]，椒房阿监青娥老[5]。

　　[注][1] 信马：听任马往前走。　　[2] 太液：汉宫中有太液池。未央：汉有未央宫。此皆借指唐长安皇宫。　　[3] 西宫南内：皇宫之内称为大内。西宫即西内太极宫，南内为兴庆宫。玄宗返京后，初居南内。上元元年（760），权宦李辅国假借肃宗名义，胁迫玄宗迁往西内，并流贬玄宗亲信高力士、陈玄礼等人。
[4] 梨园弟子：指玄宗当年训练的乐工舞女。梨园：唐玄宗时宫中教习音乐的机构，曾选"坐部伎"三百人教练歌舞，随时应诏表演，号称"皇帝梨园弟子"。
[5] 椒（jiāo）房：后妃居住之所，因以花椒和泥抹墙，故称。阿监：宫中的侍从女官。青娥：年轻的宫女。

夕殿萤飞思悄然，孤灯挑尽未成眠[1]。
迟迟钟鼓初长夜[2]，耿耿星河欲曙天[3]。
鸳鸯瓦冷霜华重[4]，翡翠衾寒谁与共[5]？
悠悠生死别经年，魂魄不曾来入梦。
临邛道士鸿都客[6]，能以精诚致魂魄[7]。
为感君王辗转思，遂教方士殷勤觅[8]。
排空驭气奔如电[9]，升天入地求之遍。
上穷碧落下黄泉[10]，两处茫茫皆不见。

　　[注][1] 孤灯挑尽：古时用油灯照明，为使灯火明亮，过一会儿就要把浸在油中的灯草往前挑一点。挑尽，说明夜已深。按，唐时宫廷夜间燃烛而不点油灯，此处旨在形容玄宗晚年生活环境的凄苦。　　[2] 迟迟：迟缓。报更钟鼓声起止原有定时，这里用以形容玄宗长夜难眠时的心情。　　[3] 耿耿：微明的样子。欲曙天：长夜将晓之时。　　[4] 鸳鸯瓦：屋顶上俯仰相对合在一起的瓦。霜华：霜花。
[5] 翡翠衾（qīn）：布面绣有翡翠鸟的被子。谁与共：与谁共。　　[6] 临邛（qióng）道士鸿都客：意谓有个从临邛来长安的道士。临邛：今四川邛崃县。鸿都：东汉都城洛阳的宫门名，这里借指长安。　　[7] 致魂魄：招来杨贵妃的亡魂。
[8] 方士：有法术的人。这里指道士。殷勤：尽力。　　[9] 排空驭气：即腾云驾

雾。　　[10] 穷：穷尽，找遍。碧落：即天空。黄泉：指地下。

忽闻海上有仙山，山在虚无缥缈间。
楼阁玲珑五云起[1]，其中绰约多仙子[2]。
中有一人字太真，雪肤花貌参差是[3]。
金阙西厢叩玉扃[4]，转教小玉报双成[5]。
闻道汉家天子使，九华帐里梦魂惊[6]。
揽衣推枕起徘徊，珠箔银屏迤逦开[7]。
云鬓半偏新睡觉[8]，花冠不整下堂来。

　　[注] [1] 玲珑：华美精巧。五云：五彩云霞。　　[2] 绰约：体态轻盈柔美。[3] 参差：仿佛，差不多。　　[4] 金阙：金碧辉煌的神仙宫阙。叩：叩击。玉扃（jiōng）：玉石做的门环。　　[5] 转教小玉报双成：意谓仙府庭院重重，须经辗转通报。小玉：小玉吴王夫差女。双成：传说中西王母的侍女。这里皆借指杨贵妃在仙山的侍女。　　[6] 九华帐：绣饰华美的帐子。九华：重重花饰的图案。[7] 珠箔（bó）：珠帘。银屏：饰银的屏风。迤逦（yǐ lǐ）：接连不断地。[8] 新睡觉：刚睡醒。觉（jué），醒。

风吹仙袂飘飖举[1]，犹似霓裳羽衣舞。
玉容寂寞泪阑干[2]，梨花一枝春带雨。
含情凝睇谢君王[3]，一别音容两渺茫。
昭阳殿里恩爱绝[4]，蓬莱宫中日月长[5]。
回头下望人寰处[6]，不见长安见尘雾。
惟将旧物表深情[7]，钿合金钗寄将去[8]。
钗留一股合一扇[9]，钗擘黄金合分钿[10]。
但教心似金钿坚，天上人间会相见。

　　[注] [1] 袂（mèi）：衣袖。　　[2] 玉容寂寞：此指神色黯淡凄楚。阑干：纵横交错的样子。这里形容泪痕满面。　　[3] 凝睇（dì）：凝视。　　[4] 昭阳殿：汉成帝宠妃赵飞燕的寝宫。此借指杨贵妃住过的宫殿。　　[5] 蓬莱宫：传说中的海上仙山。这里指贵妃在仙山的居所。　　[6] 人寰（huán）：人间。[7] 旧物：指生前与玄宗定情的信物。　　[8] 寄将去：托道士带回。　　[9] 钗留二句：把金钗、钿盒分成两半，自留一半。　　[10] 擘（bò）：分开。合分钿：将钿合上的图案分成两部分。

临别殷勤重寄词[1]，词中有誓两心知。
七月七日长生殿[2]，夜半无人私语时。
在天愿作比翼鸟[3]，在地愿为连理枝[4]。
天长地久有时尽，此恨绵绵无绝期[5]。

[注] [1] 重：再，又　　[2] 长生殿：在骊山华清宫内，天宝元年造。按"七月"以下六句为作者虚拟之词。陈寅恪在《元白诗笺证稿·长恨歌》中云："长生殿七夕私誓之为后来增饰之物语，并非当时真确之事实。""玄宗临幸温汤必在冬季、春初寒冷之时节。今详检两唐书玄宗记无一次于夏日炎暑时幸骊山。"而所谓长生殿者，亦非华清宫之长生殿，而是长安皇宫寝殿之习称。如果真有这样的事，应发生在"飞霜殿"，但此殿不符合爱情的长久与火热，故改为长生殿。　　[3] 比翼鸟：传说中的鸟名，据说只有一目一翼，雌雄并在一起才能飞。　　[4] 连理枝：两棵树的枝干连在一起，叫连理。古人常用此二物比喻情侣相爱、永不分离。　　[5] 恨：遗憾。绵绵：连绵不断。

金铜仙人辞汉歌（并序）

李 贺

魏明帝青龙元年八月，诏宫官牵车，西取汉孝武捧露盘仙人，欲立致前殿。宫官既拆盘，仙人临载，乃潸然泪下。唐诸王孙李长吉，遂作《金铜仙人辞汉歌》[1]。

茂陵刘郎秋风客[2]，夜闻马嘶晓无迹[3]。
画栏桂树悬秋香[4]，三十六宫土花碧[5]。
魏官牵车指千里[6]，东关酸风射眸子[7]。
空将汉月出宫门，忆君清泪如铅水[8]。
衰兰送客咸阳道[9]，天若有情天亦老[10]。
携盘独出月荒凉，渭城已远波声小[11]。

[注] [1] 青龙元年：旧本又作九年，然魏青龙无九年，显误。元年亦与史不符，据《三国志·魏书·明帝纪》，公元237年（魏青龙五年）旧历三月改元为景初元年，徙长安铜人承露盘即在这一年。捧露盘仙人：王琦注引《三辅黄图》："神明台，武帝造，上有承露盘，有铜仙人舒掌捧铜盘玉杯以承云表之露，以露和玉屑服之，以求仙道。"潸然泪下：《三国志·魏书·明帝纪》裴注引《汉晋春秋》："帝徙盘，盘拆，声闻数十里，金狄（铜人）或泣，因留于霸城。"　　[2] 茂陵：汉武帝刘彻的陵墓，在今陕西省兴平县东北。秋风客：犹言悲秋之人。汉武帝曾作《秋风辞》；有句云："欢乐极兮哀情多，少壮几时兮奈老何？"　　[3] 夜闻句：传说汉武帝的魂魄出入汉宫，有人曾在夜中听到他坐骑的嘶鸣。　　[4] 桂树悬秋香：八月景象。　　[5] 三十六宫：张衡《西京赋》："离宫别馆三十六所。"土花：青苔。　　[6] 千里：言长安汉宫到洛阳魏宫路途之远。　　[7] 东关：车出长安东门，故云东关。酸风：令人心酸落泪之风。　　[8] 汉月：汉朝时的明月。君：指汉家君主，特指汉武帝刘彻。　　[9] 衰兰送客：秋兰已老，故称衰兰。客指铜人。
[10] 天若句：意谓面对如此兴亡盛衰的变化，天若有情，也会因常常伤感而衰老。
[11] 渭城：秦都咸阳，汉改为渭城县，此代指长安。

中国文学名作鉴赏

诗的境界——情趣与意象
朱光潜

像一般艺术一样，诗是人生世相的返照。人生世相本来是混整的，常住永在而又变动不居的。诗并不能把这漠无边际的混整体抄袭过来，或是像柏拉图所说的"模仿"过来。诗对于人生世相必有取舍，有剪裁，有取舍剪裁就必有创造，必有作者的性格和情趣的浸润渗透。诗必有所本，本于自然；亦必有所创，创为艺术。自然与艺术媾合，结果乃在实际的人生世相之上，另建立一个宇宙，正犹如织丝缕为锦绣，凿顽石为雕刻，非全是空中楼阁，亦非全是依样画葫芦。诗与实际的人生世相之关系，妙处惟在不即不离。惟其"不离"，所以有真实感；惟其"不即"，所以新鲜有趣。"超以象外，得其圜中"，二者缺一不可，像司空图所见到的。

每首诗都自成一种境界。无论是作者或是读者，在心领神会一首好诗时，都必有一幅画境或是一幕戏景，很新鲜生动地突现于眼前，使他神魂为之钩摄，若惊若喜，霎时无暇旁顾，仿佛这小天地中有独立自足之乐，此外偌大乾坤宇宙，以及个人生活中一切憎爱悲喜，都像在这霎时间烟消云散去了。纯粹的诗的心境是凝神注视，纯粹的诗的心所观境是孤立绝缘。心与其所观境如鱼戏水，欣合无间。姑任举二短诗为例：

> 君家何处住，妾住在横塘。停船暂相问，或恐是同乡。
> ——崔颢《长干行》

> 空山不见人，但闻人语响。返景入深林，复照青苔上。
> ——王维《鹿柴》

这两首诗都俨然是戏景，是画境。它们都是从混整的悠久而流动的人生世相中摄取来的一刹那，一片段。本是一刹那，艺术灌注了生命给它，它便成为终古，诗人在一刹那中所心领神会的，便获得一种超时间性的生命，使天下后世人能不断地去心领神会。本是一片段，艺术予以完整的形象，它便成为一种独立自足的小天地，超出空间性而同时在无数心领神会者的心中显现形象。囿于时空的现象（即实际的人生世相）本皆一纵即逝，于理不可复现，像古希腊哲人所说的："濯足急流，抽足再入，已非前水。"它是有限的，常变的，转瞬即化为陈腐的。诗的境界是理想境，是从时间与空间中执著一微点而加以永恒化与普遍化。它可以在无数心灵中继续复现，虽复现而却不落于陈腐，因为它能够在每个欣赏者的当时当境的特殊性格与情趣中吸取新鲜生命。诗的境界在刹那中见终古，在微尘中显大千，在有限中寓无限。

从前诗话家常拈出一两个字来称呼诗的这种独立自足的小天地。严沧浪所说的

"兴趣"，王渔洋所说的"神韵"，袁简斋所说的"性灵"，都只能得其片面。王静安标举"境界"二字，似较概括，这里就采用它。

一、诗与直觉

无论是欣赏或是创造，都必须见到一种诗的境界。这里"见"字最紧要。凡所见皆成境界，但不必全是诗的境界。一种境界是否能成为诗的境界，全靠"见"的作用如何。要产生诗的境界，"见"必须具备两个重要条件。

第一，诗的"见"必为"直觉"（intuition）。有"见"即有"觉"，觉可为"直觉"，亦可为"知觉"（perception）。"直觉"得对于个别事物的知（knowledge of individual things），"知觉"得对于诸事物中关系的知（knowledge of the relations between things），亦称"名理的知"（参看克罗齐《美学》第一章）。例如看见一株梅花，你觉得"这是梅花"，"它是冬天开花的木本植物"，"它的花香，可以摘来插瓶或送人"，等等，你所觉到的是梅花与其他事物的关系，这就是它的"意义"。

意义都从关系见出，了解意义的知都是"名理的知"，都可用"A 为 B"，公式表出，认识 A 为 B，便是知觉 A，便是把所觉对象 A 归纳到一个概念 B 里去。就名理的知而言，A 自身无意义，必须与 B、C 等生关系，才有意义，我们的注意不能在 A 本身停住，必须把 A 当作一块踏脚石，跳到与 A 有关系的事物 B，C 等等上去。但是所觉对象除开它的意义之外，尚有它本身形象。在凝神注视梅花时，你可以把全副精神专注在它本身形象，如像注视一幅梅花画似的，无暇思索它的意义或是它与其他事物的关系。这时你仍有所觉，就是梅花本身形象（form）在你心中所现的"意象"（image）。这种"觉"就是克罗齐所说的"直觉"。

诗的境界是用"直觉"见出来的，它是"直觉的知"的内容而不是"名理的知"的内容。比如说读上面所引的崔颢《长干行》，你必须有一顷刻中把它所写的情境看成一幅新鲜的图画，或是一幕生动的戏剧，让它笼罩住你的意识全部，使你聚精会神地观赏它，玩味它，以至于把它以外的一切事物都暂时忘却。在这一顷刻中你不能同时起"它是一首唐人五绝"，"它用平声韵"，"横塘是某处地名"，"我自己曾经被一位不相识的人认为同乡"之类的联想。这些联想一发生，你立刻就从诗的境界迁到名理世界和实际世界了。

这番话并非否认思考和联想对于诗的重要。做诗和读诗，都必用思考，都必起联想，甚至于思考愈周密，诗的境界愈深刻；联想愈丰富，诗的境界愈美备。但是在用思考起联想时，你的心思在旁驰博骛，决不能同时直觉到完整的诗的境界。思想与联想只是一种酝酿工作。直觉的知常进为名理的知，名理的知亦可酿成直觉的知，但决不能同时进行，因为心本无二用，而直觉的特色尤在凝神注视。读一首诗和做一首诗都常须经过艰苦思索，思索之后，一旦豁然贯通，全诗的境界于是像灵光一现似的突然现在眼前，使人心旷神怡，忘怀一切。这种现象通常人称为"灵感"。诗的境界的突现都起于灵感。灵感亦并无若何神秘，它就是直觉，就是"想象"（imagination，原谓意象的形成），也就是禅家所谓"悟"。

一个境界如果不能在直觉中成为一个独立自足意象,那就还没有完整的形象,就还不成为诗的境界。一首诗如果不能令人当作一个独立自足的意象看,那还有芜杂凑塞或空虚的毛病,不能算是好诗。古典派学者向来主张艺术须有"整一"(unity),实在有一个深埋在里面,就是要使在读者心中能成为一种完整的独立自足的境界。

二、意象与情趣的契合

要产生诗的境界,"见"所须具的第二个条件是所见意象必恰能表现一种情趣,"见"为"见者"的主动,不纯粹是被动的接收。所见对象本为生糙零乱的材料,经"见"才具有它的特殊形象,所以"见"都含有创造性。比如天上的北斗星本为七个错乱的光点,和它们邻近星都是一样,但是现于见者心中则为像斗的一个完整的形象。这形象是"见"的活动所赐予那七颗乱点的。仔细分析,凡所见物的形象都有几分是"见"所创造的。凡"见"都带有创造性,"见"为直觉时尤其是如此。凝神观照之际,心中只有一个完整的孤立的意象,无比较,无分析,无旁涉,结果常致物我由两忘而同一,我的情趣与物的意态遂往复交流,不知不觉之中人情与物理互相渗透。比如注视一座高山,我们仿佛觉得它从平地耸立起,挺着个雄伟峭拔的身躯,在那里很镇静地庄严地俯视一切。同时,我们也不知不觉地肃然起敬,竖起头脑,挺起腰杆,仿佛在模仿山的那副雄伟峭拔的神气。前一种现象是以人情衡物理,美学家称为"移情作用"(empathy),后一种现象是以物理移人情,美学家称为"内模仿作用"(inner imitation)。

移情作用是极端的凝神注视的结果,它是否发生以及发生时的深浅程度都随人随时随境而异。直觉有发生移情作用的,下文当再论及。不过欣赏自然,即在自然中发现诗的境界时,移情作用往往是一个要素。"大地山河以及风云星斗原来都是死板的东西,我们往往觉得它们有情感,有生命,有动作,这都是移情作用的结果。比如云何尝能飞?泉何尝能跃?我们却常说云飞泉跃。山何尝能鸣?谷何尝能应?我们却常说山鸣谷应。诗文的妙处往往都从移情作用得来。例如'菊残犹有傲霜枝'句的'傲','云破月来花弄影'句的'来'和'弄','数峰清苦,商略黄昏雨'句的'清苦'和'商略','徘徊枝上月,空度可怜宵'句的'徘徊'、'空度'和'可怜','相看两不厌,惟有敬亭山'句的'相看'和'不厌',都是原文的精彩所在,也都是移情作用的实例。"

从移情作用我们可以看出内在的情趣常和外来的意象相融合而互相影响。比如欣赏自然风景,就一方面说,心情随风景千变万化,睹鱼跃鸢飞而欣然自得,闻胡茄暮角则黯然神伤;就另一方面说,风景也随心情而变化生长,心情千变万化,风景也随之千变万化,惜别时蜡烛似乎垂泪,兴到时青山亦觉点头。这两种貌似相反而实相同的现象就是从前人所说的"即景生情,因情生景"。情景相生而且相契合无间,情恰能称景,景也恰能传情,这便是诗的境界。每个诗的境界都必有"情趣"(feeling)和"意象"(image)两个要素。"情趣"简称"情","意象"即是"景"。吾人时时在情趣里过活,却很少能将情趣化为诗,因为情趣是可比喻而不可直接描绘的实感，如果不附丽到具体的意象上去，就根本没有可见的形象。我们抬头一看，或是闭目一想，无数的意象就纷至沓来，其中也只有极少数的偶尔成为诗的意象，因为纷至沓来的意象零乱破碎，不成章法，不具生命，必须有情趣来融化它们，贯注它们，才内有生命，外有完整形象。克罗齐在《美学》里把这个道理说得很清楚：

> 艺术把一种情趣寄托在一个意象里，情趣离意象，或是意象离情趣，都不能独立。史诗和抒情诗的分别，戏剧和抒情诗的分别，都是繁琐派学者强为之说，分其所不可分。凡是艺术都是抒情的，都是情感的史诗或剧诗。

这就是说，抒情诗虽以主观的情趣为主，亦不能离意象；史诗和戏剧虽以客观的事迹所生的意象为主，亦不能离情趣。

诗的境界是情景的契合。宇宙中事事物物常在变动生展中，无绝对相同的情趣，亦无绝对相同的景象。情景相生，所以诗的境界是由创造来的，生生不息的。以"景"为天生自在，俯拾即得，对于人人都是一成不变的，这是常识的错误。阿米尔（Amiel）说得好："一片自然风景就是一种心情。"景是各人性格和情趣的返照。情趣不同则景象虽似同而实不同。比如陶潜在"悠然见南山"时，杜甫在见到"造化钟神秀，阴阳割昏晓"时，李白在觉得"相看两不厌，惟有敬亭山"时，辛弃疾在想到"我见青山多妩媚，青山见我应如是"时，姜夔在见到"数峰清苦，商略黄昏雨"时，都见到山的美。在表面上意象（景）虽似都是山，在实际上却因所贯注的情趣不同，各是一种境界。我们可以说，每人所见到的世界都是他自己所创造的。物的意蕴深浅与人的性分情趣深浅成正比例，深人所见于物者亦深，浅人所见于物者亦浅。诗人与常人的分别就在此。同是一个世界，对于诗人常呈现新鲜有趣的境界，对于常人则永远是那么一个平凡乏味的混乱体。

这个道理也可以适用于诗的欣赏。就见到情景契合 境界来说，欣赏与创造并无分别。比如说姜夔的"数峰清苦，商略黄昏雨"一句词含有一个情景契合的境界，他在写这句词时，须先从自然中见到这种意境，感到这种情趣，然后拿这九个字把它传达出来。在见到那种境界时，他必觉得它有趣，在创造也是在欣赏。这九个字本不能算是诗，只是一种符号。如果我不认识这九个字，这句词对于我便无意义，就失其诗的功效。如果它对于我能产生诗的功效，我必须能从这九个字符号中，领略出姜夔原来所见到的境界。在读他的这句词而见到他所见到的境界时，我必须使用心灵综合作用，在欣赏也是在创造。

因为有创造作用，我所见到的意象和所感到的情趣和姜夔所见到和感到的便不能绝对相同，也不能和任何其他读者所见到和感到的绝对相同。每人所能领略到的境界都是性格、情趣和经验的返照，而性格、情趣和经验是彼此不同的，所以无论是欣赏自然风景或是读诗，各人在对象（object），中取得（take）多少，就看他在自我（subject-ego）中能够付与（give）多少，无所付与便不能有所取得。不但如此，同是一首诗，你今天读它所得的和你明天读它所得的也不能完全相同，因为性格、情趣和经验是生生不息的。欣赏一首诗就是再造（recreate）一首诗；每次再造时，都要凭当时当境的整个的情趣和经验做基础，所以每时每境所再造的都必定是一首新鲜的诗。诗与其他艺术都各有物质的和精神的两方面。物质的方面如印成的诗集，它除着受天时和人力的损害以外，大体是固定的。精神的方面就是情景契合的意境，时时刻刻都在"创化"中。创造永不会是复演（repetition），欣赏也永不会是复演。真正的诗的境界是无限的，永远新鲜的。

（选自朱光潜：《诗论》）

4. 宋词十首

菩 萨 蛮
温庭筠

小山[1]重叠金明灭[2],鬓云欲度香腮雪[3]。懒起画蛾眉,弄妆梳洗迟。照花前后镜,花面交相映。新贴绣罗襦[4],双双金鹧鸪[5]。

[注][1]小山:有三种解读。或指眉妆,即小山眉,弯弯的眉毛;或指绘有山形图画的屏风;或形容女子隆起的发髻。 [2]金明灭:形容阳光照在屏风上金光闪闪的样子。一说描写女子头上插戴的饰金小梳子重叠闪烁的情形,或指女子额上涂成梅花图案的额黄有所脱落而或明或暗。 [3]鬓云:像云朵似的鬓发,形容发髻蓬松如云。度:覆盖,过掩,形容鬓角延伸向脸颊,逐渐轻淡,像云影轻度。欲度:将掩未掩的样子。香腮雪:香雪腮,雪白的面颊。为押韵而倒置"雪腮"。 [4]罗襦:丝绸短袄。 [5]鹧鸪:贴绣上去的鹧鸪图,这说的是当时的衣饰,就是用金线绣好花样,再绣贴在衣服上,谓之"贴金"

蝶恋花
晏 殊

槛[1]菊愁烟兰泣露。罗幕[2]轻寒,燕子双飞去。明月不谙别离苦,斜光到晓穿朱户[3]。

昨夜西风凋碧树,独上高楼,望尽天涯路。欲寄彩笺兼尺素[4],山长水阔知何处!

[注][1]槛(jiàn):栏杆。 [2]罗幕:丝罗的帷幕,富贵人家所用。 [3]朱户:犹言朱门,指大户人家。 [4]尺素:书信的代称。古人写信用素绢,通常长约一尺,故称尺素,语出《古诗》:"客从远方来,遗我双鲤鱼。呼儿烹鲤鱼,中有尺素书。"

踏 莎 行
欧阳修

候馆梅残[1],溪桥柳细,草薰风暖摇征辔[2]。离愁渐远渐无穷,迢迢不断如

春水。

寸寸柔肠，盈盈粉泪[3]，楼高莫近危阑倚。平芜尽处是春山[4]，行人更在春山外。

[注][1]候馆：迎宾候客之馆舍。 [2]征辔（pèi）：行人坐骑的缰绳。辔，缰绳。 [3]盈盈：泪水充溢貌。粉泪：泪水流到脸上，与粉妆和在一起。 [4]平芜：平坦开阔的草原。

蝶 恋 花
柳　永

伫倚危楼[1]风细细，望极[2]春愁，黯黯[3]生天际。草色烟光[4]残照里，无言谁会[5]凭阑意。

拟把[6]疏狂[7]图一醉，对酒当歌，强乐还无味。衣带渐宽[8]终不悔，为伊消得[9]人憔悴。

[注][1]伫倚危楼：长时间依靠在高楼的栏杆上。伫，久立。危楼，高楼。 [2]望极：极目远望。 [3]黯黯：心情沮丧忧愁的样子。 [4]烟光：飘忽缭绕的云霭雾气。 [5]会：理解。 [6]拟把：打算。 [7]疏狂：狂放不羁。 [8]衣带渐宽：指人逐渐消瘦。 [9]消得：值得，能忍受得了。

念奴娇·赤壁怀古
苏　轼

大江东去，浪淘[1]尽，千古风流人物。故垒[2]西边，人道是，三国周郎[3]赤壁。乱石穿空，惊涛拍岸，卷起千堆雪。江山如画，一时多少豪杰。

遥想公瑾当年，小乔[4]初嫁了，雄姿英发[5]。羽扇纶巾[6]，谈笑间，樯橹[7]灰飞烟灭。故国神游，多情应笑我[8]，早生华发[9]。人生如梦，一尊还酹[10]江月。

[注][1]淘：冲洗。 [2]故垒：黄州古老的城堡，推测可能是古战场的陈迹。过去遗留下来的营垒。 [3]周郎：周瑜（175—210）字公瑾，庐江舒县（今安徽庐江）人。东汉末年东吴名将，因其相貌英俊而有"周郎"之称。公元208年，孙、刘联军在周瑜的指挥下，于赤壁以火攻击败曹操的军队，此战也奠定了三分天下的基础。 [4]小乔：乔玄的小女儿，生得闭月羞花，琴棋书画样样精通，是周瑜之妻；姐姐大乔为孙策之妻，有沉鱼落雁、倾国倾城之貌。 [5]英发：英俊勃发。 [6]羽扇纶（guān）巾：手摇动羽扇，头戴纶巾。这是古代儒将的

装束,词中形容周瑜从容娴雅。纶巾:古代配有青丝带的头巾。　　[7]樯橹:这里代指曹操的水军战船。樯,挂帆的桅杆。橹,一种摇船的桨。　　[8]多情应笑我:即"应笑我多情"。　　[9]华(huā)发:花白的头发。华是"花"的通假字。　　[10]尊:同"樽",酒杯。酹(lèi):(古人祭奠)以酒浇在地上祭奠。这里指洒酒酬月,寄托自己的感情。

鹊 桥 仙
秦 观

纤云弄巧[1],飞星[2]传恨,银汉迢迢暗度[3]。金风玉露[4]一相逢,便胜却人间无数。

柔情似水,佳期如梦,忍顾[5]鹊桥归路。两情若是久长时,又岂在朝朝暮暮。

[注][1]纤云:轻盈的云彩。弄巧:指云彩在空中幻化成各种巧妙的花样。　　[2]飞星:流星。一说指牵牛、织女二星。　　[3]银汉:银河。迢迢:遥远的样子。暗度:悄悄渡过。　　[4]金风玉露:指秋风白露。李商隐《辛未七夕》:"由来碧落银河畔,可要金风玉露时。"　　[5]忍顾:怎忍回视。

永 遇 乐
李清照

落日熔金[1],暮云合璧[2],人在何处?染柳烟浓,吹梅笛怨[3],春意知几许!元宵佳节,融和天气,次第[4]岂无风雨?来相召,香车宝马,谢他酒朋诗侣。

中州[5]盛日,闺门多暇,记得偏重三五[6]。铺翠冠儿[7],捻金雪柳[8],簇带争济楚[9],如今憔悴,风鬟霜鬓,怕见夜间出去。不如向、帘儿底下,听人笑语。

[注][1]熔金:熔化的黄金。　　[2]合璧:像璧玉一样合成一块。　　[3]吹梅笛怨:指笛子吹出《梅花落》曲幽怨的声音。　　[4]次第:接着,转眼。　　[5]中州:这里指北宋汴京。　　[6]三五:指元宵节。　　[7]铺翠冠儿:饰有翠羽的女式帽子。　　[8]捻金雪柳:元宵节女子头上的装饰。　　[9]簇带:妆扮,插戴。济楚:整齐端丽。

苏 幕 遮
周邦彦

燎沉香[1],消溽暑[2]。鸟雀呼晴,侵晓窥檐语[3]。叶上初阳干宿雨[4]。水面清圆,一一风荷举。

故乡遥,何日去?家住吴门[5],久作长安旅。五月渔郎相忆否?小楫轻舟,梦入芙蓉浦。

[注][1]燎沉香:烧香。沉香,一名沉水,名贵的香料。 [2]溽(rù)暑:潮湿的夏天天气。 [3]侵晓:侵早,天刚亮时。侵,近。 [4]宿雨:昨夜的雨。 [5]吴门:苏州旧为吴郡治所,称吴门。

青玉案·元夕
辛弃疾

东风夜放花千树[1],更吹落,星如雨[2]。宝马雕车[3]香满路。凤箫[4]声动,玉壶[5]光转,一夜鱼龙舞[6]。

蛾儿雪柳黄金缕[7],笑语盈盈[8]暗香[9]去。众里寻他千百度,蓦然回首,那人却在,灯火阑珊[10]处。

[注][1]花千树:花灯之多如千树开花。 [2]星如雨:指焰火纷纷,乱落如雨。星,指焰火。形容满天的烟花。 [3]宝马雕车:豪华的马车。 [4]凤箫:箫的名称。 [5]玉壶:比喻明月。 [6]鱼龙舞:指舞动鱼形、龙形的彩灯。即舞鱼舞龙,是元宵节的表演节目。 [7]蛾儿、雪柳、黄金缕:皆古代妇女元宵节时头上佩戴的各种装饰品,这里指盛装的妇女。 [8]盈盈:声音轻盈悦耳,亦指仪态娇美的样子。 [9]暗香:本指花香,此指女性们身上散发出来的香气。 [10]阑珊:零落稀疏的样子。

扬 州 慢
姜 夔

淮左名都[1],竹西佳处,解鞍少驻初程[2]。过春风十里[3],尽荠麦青青。自胡马窥江去后[4],废池乔木,犹厌言兵[5]。渐黄昏,清角吹寒[6],都在空城[7]。

杜郎俊赏[8],算而今、重到须惊。纵豆蔻词工,青楼梦好,难赋深情。二十四桥仍在,波心荡、冷月无声。念桥边红药[9],年年知为谁生!

[注][1]淮左名都:宋朝设置淮南路,后分为东西两路。淮南东路称淮左,扬州为其首府。 [2]初程:作者初次至扬州。程,旅程。 [3]春风十里:指扬州道上。 [4]胡马窥江:宋高宗在位时期,金兵曾两次南下。此处当指第二次。 [5]厌:厌恶。 [6]清角:声调凄凉的号角。 [7]空城:形容扬州劫后的萧条景象。 [8]俊赏:出色的鉴赏。 [9]红药:芍药花。

人间词话

王国维

一

词以境界为最上。有境界则自成高格,自有名句。五代、北宋之词所以独绝者在此。

二

有造境,有写境,此理想与写实二派之所由分。然二者颇难分别。因大诗人所造之境,必合乎自然,所写之境,亦必邻于理想故也。

三

有有我之境,有无我之境。"泪眼问花花不语,乱红飞过秋千去"[1]、"可堪孤馆闭春寒,杜鹃声里斜阳暮"[2],有我之境也;"采菊东篱下,悠然见南山"[3]、"寒波澹澹起,白鸟悠悠下"[4],无我之境也。有我之境,以我观物,故物我皆著我之色彩;无我之境,以物观物,故不知何者为我,何者为物。古人为词,写有我之境者为多,然未始不能写无我之境,此在豪杰之士能自树立耳。

[1] 冯延巳《鹊踏枝》:"庭院深深深几许?杨柳堆烟,帘幕无重数。玉勒雕鞍游冶处,楼高不见章台路。 雨横风狂三月暮,门掩黄昏,无计留春住。泪眼问花花不语,乱红飞过秋千去。"

[2] 秦观《踏沙行》:"雾失楼台,月迷津渡,桃源望断无寻处。可堪孤馆闭春寒,杜鹃声里斜阳暮。 驿寄梅花,鱼传尺素,砌成此恨无重数。郴江幸自绕郴山,为谁流下潇湘去!"

[3] 陶潜《饮酒》第五首:"结庐在人境,而无车马喧。问君何能尔,心远地自偏。采菊东篱下,悠然见南山。山气日夕佳,飞鸟相与还。此中有真意,欲辨已忘言。"

[4] 元好问《颖亭留别》:"故人重分携,临流驻归驾。乾坤展清眺,万景若相借。北风三日雪,太素秉元化。九山郁峥嵘,了不受陵跨。寒波澹澹起,白鸟悠悠下。怀归人自急,物态本闲暇。壶觞负吟啸,尘土足悲咤。回首亭中人,平林淡如画。"

四

无我之境,人惟于静中得之。有我之境,于由动之静时得之。故一优美,一宏壮也。

五

自然中之物,互相关系,互相限制。然其写之于文学及美术中也,必遗其关系、限制之处。故虽写实家,亦理想家也。又虽如何虚构之境,其材料必求之于自然,而其构造,亦必从自然之法则。故虽理想家,亦写实家也。

六

境非独谓景物也。喜怒哀乐,亦人心中之一境界。故能写真景物、真感情者,谓之有境界;否则谓之无境界。

七

"红杏枝头春意闹"[1],著一"闹"字,而境界全出。"云破月来花弄影"[2],著一"弄"字,而境界全出矣。

[1] 宋祁《玉楼春》(春景):"东城渐觉风光好,縠皱波纹迎客棹。绿扬烟外晓寒轻,红杏枝头春意闹。　浮生长恨欢娱少,肯爱千金轻一笑。为君持酒劝斜阳,且向花间留晚照。"

[2] 张先《天仙子》(时为嘉禾小倅,以病眠,不赴府会):"水调数声持酒听,午醉醒来愁未醒。送春春去几时回?临晚镜,伤流景,往事后期空记省。　沙上并禽池上暝,云破月来花弄影。重重帘幕密遮灯,风不定,人初静,明日落红应满径。"

八

境界有大小,不以是而分优劣。"细雨鱼儿出,微风燕子斜"[1],何遽不若"落日照大旗,马鸣风萧萧"[2]!"宝帘闲挂小银钩"[3],何遽不若"雾失楼台,月迷津渡"[4]也!

[1] 杜甫《水槛遣心二首》之一:"去郭轩楹敞,无村眺望赊。澄江平少岸,幽树晚多花。细雨鱼儿出,微风燕子斜。城中十万户,此地两三家。"

[2] 杜甫《后出塞五首》之一:"朝进东门营,暮上河阳桥。落日照大旗,马鸣风萧萧。平沙列万幕,部伍各见招。中天悬明月,令严夜寂寥。悲笳数声动,壮士惨不骄。借问大将谁,恐是霍嫖姚。"

[3] 秦观《浣溪沙》:"漠漠轻寒上小楼,晓阴无赖似穷秋,淡烟流水画屏幽。　自在飞花轻似梦,无边丝雨细如愁,宝帘闲挂小银钩。"

[4] 秦观《踏沙行》见三注。

九

严沧浪《诗话》曰:"盛唐诸人,唯在兴趣。羚羊挂角,无迹可求。故其妙处,透彻玲珑,不可凑泊。如空中之音、相中之色、水中之月、镜中之象,言有尽而意无穷。"余谓:北宋以前之词,亦复如是。然沧浪所谓兴趣,阮亭所谓神韵,犹不过道其面目,不若鄙人拈出"境界"二字,为探其本也。

十

太白纯以气象胜。"西风残照,汉家陵阙"[1],寥寥八字,遂关千古登临之口。后世唯范文正之《渔家傲》[2],夏英公之《喜迁莺》[3],差足继武,然气象已不逮矣。

[1] 李白《忆秦娥》:"箫声咽,秦娥梦断秦楼月。秦楼月,年年柳色,灞陵伤别。　乐游原上清秋节,咸阳古道音尘绝。音尘绝,西风残照,汉家陵阙。"

[2] 范仲淹《渔家傲·秋思》:"塞下秋来风景异,衡阳雁去无留意。四面边声连角起。千嶂里,长烟落日孤城闭。　浊酒一杯家万里,燕然未勒归无计。羌管悠悠霜满地。人不寐,将军白发征夫泪。"

[3] 夏竦《喜迁莺令》:"霞散绮,月垂钩。帘卷未央楼。夜凉银汉截天流,宫阙锁清秋。　瑶台树,金茎露。凤髓香盘烟雾。三千珠翠拥宸游,水殿按凉州。"

十一

张皋文谓飞卿之词"深美闳约"[1]。余谓此四字唯冯正中足以当之。刘融齐谓飞卿"精妙绝人"[2],差近之耳。

[1] 张惠言《词选序》:"唐之词人,温庭筠最高,其言深美闳约。"

[2] 刘熙载《艺概》卷四《词曲概》:"温飞卿词精妙绝人,然类不出乎绮怨。"

十二

"画屏金鹧鸪"[1],飞卿语也,其词品似之;"弦上黄莺语"[2],端己语也,其词品亦似之;正中词品,若欲于其词句中求之,则"和泪试严妆"[3],殆近之欤?

[1] 温庭筠《更漏子》:"柳丝长,春雨细。花外漏声迢递。惊塞雁,起城乌。画屏金鹧鸪。　香雾薄,透帘幕。惆怅谢家池阁。红烛背,绣帘垂。梦长君不知。"

[2] 韦庄《菩萨蛮》："红楼别夜堪惆怅，香灯半卷流苏帐。残月出门时，美人和泪辞。　琵琶金翠羽，弦上黄莺语。劝我早归家，绿窗人似花。"

[3] 冯延巳《菩萨蛮》："娇鬟堆枕钗横凤，溶溶春水杨花梦。红烛泪阑干，翠屏烟浪寒。　锦壶催画箭，玉佩天涯远。和泪试严妆，落梅飞晓霜。"

十三

南唐中主词："菡萏香销翠叶残，西风愁起绿波间"[1]，大有众芳芜秽，美人迟暮之感。乃古今独赏其"细雨梦回鸡塞远，小楼吹彻玉笙寒"，故知解人正不易得。

[1] 李璟《浣溪沙》："菡萏香销翠叶残，西风愁起绿波间。还与韶光共憔悴，不堪看。　细雨梦回鸡塞远，小楼吹彻玉笙寒。多少泪珠何限恨，倚阑干。"

十四

温飞卿之词，句秀也；韦端己之词，骨秀也；李重光之词，神秀也。

十五

词至李后主而眼界始大，感慨遂深，遂变伶工之词而为士大夫之词。周介存置诸温韦之下[1]，可为颠倒黑白矣。"自是人生长恨水长东"[2]、"流水落花春去也，天上人间"[3]，《金荃》、《浣花》，能有此气象耶？

[1] 周济《介存斋论词杂著》："毛嫱，西施，天下美妇人也。严妆佳，淡妆亦佳，粗服乱头，不掩国色。飞卿，严妆也。端己，淡妆也。后主则粗服乱头矣。"

[2] 后主《相见欢》："林花谢了春红，太匆匆，无奈朝来寒雨晚来风。　胭脂泪，留人醉，几时重？自是人生长恨水长东！"

[3] 后主《浪淘沙》："帘外雨潺潺，春意阑珊。罗衾不耐五更寒。梦里不知身是客，一晌贪欢。　独自莫凭栏，无限江山，别时容易见时难。流水落花春去也，天上人间。"

十六

词人者，不失其赤子之心者也。故生于深宫之中，长于妇人之手，是后主为人君所短处，亦即为词人所长处。

十七

客观之诗人,不可不多阅世。阅世愈深,则材料愈丰富,愈变化,《水浒传》、《红楼梦》之作者是也。主观之诗人,不必多阅世。阅世愈浅,则性情愈真,李后主是也。

十八

尼采谓:"一切文学,余爱以血书者。"后主之词,真所谓以血书者也。宋道君皇帝《燕山亭》词[1]亦略似之。然道君不过自道生世之戚,后主则俨有释迦、基督担荷人类罪恶之意,其大小固不同矣。

[1] 宋徽宗《燕山亭·北行见杏花》:"裁剪冰绡,轻叠数重,淡著燕脂匀注。新样靓妆,艳溢香融,羞杀蕊珠宫女。易得凋零,更多少无情风雨。愁苦。　闲院落凄凉,几番春暮。凭寄离恨重重,这双燕,何曾会人言语。天遥地远,万水千山,知他故宫何处?怎不思量?除梦里有时曾去。无据。和梦也、新来不做。"

十九

冯正中词虽不失五代风格,而堂庑特大,开北宋一代风气。与中、后二主词皆在《花间》范围之外,宜《花间集》中不登其只字也[1]。

[1] 龙沐勋《唐宋名家词选》:"案《花间集》多西蜀词人,不采二主及正中词,当由道里隔绝,又年岁不相及有以致然。非因流派不同,遂尔遗置也。王说非是。"

二〇

正中词除《鹊踏枝》、《菩萨蛮》十数阕最煊赫外,如《醉花间》之"高树鹊衔巢,斜月明寒草"[1],余谓韦苏州之"流萤渡高阁"[2]、孟襄阳之"疏雨滴梧桐"[3]不能过也。

[1] 冯延巳《醉花间》:"晴雪小园春未到。池边梅自早。高树鹊衔巢,斜月明寒草。山川风景好。　自古金陵道。少年看却老。相逢莫厌醉金杯,别离多,欢会少。"

[2] 韦应物《寺居独夜寄崔主簿》:"幽人寂无寐,木叶纷纷落。寒雨暗深更,流萤渡高阁。坐使青灯晓,还伤夏衣薄。宁知岁方晏,离居更萧索。"

[3] 《全唐诗》卷六:孟浩然句,"微云淡河汉,疏雨滴梧桐。"唐

王士源《孟浩然集》序云:"浩然尝闲游秘省,秋月新霁,诸英华赋诗作会。浩然句云'微云淡河汉,疏雨滴梧桐。'举座嗟其清绝,咸阁笔不复为继。"

二一

欧九《浣溪沙》词:"绿杨楼外出秋千。"[1]晁补之谓:只一"出"字,便后人所不能道。余谓此本于正中《上行杯》词"柳外秋千出画墙"[2],但欧语尤工耳。

[1] 欧阳修《浣溪沙》:"堤上游人逐画船,拍堤春水四垂天。绿杨楼外出秋千。 白发戴花君莫笑,六幺催拍盏频传。人生何处似尊前。"

[2] 冯延巳《上行杯》:"落梅著雨消残粉,云重烟轻寒食近。罗幕遮香,柳外秋千出画墙。 春山颠倒钗横凤,飞絮入帘春睡重。梦里佳期,只许庭花与月知。"

二二

梅圣俞《苏幕遮》词:"落尽梨花春又了。满地残阳,翠色和烟老。"[1]刘融斋谓:少游一生似专学此种[2]。余谓:冯正中《玉楼春》词:"芳菲次第长相续,自是情多无处足。尊前百计得春归,莫为伤春眉黛促。"[3]永叔一生似专学此种。

[1] 梅尧臣《苏幕遮·草》:"露堤平,烟墅杳。乱碧萋萋,雨后江天晓。独有庚郎年最少。窣(sū)地春袍,嫩色宜相照。 接长亭,迷远道。堪怨王孙,不记归期早。落尽梨花春又了。满地残阳,翠色和烟老。"

[2] 刘熙载《艺概》卷四《词曲概》引此词云:"此一种似为少游开先。"

[3] 冯延巳《玉楼春》:"雪云乍变春云簇,渐觉年华堪送目。北枝梅蕊犯寒开,南浦波纹如酒绿。 芳菲次第还相续,不奈情多无处足。尊前百计得春归,莫为伤春眉黛促。"

二三

人知和靖《点绛唇》[1]、圣俞《苏幕遮》[2]、永叔《少年游》[3]三阕为咏春草绝调。不知先有正中"细雨湿流光"[4]五字,皆能摄春草之魂者也。

[1] 林逋《点绛唇·草》:"金谷年年,乱生春色谁为主。余花落处,满地和烟雨。 又是离愁,一阕长亭暮。王孙去。萋萋无数,南北东

西路。"

[2] 梅尧臣《苏幕遮》见二二注。

[3] 欧阳修《少年游》："阑干十二独凭春，晴碧远连云。千里万里，二月三月，行色苦愁人。　谢家池上，江淹浦畔，吟魄与离魂。那堪疏雨滴黄昏，更特地、忆王孙。"

[4] 冯延巳《南乡子》："细雨湿流光，芳草年年与恨长。烟锁凤楼无限事，茫茫。鸾镜鸳衾两断肠。　魂梦任悠扬，睡起杨花满绣床。薄幸不来门半掩，斜阳。负你残春泪几行。"

二四

《诗·蒹葭》[1]一篇，最得风人深致。晏同叔之"昨夜西风凋碧树。独上高楼，望尽天涯路"[2]，意颇近之。但一洒落，一悲壮耳。

[1] 《诗经·蒹葭》："蒹葭苍苍，白露为霜。所谓伊人，在水一方。溯洄从之，道阻且长。溯游从之，宛在水中央。　蒹葭凄凄，白露未晞。所谓伊人，在水之湄。溯洄从之，道阻且跻。溯游从之，宛在水中坻（chí）。　蒹葭采采，白露未已。所谓伊人，在水之涘（sì），溯洄从之，道阻且右。溯游从之，宛在水中沚（zhǐ）。"

[2] 晏殊《蝶恋花》："槛菊愁烟兰泣露。罗幕轻寒，燕子双飞去。明月不谙别离苦，斜光到晓穿朱户。　昨夜西风凋碧树。独上高楼，望尽天涯路。欲寄彩笺兼尺素，山长水阔知何处。"

二五

"我瞻四方，蹙蹙靡所骋"[1]，诗人之忧生也；"昨夜西风凋碧树。独上高楼，望尽天涯路"[2]似之。"终日驰车走，不见所问津"[3]，诗人之忧世也；"百草千花寒食路，香车系在谁家树"[4]似之。

[1] 《诗经·小雅·节南山》："驾彼四牡，四牡项领。我瞻四方，蹙蹙靡所骋。"

[2] 晏殊《蝶恋花》见二四注。

[3] 陶潜《饮酒》第二十首："羲农去我久，举世少复真。汲汲鲁中叟，弥缝使其淳。凤鸟虽不至，礼乐暂得新。洙泗绝微响，漂流逮狂秦。诗书复何罪，一朝成灰尘。区区诸老翁，为事诚殷勤。如何绝世下，六籍无一亲？终日驰车走，不见所问津。若复不快饮，空负头上巾。但恨多谬误，君当恕醉人。"

[4] 冯延巳《鹊踏枝》："几日行云何处去，忘却归来，不道春将暮！

百草千花寒食路,香车系在谁家树? 泪眼倚楼频独语:双燕来时,陌上相逢否?撩乱春愁如柳絮,悠悠梦里无寻处。"

二六

古今之成大事业、大学问者,必经过三种之境界:"昨夜西风凋碧树。独上高楼,望尽天涯路。"[1]此第一境也。"衣带渐宽终不悔,为伊消得人憔悴。"[2]此第二境也。"众里寻他千百度,蓦然回首,那人却在,灯火阑珊处。"[3]此第三境也。此等语皆非大词人不能道。然遽以此意解释诸词,恐为晏、欧诸公所不许也。

[1] 晏殊《蝶恋花》见二四注。

[2] 柳永《凤栖梧》:"伫倚危楼风细细。望极春愁,黯黯生天际。草色烟光残照里。无言谁会凭栏意。 拟把疏狂图一醉,对酒当歌,强乐还无味。衣带渐宽终不悔,为伊消得人憔悴。"

[3] 辛弃疾《青玉案·元夕》:"东风夜放花千树。更吹落、星如雨。宝马雕车香满路,凤箫声动,玉壶光转,一夜鱼龙舞。 蛾儿雪柳黄金缕。笑语盈盈暗香去。众里寻他千百度。蓦然回首,那人却在,灯火阑珊处。"

二七

永叔"人生自是有情痴,此恨不关风与月"、"直须看尽洛城花,始共春风容易别"[1],于豪放之中有沈著之致,所以尤高。

[1] 欧阳修《玉楼春》:"尊前拟把归期说,未语春容先惨咽。人生自是有情痴,此恨不关风与月。 离歌且莫翻新阕,一曲能教肠寸结。直须看尽洛城花,始共春风容易别。"

二八

冯梦华《宋六十一家词选·序例》谓:"淮海、小山,古之伤心人也。其淡语皆有味,浅语皆有致。"余谓此唯淮海足以当之。小山矜贵有余,但方可驾子野方回,未足抗衡淮海也。

二九

少游词境最为凄婉。至"可堪孤馆闭春寒,杜鹃声里斜阳暮",则变而凄厉矣。东坡赏其后二语[1],犹为皮相。

[1] 秦观《踏莎行》见三注。东坡绝爱其尾两句,自书于扇曰:"少游已矣,虽万人何赎。"

三〇

"风雨如晦，鸡鸣不已"[1]、"山峻高以蔽日兮，下幽晦以多雨；霰雪纷其无垠兮，云霏霏而承宇"[2]、"树树皆秋色，山山唯落晖"[3]、"可堪孤馆闭春寒，杜鹃声里斜阳暮"[4]，气象皆相似。

[1]《诗·郑风·风雨》："风雨凄凄，鸡鸣喈喈。既见君子，云胡不夷。 风雨潇潇，鸡鸣胶胶。既见君子，云胡不瘳。 风雨如晦，鸡鸣不已。既见君子，云胡不喜。"

[2] 见《楚辞.九章.涉江》。

[3] 王绩《野望》："东皋薄暮望，徒倚欲何依。树树皆秋色，山山唯落晖。牧人驱犊返，猎马带禽归。相顾无相识，长歌怀采薇。"

[4] 秦观《踏莎行》见三注。

三一

昭明太子称：陶渊明诗"跌宕昭彰，独超众类。抑扬爽朗，莫之与京"[1]。王无功称：薛收赋"韵趣高奇，词义晦远。嵯峨萧瑟，真不可言"[2]。词中惜少此二种气象，前者唯东坡，后者唯白石，略得一二耳。

[1] 见萧统《陶渊明集》序。

[2] 见《王无功集》卷下《答冯子华处士书》。所称薛收赋，谓系《白牛溪赋》。

三二

词之雅郑，在神不在貌。永叔、少游虽作艳语，终有品格。方之美成，便有淑女与倡伎之别。

三三

美成深远之致不及欧、秦。唯言情体物，穷极工巧，故不失为第一流之作者。但恨创调之才多，创意之才少耳。

三四

词忌用替代字。美成《解语花》之"桂华流瓦"[1]，境界极妙。惜以"桂华"二字代"月"耳。梦窗以下，则用代字更多。其所以然者，非意不足，则语不妙也。盖意足则不暇代，语妙则不必代。此少游之"小楼连苑"、"绣毂雕鞍"[2]，所以为东坡所讥也[3]。

[1] 周邦彦《解语花·元宵》："风销焰蜡，露浥烘炉，花市光相射。桂华流瓦。纤云散、耿耿素娥欲下。衣裳淡雅。看楚女、纤腰一把。箫鼓喧、人影参差，满路飘香麝。　　因念都城放夜。望千门如昼，嬉笑游冶。钿车罗帕。相逢处、自有暗尘随马。年光是也。唯只见、旧情衰谢。清漏移、飞盖归来，从舞休歌罢。"

[2] 秦观《水龙吟》："小楼连苑横空，下窥绣毂（gǔ）雕鞍骤。朱帘半卷，单衣初试，清明时候。破暖轻风，弄晴微雨，欲无还有。卖花声过尽，斜阳院落，红成阵、飞鸳甃（zhòu）。　　玉佩丁东别后。怅佳期、参差难又。名缰（jiāng）利锁，天还知道，和天也瘦。花下重门，柳边深巷，不堪回首。念多情，但有当时皓月，向人依旧。"

[3]《历代诗余》卷五引曾慥（zào）《高斋词话》："少游自会稽入都见东坡。东坡问作何词，少游举'小楼连苑横空，下窥绣毂雕鞍骤'。东坡曰：'十三字只说得一个人骑马楼前过。'"

三五

沈伯时《乐府指迷》云："说桃不可直说破桃，须用'红雨'、'刘郎'等字。咏柳不可直说破柳，须用'章台'、'灞岸'等字。"若惟恐人不用代字者。果以是为工，则古今类书具在，又安用词为耶？宜其为《提要》所讥也[1]。

[1]《四库提要》集部词曲类二沈氏《乐府指迷》条："又谓说桃须用'红雨'、'刘郎'等字，说柳须用'章台'、'灞岸'等字，说书须用'银钩'等字，说泪须用'玉箸'等字，说发须用'绛云'等字，说簟须用'湘竹'等字，不可直说破。其意欲避鄙俗，而不知转成涂饰，亦非确论。"

三六

美成《苏幕遮》词："叶上初阳干宿雨。水面清圆，一一风荷举。"[1]此真能得荷之神理者。觉白石《念奴娇》、《惜红衣》二词[2]，犹有隔雾看花之恨。

[1] 周邦彦《苏幕遮》："燎沉香，消溽暑，鸟雀呼晴，侵晓窥檐语。叶上初阳干宿雨。水面清圆，一一风荷举。　　故乡遥，何日去？家住吴门，久作长安旅。五月渔郎相忆否？小楫轻舟，梦入芙蓉浦。"

[2] 姜夔《念奴娇》："闹红一舸，记来时，尝与鸳鸯为侣。三十六陂人未到，水佩风裳无数。翠叶吹凉，玉容销酒，更洒菰蒲雨。嫣然摇动，冷香飞上诗句。　　日暮。青盖亭亭，情人不见，争忍凌波去。只恐舞衣寒易落，愁入西风南浦。高柳垂阴，老鱼吹浪，留我花间住。田田多

少？几回沙际归路。"

姜夔《惜红衣》："簟枕邀凉，琴书换日，睡余无力。细洒冰泉，并刀破甘碧。墙头唤酒，谁问讯城南诗客？岑寂。高柳晚蝉，说西风消息。

虹梁水陌，鱼浪吹香，红衣半狼籍。维舟试望，故国眇天北。可惜渚边沙外，不共美人游历。问甚时同赋，三十六陂秋色？"

三七

东坡《水龙吟》咏杨花[1]，和均而似元唱。章质夫词[2]，原唱而似和均。才之不可强也如是！

[1] 苏轼《水龙吟·次韵章质夫杨花词》："似花还似非花，也无人惜、从教坠。抛家傍路，思量却是，无情有思。萦损柔肠，困酣娇眼，欲开还闭。梦随风万里，寻郎去处，又还被、莺呼起。　不恨此花飞尽，恨西园、落红难缀。晓来雨过，遗踪何在，一池萍碎。春色三分，二分尘土，一分流水。细看来不是杨花，点点是、离人泪。"

[2] 章质夫《水龙吟·杨花》："燕忙莺懒芳残，正堤上、杨花飘坠。轻飞乱舞，点画青林，全无才思。闲趁游丝，静临深院，日长门闭。傍珠帘散漫，垂垂欲下，依前被、风扶起。　兰帐玉人睡觉，怪春衣、雪沾琼缀。绣床渐满，香球无数，才圆欲碎。时见蜂儿，仰粘轻粉，鱼吞池水。望章台路香，金鞍游荡，有盈盈泪。"

三八

咏物之词，自以东坡《水龙吟》最工，邦卿《双双燕》[1]次之。白石《暗香》、《疏影》[2]，格调虽高，然无一语道著，视古人"江边一树垂垂发"[3]等句何如耶？

[1] 史达祖《双双燕·咏燕》："过春社了，度帘幕中间，去年尘冷。差池欲往，试入旧巢相并。还相雕梁藻井，又软语、商量不定。飘然快拂花梢，翠尾分开红影。　芳径，芹泥雨润。爱贴地争飞，竞夸轻俊。红楼归晚，看足柳暗花暝。应自栖香正稳，便忘了、天涯芳信。愁损翠黛双蛾，日日画栏独凭。"

[2] 姜夔《暗香》：（辛亥之冬，予载雪诣石湖。止既月，授简索句，且征新声，作此两曲。石湖把玩不已，使工妓肄之，音节谐婉，乃名之曰暗香、疏影。）"旧时月色，算几番照我，梅边吹笛？唤起玉人，不管清寒与攀摘。何逊而今渐老，都忘却春风词笔。但怪得竹外疏花，香冷入

瑶席。　江国，正寂寂，叹寄与路遥，夜雪初积。翠尊易泣，红萼无言耿相忆。长记曾携手处，千树压西湖寒碧。又片片吹尽也，几时见得？"

姜夔《疏影》："苔枝缀玉，有翠禽小小，枝上同宿。客里相逢，篱角黄昏，无言自倚修竹。昭君不惯胡沙远，但暗忆江南江北。想佩环月夜归来，化作此花幽独。　犹记深宫旧事，那人正睡里，飞近蛾绿。莫似春风，不管盈盈，早与安排金屋。还教一片随波去，又却怨玉龙哀曲。等恁时、重觅幽香，已入小窗横幅。"

[3] 杜甫《和裴迪登蜀州东亭送客逢早梅相忆见寄》："东阁官梅动诗兴，还如何逊在扬州。此时对雪遥相忆，送客逢春可自由。幸不折来伤春暮，若为看去乱乡愁。江边一树垂垂发，朝夕催人自白头。"

三九

白石写景之作，如"二十四桥仍在，波心荡、冷月无声"[1]、"数峰清苦，商略黄昏雨"[2]、"高树晚蝉，说西风消息"[3]，虽格韵高绝，然如雾里看花，终隔一层。梅溪、梦窗诸家写景之病，皆在一"隔"字。北宋风流，渡江遂绝。抑真有运会存乎其间耶？

[1] 姜夔《扬州慢》："淮左名都，竹西佳处，解鞍少驻初程。过春风十里，尽荠麦青青。自胡马、窥江去后，废池乔木，犹厌言兵。渐黄昏清角，吹寒都在空城。　杜郎俊赏，算而今、重到须惊。纵豆蔻词工，青楼梦好，难赋深情。二十四桥仍在，波心荡、冷月无声。念桥边红药，年年知为谁生？"

[2] 姜夔《点绛唇》："燕雁无心，太湖西畔随云去。数峰清苦。商略黄昏雨。　第四桥边，拟共天随往。今何许？凭栏怀古，残柳参差舞。"

[3] 姜夔《惜红衣》见三六注。

四〇

问"隔"与"不隔"之别，曰：陶、谢之诗不隔，延年则稍隔矣；东坡之诗不隔，山谷则稍隔矣。"池塘生春草"[1]、"空梁落燕泥"[2]等二句，妙处唯在不隔，词亦如是。即以一人一词论，如欧阳公《少年游》咏春草上半阕云："阑干十二独凭春，晴碧远连云。二月三月，千里万里，行色苦愁人。"语语都在目前，便是不隔。至云："谢家池上，江淹浦畔"[3]则隔矣。白石《翠楼吟》："此地。宜有词仙，拥素云黄鹤，与君游戏。玉梯凝望久，叹芳草、萋萋千里"，便是不隔。至"酒祓清愁，花消英气"[4]，则隔矣。然南宋词虽不隔处，比之前人，自有浅深厚薄之别。

[1] 谢灵运《登池上楼》:"潜虬媚幽姿,飞鸿响远音。薄霄愧云浮,栖川怍(zuò)渊沈。进德智所拙,退耕力不任。徇禄反穷海,卧疴(kē)对空林。衾枕昧节候,褰开暂窥临。倾耳聆波澜,举目眺岖嵚(qīn)。初景革绪风,新阳改故阴。池塘生春草,园柳变鸣禽。祁祁伤豳歌,萋萋感楚吟。索居易永久,离群难处心,持操岂独古,无闷征在今。"

[2] 薛道衡《昔昔盐》:"垂柳覆金堤,蘼芜叶复齐。水溢芙蓉沼,花飞桃李蹊。采桑秦氏女,织锦窦家妻。关山别荡子,风月守空闺。恒敛千金笑,长垂双玉啼。盘龙随镜隐,彩凤逐帷低。飞魂同夜鹊,倦寝忆晨鸡。暗牖悬蛛网,空梁落燕泥。前年过代北,今岁往辽西。一去无消息,那能惜马蹄。"

[3] 欧阳修《少年游》见二三注。

[4] 姜夔《翠楼吟》"月冷龙沙,尘清虎落,今年汉酺初赐。新翻胡部曲,听毡幕、元戎歌吹。层楼高峙。看槛曲萦红,檐牙飞翠。人姝丽。粉香吹下,夜寒风细。　　此地。宜有词仙,拥素云黄鹤,与君游戏。玉梯凝望久,叹芳草、萋萋千里。天涯情味。仗酒祓清愁,花销英气。西山外。晚来还卷,一帘秋霁。"

四一

"生年不满百,常怀千岁忧。昼短苦夜长,何不秉烛游?"[1]"服食求神仙,多为药所误。不如饮美酒,被服纨与素。"[2]写情如此,方为不隔。"采菊东篱下,悠然见南山。山气日夕佳,飞鸟相与还。"[3]"天似穹庐,笼盖四野。天苍苍,野茫茫,风吹草低见牛羊。"[4]写景如此,方为不隔。

[1]《古诗十九首》第十五:"生年不满百,常怀千岁忧。昼短苦夜长,何不秉烛游。为乐当及时,何能待来兹。愚者爱惜费,但为后世嗤。仙人王子乔,难可与等期。"

[2]《古诗十九首》第十三:"驱车上东门,遥望郭北墓。白杨何萧萧,松柏夹广路。下有陈死人,杳杳即长暮。潜寐黄泉下,千载永不寤。浩浩阴阳移,年命如朝露。人生忽如寄,寿无金石固。万岁更相送,圣贤莫能度。服食求神仙,多为药所误。不如饮美酒,被服纨与素。"

[3] 陶潜《饮酒诗》见三注。

[4] 斛律金《敕勒歌》:"敕勒川,阴山下。天似穹庐,笼盖四野。天苍苍,野茫茫,风吹草低见牛羊。"

四二

古今词人格调之高,无如白石。惜不于意境上用力,故觉无言外之味,弦外之响。终不能与于第一流之作者也。

四三

南宋词人,白石有格而无情,剑南有气而乏韵。其堪与北宋人颉颃者,唯一幼安耳。近人祖南宋而祧北宋,以南宋之词可学,北宋不可学也。学南宋者,不祖白石,则祖梦窗,以白石、梦窗可学,幼安不可学也。学幼安者率祖其粗犷、滑稽,以其粗犷、滑稽处可学,佳处不可学也。幼安之佳处,在有性情,有境界。即以气象论,亦有"横素波"、"干青云"[1]之概,宁后世龌龊小生所可拟耶?

[1] 萧统《陶渊明集序》:"其文章……横素波而傍流,干青云而直上"。

四四

东坡之词旷,稼轩之词豪。无二人之胸襟而学其词,犹东施之效捧心也。

四五

读东坡、稼轩词,须观其雅量高致,有伯夷、柳下惠之风。白石虽似蝉蜕尘埃,然终不免局促辕下。

四六

苏、辛,词中之狂。白石犹不失为狷。若梦窗、梅溪、玉田、草窗、西麓辈,面目不同,同归于乡愿而已。

四七

稼轩中秋饮酒达旦,用《天问》体作《木兰花慢》以送月曰:"可怜今夕月,向何处、去悠悠?是别有人间,那边才见,光景东头。"[1]词人想象,直悟月轮绕地之理,与科学家密合,可谓神悟。

[1] 辛弃疾《木兰花慢》(中秋饮酒将旦,客谓:前人诗词,有赋待月,无送月者。因用《天问》体赋):"可怜今夕月,向何处、去悠悠?是别有人间,那边才见,光景东头。是天外空汗漫,但长风、浩浩送中秋。 飞镜无根谁系?姮娥不嫁谁留?谓经海底问无由。恍惚使人愁。怕万里长鲸,纵横触破,玉殿琼楼。虾蟆故堪浴水,问云何、玉兔解沈浮?若道都齐无恙,云何渐渐如钩?"

四八

周介存谓:"梅溪词中,喜用'偷'字,足以定出其品格。"[1]刘融斋谓:"周旨荡而史意贪。"[2]此二语令人解颐。

[1] 见周济《介存斋论词杂著》。
[2] 刘熙载《艺概》卷四《词曲概》:"周美成律最精审。史邦卿句最警炼。然未得为君子之词者,周旨荡而史意贪也。"

四九

介存谓:梦窗词之佳者,如"水光云影,摇荡绿波,抚玩无极,追寻已远"。余览《梦窗甲乙丙丁稿》中,实无足当此者。有之,其"隔江人在雨声中,晚风菰叶生愁怨"[1]二语乎?

[1] 吴文英《踏莎行》:"润玉笼绡,檀樱倚扇。绣圈犹带脂香浅。榴心空叠舞裙红,艾枝应压愁鬟乱。午梦千山,窗阴一箭。香瘢新褪红丝腕。隔江人在雨声中,晚风菰叶生愁怨。"

五〇

梦窗之词,吾得取其词中一语以评之,曰:"映梦窗、零乱碧。"[1]玉田之词,余得取其词中之一语以评之,曰:"玉老田荒。"[2]

[1] 吴文英《秋思·荷塘为括苍名妹求赋其听雨小阁》:"堆枕香鬟侧。骤夜声,偏称画屏秋色。风碎串珠,润侵歌板,愁压眉窄。动罗䬃(shà)清商,寸心低诉叙怨抑。映梦窗、零乱碧。待涨绿春深,落花香泛,料有断红流处,暗题相忆。　欢酌。檐花细滴。送故人,粉黛重饰。漏侵琼瑟,丁东敲断,弄晴月白。怕一曲'霓裳'未终,催去骖凤翼。欢谢客犹未识。漫瘦却东阳,镫前无梦到得。路隔重云雁北。"
[2] 张炎《祝英台近·与周草窗话旧》:"水痕深,花信足。寂寞汉南树。转首青阴,芳事顿如许。不知多少消魂,夜来风雨。犹梦到、断红流处。　最无据。长年息影空山。愁入庾郎句。玉老田荒,心事已迟暮。几回听得啼鹃,不如归去。终不似、旧时鹦鹉。"

五一

"明月照积雪"[1]、"大江流日夜"[2]、"中天悬明月"[3]、"长河落日圆"[4],此种境界,可谓千古壮观。求之于词,唯纳兰容若塞上之作,如《长相思》之"夜深千帐灯"[5],《如梦令》之"万帐穹庐人醉,星影摇摇欲坠"[6]差近之。

[1] 谢灵运《岁暮》:"殷忧不能寐,苦此夜难颓。明月照积雪,朔风劲且哀。运往无淹物,年逝觉已催。"

[2] 谢朓《暂使下都夜发新林至京邑赠西府同僚》:"大江流日夜,客心悲未央。徒念关山近,终知返路长。秋河曙耿耿,寒渚夜苍苍。引顾见京室,宫雉正相望。金波丽鳷鹊,玉绳低建章。驱车鼎门外,思见昭丘阳。驰晖不可接,何况隔两乡?风云有鸟路,江汉限无梁。常恐鹰隼击,时菊委严霜。寄言罻(wèi,鱼网)罗者,寥廓已高翔。"

[3] 杜甫《后出塞》(之二):"朝进东门营,暮上河阳桥。落日照大旗,马鸣风萧萧。平沙列万幕,部伍各见招。中天悬明月,令严夜寂寥。悲笳数声动,壮士惨不骄。借问大将谁?恐是霍嫖姚。"

[4] 王维《使至塞上》:"单车欲问边,属国过居延。征蓬出汉塞,归雁入胡天。大漠孤烟直,长河落日圆。萧关逢候骑,都护在燕然。"

[5] 纳兰性德《长相思》:"山一程,水一程。身向榆关那畔行,夜深千帐灯。　风一更,雪一更。聒碎乡心梦不成,故园无此声。"

[6] 纳兰性德《如梦令》:"万帐穹庐人醉,星影摇摇欲坠。归梦隔狼河,又被河声搅碎。还睡,还睡。解道醒来无味。"

五二

纳兰容若以自然之眼观物,以自然之舌言情。此初入中原,未染汉人风气,故能真切如此。北宋以来,一人而已。

五三

陆放翁《花间集》,谓"唐季五代,诗愈卑,而倚声者辄简古可爱。……能此不能彼,未易以理推也。"《提要》驳之,谓:"犹能举七十斤者,举百斤则蹶,举五十斤则运掉自如。"[1]其言甚辨。然谓词必易于诗,余未敢信。善乎陈卧子之言曰:"宋人不知诗而强作诗,故终宋之世无诗。……然其欢愉愁怨之致,动于中而不能抑者,类发于诗余,故其所造独工。"[2]五代词之所以独胜,亦以此也。

[1]《四库提要》集部词曲类一《花间集》:"后有陆游二跋。……其二称:'唐季五代,诗愈卑,而倚声者辄简古可爱。能此不能彼,未易以理推也。'不知文之体格有高卑,人之学历有强弱。学力不足副其体格,则举之不足。学力足以副其体格,则举之有余。律诗降于古诗,故中晚唐古诗多不工,而律诗则时有佳作。词又降于律诗,故五季人诗不及唐,词乃独胜。此犹能举七十斤者,举百斤则蹶,举五十则运用自如,有何不可理推乎?"

[2] 陈子龙《王介人诗余序》:"宋人不知诗而强作诗。其为诗也,言理而不言情,故终宋之世无诗焉。然宋人亦不可免于有情也。故凡其欢愉愁怨之致,动于中而不能抑者,类发于诗余,故其所造独工,非后世可

及。盖以沈至之思而出之必浅近，使读之者骤遇如在耳目之表，久诵而得沈永之趣，则用意难也。以傥利之词，而制之实工炼，使篇无累句，句无累字，圆润明密，言如贯珠，则铸词难也。其为体也纤弱，所谓明珠翠羽，尚嫌其重，何况龙鸾？必有鲜妍之姿，而不藉粉泽，则设色难也。其为境也婉媚，虽以警露取妍，实贵含蓄，有余不尽，时在低回唱叹之际，则命篇难也。惟宋人专力事之，篇什既多，触景皆会。天机所启，若出自然。虽高谈大雅，而亦觉其不可废。何则？物有独至，小道可观也。"

五四

四言敝而有楚辞，楚辞敝而有五言，五言敝而有七言，古诗敝而有律绝，律绝敝而有词。盖文体通行既久，染指遂多，自成习套。豪杰之士，亦难于其中自出新意，故遁而作他体，以自解脱。一切文体所以始盛终衰者，皆由于此。故谓文学后不如前，余未敢信。但就一体论，则此说固无以易也。

五五

诗之《三百篇》、《十九首》，词之五代、北宋，皆无题也。非无题也，诗词中之意，不能以题尽之也。自《花庵》、《草堂》每调立题，并古人无题之词亦为之作题。如观一幅佳山水，而即曰此某山某河，可乎？诗有题而诗亡，词有题而词亡，然中材之士，鲜能知此而自振拔者也。

五六

大家之作，其言情也必沁人心脾，其写景也必豁人耳目。其辞脱口而出，无矫揉妆束之态。以其所见者真，所知者深也。诗词皆然。持此以衡古今之作者，可无大误也。

五七

人能于诗词中不为美刺投赠之篇，不使隶事之句，不用粉饰之字，则于此道已过半矣。

五八

以《长恨歌》之壮采，而所隶之事，只"小玉"、"双成"四字，才有余也。梅村歌行，则非隶事不办[1]。白、吴优劣，即于此见。不独作诗为然，填词家亦不可不知也。

[1] 白居易《长恨歌》有"转教小玉报双成"句为隶事。至吴伟业之《圆圆曲》，则入手即用"鼎湖"事，以下隶事句不胜指数。

五九

近体诗体制,以五、七言绝句为最尊,律诗次之,排律最下。盖此体于寄兴言情,两无所当,殆有均之骈体文耳。词中小令如绝句,长调似律诗,若长调之《百字令》、《沁园春》等,则近于排律矣。

六○

诗人对宇宙人生,须入乎其内,又须出乎其外。入乎其内,故能写之;出乎其外,故能观之。入乎其内,故有生气;出乎其外,故有高致。美成能入而不出;白石以降,于此二事皆未梦见。

六一

诗人必有轻视外物之意,故能以奴仆命风月;又必有重视外物之意,故能与花鸟共忧乐。

六二

"昔为倡家女,今为荡子妇。荡子行不归,空床难独守。"[1] "何不策高足,先据要路津?无为守穷贱,轗轲长苦辛。"[2] 可为淫鄙之尤。然无视为淫词、鄙词者,以其真也。五代、北宋之大词人亦然。非无淫词,读之者但觉其亲切动人;非无鄙词,但觉其精力弥满。可知淫词与鄙词之病,非淫与鄙之病,而游词[3]之病也。"岂不尔思,室是远而。"而子曰:"未之思也,夫何远之有?"[4] 恶其游也。

[1]《古诗十九首》第二:"青青河畔草,郁郁园中柳。盈盈楼上女,皎皎当窗牖。娥娥红粉妆,纤纤出素手。昔为倡家女,今为荡子妇。荡子行不归,空床难独守。"

[2]《古诗十九首》第四:"今日良宴会,欢乐难具陈。弹筝奋逸响,新声妙入神。令德唱高言,识曲听其真。齐心同所愿,含意俱未申。人生寄一世,奄忽若飙尘。何不策高足,先据要路津?无为守穷贱,轗轲长苦辛。"

[3] 金应珪《词选·后序》:"规模物类,依托歌舞。哀乐不衷其性,虑欢无与乎情。连章累篇,义不出乎花鸟。感物指事,理不外乎酬应。虽既雅而不艳,斯有句而无章。是谓游词。"

[4]《论语·子罕》:"唐棣之华,偏其反而。岂不尔思,室是远而。子曰:未之思也,夫何远之有?"

六三

"枯藤老树昏鸦。小桥流水平沙。古道西风瘦马。夕阳西下。断肠人在天涯。"

此元人马东篱《天净沙》小令也。寥寥数语，深得唐人绝句妙境。有元一代词家，皆不能办此也。

六四

白仁甫《秋夜梧桐雨》剧，沈雄悲壮，为元曲冠冕。然所作《天籁词》，粗浅之甚，不足为稼轩奴隶。岂创者易工，而因者难巧欤？抑人各有能与不能也？读者观欧、秦之诗远不如词，足透此中消息。

5. 元曲二种

西厢记

汤显祖

第四本　第三折

（夫人、长老上，开[1]）今日送张生赴京，就十里长亭[2]，安排下筵席。我和长老先行，不见张生、小姐来到。（旦、末、红同上）（旦云）今日送张生上朝取应去[3]。早是离人伤感，况值那暮秋天气，好烦恼人也呵！"悲欢聚散一杯酒，南北东西万里程。"（旦唱）

　　[注][1] 长（zhǎng）老：寺庙的住持和尚。这里指普救寺的法本长老。开：元杂剧术语，即开始说话的意思。　　[2] 长亭：古代设置在驿路上供行人休息的亭舍，五里一短亭，十里一长亭，故称"十里长亭"，饯别送行常至长亭。
　　[3] 上朝取应：到京城应试。

【正宫】【端正好】碧云天，黄花地[1]，西风紧，北雁南飞。晓来谁染霜林醉[2]？总是离人泪。

　　[注][1] 碧云天，黄花地：出自范仲淹《苏幕遮》词："碧云天，黄叶地。"
　　[2] 霜林醉：形容枫叶经霜变红，如同人醉后脸红一样。霜林，枫林。

【滚绣球】恨相见得迟，怨归去得疾。柳丝长玉骢难系[1]，恨不得倩疏林挂住斜晖[2]。马儿迍迍行[3]，车儿快快随，却告了相思回避，破题儿又早别离[4]。听得道一声"去也"，松了金钏；遥望见十里长亭，减了玉肌。此恨谁知！（红云）姐姐今日不打扮？（旦云）红娘呵，你那里知道我的心哩！（旦唱）

　　[注][1] 玉骢（cōng）：原指青白色的骏马，这里代指马。　　[2] 倩：请。
　　[3] 迍迍（tún）：行动迟缓的样子。　　[4] "却告"二句：刚刚摆脱了相思之苦，又开始了别离之愁。却，通"恰"。破题儿，唐宋文人称诗赋起首点破题意的几句为破题，引申为事情的开端。明清小说中常有"破题儿第一遭"的说法，有"头一次"的含义。

【叨叨令】见安排着车儿、马儿，不由人熬熬煎煎的气；有甚么心情花儿靥儿[1]，打扮得娇娇滴滴的媚；准备着被儿、枕儿，则索昏昏沉沉的睡[2]；从今后

衫儿、袖儿,揾湿做重重叠叠的泪。兀的不闷杀人也么哥[3],兀的不闷杀人也么哥。久已后书儿、信儿,索与我栖栖惶惶的寄。(做到了科,见夫人了)(夫人云)张生和长老坐,小姐这壁坐,红娘将酒来。张生,你向前来,是自家亲眷,不要回避。俺今日将莺莺与你,到京师休辱没了俺孩儿[4],挣揣一个状元回来者[5]。(末云)小生托夫人余荫[6],凭着胸中之才,觑官如拾芥耳[7]。(洁云[8])夫人主张不差,张生不是落后的人。(把酒了,坐)(旦长吁了)(旦唱)

[注][1]靥(yè)儿:原指脸上的酒窝,这里指妇女妆扮面部的一种首饰。 [2]索:须。 [3]也么哥:曲中衬字,相当于现代汉语"呀呼咳"之类的语气词。 [4]辱没:玷辱,使不光彩。 [5]争揣:博取、夺得。 [6]余荫:恩泽,福分所及之意。 [7]拾芥:比喻轻而易举,言功名富贵唾手可得。芥,小草。 [8]洁:元代俗称和尚为洁郎,省称为洁。这里指法本长老。

【脱布衫】下西风黄叶纷飞,染寒烟衰草萋迷[1]。酒席上斜签着坐地[2],蹙愁眉死临侵地[3]。

[注][1]衰草萋迷:犹言枯草遍地。萋迷:草茂盛貌。 [2]斜签着坐地:指张生侧身直腰坐在凳子边沿,是表示谦恭的坐姿。签,插。 [3]死临侵地:死,此处可能是副词,言极憔悴。临侵,指憔悴乏力的样子。

【小梁州】我见他阁泪汪汪不敢垂[1],恐怕人知。猛然见了把头低,长吁气,推整素罗衣[2]。

[注][1]阁泪:含泪。 [2]推:这里是假作之意。

【幺】虽然久后成佳配,奈时间怎不悲啼[1]。意似痴,心如醉,昨宵今日,清减了小腰围。(夫人云)小姐把盏者!(红递酒了,旦把盏了)(旦唱)

[注][1]奈:无奈。时间:眼前,现时。

【上小楼】合欢未已,离愁相继。想着俺前暮私情,昨夜成亲,今日别离。我谂知这几日相思滋味[1],却元来比别离情更增十倍。

[注][1]谂(shěn)知:熟知,深知。

【幺】年少呵轻远别,情薄呵易弃掷。全不想腿儿相压,脸儿相偎,手儿相携。你与俺崔相国做女婿,妻荣夫贵[1],但得一个并头莲,强似状元及第。(红云)姐姐,不曾吃早饭,饮一口儿汤水。(旦云)红娘呵,甚么汤水咽得下。(唱)

[注][1]妻荣夫贵:此句可与上文"你与俺崔相国作女婿"联读。俗云"夫荣妻贵";莺莺既是相国小姐,已具身份,那么张生无需上京博取功名,亦可凭借相国

女婿身份取得富贵。这里暗含埋怨老夫人之意。

【满庭芳】供食太急,须臾对面,顷刻别离。若不是酒席间子母每当回避,有心待与他举案齐眉。

【幺】虽然是厮守得一时半刻,也合着俺夫妻共桌而食。眼底空留意,寻思起就里[1],险化做望夫石。(夫人云)红娘把盏者。(红把酒了)(旦唱)

[注][1]就里:内中的实情。

【快活三】将来的酒共食,尝着似土和泥;假若便是土和泥,也有些土气息、泥滋味。

【朝天子】暖溶溶玉醅[1],白泠泠似水[2],多半是相思泪。眼面前茶饭怕不待要吃[3],恨塞满愁肠胃。蜗角虚名[4],蝇头微利[5],拆鸳鸯在两下里。一个这壁,一个那壁,一递一声长吁气[6]。(夫人云)辆起车儿[7],俺先回去,小姐随后和红娘来。(下)(末辞洁科)(洁云)此一行别无话说,贫僧准备买登科录[8],看做亲的茶饭,少不了贫僧的。先生在意,鞍马上保重者。"从今经忏无心礼[9],专听春雷第一声[10]。"(下)(旦唱)

[注][1]玉醅(pēi):美酒。醅,没过滤的酒。 [2]白泠泠(líng):这里形容清淡寡味。 [3]怕不待要:难道不要。 [4]蜗角虚名:微不足道的名誉。蜗角,作"细微"解。《庄子·则阳》:"有国于蜗之左角者,曰蛮氏;国于蜗之右角者,曰触氏。争地而战,伏尸百万。" [5]蝇头微利:极细微的利益。《班固·难庄篇》云,世人竞争利,如蝇吮肉汁,所沾无多。 [6]一递一声:一声接一声。指莺莺与张生两人不断地叹息。递,接连不断。 [7]辆起车儿:套上车子。辆,驾或套之意。 [8]登科录:科举考试的录取名册。 [9]经忏:指佛经。礼:这里作"诵习"解。 [10]春雷第一声:指科举考试夺魁的捷报。

【四边静】霎时间杯盘狼藉,车儿投东,马儿向西。两意徘徊,落日山横翠。知他今宵宿在那里?有梦也难寻觅。(旦云)张生,此一行,得官不得官,疾早便回来。(末云)小姐心儿里艰难,小生这一去,白夺一个状元,正乃是:"青霄有路终须到,金榜无名誓不归。"(旦云)君行别无所赠,口占一绝[1],为君送行:"弃掷今何在,当时且自亲。还将旧来意,怜取眼前人。"[2](末云)小姐之意差矣,张珙更敢怜谁?谨赓一绝[3],以剖寸心:"人生长远别,孰与最关亲?不遇知音者,谁怜长叹人?"(旦唱)

[注][1]口占:随口吟出。 [2]"弃掷"四句:出自唐元稹《会真记》传奇,是莺莺婉拒张生之语。这里借来写莺莺告诫张生不要变心。张生以为莺莺在试探

他是否会以当初之情去改爱京师"眼前人",所以急切分辩道"小姐之意差矣"。
　　[3] 赓(gēng):接续。

【耍孩儿】淋漓襟袖啼红泪[1],比司马青衫更湿[2]。伯劳东去燕西飞[3],未登程先问归期。虽然眼底人千里,且尽生前酒一杯。未饮心先醉,眼中流泪,心内成灰。

　　[注][1] 红泪:悲别之泪。《拾遗记》载,魏文帝时,薛灵芸被选入宫,别父母,"以玉唾壶承泪,壶则红色……及至京师,壶中泪凝如血"。　　[2] 司马青衫:白居易《琵琶记》:"座中泣下谁最多,江州司马青衫湿。"此处用此典,言别离之凄苦。　　[3]"伯劳"句:比喻离散。乐府诗《东飞伯劳歌》:"东飞伯劳西飞燕,黄姑(牵牛)织女时相见。"伯劳,鸟名。

【五煞】到京师服水土,趁程途[1],节饮食,顺时自保揣身体[2]。荒村雨露宜眠早,野店风霜要起迟!鞍马秋风里,最难调护,最要扶持。

　　[注][1] 趁程途:赶路程。　　[2] 保揣:保重。

【四煞】这忧愁诉与谁?相思只自知,老天不管人憔悴。泪添九曲黄河溢,恨压三峰华岳低[1]。到晚来闷把西楼倚,见了些夕阳古道,衰草长堤。

　　[注][1] 三峰华岳:谓华山莲花峰、毛女峰、松桧峰。

【三煞】笑吟吟一处来,哭啼啼独自归。归家若到罗帏里,昨日个绣衾香暖留春住,今夜个翠被生寒有梦知。留恋你别无意,见据鞍上马,阁不住泪眼愁眉[1]。(末云)有甚言语嘱咐小生咱?(旦唱)

　　[注][1] 搁不住:禁守不起。这里作"忍不住"解。

【二煞】你休忧文齐福不齐[1],我则怕你停妻再娶妻[2]。你休要"一春鱼雁无消息"[3]!我这里"青鸾有信频须寄"[4],你却休"金榜无名誓不归"。此一节君须记:若见了那异乡花草,再休似此处栖迟。(末云)再谁似小姐?小生又生此念。小姐放心,小生就此拜辞。(旦唱)

　　[注][1] 文齐福不齐:文才够格而时运不济。意即考不中。　　[2] 停妻再娶妻:封建社会有停妻再娶条例,士人金榜题名后尤多再婚权贵之行,莺莺故有此说。　　[3] 一春鱼雁无消息:即一去没有消息。语出秦观《鹧鸪天》:"一春鱼鸟无消息。"　　[4] 青鸾:传说中凤凰一类的神鸟,是西王母送信的使者。

【一煞】青山隔送行,疏林不做美,淡烟暮霭相遮蔽[1]。夕阳古道无人语,禾黍秋风听马嘶。我为甚么懒上车儿内,来时甚急,去后何迟!(红云)夫人去好一

会,姐姐,咱家去!(旦唱)

　　[注][1]霭:云气。

【收尾】四周山色中,一鞭残照里[1]。遍人间烦恼填胸臆,量这些大小车儿如何载得起[2]?(旦、红下)(末云)仆童赶早行一程儿,早寻个宿处。泪随流水急,愁逐野云飞。(下)

　　[注][1]"四周"二句:马致远《寿阳曲》:"四周山一竿残照里。"一鞭残照,落日距离山峰只有一鞭之长。　　[2]这些大小车儿:这么点大的小车儿。

[思考题]
1. 简述《西厢记》故事的演变过程。
2. 分析崔莺莺的形象。

般涉调·哨遍——高祖还乡

睢景臣

【哨遍】社长排门告示[1],但有的差使无推故[2]。这差使不寻俗,一壁厢纳草也根,一边又要差夫,索应付[3]。又言是车驾,都说是銮舆,今日还乡故[4]。王乡老执定瓦台盘,赵忙郎抱着酒葫芦[5]。新刷来的头巾,恰糨来的绸衫,畅好是妆么大户[6]!

　　[注][1]社长:相当于里正、村长,是基层小吏。社是古代地方基层组织的单位,设有社长,以负责管理事务。汉以二十五户为一社,元以五十户为一社。排门告示:挨户通知。　　[2]但有的:凡是摊派下来的。无推故:不得借故推脱。　　[3]不寻俗:不同寻常。一壁厢:一边。纳草也根:供给马饲料。也,衬字,无义。差夫:服劳役的民夫。索:须。　　[4]车驾,銮舆:代指皇帝。前者指皇帝出行时的车马仪仗,后者指皇帝出行时所用的车子。还乡故:即还故乡。　　[5]乡老:在当地年长而较有地位的头面人物。瓦台盘:陶制的用来奉献贡品的高盘。忙郎:宋元时期俗语,指牧童,又写作芒郎;一说是农民的通称。这里是对社长仆役的戏称。酒葫芦:用葫芦做成的酒器。　　[6]新刷来的:新洗过的。恰:刚刚。糨(jiàng):旧时洗衣为求干后挺直,在清洗完后再浸入掺有米汤之类的水里称为糨。畅好是:正好是。妆么大户:装充有身份的阔人。

【耍孩儿】瞎王留引定火乔男女,胡踢蹬吹笛擂鼓[1]。见一颩人马到庄门,匹头里几面旗舒[2]:一面旗白胡阑套住个迎霜兔,一面旗红曲连打着个毕月乌,一面旗鸡学舞,一面旗狗生双翅,一面旗蛇缠葫芦[3]。

52

[注] [1] 王留：杂剧中对一般农民的通称。火：同"伙"。乔：装模作样，亦含贱、丑之意。胡踢蹬：胡乱。踢蹬，语助词，用以加强语气。一飚（diū）：一队。周密《癸辛杂识》别集下"一飚"条："虏中谓一聚马为飚，或三百匹，或五百匹。" [2] 匹头里：同"劈头里"，犹当头。舒：舒展。 [3] "一面旗白胡阑"句：这句写月旗。白胡阑，即白环。胡阑的合音为"环"。迎霜兔：白兔。套住：在月形圈中画白兔。传说月亮里有白兔捣药，所以这里用白环里套着个兔子来进行调侃。"一面旗红曲连"句：这句写日旗。红曲连：即红圈。曲连的合音为"圈"。毕月乌：古代星历家以七曜（日月水火木金土）配二十八宿，又以各种鸟兽配二十八宿，如"昂日鸡"、"毕月乌"等。这里毕月乌即指乌。传说太阳里有三足金乌，故用红圈圈着乌鸦代表太阳。鸡学舞：指凤旗。狗生双翅：指飞虎旗。蛇缠葫芦：指蟠龙戏珠旗。

【五煞】红漆了叉，银铮了斧[1]。甜瓜苦瓜黄金镀[2]。明晃晃马镫枪尖上挑，白雪雪鹅毛扇上铺[3]。这几个乔人物，拿着些不曾见的器仗，穿着些大作怪衣服[4]。

[注] [1] 红漆了叉：涂上红色的叉。叉和下句中的斧都是仪仗中的兵器。银铮：镀银。铮，镀。 [2] 甜瓜苦瓜黄金镀：指卧瓜、立瓜等金瓜锤，仪仗器械。 [3] 明晃晃马镫：即朝天镫，仪仗器物。白雪雪鹅毛：写鹅毛宫扇。鹅毛之白好似铺了雪一样。 [4] 大作怪：十分奇怪。

【四煞】辕条上都是马，套顶上不见驴[1]。黄罗伞柄天生曲[2]。车前八个天曹判，车后若干递送夫[3]。更几个多娇女[4]，一般穿着，一样妆梳。

[注] [1] 辕条：驾车用的辕木。套顶：牲口拉车时套在脖颈上的圈套和绳子。不见驴：指没有用驴拉车。这是写车驾的异样，与农村日常所见不同。 [2] 黄罗伞：皇帝乘舆所用的车盖，称"曲盖"，形如一把曲柄大伞。 [3] 天曹判：天上的判官，写皇帝侍从的可怕形象。递送夫：指奔前跑后侍候皇帝的随从。 [4] 多娇女：娇态媚人的妇女，指随驾的嫔妃宫女。

【三煞】那大汉下的车，众人施礼数[1]。那大汉觑得人如无物[2]。众乡老展脚舒腰拜，那大汉挪身着手扶。猛可里抬头觑[3]，觑多时认得，险气破我胸脯！

[注] [1] 大汉：对刘邦的蔑称。施礼数：行礼。 [2] 觑：看。 [3] 猛可里：忽然间。

【二煞】你须身姓刘，你妻须姓吕[1]。把你两家儿根脚从头数[2]。你本身做亭长耽几盏酒[3]，你丈人教村学读几卷书。曾在俺东庄住，也曾与我喂牛切草，拽坝扶锄[4]。

[注] [1] 须：本来，本是。你妻：刘邦的妻子姓吕名雉，史称吕后。

53

[2] 根脚：根底，底细。数：列举，揭露。　　[3] 亭长：秦制十里为亭，亭设亭长。刘邦发迹前曾担任过沛县泗水亭长。耽：嗜好，沉迷。　　[4] 拽坝：拉耙。坝，通"耙"。

【一煞】春采了俺桑，冬借了俺粟，零支了米麦无重数[1]。换田契强秤了麻三秤，还酒债偷量了豆几斛[2]。有甚胡突处[3]？明标着册历，见放着文书[4]。

[注] [1] 采：这里当指刘邦偷采或强行采。零支：零星借支。无重数：数不清。　　[2] "换田"句：是说换田契时你强行多秤了我三秤麻。第一个"秤"字作动词用，是称重量的意思；第二个"秤"字是名词作量词用，乡间以十斤为一秤，三秤即三十斤。斛（hú）：量器名。初以十斗为一斛，南宋末改作五斗为一斛。[3] 胡突：糊涂。　　[4] 标：写。册历：账本。见：通"现"。文书：契约，借据。

【尾】少我的钱，差发内旋拨还；欠我的粟，税粮中私准除[1]。只道刘三，谁肯把你揪摔住[2]？白甚么改了姓、更了名唤做汉高祖[3]！

[注] [1] "少我的"句：是说过去借的钱要在现在摊派的官差钱里扣除。差发：当官差。旋：立即。私准除：私下里扣除。　　[2] 刘三：刘邦排行第三，称他刘三，是藐视他的地位；或为表示此村民向与刘邦的熟稔。揪摔（zuó）：揪住不放。揪，抓。　　[3] 白甚么：平白无故地为什么。意承前句，是说没人愿意揪住你讨债，为什么要改名换姓叫做汉高祖。高祖是刘邦死后的庙号，刘邦当年还乡时并无此称，这里是嘲讽之意。

元曲独特的审美情致——蛤蜊风味

黄 卉

"蛤蜊风味"，也称"蛤蜊风致"、"蒜酪风味"，是元明时期曲家对曲（包括散曲和剧曲）风格特色的概括和评价。这一概括和评价非常独特、生动，切中曲之三昧，深为后代元曲研究者所认同。但是，"蒜酪蛤汤风味"到底包含了怎样特定的思想内涵和艺术情趣，我们今天却殊难准确把握。这正如吴梅先生谈元剧："我尝说白话文章，有时间关系，往往一时普通的说法，到了后人看来，不容易懂。试看唐宋以来文章，至今读去，还是明明白白，独有元朝一代通俗文，简直无从解释……他每做剧曲的人，随便用方言填砌成文，在当时固然了解，可是到了现在，就要用许多方法来一句一字地解释。"正是这样，元曲家用当时流行的"蛤蜊风味"来概括元曲风格，元明曲家对这一风格多能意会，故很少有人去诠释和深入分析。今天我们认同了"蛤蜊风味"为元曲风格的代名词，却对于这一比喻到底涵盖哪些内容，众说不一。有人以为"蛤蜊风味"是指元曲嘲讽辛辣、嬉笑怒

骂皆入曲的特点，有人说是指元曲的诙谐戏谑、滑稽机巧的风格，等等，各执一端，很少人深入探究它。笔者不惮浅陋，以元曲作品（因引用之便，主要用散曲作品）为依据，从现存涉及"蛤蜊风味"的钟嗣成、王举之、何良俊的原始文字中去分析这一元曲独特的审美情致，以求教于方家。

蛤蜊，是生于浅海的一种软体动物，属贝类，味道十分鲜美。"食蛤蜊"，典出《南史·王融传》，传曰："融躁于名利，自恃人地，三十内望为公辅。初为司徒法曹，诣王僧佑，因遇沈昭略，未相识。昭略屡顾盼，谓主人曰：'是何年少？'融殊不平，谓曰：'仆出于扶桑，入于汤谷，照耀天下，谁云不知，而卿此问？'昭略云：'不知许事，且食蛤蜊。'融曰：'物以群分，方以类聚，君长东隅，居然应嗜此族。'其高自标如此。"沈昭略"食蛤蜊"的本意是讥讽陋者自高，语气中含着轻蔑，与我们谈的"蛤蜊风味"并无相通之处。

最早把元曲这一文学形式与蛤蜊这一肉味鲜美的贝类联系起来的是钟嗣成。他在《录鬼簿·自序》的结尾处说："若夫高尚之士，性理之学，以为得罪于圣门者，吾党且啖蛤蜊，别与知味者道。"钟嗣成将啖蛤蜊与"性理之学"对立来讲，借"食蛤蜊"的典故反讥视曲为俚俗小道者，鲜明地表达出对这种文学形式的欣赏，同时也对品读、创作这一文学形式的人提出了相当的要求，即必是"知味者"。因为非"知味者"不能把握元曲鲜活的风致，非"知味者"便不能体味其中蕴涵的思想和艺术情趣。如果说钟嗣成的"啖蛤蜊"是从与"性理之学"相对立的角度来表现元曲的思想内涵，那么王举之、何良俊所说的"蛤蜊风致"、"蒜酪风味"则是从语言上、意境上，从元曲不同于传统诗、词、赋的风格上来评价元曲。元后期曲家王举之在〔双调·折桂令〕《赠胡存善》中写道："问蛤蜊风致何如？秀出乾坤，功在诗书……采燕赵天然丽语，拾姚卢肘后明珠。"曲子在对胡存善人品、风格赞誉的同时，也回答了"问蛤蜊风致何如"这一统领全篇的问题。明人何良俊在《四友斋丛说》中提到了"蒜酪"风味，指出高则诚《琵琶记》中"长空万里""是一篇好赋"，"所欠者，风味耳"。这里说的风味，便是元曲所具有的鲜活、率真、雅俗共赏的特色。

蛤蜊风味——反传统、反"性理"的思想内涵 钟嗣成在《录鬼簿·自序》中叙述了历史上有一些圣贤忠勇的达官贵人留名经传，可谓"不死之鬼"后，又从另一个角度，强调了另一种人，他们也应该成为"不死之鬼"。他说："余因暇日，缅怀故人，门第卑微，职位不振，高才博识，俱有可录，岁月弥久，湮没无闻，遂传其本末，吊以乐章……"这些"不死之鬼"，就是关汉卿、马致远、白朴、王实甫、乔吉、张可久、郑光祖等元曲家。这段话说出了钟嗣成撰《录鬼簿》的初衷，而接下来所说的"若夫高尚之士，性理之学，以为得罪于圣门者，吾党且啖蛤蜊，别与知味者道"，不仅是借"啖蛤蜊"的典故讥刺视曲为俚俗小道的"高尚之士"，同时也鲜明地标榜这种"啖蛤蜊"的认识和行为本身是对"性理之学"的反叛。虽则元曲作品散失很多，现存数量有限，但从反传统、反"性理之

学"来说,我们仍能从现存作家中看到十分浓烈的"蛤蜊风味"。如散曲中最突出的一类题材,是叹世和归隐。这类作品触目皆是,其内容与盛于两宋、影响深远的"性理之学"相对立。到元代,由于统治阶级的需要和大力提倡,"程朱理学"正在蔓延开来,而元曲家们在形似消极的不平、不满、向往避世的哀叹间,流露出来的却是反传统、反"性理"的激情。程朱理学认为"君臣父子之道,是万古长存的天理",他们说人的贫富贵贱,"都是天所命","禀得清高者便贵,禀得丰厚者便富,禀得衰颓薄浊者便为不肖、为贫、为贱、为夭"。世人只有谨遵"君臣父子之道"、"三纲五常"的思想和行动。元曲作家关汉卿在《窦娥冤》中喊出了"地也,你不分好歹何为地?天也,你错勘贤愚枉做天","这都是官吏每无心正法,使百姓有口难言"。不得志的文人道出了"不读书有权,不识字有钱,不晓事倒有人夸荐。老天只恁忒心偏,贤和愚无分辨。折挫英雄,消磨良善,越聪明越运蹇。志高如鲁连,德过如闵骞,依本分只落得人轻贱"。更有"自京师以至江南,人人能道之"的无名氏〔正宫·醉太平〕:"堂堂大元,奸佞专权。开河变钞祸根源,惹红巾万千。官法滥、刑法重、黎民怨,人吃人、钞买钞、何曾见?贼做官、官做贼、混愚贤、哀哉可怜!"都是对"性理之学"的挑战。更有对皇帝老子"大不敬"的《高祖还乡》,乡民历数的"春采了俺桑,冬借了俺粟,零支了米麦无重数。换田契强称了麻三秤,还酒债偷量了豆几斛。有甚胡突处?明标着册历,见放着文书"。"少我的钱差发内旋拨还,欠我的粟税粮中私准除。只道刘三,谁肯把你揪摔住?白甚么改了姓、更了名,唤做汉高祖!"这就抹去了统治者头上的光环,还之以流氓面目,极尽讥刺之能事,这就是元曲独特的"蛤蜊风味"。

这种特色同样体现在男女恋情和闺怨的作品中。在这里,"男女授受不亲"、"父母之命,媒妁之言"、"钻穴隙相窥,逾墙相从,则父母国人皆贱之"的封建礼法被反叛,而代之以大胆、刻露、直截了当、淋漓尽致的心声和行动。我们既可以看到男女青年(尤其是女子)对爱情的大胆追求:"从来好事天生俭,自古瓜儿苦后甜。奶娘催逼紧拘箝,甚是严,越间阻越情。"同时也可以感受到她们敢爱敢怨敢恨:"有几句知心话,本待要诉与他。对神前剪下青丝发,背爷娘暗约在湖山下,冷清清湿透凌波袜。恰相逢和我意儿差。不刺,你不来时还我香罗帕。"正是这种反传统、反"性理之学"的激情,方是感情的自然流露,与"灭人欲"水火不相容,所以钟嗣成在《录鬼簿·自序》中郑重指明他的作为会得罪于"高尚之士,性理之学",并提出"吾党且哦蛤蜊,别与知味者道"了。

蛤蜊风致——以方言俚语入曲,语兼雅俗的特色 正像宋代词人李清照说"词别是一家"一样,钟嗣成乃至元曲家们也注意到了曲这一文学形式与以往诗词艺术风格的不同,所以钟嗣成才要"别与知味者道"。因为每一个新历史阶段的出现,诗歌也总出现别开生面的新体,这是历史发展的必然。曲风格上的别开生面,元后期曲家王举之说得更明白:"问蛤蜊风致何如?秀出乾坤,功在诗书。云叶轻盈,灵华纤腻,人物清癯。采燕赵天然丽语,拾姚卢肘后明珠。绝妙功夫。家住西湖，名播东都。"这首题为《赠胡存善》的小令，既是对胡存善的散曲创作和人品的高度称誉，也是对"蛤蜊风致"的说明。胡存善是元后期的一位曲家，曾编刻了《小山东府》（张可久散曲集）、《诗酒余音》（曾瑞散曲集）等散曲集。王举之这首赠曲赞美胡存善天资灵秀，又受《诗》、《书》经典的熏陶，轻盈如秋叶，纤腻若春花，是广采燕赵天然丽语，汲取姚燧、卢挚等名家语言精华的结果。如此绝妙功夫，家虽住西湖，名声却使"洛阳纸贵"了。这首曲虽未具体解释"蛤蜊风致"的内涵，却说明了胡存善的佳作多呈"蛤蜊风致"，使我们得以从此赠曲中发掘出"蛤蜊风致"的蕴意，即是元曲雅俗相兼的语言特色。

元曲的这一特色，曲论家们做过恰切的概括，周德清总结为"文而不文，俗而不俗"，郑振铎指出是"雅俗共赏"。王举之也是从雅、俗两方面来论述"蛤蜊风致"的。"功在诗书"、"拾姚卢肘后明珠"是从雅的方面谈的，说明曲家将《诗》、《书》、前贤诗文中具有生命力的语言溶入曲中。既有诗书厚重的功底，又从姚燧、卢挚这样的名家作品中采撷精华，才锻炼出"雅"。"采燕赵天然丽语"是从以方言俚语入曲方面谈的。燕赵，指今河北、山西、北京一带，元曲大家关汉卿、马致远、白朴、王实甫都是这一带人，元曲也先在这里兴盛。"燕赵天然丽语"，是指融入了北方少数民族方言的质朴自然的大众口语。以口语、方言入曲，使元曲趣味天然、鲜活清新。像张可久的〔正宫·醉太平〕《无题》："人皆嫌命窘，谁不见钱亲。水晶环入面糊盆，才沾粘便滚。文章糊了盛钱囤，门庭改作迷魂阵，清廉贬入睡馄饨。胡芦提倒稳。"其中"面糊盆"、"盛钱囤"、"睡馄饨"是以口语入曲，"胡芦提"即是方言。而张鸣善〔双调·水仙子〕《讥时》中"五眼鸡岐山鸣凤，两头蛇南阳卧龙，三脚猫渭水非熊"将"五眼鸡"、"两头蛇"、"三脚猫"这些口语与"岐山鸣凤"、"南阳卧龙"、"渭水非熊"这样的诗文语言结合起来，使作品清新活泼，富有生活气息。

元曲的"雅俗共赏"，表现出了它有天赋的自然美和对历代诗文的文化承袭美。也正是这独特的艺术风格，使其成为一世之盛、"一代之文学"。

蒜酪风味——本色泼辣的风格，鲜活自然的意境　元曲之所以能在元代兴旺普及，除了它具有民歌的特色，十分鲜活、率真、自然本色之外，还由于它尖锐、泼辣、诙谐、嬉笑怒骂皆成文章。赵朴初先生认为曲是对诗歌的"不小的解放"，曲"可以更自由地使用一切足以取得预期效果的各种表现手法与作风，而不受正统教条的束缚。例如，所谓尖新、刻露、俚俗、泼辣等等，在'诗'与'词'里是被视为瑕疵，引为禁忌的，在'曲'中则不仅容许，反而认为'出色行当'。这确是一不小的解放"。也正因为此，睢景臣的《高祖还乡》才能戳穿"君天授"的鬼话，抹去统治者头上的光环，还他们以本来面目。

明何良俊在《四友斋丛说》中提出了"蒜酪"风味。他说："高则诚才藻富丽，如《琵琶记》'长空万里'是一篇好赋，岂词曲能尽之？然既谓之曲，须要有蒜酪，而此曲全无，正如王公大人之席，驼峰熊掌，肥盈前，而无蔬、笋、蚬、

蛤,所欠者,风味耳。"何良俊所说的"蒜酪"风味,就是元曲本色泼辣、诙谐率真的特色。他用王公大人之席宴作比喻,既生动形象,又恰切明白。"驼峰"、"熊掌"、"肥"固然是美味佳肴,多了会使人厌腻,缺少"蔬、笋、蚬、蛤"的鲜、清、爽。我们不妨从"长空万里"中选取一支曲子,来证明何良俊对"蛤蜊风味"的感悟:"长空万里,见婵娟可爱,全无一点纤凝。十二栏杆光满处,凉浸珠箔银屏。偏称,身在瑶台,笑斟玉,人生几见此佳景?惟愿取,年年此夜,人月双清。"语词华美,却了无元曲那种清逸泼辣之气,所以,何良俊也是。

"蛤蜊风味"的"知味者" 元曲的"蒜酪"风味,有极尽讥刺之能事的《高祖还乡》、《讥时》,更有寓庄于谐的马致远的《借马》。全篇描写惜马如命的马主人的思想活动和言谈,充满着粗犷、夸张、幽默、俚俗,一个爱马以至于有些吝啬的农人的形象跃然纸上,令人耳目一新。王国维在《宋元戏曲史》中这样评价元曲:"元曲之佳处何在?一言以蔽之,曰:自然而已矣。""元剧之最佳之处,不在其思想结构,而在其文章。其文章之妙,亦一言以蔽之,曰:有意境而已矣。何以谓之有意境?曰:写情则沁人心脾,写景则在人耳目,述事则如其口出是也。"王国维所称赏的元曲格外鲜活自然的意境,也正是元曲风味特色之所在。"沁人心脾"的写情之曲,如"挨着靠着云窗同坐,偎着抱着月枕双歌,听着数着愁着怕着早四更过。四更过情未足,情未足夜如梭。天哪,更闰一更妨甚么!"何等真挚动人!像"欲寄君衣君不还,不寄君衣君又寒。寄与不寄间,妾身千万难"这样明白如话,情深意切感人肺腑。写景"在人耳目"的元曲篇什就更多了,马致远的〔越调·天净沙〕《秋思》就被王国维誉为唐人绝句式的佳作。而像"青苔古木萧萧,苍云秋水迢迢,红叶山斋小小。有谁曾到?探梅人过溪桥"这样的曲子就将人带入幽美的画境中。元曲中述事佳作很多,"如其口出"的无论是马致远的〔般涉调·耍孩儿〕《借马》,以马主人口吻絮絮叨叨地说着养马经,还是杜仁杰〔般涉调·耍孩儿〕《庄家不识勾栏》中的庄家以自己无知又纯朴的眼睛道出勾栏的繁华,都体现出"蛤蜊风味"的生动自然特色。而所有这些,都是以往诗词中罕见的自然、泼辣、鲜活的韵味,也就是充满了"蛤蜊风致"。这一点,王国维的论断非常贴切:"古今之大文学,无不以自然胜,而莫著于元曲。……故谓元曲为中国最自然之文学,无不可也。"

"蛤蜊风味",这一元曲独特的审美情态,它的思想内涵和艺术情趣,虽未经曲论家们完整详尽地诠释,但我们从现在可以看到的钟嗣成、王举之、何良俊的文字中,更主要的是从元曲家们的创作实践中体味出它的意蕴所在,那就是思想内容上的反传统、反"性理之学",艺术形式上的雅俗相兼、趣味天然的语言,本色自然的意境,泼辣豪爽的风格。具有这样的"蛤蜊风味",元曲才充满生机,才以独特的风貌与诗、词鼎足而三。

(原载《中国文学研究》1997年第4期)

6. 现代诗歌十首

雪花的快乐

徐志摩

假如我是一朵雪花，
翩翩的在半空里潇洒，
　我一定认清我的方向——
　　飞扬，飞扬，飞扬，——
这地面上有我的方向。

不去那冷寞的幽谷，
不去那凄清的山麓，
　也不上荒街去惆怅——
　　飞扬，飞扬，飞扬，——
你看，我有我的方向！

在半空里娟娟的飞舞，
认明了那清幽的住处，
　等着她来花园里探望——
　　飞扬，飞扬，飞扬，——
啊，她身上有朱砂梅的清香！

那时我凭借我的身轻，
盈盈的，沾住了她的衣襟，
　贴近她柔波似的心胸——
　　消溶，消溶，消溶——
溶入了她柔波似的心胸！

弃 妇

李金发

长发披遍我两眼之前,
遂隔断了一切羞恶之疾视,
与鲜血之急流,枯骨之沉睡。
黑夜与蚊虫联步徐来,
越此短墙之角,
狂呼在我清白之耳后,
如荒野狂风怒号,
战栗了无数游牧。

靠一根草儿。与上帝之灵往返在空谷里。
我的哀戚唯游蜂之脑能深印着;
或与山泉长泻在悬崖,
然后随红叶而俱去。

弃妇之隐忧堆积在动作上,
夕阳之火不能把时间之烦闷
化成灰烬,从烟突里飞去,
长染在游鸦之羽,
将同栖止于海啸之石上,
静听舟子之歌。

衰老的裙裾发出哀吟,
徜徉在丘墓之侧,
永无热泪,
点滴在草地
为世界之装饰。

我爱这土地

艾 青

假如我是一只鸟,
我也应该用嘶哑的喉咙歌唱:
这被暴风雨所打击着的土地,
这永远汹涌着我们的悲愤的河流,
这无止息地吹刮着的激怒的风,
和那来自林间的无比温柔的黎明……
——然后我死了,
连羽毛也腐烂在土地里面。

为什么我的眼里常含泪水?
因为我对这土地爱得深沉……

1938 年 11 月 17 日

蛇

冯 至

我的寂寞是一条蛇,
静静地没有言语。
你万一梦到它时,
千万啊,不要悚惧!

它是我忠诚的侣伴,
心里害着热烈的乡思;
它想那茂盛的草原——
你头上的、浓郁的乌丝。

它月影一般轻轻地,
从你那儿轻轻走过;
它把你的梦境衔来了,
像一只绯红的花朵。

中国文学名作鉴赏

我们准备着
冯 至

我们准备着深深地领受
那些意想不到的奇迹,
在漫长的岁月里忽然有
彗星的出现,狂风乍起。

我们的生命在这一瞬间,
仿佛在第一次的拥抱里
过去的悲欢忽然在眼前
凝结成屹然不动的形体。

我们赞颂那些小昆虫,
它们经过了一次交媾
或是抵御了一次危险,

便结束它们美妙的一生。
我们整个的生命在承受
狂风乍起,彗星的出现。

我是一个任性的孩子
顾 城

我是一个任性的孩子
——我想在大地上画满窗子
让所有习惯黑暗的眼睛都习惯光明

也许
我是被妈妈宠坏的孩子
我任性

我希望
每一个时刻

都像彩色蜡笔那样美丽
我希望
能在心爱的白纸上画画
画出笨拙的自由
画下一只永远不会
流泪的眼睛
一片天空
一片属于天空的羽毛和树叶
一个淡绿的夜晚和苹果

我想画下早晨
画下露水
所能看见的微笑
画下所有最年轻的
没有痛苦的爱情
她没有见过阴云
她的眼睛是晴空的颜色
她永远看着我
永远，看着
绝不会忽然掉过头去

我想画下遥远的风景
画下清晰的地平线和水波
画下许许多多快乐的小河
画下丘陵——
长满淡淡的茸毛
我让它们挨得很近
让它们相爱
让每一个默许
每一阵静静的春天激动
都成为一朵小花的生日

我还想画下未来
我没见过她，也不可能
但知道她很美
我画下她秋天的风衣

画下那些燃烧的烛火和枫叶
画下许多因为爱她
而熄灭的心
画下婚礼
画下一个个早早醒来的节日——
上面贴着玻璃糖纸
和北方童话的插图

我是一个任性的孩子
我想涂去一切不幸
我想在大地上
画满窗子
让所有习惯黑暗的眼睛
都习惯光明
我想画下风
画下一架比一架更高大的山岭
画下东方民族的渴望
画下大海——
无边无际愉快的声音

最后,在纸角上
我还想画下自己
画下一只树熊
他坐在维多利亚深色的丛林里
坐在安安静静的树枝上
发愣
他没有家
没有一颗留在远处的心
他只有,许许多多
浆果一样的梦
和很大很大的眼睛

我在希望
在想
但不知为什么
我没有领到蜡笔

没有得到一个彩色的时刻
我只有我
我的手指和创痛
只有撕碎那一张张
心爱的白纸
让它们去寻找蝴蝶
让它们从今天消失

我是一个孩子
一个被幻想妈妈宠坏的孩子
我任性

回　　答

北　岛

卑鄙是卑鄙者的通行证，
高尚是高尚者的墓志铭，
看吧，在那镀金的天空中，
飘满了死者弯曲的倒影。

冰川纪已经过去了，
为什么到处都是冰凌？
好望角发现了，
为什么死海里千帆竞争？

我来到这个世界上，
只带着纸、绳索和身影，
为了在宣判之前，
宣读那些被判决的声音：

告诉你吧，世界
我——不——相——信！
纵使你脚下有一千名挑战者，
那就把我算作第一千零一名。

我不相信天是蓝的，
我不相信雷的回声，
我不相信梦是假的，
我不相信死无报应。

如果海洋注定要决堤，
就让所有的苦水都注入我心中；
如果陆地注定要上升，
就让人类重新选择生存的峰顶。

新的转机和闪闪的星斗，
正在缀满没有遮拦的天空。
那是五千年的象形文字，
那是未来人们凝视的眼睛。

会唱歌的鸢尾花

舒 婷

> 我的忧伤因为你的照耀
> 升起一圈淡淡的光轮
> ——题记

一

在你的胸前
我已变成会唱歌的鸢尾花
你呼吸的轻风吹动我
在一片丁当响的月光下

用你宽宽的手掌
暂时
覆盖我吧

二

现在我可以做梦了吗
雪地。大森林

古老的风铃和斜塔
我可以要一株真正的圣诞树吗
上面挂满
溜冰鞋、神笛和童话
焰火、喷泉般炫耀欢乐
我可以大笑着在街上奔跑吗

三

我那小篮子呢
我的丰产田里长草的秋收啊
我那旧水壶呢
我的脚手架下干渴的午休啊
我的从未打过的蝴蝶结
我的英语练习：I love you，love you
我的街灯下折叠而又拉长的身影啊
我那无数次
流出来又咽进去的泪水啊
还有
还有

不要问我
为什么在梦中微微转侧
往事，像躲在墙角的蛐蛐
小声而固执地呜咽着

四

让我做个宁静的梦吧
不要离开我
那条很短很短的街
我们已经走了很长很长的岁月

让我做个安详的梦吧
不要惊动我
别理睬那盘旋不去的鸦群
只要你眼中没有一丝阴云

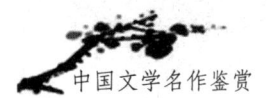

让我做个荒唐的梦吧
不要笑话我
我要葱绿地每天走进你的诗行
又绯红地每晚回到你的身旁

让我做个狂悖的梦吧
原谅并且容忍我的专制
当我说:你是我的!你是我的
亲爱的,不要责备我……
我甚至渴望
涌起热情的千万层浪头
千万次把你淹没

五

当我们头挨着头
像乘着向月球去的高速列车
世界发出尖锐的啸声向后倒去
时间疯狂地旋转
雪崩似地纷纷摔落

当我们悄悄对视
灵魂像一片画展中的田野
一涡儿一涡儿阳光
吸引我们向更深处走去
寂静、充实、和谐

六

就这样
握着手坐在黑暗里
听任那古老而又年轻的声音
在我们心中穿来穿去
即使有个帝王前来敲门
你也不必搭理

但是……

七

等等！那是什么？什么声响
唤醒我血管里猩红的节拍
在我晕眩的时候
永远清醒的大海啊
那是什么？谁的意志
使我肉体和灵魂的眼睛一齐睁开
"你要每天背起十字架跟我来"

八

伞状的梦
蒲公英一般飞逝
四周一片环形山

九

我情感的三角梅啊
你宁可生生灭灭
回到你风风雨雨的山坡
不要在花瓶上摇曳

我天性中的野天鹅啊
你即使负着枪伤
也要横越无遮拦的冬天
不要留恋带栏杆的春色

然而，我的名字和我的信念
已同时进入跑道
代表民族的某个单项纪录
我没有权利休息
生命的冲刺
没有终点，只有速度

十

向
将要做出最高裁决的天空

我扬起脸

风啊,你可以把我带去
但我还有为自己的心
承认不当幸福者的权利

十一

亲爱的,举起你的灯
照我上路
让我同我的诗行一起远播吧
理想之钟在沼地后面敲响,夜那么柔和
村庄和城市簇在我的臂弯里,灯光拱动着
让我的诗行随我继续跋涉吧
大道扭动触手高声叫嚷:不能通过
泉水纵横的土地却把路标交给了花朵

十二

我走过钢齿交错的市街,走向广场
我走进南瓜棚、走出青稞地、深入荒原
生活不断铸造我
一边是重轭、一边是花冠
却没有人知道
我还是你的不会做算术的笨姑娘
无论时代的交响怎样立刻卷去
　　我的呼应
你仍然能认出我那独一无二的声音

十三

我站得笔直
无畏、骄傲,分外年轻
痛苦的风暴在心底
太阳在额前
我的黄皮肤光亮透明
我的黑头发丰洁茂盛

中国母亲啊

给你应声而来的儿女
重新命名

十四

把我叫做你的"桦树苗儿"
你的"蔚蓝的小星星"吧，妈妈
如果子弹飞来
就先把我打中
我微笑着，眼睛分外清明地
从母亲的肩头慢慢滑下
不要哭泣了，红花草
血，在你的浪尖上燃烧
……

十五

到那时候，心爱的人
你不要悲伤
虽然再没有人
扬起浅色衣裙
穿过蝉声如雨的小巷
来敲你的彩色玻璃窗
虽然再没有淘气的手
把闹钟拨响
着恼地说：现在各就各位
去，回到你的航线上
你不要在玉石的底座上
塑造我简朴的形象
更不要陪孤独的吉他
把日历一页一页往回翻

十六

你的位置
在那旗帜下

理想使痛苦光辉
这是我嘱托橄榄树

留给你的
最后一句话

和鸽子一起来找我吧
在早晨来找我
你会从人们的爱情里
找到我
找到你的
会唱歌的鸢尾花

面朝大海　春暖花开
海　子

从明天起做个幸福的人
喂马劈柴周游世界
从明天起关心粮食和蔬菜
我有一所房子
面朝大海 春暖花开

从明天起和每一个亲人通信
告诉他们我的幸福
那幸福的闪电告诉我的
我将告诉每一个人

给每一条河每一座山取个温暖的名字
陌生人我也为你祝福
愿你有一个灿烂前程
给每一条河每一座山取个温暖的名字
愿你有情人终成眷属
愿你在尘世获得幸福
我只愿面朝大海 春暖花开

尘　埃

白　萩

疲困之后
一点尘埃逐渐掉下

冷漠的是那些高楼的躯体
冷漠的是那些窗口的眼睛
不甘心地
像蝴蝶在他们之间
起起落落

偶然歇在女人的衣襟
却被嫌恶地弹下
偶然落在急行的鞋履
不被哀怜地踢开
一点尘埃逐渐掉下
终于重重地摔向大地
半夜被一色巨响惊醒
天空高远而星嘲笑
我是一点尘埃
在大地的怀里仆倒地哭泣

朦胧诗的美学追求

范潇兮

　　爆发于1976年清明节天安门的民间诗歌运动，拉开了新时期中国诗歌的造山运动。经过1978年思想运动的洗礼，在新中国之后数次的政治运动中经受摧残的诗人们，群体性地对"文革"诗歌产生了一种强烈的抵触情绪，于是一种自发的、新式的诗歌样式便产生了，这就是诗歌界的"朦胧诗"。它在人道主义的旗帜下，高扬诗人的主体精神，采用了现代主义的审美视角，多用象征、暗示、通感等表现手法，具有多义性和不透明性，展示给人们的美学意义是其诗歌风格的"个性美"、诗歌精神的"人性美"和诗歌价值的"理性美"。著名的诗歌理论家孙绍振说："这种新的美学原则不能说与传统的美学观念没有任何联系，但崛起的青年对

我们传统的美学观念常常表现出一种不驯服的姿态。他们不屑于做时代精神的号筒，也不屑于表现自我情感世界以外的丰功伟绩。他们甚至于回避去写那些我们习惯了的人物和经历、英勇的斗争和忘我的劳动场面。"①

一、"个性美"——展示诗歌的独特风格

"卑鄙是卑鄙者的通行证/高尚是高尚者的墓志铭/……我不相信天是蓝的/我不相信雷的回声/我不相信梦是假的/我不相信死无报应……"北岛用倔强的声音《回答》。

"一切的现在孕育着未来/未来的一切生长于它的昨天/希望，而且为它奋斗/请把这一切放在你的肩上。"舒婷用婉转的语调高唱《这也是一切》。

"也许，我是被妈妈宠坏的孩子/我任性……/我是一个任性的孩子/我想涂去一切不幸/我想在大地上画满窗子……"顾城用率真的笔调抒写《我是一个任性的孩子》。

这样的诗句如一阵清风吹入沉寂已久的诗坛，带给了人们无限的惊奇。这一代诗人们用自己的笔调抒写着自己的理想和对生活的向往。面对新时期的生活，面对一个崭新的社会，在这样一个特定时代的催促下，他们只有放声高歌，接受这一次次的"诱惑"，在白纸上潇洒地留下属于自己的诗句，展示属于自己的个性美。

随着"文革"的结束，一批活跃在"地下"的诗人，用自己的诗歌探索适应社会主义新生活的方式，用自己的声音传达自己的心声。他们"带着强烈现代主义文学特色的新诗潮正式出现在中国文坛上，促使诗歌在艺术上迈出了突破性的一步，从而标志着我国诗歌全面生长的新开始"②。年轻的诗人们经过"文革"的磨难，注定了对传统诗歌意识进行一次大的颠覆，主张以一种独有的个性和个性的释放将传统诗歌的局面扭转过来，形成属于自己时代的诗歌"个性美"。

顾城在《我唱自己的歌》中写到："我唱自己的歌/在布满车前草的路上/……我唱自己的歌/直到世界恢复了史前的寂寞……"舒婷的《四月的黄昏》："四月的黄昏里/流成着一组组绿色的旋律/……四月的黄昏仿佛一段失而复得的记忆/也许有一个约会/至今尚为如期。"他们不再为政治而高歌，不再为生活而编织虚假的美梦，而"觉醒"则是他们普遍涉及的主题，他们尊重自己独特的感受，不再被那些大一统的思想所左右，他们用自己的方式诠释自己对诗歌的独特性理解。

这批当年的"地下"诗人，经历了时代的宠儿"红卫兵"到社会的弃子"知识青年"。他们的人生从幼稚简单的理想开始，继而动摇、破灭，到失望和迷惘，然后进一步的觉醒，他们看到了人生的坎坷艰辛，品尝了生活的酸甜苦辣，真实地接触到了生活本来的面目。如女诗人舒婷的《一代人的呼声》："错过的青春/变形的灵魂/无数失眠之夜/留下来痛苦的记忆/我推翻了一道道定义/我打碎了一层层枷

---

① 葛红兵：《20世纪中国文艺思想史论》（第3卷），上海：上海大学出版社，2006年版，第40页。
② 徐敬亚：《崛起的诗群》，《当代文艺思潮》，1983年第1期。

锁／心中只剩下／一片触目的废墟……／但是我站起来了／站在广阔的地平线上／再没有人，没有任何手段／把我推倒下去……"梁小斌的《中国，我的钥匙丢了》、北岛的《回答》等诗歌，在看待世界的问题上，他们不再独立地看这个世界，也不再把自己孤单地排除在这个世界之外，尤其重视个人和这个社会的关系，个性和社会的依属，并把它们作为"自我"的完整。在写作内容上面，不再高扬政治、赞美生活的美好，而是更多地涂抹上审视、思考、探索和批判的色彩。在表现方式上，这一代诗人都感到自己很孤寂，虽然它是一种痛苦，但他们却表现出这是一种需要克服和需要超越的生活和感情。正是在这些方面的突破，显示出他们不同于以往诗人的个性美。

"朦胧诗"的个性美对以前的诗歌进行了挑战，重扬了以人的情思为核心的诗美理论，冲破了蒙昧主义思想观念的束缚，率先在诗歌领域内复归人性和自我，延续了五四的人性艺术的旗帜。朦胧诗人们传达着自己心灵伤痕的体验，同时也融入了反思历史和忧患祖国未来的使命感。他们在"文革"重压下的觉醒，选择用艺术来对人道主义的复归，对过去时光的反叛，对人性失落的反拨，但也蕴涵着新时代的内容，对文学的发展起到了推动作用。朦胧诗人们面对新时代的"诱惑"，社会的转型和时代的变化，挣脱已有的牢笼，突破重重困难，用自己的方式、用自己的声音传达着自己的感受。在那个年代里，他们的诗歌就如轻纱遮水、淡雾罩山般给人们带来了含蓄和朦胧美，给欣赏者们无限诱惑，也给诗坛吹来了暖暖的春风。

二、"人性美"——揭示诗歌的精神实质

"用手臂遮住了半边脸／也遮住了树林的慌乱／你慢慢地闭上眼睛／是的，昨天……／纸叠的船放进溪流里／装载着最初的誓言／你坚决地转过身去／是的，昨天……"北岛的《是的，昨天》用怪诞的语言述说着人生。

"与其在悬崖上展览千年，不如在爱人肩头痛哭一晚。"舒婷用犀利的语言透过《神女峰》传达着自己对爱情的人性化理解。

"把我的幻影和梦／放在狭长的贝壳里／……／风吹起晨雾的帆，我开航了／……／我要唱一支人类的歌曲／千百年后在宇宙中共鸣。"顾城用童话般的语言编织着《生命幻想曲》，憧憬着自己的人生和未来。

他们的诗歌没有太多的豪言壮语，有的仅仅只是细腻的感情，宛如一汪清泉深入我们心中，久久无法挥去。他们的歌并不是浅浅的低吟，而是持久人性的回味。

法国作家马尔罗曾经说过："诗人总是被一个声音所困扰，他的一切诗句都必须与这个声音相协调。"新时期的到来，给这些诗人带来了前所未有的希望，但是如何反叛充斥诗坛的"宏大叙事"呢？"生长在权利阴影之下的新一代中国诗人，在他们学习阶段所能听到的便始终是一种狂暴的声音。他们是新生的一代，不仅仅局限于模仿音调和音强，只有超越，产生共鸣的效果才会被人们所接受。然而，这

种超越不仅是外部声音的改造,重要的是诗人自身内心结构和表达方式的转变。"①

在20世纪的后半叶革命斗争的疾风暴雨中,人性成了人人喊打的过街老鼠,导致这一时期的中国诗歌,充满着进军的脚步和战斗的鼓点,沦落为时代的传声筒。高扬革命政治,强调阶级斗争,与现实生活严重脱离,没有对人性的歌颂,诗歌中也缺乏人性美,是一个人性匮乏的时代。当历史进入新时期,对人性美的呼唤就更加强烈。他们渴望回归普通的生活,北岛的《宣告》:"在没有英雄的年代里,我只想做一个人。"他们向往永恒的爱情,舒婷的《双桅船》:"你在我的航程上,我在你的视线里。"他们重新发现自然的魅力,梁小斌的《我热爱秋天的风光》:"秋天像一条深沉的河流在歌唱,河流两岸还荡漾着我优美的思想。"

朦胧诗导致了艺术中的人性复归,其"人性美"就表现为对诗人创作主体的尊重,对诗歌自为的创作内容、自我的表现形式和自由的审美风格的理解和宽容。几乎所有的朦胧诗都带有强烈的主体自觉性,努力向人的内心开掘。他们刻意回避按照事态发展的外部形态的事物,尽力找寻那些揉碎的、被排斥的诗意。所以,作为意识流的主观随意性便出现在朦胧诗里。如舒婷的《路遇》中:"凤凰树突然倾斜/自行车的铃声悬浮在空中/地球飞速的旋转/回到十年前的那一夜/凤凰树又轻轻的摇曳/铃声把碎了的花香抛在悸动的长街/黑暗弥合来又渗开去/记忆的天光和你的目光重迭/也许一切都不曾发生/不过是旧路引起我的错觉/即使一切都发生/我也不再流泪。"诗人的想象,用错觉、幻觉、回忆等向人的主体性,向人的内心开掘。再如顾城的《生命幻想曲》"把我的幻影和梦/放在狭长的贝壳里/柳枝编成的船篷/还旋绕着夏虫的长鸣/拉紧桅绳/风吹起晨雾的帆/我开航了/……/用金黄的麦秸/织成摇篮/把我的灵感和心/放在里面/装入纽扣的车轮/向时间拖着,去问候世界。树可以倾斜,地球可以倒转,幻影和梦可以放在贝壳里等等,这些都是些很夸张的想象。意识流动跳跃以大意象的拼凑和组合打破了已有的时空界限,想象战胜了情感,主体真实压倒了客观。"人道主义和个性主义是朦胧诗的思想内核,这一内核构成了其主题的启蒙性质,它所表达的对人性的呼唤、对人的尊严的讴歌,以及反抗迷信、专制、暴力和愚昧的理性精神,使之成为当代启蒙主义文学(文化)思潮的重要源头与组成部分。"②

三、"理性美"——开掘诗歌的深刻价值

"黑夜给了我黑色的眼睛,我却用它来寻找光明。"顾城《一代人》短短的一句,却给了人们霹雳的震撼效果,无尽的回味,透着强烈的理性。

"你以伤痕累累的乳房/喂养了/迷惘的我、深思的我、沸腾的我/那就从我的血肉之躯上去取得/你的富饶、你的荣光、你的自由。"舒婷的《祖国啊,我亲爱的祖国》,用深挚的笔调,上升到理性指引人们深思。

---

① 张闳:《声音的诗学》,北京:中国人民大学出版社,2003年版,第63页。
② 洪子诚、孟繁华:《当代文学关键词》,桂林:广西师范大学出版社,2002年版,第190页。

"中国，我的钥匙丢了/那是十多年前/我沿着红色的大街疯狂地奔跑/……/我在这广大的田野上寻走/我沿着心灵的足迹寻找/那一切丢失了的/我都在认真思考。"梁小斌的《中国，我的钥匙丢了》，用平白的语言讲述着不堪回首的过去，寻求着深刻的价值。

这些诗歌的立意给我们耳目一新的启发，透过语言，我们感受到了诗人们强烈的内心世界，触碰到了他们最深处的灵魂。他们不仅仅要展示自己的理想和青春，也要证明自己的价值，在诗歌中用理性说明着自己的价值追求。

朦胧诗歌与以往诗歌平面化和大众化相比，诗人们更注重思想倾向的追求和理性美。作品中常有意识地突出人道主义与个性主义的精神。诗人们多用第一人称写作，自我的信念、理想和对社会的正义性都通过"我"这个抒情形象表达出来，更多的是对人自我价值的理性思考。他们否定了以前诗歌的美学标准，开启了自己崭新的美学追求。著名诗歌理论家谢冕认为："正如罗丹说的，'真正的艺术家总是冒着危险去推倒一切既存的偏见，而表现他自己所想到的东西'。要是说，新诗潮在它初起之时，有感于因袭的力量的羁束所造成的诗的困窘与衰竭，从而表现出对于传统的某种程度的批判意向，应当认为是合理的。每一代人都在否定和批判传统，每一代人也都在创造和丰富传统。"①

同时，朦胧诗人勇于对西方现代主义文学中的表现方法大胆借鉴，又对自己民族传统文化中的精髓部分进行选择的吸收，在反复思考和斟酌中创造出了属于自己独特的成熟的艺术风格。这样的艺术风格不仅仅具有表面的华丽，更加具有内在深层次的理性。《今天》创刊号发表《致读者》称："五四运动标志着一个新时代的开始。这一时代必将确定每个人的生存意义，并进一步加深人们对自由精神的理解；我们文明古国的现代更新，也必将重新确立中华民族在世界民族中的地位。我们的文学艺术，也必须深刻反映出这一本质来。今天，当人们重新抬起眼睛的时候，不再仅仅用一种纵的眼光停留在几千年的文化遗产上，而开始用一种横的眼光环视地平线。只有这样，才能使我们真正地了解自己的价值，从而避免可笑的妄自尊大或可悲的自暴自弃。"他们不再用平淡的眼光看待这个世界，而是用一种理性的深刻的视觉透视着如今这个现代社会。他们的认识愈加成熟，对"文革"的反思也愈加深刻，他们在反思中也理性地认清了自己那一代人所应处的位置，那便是作为"历史的见证人"。他们以反思的姿态和深刻的思想质问着历史、革命和集体等宏大的命题，不忘记对生命进行深度的开掘，触及到灵魂之巅，对生命的存在进行本质的把握，这便是朦胧诗的理性美。

反思过去了，诗人们应该进入新的思考，他们应该清醒地认识到该怎样选择新的生存方式，该怎样实现自身的价值，将批判过去转向承担未来的重托，这便是他们这一代人所要做的。舒婷的《祖国啊，我亲爱的祖国》："你以伤痕累累的乳房/

---

① 阎月君：《朦胧诗选》，长春：春风文艺出版社，1985年版，第4页。

喂养了／迷惘的我、深思的我、沸腾的我；／那就从我的血肉之躯上／去取得／你的富饶、你的荣光、你的自由。"表达出了诗人的理想和承担未来的重托，不应该继续狭隘的反思，而应该站得更高看得更远。因此，他们并没有消沉，既然主体已经觉醒，就不会在困难面前低头。世界上没有救世主，只有自己才能为自己找到出路，坚信这一点他们就不会丧失信心。顾城的《一代人》："黑夜给了我黑色的眼睛／我却用它来寻找光明。"黑夜虽然很黑暗很残忍，但它也不能阻止一代人对光明的向往和追求。"我在这广大的田野上行走／我沿着心灵的足迹寻找／那一切丢失了的／我都在认真思考。"梁小斌《中国，我的钥匙丢了》，尽管诗人的"钥匙"丢了，但是他仍然在寻找着，只要有一丝希望就绝不会放弃。这些都展示了朦胧诗人觉醒的主体性力量，虽然他们一时没有找到方向，但是他们始终保持着探索的精神和高昂的斗志，在这一探索过程中实现自己的人生价值。

"朦胧诗"在当代文学上具有划时代的意义，是因为朦胧诗人们打破了沉寂已久的文坛。的确，它不仅仅是一次诗坛的造山运动、诗美的崭新崛起，而更是以它独特风格的"个性美"，强烈精神的"人性美"，高度价值的"理性美"唤起了审美主体的主体性觉醒，同时她兼有的意识流结构的表现形式、意象化的表现手法、陌生而平朴的语言等美学风格在传统诗歌之外开辟了更广阔的天空，为当代美学观念的转变提供了依据，为朦胧诗以后诗歌的多元化提供了可能。

（原载《四川文理学院学报》2009年第3期）

中编 散文

7. 道德经[①]

其一

道可道也[1]，非恒道也[2]。名可名也[3]，非恒名也。无名[4]，万物之始也；有名[5]，万物之母也[6]。故恒无欲也[7]，以观其眇[8]；恒有欲也，以观其所徼[9]。两者同出，异名同谓[10]。玄之又玄[11]，众眇之门[12]。

[注][1] 第一个"道"是名词，指的是宇宙的本原和实质，引申为原理、原则、真理、规律等。第二个"道"是动词。指解说、表述的意思，犹言"说得出"。[2] 恒：一般的，普通的。[3] 第一个"名"是名词，指"道"的形态。第二个"名"是动词，说明的意思。[4] 无名：指无形。[5] 有名：指有形。[6] 母：母体，根源。按：这两句有不同的句读。另一种读法是：无，名万物之始也；有，名万物之母也。[7] 恒：经常。[8] 眇(miǎo)：通"妙"，微妙的意思。[9] 徼(jiào)：边际、边界。引申端倪的意思。[10] 谓：称谓。此为"指称"。[11] 玄：深黑色，玄妙深远的含义。[12] 门：之门，一切奥妙变化的总门径，此用来比喻宇宙万物的唯一原"道"的门径。

其二

天下皆知美之为美，恶已[1]；皆知善，斯不善矣[2]。有无之相生也[3]，难易之相成也，长短之相刑也[4]，高下之相盈也[5]，音声之相和也[6]，先后之相随，恒也。是以圣人居无为之事[7]，行不言之教，万物作而弗始也[8]，为而弗志也[9]，成功而弗居也。夫唯弗居，是以弗去。

[注][1] 恶已：恶、丑。已，通"矣"。[2] 斯：这。[3] 相：互相。[4] 刑：通"形"，此指比较、对照中显现出来的意思。[5] 盈：充实、补充、依存。[6] 音声：汉代郑玄为《礼记·乐记》作注时说，合奏出的乐音叫做"音"，单一发出的音响叫做"声"。[7] 圣人居无为之事：圣人，古时人所推崇的最高层次的典范人物。居，担当、担任。无为，顺应自然，不加干涉、不必管束，任凭人们去干事。[8] 作：兴起、发生、创造。[9] 弗志：弗，不。志，指个人的志向、意志、倾向。

[①]《道德经》有古本和今本等不同版本。本书选的是简帛古本的第1~5章。

其三

不上贤[1],使民不争;不贵难得之货[2],使民不为盗[3];不见可欲[4],使民不乱。是以圣人之治也,虚其心[5],实其腹,弱其志[6],强其骨,恒使民无知、无欲也。使夫知不敢[7]、弗为而已[8],则无不治矣[9]。

[注] [1] 上贤:上,同"尚",即崇尚,尊崇。贤:有德行、有才能的人。 [2] 贵:重视,珍贵。货:财物。 [3] 盗:窃取财物。 [4] 见(xiàn):通"现",出现,显露。此是"显示、炫耀"的意思。 [5] 虚其心:虚,空虚。心:古人以为心主思维,此指思想,头脑。虚其心,使他们心里空虚,无思无欲。 [6] 弱其志:使他们减弱志气。削弱他们竞争的意图。 [7] 敢:进取。 [8] 弗为:同"无为"。 [9] 治:治理,此意是治理得天下太平。

其四

道冲[1],而用之有弗盈也[2]。渊呵[3]!似万物之宗[4]。锉其兑[5],解其纷[6],和其光[7],同其尘[8]。湛呵[9]!似或存[10]。吾不知其谁之子,象帝之先[11]。

[注] [1] 冲:通"盅"(chōng),器物虚空,比喻空虚。 [2] 有弗盈:有,通"又"。盈:满,引申为"尽"。 [3] 渊:深远。呵(a):语助词,表示停顿。 [4] 宗:祖宗,祖先。 [5] 锉其兑:锉(cuò):消磨,折去。兑(ruì):通"锐",锐利、锋利。锉其锐:消磨掉它的锐气。 [6] 解其纷:消解掉它的纠纷。 [7] 和其光:调和隐蔽它的光芒。 [8] 同其尘:把自己混同于尘俗。以上四个"其"字,都是说的道本身的属性。 [9] 湛(zhàn):沉没,引申为"隐约"的意思。段玉裁在《说文解字注》中说,古书中"浮沉"的"沉"多写作"湛"。"湛"、"沉"古代读音相同。这里用来形容"道"隐没于冥暗之中,不见形迹。 [10] 似或存:似乎存在。连同上文"湛呵",形容"道"若无若存。 [11] 象:似。

其五

天地不仁,以万物为刍狗[1];圣人不仁,以百姓为刍狗。天地之间,其犹橐籥乎[2]?虚而不屈[3],动而俞出[4],多闻数穷[5],不若守于中[6]。

[注] [1] 刍(chú)狗:用草扎成的狗。古代专用于祭祀之中,祭祀完毕,就把它扔掉或烧掉。比喻轻贱无用的东西。天地对万物,圣人对百姓都因不经意、不留心而任其自长自消,自生自灭。 [2] 犹橐籥(tuó yuè):犹,比喻词,"如同"、"好像"的意思。橐籥:古代冶炼时为炉火鼓风用的助燃器具——袋囊和送风管,是

古代的风箱。　　　[3] 屈：竭尽，穷尽。　　　[4] 俞：通"愈"，"更加"的意思。
[5] 多闻数穷：闻，见闻，知识。老子认为，见多识广，有了智慧，反而政令烦苛，破坏了天道。数：通"速"，是加快的意思。穷：困穷，穷尽到头，无路可行。
[6] 守中：中，通"冲"，指内心的虚静。守中：守住虚静。

从"天道自然"到"人道无为"
——论老子《道德经》的民本思想
张红云

在中国传统政治文化发展过程中，以"自然无为"为理论基础的道家政治思想，虽然没有像儒学那样成为受历代统治者青睐的官宦之学，但在几千年的文化传承繁衍中以独特的方式渗透于中华文化的始终。尤其是老子的《道德经》以道家独特的思维方式表达的民本思想，足以与儒家民本思想相媲美。民本思想就是统治者把人民作为立国兴邦的根本。《尚书》中就有"民为邦本，本固邦宁"的说法，而老子的民本思想则以"自然无为"为价值取向，体现的是一种自然主义和自治主义的政治伦理，是中国古代民主、自由和平等观念的进一步具体化和伦理化。

一、以"柔""下"之心待民

"无为而治"是老子政治伦理思想的核心。老子认为"道生一，一生二，二生三，三生万物"，万物都由"道"而生，"道"是最高之本体，"自然"是最高之法则。所以"人法地，地法天，天法道，道法自然"，人应当效法自然，治国更应遵循自然。这样，天道自然的哲学观念就自然引申出人道无为的政治观念。针对春秋战国之际统治者为了显名当世，横征暴敛，为所欲为，穷兵黩武而导致民不聊生的"有为"，老子发出"无为而治"的呼吁，他认为"道常无为而无不为，侯王若能守之，万物将自化"，"我无为而民自化，我好静而民自正，我无事而民自富，我无欲而民自朴"。统治者应当遵循自然法则，要"无为"、"好静"、"无事"、"无欲"，让老百姓"自化"、"自正"、"自富"、"自朴"。老子的《道德经》认为，要实现无为而治，统治者对待百姓首先要有"柔""下"之心。

所谓"柔"，就是统治者对待老百姓要宽容谦和，政令要宽宏。老子说，"知其雄，守其雌"，统治者自知拥有威严和权力而很强大，但是在百姓面前也要表现得很柔弱，很谦和，不要恃强害民。"知其荣，守其辱，为天下谷"，统治者自知非常荣耀，但是在百姓面前也要显得很卑贱，要有像山谷一样宽广的胸怀。老子还以水为喻，强调"柔"的强大作用，认为"柔弱胜则刚"，"天下之至柔，驰骋天下之至坚，无有入无间"。因此，"圣人方而不割，廉而不刿，直而不肆，光而不耀"。即执政者应当收敛起伤民的光耀和锋芒（权势），对百姓示之以柔弱，"其政闷闷"，国家政令宽泛，"其民醇醇"，百姓才能醇厚朴实，安居乐业，国家才能政通人和，长治久安。

所谓"下",就是执政者要以谦下、谦让的心态对待老百姓。老子认为,"朴散则为器,圣人用之,则为官长"。"官长"作为社会管理者也是由宇宙本体"道"产生,不具有神秘性,不应该有对百姓飞扬跋扈的特权,相反,应当"披褐而怀玉",即穿着粗布衣服而心怀自然质朴之德,以谦下、谦让之心待民。老子说:"江海之所以能为百谷王者,以其善下之,故能为百谷王。是以圣人欲上民,必以言下之;欲先民,必以身后之。是以圣人处上而民不重,处前而民不害。是以天下乐推而不厌。以其不争,故天下莫能与之争。"老子由江海由于处下才能容纳百川而感悟出上下、先后的辩证关系,认为统治者要想得到天下人拥戴而不被厌弃,就要放下高高在上、盛气凌人的姿态,对民众要甘心退让、居下,让百姓不感到他的统治是一种压迫或伤害。在统治者处于社会绝对支配地位,高高凌驾于民众之上的阶级社会,老子力求以反权威、反传统的"逆向"思维去消解统治者漠视民众存在的心态,对其提出这样的道德要求,对传统的政治思想产生了极大的冲击,也为古代的"民本"思想写下浓重的一笔。

二、以"圣人常无心,以百姓心为心"从民

老子的民本思想还体现在要求执政者要改变官本位的执政理念,不可刚愎自用,唯我独尊,要重视民意。老子说:"圣人常无心,以百姓心为心。"这是老子针对统治者骄奢淫逸、以权谋私等时弊,告诫统治者对待老百姓要像自然无为的道那样,无私心、意欲、亲疏厚薄,将民心、民欲、民意作为执政之本,改变因长期高高在上养成的"自见"、"自是"、"自伐"、"自矜"的妄自尊大、自以为是的强势心态,将执政理念从"官本位"转变为"民本位"。

首先,君主要善于体察民情。"善者吾善之,不善者吾亦善之,德善;信者吾信之,不信者吾亦信之,德信。"意思是,执政者应当以宽广的胸怀虚心听取民众的意见,赞美之词听得进去,批评也乐意接受。老子进一步说明:"善人者不善人之师,不善人者善人之资。不贵其师,不爱其资,虽智大迷,是为要妙。"对于比自己高明的人要甘拜为师,对于不如自己的人也可作为借鉴。不这样做,虽自以为聪明,其实是大糊涂。

其次,执政者要做到与民为善。老子反复向统治者宣讲:"上善若水。水善利万物而不争,处众人之所恶,故几于道。居善地,心善渊,与善仁,言善信,正善治,事善能,动善时。"老子大加赞赏水的无为又无不为,至柔又不可战胜的品格,告诫统治者要想有所建树就要学习水的品德,利于民而不争,讲仁德,讲诚信,讲善政,任贤使能,使民有时,与民为善。老子提出统治者应当掌握三个法宝:慈、俭、不敢为天下先。"我有三宝,持而保之。一曰慈,二曰俭,三曰不敢为天下先。"老子的三宝其实是对政治主体的双向的道德规范和约束。作为当权者,要有慈爱怀民,节俭持国,保有谦让而不为天下先的品德,避免骄奢淫逸、糜烂放纵的生活方式;作为百姓,也要仁慈孝敬,勤俭持家,不好争、好勇、好斗。这种对统治者和被统治者政治行为的双向约束,可以缓解政治体系内的冲突和矛盾,体现政治整合的效能。试想这对当时混战不断、动荡不安的社会来说是多么重要！

三、以"自然无为"安民

老子说，"爱民治国，能无知乎？……生之畜之，生而不有，为而不恃，长而不宰，是谓玄德。"意思是，统治者爱民治国就要像"道"那样，做到生育万物而不占为己有，施恩而不自恃有恩，主导而不主宰人民。"治大国若烹小鲜。"治国的诀窍就像煮小鱼一样，无须搅扰。老子的这些言论充分诠释了他的"道法自然"、"自然无为"的政治思想。他认为统治者对百姓的横征暴敛、严刑苛法以及无休止的战争，是民众不能回归自然之性，社会不能走到"至德之世"的症结所在，所以应当"薄赋敛"、"省刑罚"、"反战争"，为民众提供一个适宜于天性畅扬的生存环境。

薄赋敛。老子在《道德经》中对统治者恃强凌弱，对百姓横征暴敛、肆意妄为进行了猛烈的抨击："朝甚除，田甚芜，仓甚虚。服文采，带利剑，厌饮食，财货有余。"统治者住在豪华壮丽的朝廷，穿着华丽的衣服，佩戴锐利的宝剑，吃着珍馐佳肴，过着荒淫奢侈的生活，而普通民众却是农田荒芜，粮仓空虚，难以度日！"民之饥，以其上食税之多，是以饥；民之难治，以其上之有为，是以难治。"老子认为，繁重的税赋，执政者的"有为"是百姓贫困、国家难以治理的根源。所以，老子以天道均衡和谐的原理为观照，针对贫富悬殊的社会现象，提出"损有余而补不足"安民、养民的设想，即："天之道其犹张弓乎？高者抑之，下者举之；有余者损之，不足者与之。天之道，损有余而补不足；人之道则不然，损不足以奉有余。"他希望统治者能遵循"天道"，呵护百姓大众的生存权利。

省刑罚。老子在《道德经》中对统治者的滥施刑罚提出尖锐的批评，认为："法令滋彰，盗贼多有。""民不畏死，奈何以死惧之。"盗贼多是由法令严苛造成的，这种观点虽有悖常理，但统治者的政策导向对民风的影响确实不容忽视，严刑峻法只会造成视死不惧的民风。他认为，"其政闷闷，其民淳淳；其政察察，其民缺缺。"即国家政令宽泛，百姓就淳厚朴实；相反，国家政令苛刻，百姓就会抱怨。他认为，只要统治者"爱民治国"、"以正治国"，民众会"自化"、"自正"，无须大动干戈。

反战争。老子在《道德经》中认为，战争对社会生产力和民众自然生活的破坏非常严重："师之所处，荆棘生焉；大军之后，必有凶年。"所以，他坚决反对统治者的穷兵黩武："兵者，不祥之器，非君子之器，不得已而用之。"他坚信好战分子绝无好下场："夫乐杀人者，则不可以得志于天下矣。"因此，他号召人臣"以道佐人主者，不以兵强天下"。老子向往没有战争的和平生活，让人民得以休养生息。

总之，老子的《道德经》遵循自然无为之道，对公平、谦下、宽容、不争等爱民重民思想进行了阐释，散发着一种独具特色的人文关怀和人性光辉，它从特定的文化视角推动了古老的"民本"思想的发展，在今天仍具有重要的借鉴意义。

（原载《名作欣赏》2011年第5期）

中国文学名作鉴赏

8. 大　学

其一

　　大学之道[1]，在明明德[2]，在亲民[3]，在止于至善。知止[4]而后有定；定而后能静；静而后能安；安而后能虑；虑而后能得[5]。物有本末，事有终始。知所先后，则近道矣。古之欲明明德于天下者，先治其国；欲治其国者，先齐其家[6]；欲齐其家者，先修其身[7]；欲修其身者，先正其心；欲正其心者，先诚其意；欲诚其意者，先致其知[8]；致知在格物[9]。物格而后知至；知至而后意诚；意诚而后心正；心正而后身修；身修而后家齐；家齐而后国治；国治而后天下平。自天子以至于庶人[10]，壹是皆以修身为本[11]。其本乱而末治者否矣[12]。其所厚者薄，而其所薄者厚[13]，未之有也[14]！

　　[注][1]大学之道：大学的宗旨。"大学"一词在古代有两种含义：一是"博学"的意思，二是相对于小学而言的"大人之学"。"道"的本义是"道路"，引申为"规律、原则"等，在中国古代哲学、政治学里，也指宇宙万物的本原、个体，一定的政治观或思想体系等，在不同的上下文语境里有不同的意思。　[2]明明德：前一个"明"作动词，有使动的意味，即"使彰明"，也就是"发扬、弘扬"的意思。后一个"明"作形容词，"明德"也就是"光明正大的品德"。　[3]亲民：根据后面的"传"文，"亲"应为"新"，即"革新、弃旧图新"。"亲民"，也就是"新民"，使人弃旧图新、去恶从善。　[4]知止：知道目标所在。　[5]得：收获。　[6]齐其家：管理好自己的家庭或家族，使家庭或家族和和美美，蒸蒸日上，兴旺发达。　[7]修其身：修养自身的品性。　[8]致其知：使自己获得知识。　[9]格物：认识、研究万事万物。　[10]庶人：指平民百姓。　[11]壹是：都是。本：根本。　[12]末：相对于本而言，指枝末、枝节。　[13]厚者薄：该重视的不重视。薄者厚：不该重视的却加以重视。　[14]未之有也：即未有之也。没有这样的道理（事情、做法等）。

其二

　　所谓平天下在治其国者，上老老[1]而民兴孝；上长长[2]而民兴弟；上恤孤[3]而民不倍[4]。是以君子有絜矩之道也[5]。

　　所恶于上毋以使下；所恶于下毋以事上；所恶于前毋以先后；所恶于后毋以从前；所恶于右毋以交于左；所恶于左毋以交于右。此之谓絜矩之道。

　　《诗》云："乐只君子，民之父母[6]。"民之所好好之；民之所恶恶之。此之谓

民之父母。《诗》云:"节彼南山,维石岩岩。赫赫师尹,民具尔瞻。"[7]有国者不可以不慎。辟,则为天下僇矣[8]。《诗》云:"殷之未丧师,克配上帝。仪监于殷,峻命不易[9]。"道得众则得国,失众则失国。

是故君子先慎乎德。有德此[10]有人,有人此有土,有土此有财,有财此有用。德者,本也;财者,末也。外本内末,争民施夺[11]。是故财聚则民散,财散则民聚。是故言悖[12]而出者,亦悖而入。货悖而入者,亦悖而出。

《康诰》曰:"惟命不于常。"道善则得之,不善则失之矣。《楚书》曰:"楚国无以为宝,惟善以为宝[13]。"舅犯曰:"亡人无以为宝,仁亲以为宝[14]。"

[注][1]老老:尊敬老人。前一个"老"字作动词,意思是"把……当做老人看待"。 [2]长长:尊重长辈。前一个"长"字作动词,意思是"把……当做长辈看待"。 [3]恤:体恤,周济。孤,孤儿,古时候专指幼年丧失父亲的人。 [4]倍:通"背",背弃。 [5]絜(xié)矩之道:儒家伦理思想之一,指一言一行要有示范作用。絜,本指用绳度量围长,泛指度量。矩,画直角或方形用的尺子,引申为"法度,规则"。 [6]"乐只君子,民之父母":引自《诗经·小雅·南山有台》。乐,快乐,喜悦。只,语助词。 [7]"节彼南山……":引自《诗经·小雅·节南山》。节,高大。岩岩,险峻的样子。师尹,太师尹氏,太师是周代的三公之一。尔,你。瞻,瞻仰,仰望。 [8]僇:通"戮",杀戮。 [9]"殷之未丧师……":引自《诗经·大雅·文王》。师,民众。配,符合。仪,宜。监,鉴戒。峻,大。不易,指不容易保有。 [10]此:乃,才。 [11]争民施夺:争民,与民争利。施夺,施行劫夺。 [12]悖:逆。 [13]"《楚书》"句:《楚书》,楚昭王时史书。楚昭王派王孙圉出使晋国。晋国赵简子问楚国珍宝美玉现在怎么样了。王孙圉答道:楚国从来没有把美玉当做珍宝,只是把善人如观射父(人名)这样的大臣看做珍宝。事见《国语·楚语》。汉代刘向的《新序》中也有类似的记载。 [14]"舅犯"句:舅犯,晋文公重耳的舅舅狐偃,字子犯。亡人,流亡的人,指重耳。晋僖公四年十二月,晋献公因受骊姬的谗言,逼迫太子申生自缢而死。重耳避难逃亡在外。在狄国时,晋献公逝世。秦穆公派人劝重耳归国掌政。重耳将此事告诉子犯,子犯以为不可,对重耳说了这几句话。事见《礼记·檀弓下》。

其三

生财有大道:生之者众,食之者寡,为之者疾,用之者舒,则财恒足矣。仁者以财发身[1],不仁者以身发财。未有上好仁而下不好义者也,未有好义其事不终者也,未有府库[2]财非其财者也。孟献子[3]曰:"畜马乘[4]不察[5]于鸡豚,伐冰之家[6]不畜牛羊,百乘之家[7]不畜聚敛之臣[8]。与其有聚敛之臣,宁有盗臣。"此谓国不以利为利,以义为利也。长国家[9]而务财用者,必自小人矣。彼为善之,小人之使为国家,灾害并至。虽有善者,亦无如之何[10]矣!此谓国不以利为利,以义为利也。

[注] [1] 发身：修身。发，发达、发起。 [2] 府库：国家收藏财物的地方。 [3] 孟献子：鲁国大夫，姓仲孙名蔑。 [4] 畜：养。乘：指用四匹马拉的车。畜马乘是士人初作大夫官的待遇。 [5] 察：关注。 [6] 伐冰之家：指丧祭时能用冰保存遗体的人家。是卿大夫类大官的待遇。 [7] 百乘之家：拥有一百辆车的人家，指有封地的诸侯王。 [8] 聚敛之臣：搜刮钱财的家臣。聚，聚集。敛，征收。 [9] 长国家：成为国家之长，指君王。 [10] 无如之何：没有办法。

[思考题]
1．《大学》的最后一章，是如何阐释"平天下在治其国"的主题的？
2．结合本文谈谈大学生应如何修养自身的德行。

《大学》：为学与为道

孙以楷

一、《大学》的作者与成书

《大学》是《礼记》之第四十二篇。宋以前似未独立成书，也未明作者是谁。北宋司马光、吕大临等以《大学》独立成书并为之解说。二程十分推崇《大学》，认为"《大学》，孔氏之遗书，而初学入德之门也"。继承与发展二程理学的朱熹把《大学》抬得更高，认为古人为学次第，独见于此篇，《论语》、《孟子》尚居其次。他把《大学》、《中庸》、《论语》、《孟子》编为四书，以《大学》为首。他又把《大学》本文分为经、传两部分，认为"经一章，盖孔子之言而曾子述之；其传十章，则曾子之意而门人记之也"。朱的说法并无确凿的证据，近现代学者多视作臆测之语。一部分学者认为《大学》是秦汉之际儒者所撰，甚至有人认为是汉武帝时人之作。冯友兰以《大戴礼记》之《劝学》与《荀子·劝学》、《礼记》之《学记》与《大学》以及《荀子》作比较研究，认为《大学》的许多思想观点出自《荀子》。但是，以思想观点的一致或相似论证某甲出自某乙，是不可靠的，是一把两面刃的剑；你可以说某甲出自某乙，我也可以说是某乙出自某甲。

毫无疑问，《大学》理论是对孔子学说的忠实传述和发展。但是，《大学》在论述教育目的时所达到的哲学高度以及三纲八目理论的系统严谨，都在《论语》、《孟子》之上。就其理论深度而言，似应在《孟子》之后写成，且书中一些内容，确实是接着《孟子》讲的。如孟子说："人有恒言，皆曰天下国家。天下之本在国，国之本在家，家之本在身。"（《孟子·离娄》）《大学》接着《孟子》的意思说："古之欲明明德于天下者，先治其国；欲治其国者，先齐其家；欲齐其家者，先修其身"正因为"天下之本在国"，所以"欲明明德于天下者，先治其国"；正因为"国之本在家"，所以"欲治其国者，先齐其家"；正因为"家之本在身"，

所以"欲齐其家者,先修其身"。很明显,这都是《大学》对《孟子》的演绎。正心、诚意之说也来自《孟子》。孟子说:"诚者天之道,思诚者人之道。"又说:"惟大人为能格君心之非……一正君而国定矣。"(《孟子·离娄上》)只是孟子没有像《大学》那样揭明正心与诚意的逻辑联系。《大学》这么做了,可见其在《孟子》之后。至于"致知"、"格物",则更是对孔孟学说的创新发展。

《大学》当写成于孟子之后,大约与《中庸》同时。

二、《大学》的为学与为道

如果把《中庸》看成是一部儒家的伦理哲学、境界哲学著作,那么《大学》则是儒家的政治哲学、教育哲学著作。称它们为哲学,因为它们都试图超越伦理道德、政治、教育的经验的与理论的知识而寻求一种形而上的本体。

《大学》第一章,被朱熹称为经,认为是"孔子之言"。但正是在这"经一章"里,较多地渗入了道家的影响。第一章的核心内容是三纲八目。我们先看三纲:"大学之道在明明德,在新民,在止于至善。"

《大学》第二章曰:"《康诰》曰:'克明德。'《太甲》曰:'顾諟天之明命。'《帝典》曰:'克明峻德。'皆自明也。"朱熹认为这第二章是"释'明明德'"。实际上,《康诰》、《太甲》、《帝典》都没有解释"明德",只解释了第一个"明"字。"明德"作为复合词,首见于道家的《黄帝四经》:"化则能明德除害。"(《经法·论》)而《黄帝四经》的"明德"又源于老子之道。道是天地万物之本,天地万物得道即为德;"明德"即为人或物所获得最完满之道,在人,即最完美之人性。"新民"是修养和践履事功的功夫,"至善"是最终的价值目标。这两条属于儒家一贯的价值体系,但它们都以明德(道)为本,由内圣发而为外王。三纲是儒道互补的产物。

再看八目。

"古之欲明明德于天下者,先治其国;欲治其国者,先齐其家;欲齐其家者,先修其身;欲修其身者,先正其心;欲正其心者,先诚其意;欲诚其意者,先致其知;致知在格物。物格而后知至,知至而后意诚,意诚而后心正,心正而后身修,身修而后家齐,家齐而后国治,国治而后天下平。"

八目以修身为本。格物、致知、诚意、正心是修身之道,是内圣。齐家、治国、平天下,是修己以安家国与天下,是外王。格物致知是为学,通过学以达到理性自觉。但是致知应当知止,"知止而后有定,定而后能静,静而后能安,安而后能虑,虑而后能得"(《大学》)。为学固然有益,但知识多而杂,不利于修身。重要的是要借为学达到理性自觉以确定自己的价值取向。有了确定不移的方向与目标,心就不外骛从而清静心安,心入安静状态才能思虑,从而达到对本性的体认,亦即达到真实无伪的心态——诚意。很显然,《大学》作者以为学服务于为道。所谓"定",就是排除为学所获杂乱知识,认定一个目标,使心静安。静、安的概念以及静与安关系的论述也源于道家。老子说:"不欲以静,天下将自定。"(《老子·

37章》）这里讲的是人心静而后天下定。《黄帝四经》则不同，主张"静则安"（《经法·四度》）、"静则平，平则宁"（《经法·论》），讲的是情感稳定与心理平静的关系，先定而后静。《大学》的论述更近于《黄帝四经》。因此，格物致知在八目中的重要性并不在于获取知识，而是形成理性自觉，进而以理性自觉去修养，再进而达到直觉，体认天道人性——诚。诚意即真实无伪，《大学》释为"毋自欺也"，"如恶恶臭，如好好色，此之谓自谦"。这也就是"率性之谓道"。顺性即诚，顺性即顺道。这在孔子那里是没有的，而是老子的观点。所谓"顺性"，并非听任人欲自流。人的感情"有所忿"、"有所恐惧"、"有所好乐"、"有所忧患"，心均不得其正。如此，只有去欲寡欲。这岂不正是老子的"不见可欲，使民心不乱"？而孔子恰恰是有所好乐、有所忧患之人。由是可见，所谓诚意正心，无非是排除杂多的知识与纷乱的情感，以格物致知形成的理性自觉达到对真诚无伪的人性的认知，以理性直觉体认人性天道的合一。这正是老子的为道日损。《大学》八目统一了老子的为道与为学。

至于修身、齐家、治国、平天下，看起来确乎是儒家由内圣而外王的人生追求过程。道济天下，使天下有道，实现仁政，这是孔孟的追求；治国平天下，需以修身为本，先正己而后能正人，先修己而后能安百姓，这是孔孟的由伦理而政治的逻辑原则。但是孔子并没有为己、家、国、天下之间设定一个逻辑程序。这个逻辑程序恰恰是老子给出的："修之于身，其德乃真；修之于家，其德乃余；修之于乡，其德乃长；修之于邦，其德乃丰；修之于天下，其德乃普。故以身观身，以家观家，以乡观乡，以邦观邦，以国观国，以天下观天下，吾何以知天下然哉？以此。"（《老子·54章》）试比较一下《大学》与《老子·54章》，其间的观点继承恐怕是不容抹煞的。但《大学》确实发展了老子的观点，使之从人性的修养论发展为政治理想。老子说"修之于家"，《大学》把它明确为"齐家"。老子说"修之于邦"，《大学》把它明确为"治国"。老子说"修之于天下"，《大学》把它明确为"平天下"。老子所谓"修之于家"、"修之于邦"、"修之于天下"，是强调以修身之道推及家、邦、天下，《大学》也同样强调齐家、治国、平天下"壹是皆以修身为本"。

《大学》第十一章在解释"治国"、"平天下"时说："民之所好好之，民之所恶恶之，此之谓民之父母。"以民之好恶为好恶，恐怕不是孔子的主张，虽然与孟子的"民贵"思想有相通之处，但更切近于老子的"圣人无常心，以百姓之心为心"（《老子·49章》）。以民之好恶为好恶，是以顺人之性为理论依据的。《大学》认为："好人之所恶，恶人之所好，是谓拂人之性，灾必逮夫身。"这一顺性主张中有"己所不欲，勿施于人"的影子，但也仅只是影子而已。从根本上说，顺性之说是源于老子的道法自然。

（原载《华夏文化》1998年第2期）

9. 项羽本纪[1]（节选）

司马迁

项籍者，下相人也[2]，字羽。初起时[3]，年二十四。其季父项梁，梁父即楚将项燕，为秦将王翦所戮者也[4]。项氏世世为楚将，封于项[5]，故姓项氏。项籍少时，学书不成，去[6]；学剑，又不成，项梁怒之。籍曰："书足以记名姓而已。剑一人敌，不足学，学万人敌。"于是项梁乃教籍兵法，籍大喜，略知其意，又不肯竟学[7]。项梁尝有栎阳逮[8]，乃请蕲狱掾曹咎书，抵栎阳狱掾司马欣，以故事得已[9]。项梁杀人，与籍避仇于吴中[10]，吴中贤士大夫皆出项梁下[11]。每吴中有大徭役及丧，项梁常为主办，阴以兵法部勒宾客及子弟，以是知其能[12]。秦始皇帝游会稽，渡浙江[13]。梁与籍俱观。籍曰："彼可取而代也。"梁掩其口，曰："毋妄言，族矣[14]！"梁以此奇籍[15]。籍长八尺余，力能扛鼎[16]，才气过人，虽吴中子弟，皆已惮籍矣。

[注][1] 本篇选自《史记·项羽本纪》。按司马迁创作《史记》的体例，"本纪"纪帝王当国事。项羽虽未成帝业，但秦亡汉兴之间，一个时期内他发号施令，权威同帝王一样，所以也把他列入本纪。《项羽本纪》是《史记》中最具文学色彩的篇章之一，本文通过鸿门宴、垓下之围、乌江自刎等情节描写及太史公曰，刻画了项羽缺乏智谋、勇武粗豪的性格，表现了作者对项羽勇猛粗豪性格的歌颂及不幸结局的同情和至死不悟的惋惜。　　[2] 下相：秦县名，在今江苏省宿迁县西。　　[3] 初起时：指项梁、项羽开始起义的时候，即秦二世元年（前209年）。　　[4] 季父：小叔父。季：末。项燕（yān）：项羽的祖父。秦始皇二十三年（前224），秦将王翦破楚，虏楚王，项燕立昌平君为王，在淮南反秦。明年，王翦等破楚军，昌平君死，项燕自杀。　　[5] 项：古国名，春秋时为鲁所灭，后楚灭鲁，项遂属楚，在今河南省项城县东北。　　[6] 去：离开。　　[7] 竟学：学完。　　[8] 栎（yuè）阳逮：被栎阳县追捕。栎阳：秦县名，在今陕西省临潼县东北。逮：追捕。作"及"解，指因事受牵连。　　[9] 蕲（qí）：秦县名，在今安徽宿县东南。狱掾：掌刑狱诉讼的佐吏。已：了结。这三句是说，于是请求蕲县狱掾曹咎给栎阳狱掾司马欣写了一封信，因此事情得以了结。　　[10] 吴中：今江苏苏州市吴县。　　[11] 出项梁下：不及项梁。　　[12] 丧：丧事。阴：暗中，私下。部勒：部署，约束。　　[13] 会稽：秦郡名，辖地为今江苏省东部和浙江省西部，郡治在今江苏吴县。一说，会稽，山名，在今浙江绍兴市东南。浙江：今浙江余杭县以下的钱塘江。一说乃吴县南之南江。　　[14] 族：灭族。　　[15] 奇：赏识，以为奇异不凡。　　[16] 扛（gāng）鼎：举鼎。扛，双手对举。

秦二世元年七月，陈涉等起大泽中[1]。其九月，会稽守通谓梁曰[2]："江西皆反[3]，此亦天亡秦之时也。吾闻：'先即制人，后则为人所制。'吾欲发兵，使公及桓楚将[4]。"是时，桓楚亡在泽中。梁曰："桓楚亡，人莫知其处，独籍知之耳。"梁乃出，诫籍持剑居外待。梁复入，与守坐，曰："请召籍，使受命召桓楚。"守曰："诺。"梁召籍入。须臾，梁瞬籍曰[5]："可行矣！"于是籍遂拔剑斩守头。项梁持守头，佩其印绶[6]。门下大惊，扰乱，籍所击杀数十百人。一府中皆慑伏[7]，莫敢起。梁乃召故所知豪吏[8]，谕以所为起大事，遂举吴中兵。使人收下县[9]，得精兵八千人。梁部署吴中豪杰为校尉、候、司马[10]。有一人不得用，自言于梁。梁曰："前时某丧，使公主某事，不能办，以此不任用公。"众乃皆伏[11]。于是梁为会稽守，籍为裨将，徇下县[12]。

…………

[注][1]秦二世：名胡亥，秦始皇少子。公元前209年，秦始皇死，赵高、李斯篡改遗诏，追令始皇长子扶苏自杀，立胡亥为帝，称为二世，在位三年，被赵高杀死。秦二世元年即公元前209年。陈涉：陈胜字涉，颍川阳城（今河南登封县）人，秦末农民起义领袖。大泽：即大泽乡，当时属蕲县，在今安徽宿县东南。　[2]会稽守通：秦会稽郡守殷通。守，郡的最高长官。　[3]江西：长江在安徽、江苏境内有一段自西南流向东北，古人习惯称这段长江以西即今皖北地区为江西，而称江水以东即今皖南、苏南一带为江东。　[4]桓楚：《汉书》称为吴中奇士。后项羽杀宋义时，曾为其报命怀王。将：统率。　[5]瞬（shùn）：使眼色。　[6]印绶：指印。绶，穿系印纽的带子。　[7]慑（shè）伏：畏惧伏地。慑，因惊惧而噤声。　[8]豪吏：有才干、有声望的官吏。　[9]下县：指会稽郡所属各县。　[10]部署：安排，分派。校尉：将军以下的军官。候：即军候，校尉以下的军官。司马：即军司马，军中执法的官吏。　[11]伏：同"服"，服气。　[12]裨将：偏将，副将。裨（pí）：辅助。徇（xún）：攻占，夺取。

居鄛人范增[1]，年七十，素居家，好奇计，往说项梁曰："陈胜败固当。夫秦灭六国，楚最无罪。自怀王入秦不反[2]，楚人怜之至今，故楚南公曰：'楚虽三户，亡秦必楚也。'[3]今陈胜首事，不立楚后而自立，其势不长。今君起江东，楚蜂起之将皆争附君者[4]，以君世世楚将，为能复立楚之后也。"于是项梁然其言，乃求楚怀王孙心，民间为人牧羊，立以为楚怀王[5]，从民所望也。陈婴为楚上柱国，封五县，与怀王都盱台[6]。项梁自号为武信君。

[注][1]居鄛：秦县名，县治在今安徽桐城南。　[2]怀王入秦不反：楚怀王，名熊槐，在位三十年（前328—前299）。秦昭王诈设武关之会，邀怀王结盟。怀王至，昭王以兵拘之，要求割地，怀王不允，遂被幽禁，客死于秦。　[3]楚南公：楚国南方的老人。三户：极言人口之少。　[4]蜂起：蜂拥而起。　[5]楚怀王孙心：楚怀王的孙子，名心。立心事在秦二世二年（前208）六月。立他为君，仍称怀王，遵从楚人怜念怀王的意思。　[6]陈婴：秦东阳县小吏，为当

地百姓拥戴起事，后投奔项梁。上柱国：战国时楚官名，位同丞相。但后世多为荣誉爵位，无实权。盱台（xū yí）：秦县名，在今江苏盱眙东北。

居数月，引兵攻亢父，与齐田荣、司马龙且军救东阿[1]，大破秦军于东阿。田荣即引兵归，逐其王假[2]。假亡走楚。假相田角亡走赵。角弟田间故齐将，居赵不敢归[3]。田荣立田儋子市为齐王。项梁已破东阿下军，遂追秦军。数使使趣齐兵[4]，欲与俱西。田荣曰："楚杀田假，赵杀田角、田间，乃发兵。"项梁曰："田假为与国之王[5]，穷来从我，不忍杀之。"赵亦不杀田角、田间以市于齐[6]。齐遂不肯发兵助楚。项梁使沛公及项羽别攻城阳[7]，屠之。西破秦军濮阳东[8]，秦兵收入濮阳。沛公、项羽乃攻定陶。定陶未下，去。西略地至雍丘，大破秦军，斩李由[9]。还攻外黄[10]，外黄未下。

[注][1]亢（gāng）父：秦县名，在今山东济宁市南。田荣：战国时齐国诸侯的后裔，与其从兄田儋一同起事，先后在齐地称王。司马龙且（jū）：龙且是楚怀王的将领，官居司马。东阿：秦县名，即今山东阳谷县东北。　　[2]逐其王假：田儋被杀后，田荣又败走东阿，齐人复立战国时故齐王田建之弟田假为王，以田角为相，田间为将。田荣出东阿之围后，引兵回齐，驱逐了田假，另立田儋之子田市为王，自为齐相。　　[3]居赵不敢归：其时田间正往赵国求救，而国内田假被逐，遂留赵不敢返齐。　　[4]使使：派使者。趣：通"促"，催促。　　[5]与国：友好同盟之国。　　[6]市：做交易。　　[7]城阳：秦县名，县治在今山东荷泽市境内。　　[8]濮阳：秦县名，县治在今河南濮阳县西南。　　[9]定陶：秦县名，今山东定陶县西北。略地：扩张地盘。雍丘：秦县名，即今河南杞县。李由：李斯之子，时为三川郡郡守。　　[10]外黄：秦县名，今河南省杞县东北。

项梁起东阿，西北至定陶[1]，再破秦军，项羽等又斩李由，益轻秦，有骄色。宋义乃谏项梁曰[2]："战胜而将骄卒惰者败。今卒少惰矣[3]，秦兵日益，臣为君畏之。"项梁弗听。乃使宋义使于齐。道遇齐使者高陵君显[4]。曰："公将见武信君乎？"曰："然。"曰："臣论武信君军必败。公徐行即免死，疾行则及祸。"秦果悉起兵益章邯[5]，击楚军，大破之定陶，项梁死。沛公、项羽去外黄，攻陈留[6]，陈留坚守不能下。沛公、项羽相与谋曰："今项梁军破，士卒恐。"乃与吕臣军俱引兵而东[7]，吕臣军彭城东，项羽军彭城西，沛公军砀[8]。

[注][1]西字是衍文，《文选·王命论》注引《史记》无"西"字。北，《汉书·项羽传》作"比"，比是及的意思。《汉书》是，因为定陶在东阿西南，不在北边。　　[2]宋义：战国时楚令尹，后参加反秦起义，为项梁部下。　　[3]少：稍稍的意思。　　[4]高陵君显：高陵君名显，姓氏不详，高陵君是封号。　　[5]章邯：秦将，后兵败投降项羽。章邯破项梁军在秦二世二年（前208）九月。　　[6]去：离开。陈留：秦县名，今河南开封市东南。　　[7]吕臣：原为陈涉侍从，陈涉兵败自杀后，吕臣收拾残部，归附项梁。本句之"军"字疑为衍文。　　[8]砀

(dàng)：秦县名，今河南夏邑东。

章邯已破项梁军，则以为楚地兵不足忧，乃渡河击赵，大破之。当此时，赵歇为王，陈余为将，张耳为相，皆走入钜鹿城[1]。章邯令王离、涉间围钜鹿[2]，章邯军其南，筑甬道而输之粟[3]。陈余为将，将卒数万人而军钜鹿之北，此所谓河北之军也。楚兵已破于定陶，怀王恐，从盱台之彭城[4]，并项羽、吕臣军自将之。以吕臣为司徒；以其父吕青为令尹；以沛公为砀郡长[5]，封为武安侯，将砀郡兵。

[注] [1] 赵歇：战国时赵国的后裔，在反秦战争中被张耳、陈余立为赵王，后被汉所灭。陈余：魏大梁人，与张耳共立赵歇为王，后被韩信所斩。"陈余为将"四字当系衍文。张耳：魏大梁人，曾为赵王歇佐臣，后归楚，封为常山王，又降汉，封为赵王。钜鹿：秦郡名，在今河北平乡县。 [2] 王离：秦将，王翦之孙。涉间：秦将。 [3] 军：驻军，屯扎。甬道：两侧筑起墙垣，以防敌人袭击的通道。粟：泛指粮食。 [4] 彭城：秦县名，在今江苏徐州市。 [5] 司徒：本为掌管教化的官，这里疑为掌管财政的军需官。令尹：战国时楚官名，位同丞相。沛公：即刘邦。秦二世元年（前209）秋，刘邦起兵于沛（今江苏沛县），被封为沛公。

初，宋义所遇齐使者高陵君显在楚军，见楚王曰："宋义论武信君之军必败，居数日，军果败。兵未战而先见败征，此可谓知兵矣。"王召宋义与计事而大说之[1]，因置以为上将军；项羽为鲁公，为次将，范增为末将，救赵。诸别将皆属宋义，号为卿子冠军[2]。行至安阳[3]，留四十六日不进。项羽曰："吾闻秦军围赵王钜鹿，疾引兵渡河，楚击其外，赵应其内，破秦军必矣。"宋义曰："不然。夫搏牛之虻不可以破虮虱[4]。今秦攻赵，战胜则兵罢[5]，我承其敝；不胜，则我引兵鼓行而西[6]，必举秦矣。故不如先斗秦赵。夫被坚执锐[7]，义不如公；坐而运策，公不如义。"因下令军中曰："猛如虎，很如羊，贪如狼，彊不可使者[8]，皆斩之！"乃遣其子宋襄相齐，身送之至无盐，饮酒高会[9]。天寒大雨，士卒冻饥。项羽曰："将戮力而攻秦[10]，久留不行。今岁饥民贫，士卒食芋菽，军无见粮[11]，乃饮酒高会，不引兵渡河因赵食[12]，与赵并力攻秦，乃曰：'承其敝。'夫以秦之强，攻新造之赵[13]，其势必举赵。赵举而秦强，何敝之承！且国兵新破，王坐不安席，埽境内而专属于将军[14]，国家安危，在此一举。今不恤士卒而徇其私，非社稷之臣[15]！"项羽晨朝上将军宋义，即其帐中斩宋义头，出令军中曰："宋义与齐谋反楚，楚王阴令羽诛之。"当是时，诸将皆慑服，莫敢枝梧[16]，皆曰："首立楚者，将军家也。今将军诛乱。"乃相与共立羽为假上将军[17]。使人追宋义子，及之齐，杀之。使桓楚报命于怀王。怀王因使项羽为上将军，当阳君、蒲将军皆属项羽。[18]

[注] [1] 说：通"悦"。 [2] 卿子：当时对男子的尊称，如同说"公子"。冠军：指其位在诸军之上，相当最高统帅。 [3] 安阳：古邑名，在今山东曹县

东南。　　[4]搏：击，斩。虻：牛虻。虮：虱卵。这句说，虻所要搏的是牛而不是要消灭虮子，喻志在大不在小。　　[5]罢：同"疲"，疲惫。　　[6]鼓行：进军。古人行军，击鼓则进，鸣金则退。　　[7]被：同披。坚：坚甲。锐：指锐利的武器。　　[8]很如羊：像羊那样执拗，不服从命令。很：《说文解字》："很，不听从也。"彊不可使：倔犟而不听指挥，不服调遣。彊，同"强"，倔犟。　　[9]无盐：秦县名，在今山东东平县。高会：大会，盛会。　　[10]戮力：合力，并力。　　[11]芋：山芋等薯类。菽：豆类。见粮：现时吃的粮食。见，同"现"。　　[12]因赵食：就食于赵地。因，利用，依靠。　　[13]新造之赵：新建立的赵国。造：建立，创建。　　[14]国兵新破：指楚军刚在定陶被打败。国兵，楚人对本国军队的称呼。埽境内而专属于将军：是说楚怀王把全国军队都集中起来交给宋义统率。埽，同"扫"，尽括之意。　　[15]徇(xùn)：营，谋。社稷之臣：与国家同生死、共存亡的大臣。　　[16]枝梧：抗拒。　　[17]假：摄，代理。[18]当阳君：即英布，项羽的猛将，封当阳君，后降汉，后谋反被诛。蒲将军：项羽的部将。

项羽已杀卿子冠军，威震楚国，名闻诸侯。乃遣当阳君、蒲将军将卒二万渡河，救钜鹿。战少利[1]，陈余复请兵。项羽乃悉引兵渡河，皆沈船，破釜甑[2]，烧庐舍，持三日粮，以示士卒必死，无一还心。于是至则围王离。与秦军遇，九战，绝其甬道，大破之[3]。杀苏角，虏王离。涉间不降楚，自烧杀。当是时，楚兵冠诸侯。诸侯军救钜鹿下者十余壁[4]，莫敢纵兵。及楚击秦，诸将皆从壁上观。楚战士无不一以当十。楚兵呼声动天，诸侯军无不人人惴恐。于是已破秦军，项羽召见诸侯将。诸侯将入辕门[5]，无不膝行而前，莫敢仰视。项羽由是始为诸侯上将军，诸侯皆属焉。……

　　[注][1]战少利：战事胜利不多。　　[2]釜：锅。甑（zèng)：蒸煮食物用的瓦器。　　[3]之：指章邯。《史记·张耳陈余列传》云："项羽悉引兵渡河，遂破章邯。章邯引兵解，诸侯军乃敢击围钜鹿秦军，遂虏王离。"　　[4]壁：壁垒，营垒。　　[5]辕门：即营门。《史记集解》引张晏曰："军行以车为阵，辕相向为门，故曰辕门。"

··········

行略定秦地，至函谷关[1]，函谷关有兵守关，不得入。又闻沛公已破咸阳。项羽大怒，使当阳君等击关。项羽遂入，至于戏西[2]。沛公军霸上[3]，未得与项羽相见。沛公左司马曹无伤使人言于项羽曰[4]："沛公欲王关中，使子婴为相[5]，珍宝尽有之。"项羽大怒，曰："旦日飨士卒，为击破沛公军[6]！"当是时，项羽兵四十万，在新丰鸿门[7]；沛公兵十万，在霸上。范增说项羽曰："沛公居山东时[8]，贪于财货，好美姬。今入关，财物无所取，妇女无所幸[9]，此其志不在小。吾令人望其气[10]，皆为龙虎，成五采，此天子气也。急击勿失。"

[注] [1] 行：进军。一说，行将，将要。略定：攻取，占领。函谷关：在今河南省灵宝县东北，是当时由东方入秦的要塞。 [2] 戏西：戏水之西。戏：水名，源出骊山，流经今陕西省临潼县东部，注入渭水。 [3] 霸上：即灞水之西的白鹿原，在今陕西西安市东南。 [4] 左司马：军中执法之官，当时可能有左右司马二人。 [5] 关中：指函谷关以西地区。当初怀王曾与诸侯约定"先入定关中者王之"。今刘邦先入关，故曹无伤有此语。子婴：或云胡亥之兄，或云胡亥之侄。秦二世三年（前207）八月，赵高杀胡亥，立子婴为帝，在位四十六天，刘邦破咸阳，遂降，后为项羽所杀。 [6] 旦日：明日。飨（xiǎng）：犒劳。为击破沛公军：为（你们）击破刘邦的部队。"为"下省略一"尔"字。一说，为：将要。 [7] 新丰：即秦之郦邑，汉初始置新丰县，在今陕西省临潼县东。鸿门：在新丰东十七里，今名项王营。 [8] 山东：崤山以东，泛指战国时六国之地。 [9] 幸：宠幸，亲近。 [10] 望其气：观望他头上的云气。这是古代一种迷信活动，据说通过望气可预知人的吉凶祸福。

　　楚左尹项伯者，项羽季父也，素善留侯张良[1]。张良是时从沛公。项伯乃夜驰之沛公军，私见张良，具告以事[2]，欲呼张良与俱去，曰："毋从俱死也。"张良曰："臣为韩王送沛公[3]。沛公今事有急，亡去，不义。不可不语。"良乃入，具告沛公。沛公大惊，曰："为之奈何[4]？"张良曰："谁为大王为此计者？"曰："鲰生说我曰[5]，'距关毋内诸侯[6]。秦地可尽王也。'故听之。"良曰："料大王士卒足以当项王乎？"沛公默然，曰："固不如也。且为之奈何？"张良曰："请往谓项伯，言沛公不敢背项王也。"沛公曰："君安与项伯有故[7]？"张良曰："秦时与臣游，项伯杀人，臣活之[8]。今事有急，故幸来告良。"沛公曰："孰与君少长？"良曰："长于臣。"沛公曰："君为我呼入，吾得兄事之[9]。"张良出，要项伯[10]。项伯即入见沛公。沛公奉卮酒为寿[11]，约为婚姻[12]，曰："吾入关，秋豪不敢有所近[13]，籍吏民[14]，封府库，而待将军。所以遣将守关者，备他盗之出入与非常也[15]。日夜望将军至，岂敢反乎！愿伯具言臣不敢倍德也[16]。"项伯许诺，谓沛公曰："旦日不可不蚤自来谢项王[17]！"沛公曰："诺。"于是项伯复夜去。至军中，具以沛公言报项王。因言曰："沛公不先破关中，公岂敢入乎？今人有大功而击之，不义也。不如因善遇之。"项王许诺。

　　[注] [1] 素：平常。善：交好。张良：字子房，本为韩国人，祖、父皆任韩相。韩灭，张良欲报仇，陈涉起义后，聚众响应，不久归属刘邦，为刘邦的主要谋士，后封留侯。留：秦县名，在今江苏沛县东南。 [2] 具告：详细告诉。 [3] 为韩王送沛公：张良曾劝说项梁立韩公子成为韩王，自己做韩相。后来刘邦使韩王成留守阳翟（今河南禹县），张良奉韩王命随同刘邦一道西入武关，故有此言。韩王，指韩王成。 [4] 为之奈何：对这件事怎么办？ [5] 鲰（zōu）生：浅陋无知的小人。一说人名。 [6] 距：通"拒"，把守的意思。关：函谷关。内：通"纳"，放进。 [7] 故：旧谊。 [8] 活之：使之活。 [9] 得：应该。

兄事之：以兄长的礼节对待他。　　[10] 要：通"邀"。　　[11] 卮（zhī）：盛酒的器皿。为寿：祝寿。　　[12] 约为婚姻：约定结为姻亲。　　[13] 秋豪：鸟兽在秋天新生的绒毛，比喻非常细小的事物。豪，通"毫"。　　[14] 籍：登记。吏民：官吏和人民。　　[15] 非常：意外的变故。　　[16] 倍德：忘恩负义。倍，通"背"，背叛、忘记。　　[17] 蚤，通"早"。谢：道歉，谢罪。

沛公旦日从百余骑来见项王，至鸿门，谢曰[1]："臣与将军戮力而攻秦[2]，将军战河北，臣战河南，然不自意能先入关破秦[3]，得复见将军于此。今者有小人之言，令将军与臣有郤[4]。"项王曰："此沛公左司马曹无伤言之，不然，籍何以至此。"项羽即日因留沛公与饮。项王、项伯东向坐[5]；亚父南向坐[6]——亚父者，范增也；沛公北向坐；张良西向侍。范增数目项王[7]，举所佩玉玦以示之者三[8]。项王默然不应。范增起，出召项庄[9]，谓曰："君王为人不忍，若入前为寿[10]，寿毕，请以剑舞，因机击沛公于坐[11]，杀之。不者[12]，若属皆且为所虏[13]。"庄则入为寿。寿毕，曰："君王与沛公饮，军中无以为乐，请以剑舞。"项王曰："诺。"项庄拔剑起舞，项伯亦拔剑起舞，常以身翼蔽沛公[14]，庄不得击。

　　[注][1] 谢：谢罪。　　[2] 戮力：协力，并力。　　[3] 不自意：自己没料想到。　　[4] 郤（xì）：通"隙"，嫌隙。　　[5] 东向坐：面向东坐，秦汉时室内以面向东坐为上位。　　[6] 亚父：仅次于父，这是项羽对范增的尊称。[7] 数（shuò）：多次。目：名词用作动词，以目示意的意思。　　[8] 玦（jué）：玉器名，环形有缺，借以表示决断。这是暗示项羽下决心杀刘邦。　　[9] 项庄：项羽的堂弟。　　[10] 若：你。　　[11] 因机：乘机。坐：同"座"，座位。[12] 不者：否则。不，通"否"。　　[13] 若属：你们。　　[14] 翼蔽：像鸟张开翅膀一样遮挡住。

于是张良至军门，见樊哙[1]。樊哙曰："今日之事何如？"良曰："甚急！今者项庄拔剑舞，其意常在沛公也[2]。"哙曰："此迫矣！臣请入，与之同命[3]！"哙即带剑拥盾入军门。交戟之卫士欲止不内[4]，樊哙侧其盾以撞，卫士仆地[5]。哙遂入，披帷西向立[6]，瞋目视项王[7]，头发上指，目眦尽裂[8]。项王按剑而跽曰[9]："客何为者？"张良曰："沛公之参乘樊哙者也[10]。"项王曰："壮士！赐之卮酒！"则与斗卮酒[11]。哙拜谢，起，立而饮之。项王曰："赐之彘肩[12]！"则与一生彘肩。樊哙覆其盾于地，加彘肩上，拔剑切而啖之[13]。项王曰："壮士！能复饮乎？"樊哙曰："臣死且不避，卮酒安足辞！夫秦王有虎狼之心，杀人如不能举，刑人如恐不胜[14]，天下皆叛之。怀王与诸将约曰：'先破秦入咸阳者王之。'今沛公先破秦入咸阳，毫毛不敢有所近，封闭宫室，还军霸上，以待大王来。故遣将守关者，备他盗出入与非常也。劳苦而功高如此，未有封侯之赏，而听细说[15]，欲诛有功之人，此亡秦之续耳[17]，窃为大王不取也。"项王未有以应，曰："坐！"樊哙从良坐。坐须臾，沛公起如厕[16]，因招樊哙出。

[注] [1] 樊哙（kuài）：沛人，原以屠狗为业，随刘邦起义，屡立战功，刘邦建汉后，曾任汉左丞相，封舞阳侯。 [2] 其意常在沛公也：他的目的在于（杀死）刘邦。 [3] 与之同命：和他（项羽）拼命。 [4] 交戟之士：交叉持戟的门卫。 [5] 仆地：跌倒在地上。 [6] 披帷：掀开帷帐。 [7] 瞋目：睁大眼睛，这是发怒的表情。 [8] 上指：向上竖直。眦（zī）：眼眶。 [9] 按剑：用手握着剑柄。跽（jì）：长跪。古人席地而坐，两膝着地，两股贴脚跟。股不着脚跟为跪；而挺腰耸身叫跽，这是一种便于应变的姿势。 [10] 参乘（shèng）：即骖乘，坐在车右负责护卫的人。 [11] 斗：容量单位，十升为一斗，十斗为一石。 [12] 彘（zhì）肩：猪前腿。 [13] 啗：同"啖"，大口地吃。 [14] 举：尽。刑：用刑。胜：尽。 [15] 细说：小人的谗言。 [16] 亡秦之续：意思是重蹈亡秦的覆辙。 [17] 如厕：上厕所。如，往，上。

沛公已出，项王使都尉陈平召沛公[1]。沛公曰："今者出，未辞也，为之奈何？"樊哙曰："大行不顾细谨，大礼不辞小让[2]。如今人方为刀俎[3]，我为鱼肉，何辞为？"于是遂去。乃令张良留谢。良问曰："大王来何操？"曰："我持白璧一双，欲献项王；玉斗一双[4]，欲与亚父，会其怒，不敢献。公为我献之。"张良曰："谨诺。"当是时，项王军在鸿门下，沛公军在霸上，相去四十里。沛公则置车骑[5]，脱身独骑，与樊哙、夏侯婴、靳强、纪信等四人持剑盾步走[6]，从郦山下，道芷阳间行[7]。沛公谓张良曰："从此道至吾军，不过二十里耳。度我至军中，公乃入。"沛公已去，间至军中[8]，张良入，谢曰："沛公不胜杯杓[9]，不能辞。谨使臣良奉白璧一双，再拜献大王足下；玉斗一双，再拜奉大将军足下[10]。"项王曰："沛公安在？"良曰："闻大王有意督过之，脱身独去，已至军矣。"项王则受璧，置之坐上。亚父受玉斗，置之地，拔剑撞而破之，曰："唉！竖子不足与谋[11]！夺项王天下者，必沛公也，吾属今为之虏矣！"沛公至军，立诛杀曹无伤。

[注] [1] 都尉：武官名，比将军略低。陈平：阳武（今河南兰考县）人，当时在项羽手下做都尉，第二年归附刘邦，为谋士，汉建国后封曲阳侯，曾任丞相。 [2] 大行：做大事。细谨：细枝末节。辞：避忌。让：责备。 [3] 俎（zǔ）：砧板。 [4] 玉斗：玉制的酒具。 [5] 置：丢弃。 [6] 夏侯婴：沛人，从刘邦起义，被封为汝阴侯。靳强：刘邦部属，后封汾阳侯。纪信：刘邦部将，后被项羽烧死。 [7] 道：取道。芷阳：秦县名，汉改名霸陵，在今西安市东。间行：抄小路走。 [8] 间至军中：由小道回到军中。 [9] 不胜杯杓（sháo）：不胜酒力。不胜，禁不起。杯杓，这里为酒的代称。杓，勺子，取酒用具。 [10] 大将军：指范增。 [11] 竖子：小子，对人的一种蔑称。这里明指项庄，暗指项羽。

居数日，项羽引兵西屠咸阳，杀秦降王子婴。烧秦宫室，火三月不灭。收其货宝妇女而东。人或说项王曰："关中阻山河，四塞[1]，地肥饶，可都以霸[2]。"项王见秦宫室皆以烧残破[3]，又心怀思欲东归，曰："富贵不归故乡，如衣绣夜行，谁知之者!"说者曰:"人言楚人沐猴而冠耳[4],果然。"项王闻之,烹说者[5]。

[注][1]阻山河:以山河为险阻。四塞:指关中四面可以扼守的险要关隘。关中东有函谷关,西有散关,南有武关,北有萧关,合称"四塞"。　[2]都以霸:建都而成就霸业。　[3]以:通"已"。　[4]沐猴而冠:猴子戴帽,比喻虚有仪表。这里讥笑项羽看上去轰轰烈烈,其实不能成大事。沐猴,猕猴。
[5]烹:煮。

项王使人致命怀王[1]。怀王曰:"如约[2]。"乃尊怀王为义帝[3]。项王欲自王,先王诸将相。谓曰:"天下初发难时,假立诸侯后[4],以伐秦。然身被坚执锐首事[5],暴露于野三年,灭秦定天下者,皆将相诸君与籍之力也。义帝虽无功,故当分其地而王之[6]。"诸将皆曰:"善。"乃分天下,立诸将为侯王。
……项王自立为西楚霸王,王九郡[7],都彭城。
…………

[注][1]致命:报命。　[2]如约:按照约定。　[3]义帝:即"假帝",仅是名义的帝王。　[4]假立:名义上推立。　[5]披坚执锐:穿上铠甲,拿起武器。首事:首先起事。　[6]故当:本来应当。　[7]西楚霸王:项羽自封的王号。当时彭城一带称西楚,项羽定都彭城。霸王,诸侯盟主。

项王军壁垓下[1],兵少食尽。汉军及诸侯兵围之数重。夜间汉军四面皆楚歌[2],项王乃大惊,曰:"汉皆已得楚乎?是何楚人之多也!"项王则夜起,饮帐中。有美人名虞,常幸从;骏马名骓[3],常骑之。于是项王乃悲歌忼慨,自为诗曰:"力拔山兮气盖世,时不利兮骓不逝[4]。骓不逝兮可奈何!虞兮虞兮奈若何[5]!"歌数阕[6],美人和之[7]。项王泣数行下,左右皆泣,莫能仰视。

[注][1]壁:安营。垓下:地名,故址在今安徽灵璧县东南。　[2]楚歌:这里指唱楚地的乐歌。　[3]骓(zhuī):毛色青白相间的马。　[4]不逝:指被围困,不能向前跑。　[5]奈若何:把你怎么办?　[6]数阕:几遍。阕,曲终叫阕。　[7]和之:作诗与项羽唱和。

于是项王乃上马骑,麾下壮士从者八百余人,直夜溃围南出[1],驰走。平明[2],汉军乃觉之,令骑将灌婴以五千骑追之[3]。项王渡淮,骑能属者百余人耳[4]。项王至阴陵[5],迷失道,问一田父,田父绐曰[6]:"左。"左,乃陷大泽中[7]。以故汉追及之。项王乃复引兵而东,至东城[8],乃有二十八骑。汉骑追者数千人。项王自度不得脱,谓其骑曰:"吾起兵至今八岁矣,身七十余战[9],所当者破,所击者服,未尝败北,遂霸有天下。然今卒困于此。此天之亡我,非战之罪也。今日固决死[10],愿为诸君快战[11],必三胜之,为诸君溃围,斩将,刈旗[12],令诸君知天亡我,非战之罪也。"乃分其骑以为四队,四向。汉军围之数重。项王

谓其骑曰:"吾为公取彼一将。"令四面骑驰下,期山东为三处[13]。于是项王大呼驰下,汉军皆披靡[14],遂斩汉一将。是时赤泉侯为骑将[15],追项王,项王瞋目而叱之,赤泉侯人马俱惊,辟易数里[16]。与其骑会为三处,汉军不知项王所在,乃分军为三,复围之。项王乃驰,复斩汉一都尉,杀数十百人。复聚其骑,亡其两骑耳。乃谓其骑曰:"何如?"骑皆伏曰[17]:"如大王言。"

[注][1] 直夜:当晚。直,值。溃:突破,冲破。 [2] 平明:天亮时。[3] 灌婴:汉将,后封颖阴侯。 [4] 骑能属者:能跟从项羽的骑兵。[5] 阴陵:地名,在今安徽定远县西北。 [6] 绐(dài):哄骗。 [7] 泽:沼泽地。 [8] 东城:地名,在安徽定远县东南。 [9] 身:亲身经历。[10] 决死:必死。 [11] 快战:痛快地打一仗。 [12] 刈(yì)旗:砍倒敌方的大旗。 [13] 期:约定……为(会聚处)。山东:山的东面。 [14] 披靡:草木随风而倒的样子,比喻汉军的溃败之状。 [15] 赤泉侯:指杨喜,汉军骑将,后被封赤泉侯。此时尚未封侯,这是史家的追称。 [16] 辟易:倒退。[17] 伏:指在马上拜伏。

于是项王乃欲东渡乌江[1]。乌江亭长檥船待[2]。谓项王曰:"江东虽小,地方千里,众数十万人,亦足王也。愿大王急渡!今独臣有船,汉军至,无以渡。"项王笑曰:"天之亡我,我何渡为?且籍与江东子弟八千人渡江而西,今无一人还。纵江东父兄怜而王我,我何面目见之?纵彼不言,籍独不愧于心乎!"乃谓亭长曰:"吾知公长者。吾骑此马五岁,所当无敌,尝一日行千里,不忍杀之,以赐公。"乃令骑皆下马步行,持短兵接战[3]。独籍所杀汉军数百人。项王身亦被十余创[4]。顾见汉骑司马吕马童[5],曰:"若非吾故人乎[6]?"马童面之[7],指王翳曰[8]:"此项王也。"项王乃曰:"吾闻汉购我头千金,邑万户,吾为汝德[9]。"乃自刎而死。王翳取其头,余骑相蹂践争项王,相杀者数十人。……

[注][1] 乌江:地名,即今安徽和县东北长江江岸的乌江浦。 [2] 亭长:乡官。秦时,十里一亭,设亭长一人,管理乡里事务。檥(yǐ):同"舣",撑船靠岸。 [3] 短兵:指刀、剑等短武器。 [4] 被:受。创:伤。 [5] 顾:回头。骑司马:官名,骑兵将领。吕马童:人名,原为项羽部属,后以战功封中水侯。 [6] 故人:旧相识。 [7] 面:通"偭",背对着。 [8] 指:指示。王翳:汉将,后封杜衍侯。 [9] 吾为汝德:我给你这点好处。

太史公曰[1]:吾闻之周生曰[2],舜目盖重瞳子[3],又闻项羽亦重瞳子,羽岂其苗裔邪[4]?何兴之暴也[5]!夫秦失其政,陈涉首难[6],豪杰蜂起,相与并争,不可胜数。然羽非有尺寸[7],乘势起陇亩之中[8],三年,遂将五诸侯灭秦[9],分裂天下而封王侯,政由羽出[10],号为霸王;位虽不终[11],近古以来,未尝有也。及羽背关怀楚[12],放逐义帝而自立,怨王侯叛己,难矣。自矜功伐[13],奋其私智而不师古[14],谓霸王之业,欲以力征,经营天下[15],五年卒亡其国。身死东城,尚不觉寤[16]，而不自责，过矣[17]。乃引"天亡我，非用兵之罪也"，岂不谬哉！

[注] [1] 太史公：司马迁自称。以下为论赞，是对项羽的一生进行总结和评价。　　[2] 周生：当是和司马迁同时代的人，其名及行事不详。　　[3] 盖：大概。重瞳：双目各有两个眸子。　　[4] 苗裔：后代子孙。　　[5] 暴：突然。　　[6] 首难：首先起事。　　[7] 尺寸：尺寸大小的封地。　　[8] 陇亩：指乡野。　　[9] 将：率领。五诸侯：指齐、赵、韩、魏、燕五国故地的反秦义军。　　[10] 政：政令。　　[11] 位：指西楚霸王的地位。　　[12] 背关怀楚：指放弃关中形胜之地而定都彭城之事。　　[13] 自矜：自夸。功伐：功劳。　　[14] 奋：逞。私智：个人的智慧。不师古：不师法古代建功立业的帝王。　　[15] 力征：以武力征伐。　　[16] 寤：通"悟"。　　[17] 过：错。

现当代名人评《史记》

鲁迅（1881—1936），浙江绍兴人，伟大的文学家、思想家，新文化运动的旗手。鲁迅一生酷爱《史记》，在《汉文学史纲要》一书中有专篇介绍司马迁。鲁迅认为："武帝时文人，赋莫若司马相如，文莫若司马迁。"司马迁写文章"不拘于史法，不囿于字句，发于情，肆于心而为文"，因而《史记》不失为"史家之绝唱，无韵之《离骚》"。鲁迅的评价成为《史记》评论中的不朽名言。

毛泽东（1893—1976），湖南湘潭韶山冲人，伟大的马克思列宁主义者，中国共产党、中国各族人民的伟大领袖。他在《为人民服务》一文中说："人总是要死的，但死的意义有不同。中国古时候有个文学家叫做司马迁的说过：'人固有一死，或重于泰山，或轻于鸿毛。'为人民利益而死，就比泰山还重，替法西斯卖力，替剥削人民和压迫人民的人去死，就比鸿毛还轻。"毛泽东对司马迁很佩服，认为"司马迁览潇湘，泛西湖，历昆仑，周览名山大川，而其襟怀乃益广"。

郭沫若（1892—1978），四川乐山人，中国现代杰出的史学家、文学家、社会活动家。郭沫若特别赞赏司马迁的文学才华。他说："司马迁这位史学大师实在值得我们夸耀，他的一部《史记》不啻是我们中国的一部古代的史诗，或者说它是一部历史小说集也可以。"1958年，郭沫若在为司马迁写的碑文中对司马迁有"文章旷代雄"、"功业追尼父"的赞语。由此可见，郭沫若认为《史记》的文学成就是极高的。

翦伯赞（1898—1968），湖南桃园人，近代史学家。他认为司马迁是中国历史学的开山祖师，《史记》是一部以社会为中心的历史。他说："中国的历史学之成为一种独立的学问，是从西汉起，这种学问之开山祖师是大史学家司马迁。《史记》是中国历史学出发点上一座不朽的纪念碑。"他还说："《史记》虽系纪传体，却是一部以社会为中心的历史。""司马迁几乎注意到历史上社会之每一个阶层，

每一个角落,每一方面的动态,而皆予以具体生动的描写。所以我以为,《史记》是中国第一部大规模的社会史。"

郑振铎(1898—1958),现代作家、文学史家,福建长乐人。郑振铎认为:自司马迁以来,便视历史为时代的百科全书,所以司马迁取的材料,范围极广,自政治以至经济,自战争以至学术,无不包括在内,其所网络的范围是极其广大的。所谓"文学史"也常常被网络在这个无所不包的"时代的百科全书"之中。

杜鹏程(1921—1991),陕西省韩城市苏村人。当代著名作家,原陕西作家协会副主席。他在《韩城市志》序中说:"韩城素称文史之乡,是一座历史悠久的文化名城,世界历史文化名人司马迁的故里,一向文化较为发达。……历朝各代,名人辈出,其中以西汉时期伟大的史学家、文学家、思想家司马迁最为著名,其宏伟巨著《史记》闻名中外,影响深远。"

师哲(1905—1998),陕西省韩城市井溢村人。著名翻译家,原任毛泽东俄文翻译、顾问,中央编译局局长。他说:"1940年3月,我从苏联回到延安后的第二天,周恩来领我去见毛主席,他同我亲切握手之后,问我是哪里人,我回答韩城人。"毛主席说:"喔,迁生龙门,耕牧河山之阳。你和司马迁是同乡。"对此我很惊诧,我想,毛主席领导全国人民抗日,领导全国人民翻身闹革命,昼夜操劳,日理万机,还不忘读《史记》,而且还能准确记住它的作者的籍贯,真了不起。"司马迁刚直不阿,秉笔直书,所以封建统治阶级不喜欢他。现在的天下,是劳动人民当家做主的时代,我们应该大张旗鼓地、理直气壮地宣传其人其书其精神,还历史以本来面目,给司马迁以应有的历史地位。像他这样对人类历史文化有贡献的举世公认的人,历史文化名人,全国有几人?我们应该好好地读其书,学其人,弘扬其精神。"

10. 秋声赋

欧阳修

欧阳子方夜读书，闻有声自西南来者，悚然而听之，曰："异哉！"初淅沥以萧飒，忽奔腾而砰湃；如波涛夜惊，风雨骤至。其触于物也，鏦鏦铮铮，金铁皆鸣；又如赴敌之兵，衔枚疾走，不闻号令，但闻人马之行声。余谓童子："此何声也？汝出视之。"童子曰："星月皎洁，明河在天，四无人声，声在树间。"

余曰："噫嘻悲哉！此秋声也。胡为乎来哉？盖夫秋之为状也，其色惨淡，烟霏云敛；其容清明，天高日晶；其气凛冽，砭人肌骨；其意萧条，山川寂寥。故其为声也，凄凄切切，呼号愤发。丰草绿缛而争茂，佳木葱茏而可悦。草拂之而色变，木遭之而叶脱。其所以摧败零落者，乃其一气之余烈。夫秋，刑官也，于时为阴；又兵象也，于行为金。是谓天地之义气，常以肃杀而心。天之于物，春生秋实。故其在乐也，商声主西方之音，夷则为七月之律。商，伤也，物既老而悲伤；夷，戮也，物过盛而当杀。嗟乎！草木无情，有时飘零。人为动物，惟物之灵。百忧感其心，万事劳其形，有动于中，必摇其情。而况思其力之所不及，忧其智之所不能，宜其渥然丹者为槁木，黟然黑者为星星。奈何以非金石之质，欲与草木而争荣？念谁为之戕贼，亦何恨乎秋声！"

童子莫对，垂头而睡。但闻四壁虫声唧唧，如助余之叹息。

状秋声萧飒而砰湃　抒秋情深沉而豁达
——读欧阳修的《秋声赋》

吴功正

《秋声赋》是宋代著名散文家欧阳修的代表作之一，艺术价值很高。

文章一开始，作者就描绘了秋夜听秋声的情景。作者着力于意境的绘写，幽美而又深邃。"欧阳子方夜读书，闻有声自西南来者，悚然而听之，曰：'异哉！'"这段话包含着几个连续性的动作：夜读、闻声、悚听、惊叹。秋声是不期然而至，其声在微妙之间。但作者立刻神情悚然，闻声惊叹，显示出他敏锐地捕捉生活现象的才能。立全篇艺术境界之"眼"的，是一个"闻"字。接着的一段精妙绝伦的文字，就是根据这一听觉形象加以描述的。

"初淅沥以萧飒，忽奔腾而砰湃"，由远及近，由小及大，层次分明。作者以"淅沥"雨声喻萧萧秋声，把难以捉摸的风声，用可以感触的雨声加以名状，显得别出心裁。"忽"字的楔入，使境界为之一转，作者放笔大书"奔腾而砰湃"，立足于声势的渲染，奔腾不息，澎湃有声。紧接着，作者用一比喻："如波涛夜惊，风雨骤至"，将秋声的"声"和"势"加以形象化的概括。作者似觉意犹未尽，从"声"作用于外物的角度，进一步进行渲染："其触于物也，铱铱铮铮，金铁皆鸣。"又以"如赴敌之兵，衔枚疾走，不闻号令，但闻人马之行声"精当熨帖的比喻，将难以捉摸的秋声具体化、形象化了。在经过这样的渲染、描述后，安排了作者和童子间的对话："此何声也？汝出视之。"由"听"声而出"视"。

但是，童子回答说："星月皎洁，明河在天，四无人声，声在树间。"可见，其声不可"视之"，只能"听之"，这就进一步凸显了秋声的难以捉摸，也反过来凸显了作者捕捉微妙之声的审美才能。童子对于"此何声也？"的疑问没有作出正面的回答，这便给下面作者的洋洋洒洒的议论拓开了文路。

于是，作者说"噫嘻悲哉，此秋声也，胡为乎来哉！"作者闻声感慨，不绝如缕，"噫嘻悲哉"，奠定了全文抒情议论的基调。上文只写"声"，而并未点出是"何声"。这里的"此秋声也"，方才点题显豁。一旦点题，作者就扣题不放，从众多侧面，丰富秋声的艺术表现内容。"盖夫秋之为状也"，总绾下文。

先写"色"："其色惨淡，烟霏云敛"，秋天降临，草木摇落，一片昏黄，是为"惨淡"。烟气飘飞，云雾消失，概括了秋色的特征。

继写"容"："其容清明，天高日晶"，作者把秋天作为一个艺术形象来描绘，写出它的特有容姿，清明洁爽，天气高远，阳光灿烂。

再写"气"："其气凛冽，砭人肌骨"。凛冽是概写秋气之寒，用"砭人肌骨"的独特感受，将秋气进一步予以突出。

后写"意"："其意萧条，山川寂寥"。水瘦山寒，草木凋零，当然显得萧条冷落。

最后写"声"，"其为声也，凄凄切切，呼号愤发"，渲染了秋声的特征，秋声的威力，呼号而至，奋发而起。

随后，作者掉转墨色，拓开一笔，描写大自然本来的葱茏情景："丰草绿缛而争茂，佳木葱茏而可悦。"宕开后，又猛收回来，因为作者写草木茂盛不是目的，他的本意是渲染、对比秋气之烈。"草拂之而色变，木遭之而叶脱"，百草掠过秋气则色彩变化，树木遭到秋气则枝叶脱落。这两节文字对比成文，就分外的鲜明，因而，下文的"其所以摧败零落者，乃其一气之余烈"就因为上文的铺垫充分而显得有着落。这一句既关合了上文，解释了"摧败零落"的根本原因，是秋气余烈所致，又拓启了下文。除将秋天比作刑官、兵象，以说明它是凛冽肃杀的象征外，又用我国传统的宫、商、角、徵、羽的五音乐理，来比附秋声。

随后，作者由议论秋色，转而议论人世。"嗟夫！草木无情，有时飘零。"草木本是无情之物，尚且因为发展的规律，飘零凋落，何况是人呢？"人为动物，惟物之灵"，人作为万物之灵长，又"灵"在何处呢？"灵"就灵在人是有情的，恰与上文所述的"草木无情"相对比。"百忧感其心，万事劳其形，有动于中，必摇其情",人生在世,触万物而忧百事,百忧俱至。劳其形骸,他们"有动于中",内心受到触动,必然感情激荡。"而况"一词,迭进文意,"思其力之所不及,忧其智之所不能",更有那些力不能及、虑不能达的情况发生,这就更使人的心力交瘁了。于是,"渥然丹者为槁木,黟然黑者为星星",容颜改变了:红润焕彩,变成了枯木失色;黟黑的头发变成了星星般的白发。文意至此,似有衰飒之感,但紧接着的反诘句却振起笔势。"奈何以非金石之质,欲与草木而争荣?念谁为之戕贼,亦何恨乎秋声!"人非金石,怎么能和草木争荣呢?人的衰老是忧虑愁思折磨的结果,又怎么能怨恨秋声呢?作者在描述秋声时,虽有一定的叹老嗟卑、飘零之感,但对人生,基本上是取进取的态度的。

《秋声赋》在艺术上取得的成就是十分显著的。

和谐协调的意境。我国古典散文讲究意境的创造。它包括"意"和"境"这两个方面。"意"和"境"应该互相协调和谐,才能形成具有整体感的艺术画幅,"意"大"境"小或"意"小"境"大,都是不行的,都是违反艺术规律的。《秋声赋》做到了意境相谐、情景交融。作者所要抒发的感情较为萧飒,并以一线贯串全篇始终。适应着这样的感情基调,作者的设境描景都与之相和谐。秋夜的情思和秋夜的风光,在作者笔下得到了完美的统一。

一开始,用波涛夜惊、风雨骤至、赴敌疾走的"动",创造了富于动态感的艺术境界,激荡着读者的心潮。但是,一声童子曰"星月皎洁,明河在天,四无人声,声在树间",转入"静"的艺术境界之中。读此,仿佛看到星月冷挂眼前,清凉秋气直透人们肌骨,由"动"入"静",艺术境界分外深邃。一大段作者的感慨,议论风生,侃侃而谈,仿佛只有"意"的阐发,而无"境"的描述,但最后一节却又跳入眼前即景:"童子莫对,垂头而睡。但闻四壁虫声唧唧,如助余之叹息。"童子垂头而睡的情态,正是对静态的绝妙描绘。而秋虫悲鸣,表面是写"动",实质是写"静"。在秋夜之中,惟闻虫声唧唧,这不正是反衬出万籁俱寂的"静"吗?"四壁虫声唧唧,如助余之叹息",虫声助长着叹声,则更见叹息悠然,绵绵不绝。这收束全文的最后一笔,达到意和境的相互契合、情和景的交融有机,浸沉在凄清、冷寂的特殊的艺术氛围之中,获得言尽旨远的深长的艺术效果。

铺张扬厉的文笔。《秋声赋》顾名思义是赋体。它不同于六朝和唐代的骈赋、律赋,吸收了韩愈、柳宗元的散文成就,但它毕竟发扬了赋体的某些优点。陆机在《文赋》中说,"赋体物而浏亮";钟嵘在《诗品序》中也总结了赋在表情绘物上铺张扬厉的特点。欧阳修的这篇《秋声赋》正是这样。作者善于捕捉生活中的形象,捕捉到笔下后,反复濡墨,反复言之,再三渲染,直至刻形尽相,情满意足为止。例如写秋声的特征,确是抓到本质,然后纵意挥写,妙喻层出,如珠落玉盘,迸发散射。写"秋之为状",不是从一个方面,而是从许多方面,逐层写来,不厌其多。描其色,绘其容,写其气,传其意,达其声,文满墨饱,秋天的特征,在经过多方渲染后,昭现纸面,显得丰厚饱满。

虽然作者运用了赋的某些手法，但又不是滥施笔墨，而是在铺张扬厉中追求文词的经济。例如，"烟霏云敛"，点示了秋色惨淡的特征；"天高日晶"，对于形容秋容清明，何等贴切；而"山川寂寥"，也仅四字，状写秋意萧条，又是多么传神。《秋声赋》用词用语，至为精练简约，然后用这些文词反复渲染某一形象，这就达到铺张扬厉和精约省俭的有机统一。唐代韩愈倡导古文运动，经五代到宋初，已显衰落趋势，欧阳修崛起于宋文坛，振起衰势。他独特的文学风格，开一代文学新风。《秋声赋》就是一个证明。

圆活精纯的结构。《秋声赋》篇幅精粹，但并非一览无遗。内在的结构层次异常分明，却又衔扣得十分自然。全文以夜闻秋声始，到夜听虫声止，首尾以写景相映照、呼应，艺术格调一统全篇，连成一个完美的艺术整体。整篇文章，如曲径通幽，径陌相通，每一转、每一折，都显得妥帖自如，结构圆熟精美。

（原载《名作欣赏》1982 年第 3 期，有删节）

11. 西湖七月半[1]

张 岱

西湖七月半，一无可看，只可看看七月半之人。看七月半之人，以五类看之。其一，楼船箫鼓[2]，峨冠盛筵[3]，灯火优傒[4]，声光相乱，明为看月而实不见月者，看之；其一，亦船亦楼，名娃闺秀[5]，携及童娈[6]，笑啼杂之，还坐露台[7]，左右盼望，身在月下而实不看月者，看之；其一，亦船亦声歌，名妓闲僧，浅斟低唱[8]，弱管轻丝[9]，竹肉相发[10]，亦在月下，亦看月而欲人看其看月者，看之；其一，不舟不车，不衫不帻[11]，酒醉饭饱，呼群三五，跻入人丛，昭庆、断桥[12]，嚣呼嘈杂[13]，装假醉，唱无腔曲，月亦看，看月者亦看，不看月者亦看，而实无一看者，看之；其一，小船轻幌[14]，净几暖炉，茶铛旋煮[15]，素瓷静递[16]，好友佳人，邀月同坐[17]，或匿影树下，或逃嚣里湖[18]，看月而人不见其看月之态，亦不作意看月者[19]，看之。

[注][1]七月半：指农历七月十五日中元节。 [2]楼船：此指有层楼的华贵游船。箫鼓：吹箫击鼓，指奏乐。 [3]峨冠：高冠。峨冠博带是古代士大夫的装束，这里用以指代这些人。 [4]优傒(xī)：歌伎及奴仆。傒：即"傒奴"，指奴仆。 [5]名娃：年轻的美女。 [6]童娈(luán)：即娈童，供人玩弄的美男。娈：美好。 [7]露台：指楼船上的平台。 [8]浅斟低唱：悠闲舒缓地饮酒，曼声宛转地歌唱。斟：筛酒。 [9]弱管轻弦：轻轻地弹奏乐器。管：指管乐器。丝：指弦乐器。 [10]竹肉相发：箫笛声伴着歌唱声。竹：指管乐声；肉：指歌唱声。《晋书·孟嘉传》："听妓，丝不如竹，竹不如肉。"
[11]不衫不帻(zé)：不穿长衫，不戴头巾。形容衣冠不整齐。帻：古代男子包发的头巾。 [12]昭庆、断桥：昭庆寺、断桥都是西湖名胜。 [13]嚣(xiāo)呼：高声乱叫。 [14]轻幌：细薄帷幔。 [15]茶铛旋煮：一锅接一锅地煮茶。茶铛(chēng)：烧茶小锅。 [16]素瓷：精致雅洁的茶杯。 [17]邀月：招月。李白《月下独酌》："举杯邀明月，对影成三人。" [18]逃嚣里湖：逃到里湖，躲避喧闹。里湖：西湖苏堤以内的部分。 [19]作意：着意。

杭人游湖，已出酉归[1]，避月如仇。是夕好名[2]，逐队争出，多犒门军酒钱[3]，轿夫擎燎[4]，列俟岸上。一入舟，速舟子急放断桥[5]，赶入胜会。以故二鼓以前[6]，人声鼓吹[7]，如沸如撼[8]，如魇如呓[9]，如聋如哑。大船小船一齐凑岸，一无所见，止见篙击篙，舟触舟，肩摩肩，面看面而已。少刻兴尽，官府席散，皂隶喝道去[10]，轿夫叫船上人，怖以关门[11]，灯笼火把如列星，一一簇拥而去。岸上人亦逐队赶门[12]，渐稀渐薄，顷刻散尽矣。

[注][1]巳出酉归：上午出来，傍晚回去。巳时，上午九点至十一点。酉时，约下午五点至七点。　[2]好（hào）名：喜欢游湖的名声。　[3]犒门军：犒赏守护城门的士兵。　[4]擎燎：举着火把。　[5]速：催促。放：顺水泛船。　[6]二鼓：即二更天，晚十点开始。　[7]鼓吹：此指音乐声。　[8]如沸如撼：好像水在沸腾，好像山在摇撼。　[9]如魇如呓：好像人在睡梦中说话、惊叫。　[10]皂隶：官署中的差役。因其身穿青衣，故称。喝道：古代官员出行，常有前导吏役呼喝，使行人闻声让路，叫喝道。　[11]怖以关门：以关闭城门恐吓游人，催促他们赶快回去。　[12]逐队赶门：一队接一队赶在关城门前进城。

吾辈始舣舟近岸[1]。断桥石磴始凉，席其上，呼客纵饮。此时，月如镜新磨，山复整妆，湖复颒面[2]。向之浅斟低唱者出，匿影树下者亦出，吾辈往通声气[3]，拉与同坐。韵友来[4]，名妓至，杯箸安，竹肉发。月色苍凉，东方将白，客方散去。吾辈纵舟，酣睡于十里荷花之中，香气拘人，清梦甚惬。

[注][1]舣舟近岸：摆船靠岸。舣（yǐ）：船靠岸。　[2]颒（huì）面：洗面，指湖面重新呈现出明洁的样子。　[3]往通声气：互相打招呼联系。　[4]韵友：风雅的朋友。

"锐利的巧思"
——读晚明小品随感
王　恺

英国新古典主义代表人物德莱顿认为机智是锐利的巧思，应该说是一个比较精当的概括。他曾将这一概念从戏剧理论研究拓展到了对整个社交趣味和上流文人风尚的评论，使之成为一种时尚和文人之间相互识别的文化品格标识。锐利的巧思，风趣的谈吐，适度的夸张与恰到好处的幽默与嘲讽，最终给人以一种轻松的消遣与放松，这的确与市民阶层的休闲方式一拍即合。既成为一种特定时代风尚，也成为每个时代不可或缺的一种文化形态，尽管其表现形式不一，但只要有市民阶层存在，它就会自然拥有自己的对象。我们不难从风靡全球的"米老鼠"、"唐老鸭"之类的卡通人物身上发现这类文化特征。作为一种投射，我们亦不难从中直观地体会到西方人心目中"机智"典型的魅力，同时也可以从其精妙奇想中得到快意的联想和精神的愉悦。

其实，中国文化传统中并不缺乏"机智"的因子，从古代宫廷优人的急智妙语、排难解纷到诸子百家相互辩难中撞击出的机智的火花，从魏晋文人的风神爽朗到唐宋文人的言辩捷给、妙语解颐，无不显现出中国人所特有的机智与达观。然而古人对此较少有人总结，总体评价也不高。如果硬要找到与西方的"机智"大体相当的概念，中国传统的表述大概只有所谓"慧黠"、"奇诡"之类，庶几近之。说得通俗一点，便是爱嗔兼具的"鬼机灵"、"耍贫嘴"之类。与那种过于正面的"机智勇敢"的赞美之词还是有区别的，与正宗高雅的风趣幽默也不尽相同。如果作为一个特定时代的文人风尚，与西方较为相近的大约还要数晚明小品文人。这一特定的士子群落，正可以为我们提供一个可资借鉴的分析样本。

细绎清代文人对晚明士子的总体评价，大致不外以下三端：其一曰"逞小慧"，所谓卖弄才情，与此相近的说法还有"诡黠"之类耍小聪明，这与"浅学无根"、"游谈浮滑"等合在一起，几乎成了后世对晚明小品文人的定评。其二曰"轻儇"，所谓猎奇炫异，好开玩笑，耍贫嘴，与此相近的还有"浮滑"、"轻佻"之类，缺少的正是一般儒生正襟危坐、心无旁骛的传统风范。其三曰"俚浅"，所谓"俗俚"。与此相近的还有"轻薄"、"科诨"等，大抵离所谓"清客陪堂"已不远了。总之，"恃才轻薄，捷给诡谑"，可以看做是晚明小品文人的恶谥。其中包含着"机智"的特征也是十分明显的。那么，机智又如何与幽默划清界限呢？

首先，机智是幽默产生的基础，是获得幽默效果的最优化途径。机智与幽默有着相当紧密的内在姻缘。在西方，有人将幽默说成是机智与快乐的儿子；也有人将幽默说成是机智与爱的儿子。说法虽不一样，但有一点则是共同的，离开了会心一笑的领悟，机智的神韵便荡然无存了。法国作家贝尔·埃斯卡尔曾经这样区分二者的关系：机智是幽默之父，因而幽默也就是机智再加上某些东西。

机智是思想火花的瞬间迸发，也是人性自由的即兴舒展。它传达出的是一种生生不已的人的灵性、智慧和才情。因此，它便成了晚明文人"趣味"的源泉，"灵性"的最佳展现，袁中道称之为"慧黠之气"，"凡慧则流，流极而趣生焉，天下之趣未有不自慧生焉"。晚明王思任便素有"聪明绝世，出言灵巧"之称，常以谑用事，"笑亦多术"，即他的游记中不乏"机智"的火花。如《游西山诸名胜记》不惟构思奇特，且多睿智隽语："天下名山，寺领之；天下名寺，僧领之；天下名僧，势与利领之。"对世俗潜浸诸如红尘之外的佛寺之圣地，败坏旅游之类雅事而痛下一针砭。再如《天姥》写天姥山远不及天台山，在王思任看来不过是"儿孙内一魁父"。缘何天姥山却被李白匠心独运地写入《梦游天姥吟留别》之中而享千古之誉？于是他竟认为这是山灵"夤缘"即钻营的结果，于是太白梦境便被调侃成了世俗邀宠权贵之地，令人称奇不已：天台如天姥者，仅当儿孙内一魁父，焉能"势拔五岳掩赤城"耶？山灵有力，夤缘人供奉之梦，一梦而吟，一吟而天姥与天台遂争伯仲席。嗟呼！山哉！天哉！

好个"一梦"、"一吟"，可谓笑尽人间炎凉世态！结尾"山哉！天哉"两叹又意味深长地传达出作者"历尽寒暑，勘破玄黄"的内心苦涩与愤怒。也就是说，机智先于幽默；没有机智的构想永远无法拥有幽默。也许幽默与机智都是一种耐人寻味、令人回味的东西，前者令人会心一笑，后者则在会心一笑或者只是会心之间，更加赞叹其精妙绝伦，叹为观止。有时二者又是难分难解，你中有我，我中有你。法国人埃氏所言极是：机智的人不一定是幽默的人，但幽默的人必定是机智的人。这也就是把"机智"作为幽默的前提、基础与源泉了。

张岱曾有一篇小引专门对所谓文人"逞小慧"表示了不同的看法：王荆公作字说，附会穿凿，揆之义理，多窒碍不通，水骨土皮，所以见笑于东坡也。后世酒令、灯谜、拆白道字，怪幻百出，意味深长，偶记一二，灵巧绝伦。虽知星星爝火，不是与日月争光，而若当阴翳晦冥，腐草流萤，掩映其际，亦自灼灼可人，断难泯灭矣！孔子曰："群居终日，言不及义，好行小慧，难矣哉！"而他日又曰："不有博弈者乎，为之犹贤乎已。"文末不动声色地以孔子《论语》中的两段话作结，"以孔释孔"引出矛盾，从中不难体会张岱的"机智"文风之特点。

其次，广义的机智，是指人类把握客观世界，灵活而巧妙地面对各种人生困境、难题的一种能力，有时它与"智慧"几乎是完全重合的，但是它们不同之处在于"机智"有着极强的情境性。常常是无备而来，即兴点染，于仓促之间发出精致、微妙的谈吐，或妙语连珠，给人以深刻启迪。于是离开了特定的场合、机缘，便难以体会其中的妙处。因此有所谓"急智"之说。《世说新语》中有大量关于文士机敏应对的记载，如其中颇为著名的《言语》中所记："邓艾口吃，语称艾艾。晋文王戏之曰：'卿云艾艾，究是几艾？'对曰：'凤兮凤兮，故是一凤。'"邓艾的"机智"，体现在特定的应对中，离开了这一特定场合便无从体会其中的妙处。以魏晋文人风范为追摹对象的晚明小品文人其实也在生活和小品中追求着这样的表达方式。张岱名篇《扬州瘦马》详细描写了相"瘦马"的全过程之后，不意竟写下了如下一段文字：一日二日至四五日，不倦亦不尽，然看到五六十人，白面红衫，千篇一律，如学写字者，一字写至百至千，连此字亦不认得矣。心与目谋，毫无把柄，不得不聊且迁就，定其一人。此段文字与前面的琐屑细致的场面"白描"相映生辉。表面上看，写字与相"瘦马"，殊不相类，信手拈来，平添谐趣，更点醒了猎艳恣淫的无聊与无味。使得全篇文气一以贯之，浑然一体。

其三，"机智"还表现为明显的对抗性特征，所谓"参话头"，"斗机锋"，常常是晚明小品文人所热衷的雅集、结社等活动中的重要内容。有时话中有话，语带禅机。明里一盆火，脚下使绊子，双方暗中较着劲，惟有知情者方能会其意，不明就里的人便很难体会其中的奥义、玄机，也许正是在这种智慧的对垒中才能显示出晚明小品文人"机智"的风采，遗憾的是这类言语材料大多缺少"现场"记录，虽然文人笔记中偶尔留有一些类似的记载，但又大多失之零散。比如，汤义仍《牡丹亭》剧初出，一前辈劝之曰："以子之才，何不讲学？"义仍应声曰："我故未尝不讲也？公所讲性，我所谓情。"王美陂好为词曲，客谓之曰："太上立德，其次立功，其次立言，公当留心经世文章。"美陂应声曰："公独不闻'其次致曲'耶？"一时戏语，颇见两公机锋。从中我们不难看到在唇枪舌剑中迸发出"机智"的火花。然而笔记之类的记载大多置身事外，所记又过于简略，反不如尺牍小品中保留下来的一些"火药味"颇浓的文字材料，更能从另一个侧面反映出这种"斗机锋"的严峻性。比如李贽《答以女人学道为短见书》，开篇即言："所闻大教，谓妇人见短，不堪学道，诚然哉，诚然哉。"退一步肯定对方之论，随即指出何为短见、何为远见之后，便笔锋一转，以退为进："故谓人有男女则可，谓见有男女岂可乎？谓见有长短则可，谓男子之见尽长，女人之见尽短，又岂可乎？设使女人其身而男子其见，乐闻正论而知俗语之不足听，乐学出世而知浮世之不足恋，则恐当世男子视之，皆当羞愧流汗，不敢出声矣。"

关于人有男女见无男女、见有长短之分而无男女之分的两个反问，可谓斩钉截铁，有千钧之力。尤为妙者，作者接着以佯谬法提出"设使女人其身而男子其见"的妙想妙解，不但使对方理论显得更加荒谬，而且也无情地撕下了伪道学口是心非的虚伪和昧心逆性的矫情。既无圆滑之气，亦无世故之态，反映出作为晚明小品文人精神领袖的李贽思想的明晰和理论的犀利。惟怪袁中郎称许他："读翁片言只语，精神百倍。"从这个意义上看来，李贽的《焚书》、《藏书》不啻为一部时代的"智书"。

（原载于《名作欣赏》2004年第2期，有删节）

12. 现代散文四篇

故乡的野菜

周作人

我的故乡不止一个，凡我住过的地方都是故乡。故乡对于我并没有什么特别的情分，只因钓于斯游于斯的关系，朝夕会面，遂成相识，正如乡村里的邻舍一样，虽然不是亲属，别后有时也要想念到他。我在浙东住过十几年，南京东京都住过六年，这都是我的故乡，现在住在北京，于是北京就成了我的家乡了。

日前我的妻往西单市场买菜回来，说起有荠菜在那里卖着，我便想起浙东的事来。荠菜是浙东人春天常吃的野菜，乡间不必说，就是城里只要有后园的人家都可以随时采食，妇女小儿各拿一把剪刀一只"苗篮"，蹲在地上搜寻，是一种有趣味的游戏的工作。那时小孩们唱道："荠菜马兰头，姊姊嫁在后门头。"后来马兰头有乡人拿来进城售卖了，但荠菜还是一种野菜，须得自家去采。关于荠菜向来颇有风雅的传说，不过这似乎以吴地为主。《西湖游览志》云："三月三日男女皆戴荠菜花。谚云：三春戴荠花，桃李羞繁华。"顾禄的《清嘉录》上亦说，"荠菜花俗呼野菜花，因谚有三月三蚂蚁上灶山之语，三日人家皆以野菜花置灶陉上，以厌虫蚁。清晨村童叫卖不绝。或妇女簪髻上以祈清目，俗号眼亮花。"但浙东人却不很理会这些事情，只是挑来做菜或炒年糕吃罢了。

黄花麦果通称鼠曲草，系菊科植物，叶小微圆互生，表面有白毛，花黄色，簇生梢头。春天采嫩叶，捣烂去汁，和粉作糕，称黄花麦果糕。小孩们有歌赞美之云：

黄花麦果韧结结，
关得大门自要吃，
半块拿弗出，一块自要吃。

清明前后扫墓时，有些人家——大约是保存古风的人家——用黄花麦果作供，但不作饼状，做成小颗如指顶大，或细条如小指，以五六个作一攒，名曰茧果，不知是什么意思，或因蚕上山时设祭，也用这种食品，故有是称，亦未可知。自从十二三岁时外出不参与外祖家扫墓以后，不复见过茧果，近来住在北京，也不再见黄花麦果的影子了。日本称作"御形"，与荠菜同为春天的七草之一，也采来做点心用，状如艾饺，名曰"草饼"，春分前后多食之，在北京也有，但是吃去总是日本风味,不复是儿时的黄花麦果糕了。

扫墓时候所常吃的还有一种野菜,俗称草紫,通称紫云英。农人在收获后,播种田内,用做肥料,是一种很被贱视的植物,但采取嫩茎瀹食,味颇鲜美,似豌豆苗。花紫红色,数十亩接连不断,一片锦绣,如铺着华美的地毯,非常好看,而且花朵状若蝴蝶,又如鸡雏,尤为小孩所喜,间有白色的花,相传可以治痢。很是珍重,但不易得。日本《俳句大辞典》云:"此草与蒲公英同是习见的东西,从幼年时代便已熟识。在女人里边,不曾采过紫云英的人,恐未必有罢。"中国古来没有花环,但紫云英的花球却是小孩常玩的东西,这一层我还替那些小人们欣幸的。浙东扫墓用鼓吹,所以少年常随了乐音去看"上坟船里的姣姣";没有钱的人家虽没有鼓吹,但是船头上篷窗下总露出些紫云英和杜鹃的花束,这也就是上坟船的确实的证据了。

十三年二月

(1924年2月作,选自《雨天的书》)

暂时脱离尘世

丰子恺

夏目漱石的小说《旅宿》(日本名《草枕》)中有一段话:

"苦痛、愤怒、叫嚣、哭泣,是附着在人世间的。我也在三十年间经历过来,此中况味尝得够腻了。腻了还要在戏剧、小说中反复体验同样的刺激,真吃不消。我所喜爱的诗,不是鼓吹世俗人情的东西,是放弃俗念,使心地暂时脱离尘世的诗。"

夏目漱石真是一个最像人的人。今世有许多人外貌是人,而实际很不像人,倒像一架机器。这架机器里装满着苦痛、愤怒、叫嚣、哭泣等力量,随时可以应用,即所谓"冰炭满怀抱"也。他们非但不觉得吃不消,并且认为做人应当如此,不做机器应当如此。

我觉得这种人非常可怜,因为他们毕竟不是机器,而是人。他们也喜爱放弃俗念,使心地暂时脱离尘世。不然,他们为什么也喜欢休息,喜欢说笑呢?苦痛、愤怒、叫嚣、哭泣,是附着在人世间的,人当然不能避免。但请注意"暂时"这两个字,"暂时脱离尘世",是快适的,是安乐的,是营养的。

陶渊明的《桃花源记》,大家知道是虚幻的,是乌托邦,但是大家喜欢一读,就为了他能使人暂时脱离尘世。《山海经》是荒唐的,然而颇有人爱读。陶渊明读后还咏了许多诗。这仿佛白日做梦,也可暂时脱离尘世。

铁工厂的技师放工回家,晚酌一杯,以慰尘劳。举头看见墙上挂着一大幅《冶金图》,此人如果不是机器,一定感到刺目。军人出征回来,看见家中挂着战

争的画图。此人如果不是机器，也一定感到厌烦。从前有一科技师向我索画，指定要画儿童游戏。有一律师向我索画，指定要画西湖风景。此种些微小事，也竟有人萦心注目。二十世纪的人爱看表演千百年前故事的古装戏剧，也是这种心理。人生真乃意味深长！

这使我常常怀念夏目漱石。

脸　　谱

梁实秋

我要说的脸谱不是旧剧里的所谓"整脸""碎脸""三块瓦"之类，也不是麻衣相法里所谓观人八法"威、厚、清、古、孤、薄、恶、俗"之类。我要谈的脸谱乃是每天都要映入我们眼帘的形形色色的活人的脸。旧戏脸谱和麻衣相法的脸谱，那乃是一些聪明人从无数活人脸中归纳出来的几个类型公式，都是第二手的资料，可以不管。

古人云"人心不同，各如其面"，那意思承认人面不同是不成问题的。我们不能不叹服人类创造者的技巧的神奇，差不多的五官七窍，但是部位配合，变化无穷，比七巧板复杂多了。对于什么事都讲究"统一""标准化"的人，看见人的脸如此复杂离奇，恐怕也无法训练改造，只好由它自然发展罢？假使每一个人的脸都像是从一个模子里翻出来的，一律的浓眉大眼，一律的虎额龙隼，在排起队来检阅的时候固然甚为壮观整齐，但不便之处必定太多，那是不可想象的。人的脸究竟是同中有异，异中有同，否则也就无所谓谱。就粗浅的经验说，人的脸大别为二种，一种是令人愉快的，一种是令人不愉快的。凡是常态的、健康的、活泼的脸，都是令人愉快的，这样的脸并不多见。令人不愉快的脸，心里有一点或很多不痛快的事，很自然的把脸拉长一尺，或是罩上一层阴霾，但是这张脸立刻形成人与人之间的隔阂，立刻把这周围的气氛变得阴沉。假如，在可能范围之内，努力把脸上的筋肉松弛一下，嘴角上挂出一个微笑，自己费力不多，而给予人的快感甚大，可以使得这人生更值得留恋一些。我永不能忘记那永长不大的孩子潘彼得，他嘴角上永远挂着一颗微笑，那是永恒的象征。一个成年人若是完全保持一张孩子脸，那也并不是理想的事，除了给"婴儿自己药片"作商标之外，也不见得有什么用处。不过赤子之天真，如在脸上还保留一点痕迹，这张脸对于人类的幸福是有贡献的。令人愉快的脸，其本身是愉快的，这与老幼妍媸无关。丑一点、黑一点，下巴长一点，鼻梁塌一点，都没有关系，只要上面漾着充沛的活力，便能辐射出神奇的光彩，不但有光，还有热，这样的脸能使满室生春，带给人们兴奋、光明、调谐、希望、欢欣。一张眉清目秀的脸，如果恹恹无生气，我们也只好当做石膏像来看待了。

我觉得那是一个很好的游戏：早起出门，留心观察眼前活动的脸，看看其中有多少类型，有几张使你看了一眼之后还想再看？

不要以为一个人只有一张脸。女人不必说，常常"上帝给她一张脸，她自己另造一张"。不涂脂粉的男人的脸，也有"卷帘"一格，外面摆着一副面孔，在适当的时候呱嗒一声如帘子一般卷起，另露出一副面孔。"杰克博士与海德先生"（Dr. Jackyll and Mr. Hyde）那不是寓言。误入仕途的人往往养成这一套本领。对下司道貌岸然，或是面部无表情，像一张白纸似的，使你无从观色，莫测高深，或是面皮绷得像一张皮鼓，脸拉得驴般长，使你在他面前觉得矮好几尺！但是他一旦见到上司，驴脸得立刻缩短，再往瘪里一缩，马上变成柿饼脸，堆下笑容，直线条全弯成曲线条，如果见到更高的上司，连笑容都凝结得堆不下来，未开言嘴唇要抖上好大一阵，脸上作出十足的诚惶诚恐之状。帘子脸是傲下媚上的主要工具，对于某一种人是少不得的。

不要以为脸和身体其他部分一样的受之父母，自己负不得责。不，在相当范围内，自己可以负责的，大概人的脸生来都是和善的，因为从婴儿的脸看来，不必一定都是颜如渥丹，但是大概都是天真无邪，令人看了喜欢的。我还没见过一个孩子带着一副不得善终的脸，脸都是后来自己作践坏了的，人们多半不体会自己的脸对于别人发生多大的影响。脸是到处都有的。在送殡的行列中偶然发现的哭丧脸，作讣闻纸色，眼睛肿得桃儿似的，固然难看。一行行的囚首垢面的人，如稻草人，如丧家犬，脸上作黄蜡色，像是才从牢狱里出来，又像是要到牢狱里去，凸着两只没有神的大眼睛，看着也令人心酸。还有一大群心地不够薄脸皮不够厚的人，满脸泛着平价米色，嘴角上也许还沾着一点平价油，身穿着一件平价布，一脸的愁苦，没有一丝的笑容，这样的脸是颇令人不快的。但是这些贫病愁苦的脸还不算是最令人不愉快，因为只是消极的令人心里堵得慌，而且稍微增加一些营养（如肉糜之类）或改善一些环境，脸上的神情还可以渐渐恢复常态。最令人不快的是一些本来吃得饱，睡得着，红光满面的脸，偏偏带着一股肃杀之气，冷森森地拒人千里之外，看你的时候眼皮都不抬，嘴撇得瓢儿似的，冷不防抬起眼皮给你一个白眼，黑眼球不知翻到哪里去了，脖梗子发硬，脑壳朝天，眉头皱出好几道熨斗都熨不平的深沟——这样的神情最容易在官办的业务机关的柜台后面出现。遇见这样的人，我就觉到惶惑：这个人是不是昨天赌了一夜以致睡眠不足，或是接连着腹泻了三天，或是新近遭遇了什么闵凶，否则何以乖戾至此，连一张脸的常态都不能维持了呢。

听听那冷雨

余光中

惊蛰一过，春寒加剧。先是料料峭峭，继而雨季开始，时而淋淋漓漓，时而淅淅沥沥，天潮潮地湿湿，即使在梦里，也似乎把伞撑着。而就凭着一把伞，躲过一

阵潇潇的冷雨，也躲不过整个雨季。连思想也是潮润润的。每天回家，曲折穿过金门街到厦门街迷宫式的长巷短巷，雨里风里，走入霏霏令人更想入非非。想这样子的台北凄凄切切完全是黑白片的味道，想整个中国整部中国的历史无非是一张黑白片子，片头到片尾，一直是这样下着的。这种感觉不知道是不是从安东尼奥尼那里来的。不过那一块土地是久违了，二十五年，四分之一的世纪，即使有雨，也隔着千山万水，千伞万伞。二十五年，一切都断了，只有气候，只有气象报告还牵连在一起。大寒流从那块土地上弥天卷来，这种酷冷吾与古大陆分担。不能扑进她怀里，被她的裙边扫一扫吧，也算是安慰孺慕之情。

这样想时，严寒里竟有一点温暖的感觉了。这样想时，他希望这些狭长的巷子永远延伸下去，他的思路也可以延伸下去，不是金门街到厦门街，而是金门到厦门。他是厦门人，至少是广义的厦门人，二十年来，不住在厦门，住在厦门街，算是嘲弄吧，也算是安慰。不过说到广义，他同样也是广义的江南人，常州人，南京人，川娃儿，五陵少年。杏花春雨江南，那是他的少年时代了。再过半个月就是清明。安东尼奥尼的镜头摇过去，摇过去又摇过来。残山剩水犹如是。皇天后土犹如是。纭纭黔首、纷纷黎民从北到南犹如是。那里面是中国吗？那里面当然还是中国，永远是中国。只是杏花春雨已不再，特意遥指已不再，剑门细雨渭城轻尘也都已不再。然则他日思夜梦的那片土地，究竟在哪里呢？

在报纸的头条标题里吗？还是香港的谣言里？还是傅聪的黑键白键马思聪的跳弓拨弦？还是安东尼奥尼的镜底勒马洲的望中？还是呢，故宫博物院的壁头和玻璃橱内，京戏的锣鼓声中太白和东坡的韵里？

杏花，春雨，江南。六个方块字，或许那片土就在那里面。而无论赤县也好，神州也好，变来变去，只要仓颉的灵感不灭，美丽的中文不老，那形象，那磁石一般的向心力当必然长在。因为一个方块字是一个天地。太初有字，于是汉族的心灵，他祖先的回忆和希望便有了寄托。譬如凭空写一个"雨"字，点点滴滴，滂滂沱沱，淅沥淅沥淅沥，一切云情雨意，就宛然其中了。视觉上的这种美感，岂是什么 rain 也好 pluie 也好所能满足？翻开一部《辞源》或《辞海》，金木水火土，各成世界，而一入"雨"部，古神州的天颜千变万化，便悉在望中，美丽的霜雪云霞，骇人的雷电霹雹，展露的无非是神的好脾气与坏脾气，气象台百读不厌、门外汉百思不解的百科全书。

听听，那冷雨。看看，那冷雨。嗅嗅闻闻，那冷雨，舔舔吧，那冷雨。雨在他的伞上这城市百万人的伞上雨衣上屋上天线上，雨下在基隆港在防波堤海峡的船上，清明这季雨。雨是女性，应该最富于感性。雨气空而迷幻，细细嗅嗅，清清爽爽新新，有一点点薄荷的香味，浓的时候，竟发出草和树林雨后特有的淡淡土腥气，也许那竟是蚯蚓的蜗牛的腥气吧，毕竟是惊蛰了啊。也许地上的地下的生命也许古中国层层叠叠的记忆皆蠢蠢而蠕，也许是植物的潜意识和梦呓，那腥气。

第三次去美国，在高高的丹佛山居住了两年。美国的西部，多山多沙漠，千里干旱。天，蓝似益格鲁·撒克逊人的眼睛；地，红如印地安人的肌肤；云，却是罕见的白鸟。落基山簇簇耀目的雪峰上，很少飘云牵雾。一来高，二来干，三来森林线以上，杉柏也止步，中国诗词里"荡胸生层云"或是"商略黄昏雨"的意趣，是落基山上难睹的景象。落基山岭之胜，在石，在雪。那些奇岩怪石，相叠互倚，砌一场惊心动魄的雕塑展览，给太阳和千里的风看。那雪，白得虚虚幻幻，冷得清清醒醒，那股皑皑不绝一仰难尽的气势，压得人呼吸困难，心寒眸酸。不过要领略"白云回望合，青霭入看无"的境界，仍须回中国。台湾湿度很高，最饶云气氤氲雨意迷离的情调。两度夜宿溪头，树香沁鼻，宵寒袭肘，枕着润碧湿翠苍苍交叠的山影和万籁都歇的岑寂，仙人一样睡去。山中一夜饱雨，次晨醒来，在旭日未升的原始幽静中，冲着隔夜的寒气，踏着满地的断柯折枝和仍在流泻的细股雨水，一径探入森林的秘密，曲曲弯弯，步上山去。溪头的山，树密雾浓，蓊郁的水气从谷底冉冉升起，时稠时稀，蒸腾多姿，幻化无定，只能从雾破云开的空处，窥见乍现即隐的一峰半壑，要纵览全貌，几乎是不可能的。至少上山两次，只能在白茫茫里和溪头诸峰玩捉迷藏的游戏。回到台北，世人问起，除了笑而不答心自闲，故作神秘之外，实际的印象，也无非山在虚无之间罢了。云缭烟绕，山隐水迢的中国风景，由来予人宋画的韵味。那天下也许是赵家的天下，那山水却是米家的山水。而究竟，是米氏父子下笔像中国的山水，还是中国的山水上纸像宋画，恐怕是谁也说不清楚了吧？

　　雨不但可嗅，可观，更可以听。听听那冷雨。听雨，只要不是石破天惊的台风暴雨，在听觉上总是一种美感。大陆上的秋天，无论是疏雨滴梧桐，或是骤雨打荷叶，听去总有一点凄凉，凄清，凄楚。于今在岛上回味，则在凄楚之外，更笼上一层凄迷了。饶你多少豪情侠气，怕也经不起三番五次的风吹雨打。一打少年听雨，红烛昏沉。二打中年听雨，客舟中，江阔云低。三打白头听雨在僧庐下，这便是亡宋之痛。一颗敏感心灵的一生，楼上，江上，庙里，用冷冷的雨珠子串成。十年前，他曾在一场摧心折骨的鬼雨中迷失了自己。雨，该是一滴湿漓漓的灵魂，在窗外喊谁。

　　雨打在树上和瓦上，韵律都清脆可听。尤其是铿铿敲在屋瓦上，那古老的音乐，属于中国。王禹偁在黄冈，破如椽的大竹为屋瓦。据说住在竹楼上面，急雨声如瀑布，密雪声比碎玉。而无论鼓琴，咏诗，下棋，投壶，共鸣的效果都特别好。这样岂不像住在竹筒里面，任何细脆的声响，怕都会加倍夸大，反而令人耳朵过敏吧。

　　雨天的屋瓦，浮漾湿湿的流光，灰而温柔，迎光则微明，背光则幽黯，对于视觉，是一种低沉的安慰。至于雨敲在鳞鳞千瓣的瓦上，由远而近，轻轻重重轻轻，夹着一股股的细流沿瓦槽与屋檐潺潺泻下，各种敲击音与滑音密织成网，谁的千指百指在按摩耳轮。"下雨了，"温柔的灰美人来了，她冰冰的纤手在屋顶拂弄着无数的黑键啊灰键，把响午一下子奏成了黄昏。

　　在古老的大陆上，千屋万户是如此。二十多年前，初来这岛上，日式的瓦屋亦是如此。先是天黯了下来，城市像罩在一块巨幅的毛玻璃里，阴影在户内延长复加

深。然后凉凉的水意弥漫在空间,风自每一个角落里旋起,感觉得到,每一个屋顶上呼吸沉重都覆盖着灰云。雨来了,最轻的敲打乐敲打这城市,苍茫的屋顶,远远近近,一张张敲过去,古老的琴,那细细密密的节奏,单调里自有一种柔婉与亲切,滴滴点点滴滴,似幻似真,若孩时在摇篮里,一曲耳熟的童谣摇摇欲睡,母亲吟哦鼻音与喉音。或是在江南的泽国水乡,一大筐绿油油的桑叶被啮于千百头蚕,细细琐琐屑屑,口器与口器咀咀嚼嚼。雨来了,雨来的时候瓦这么说,一片瓦说,千亿片瓦说,轻轻地奏吧沉沉地弹,徐徐地叩吧挞挞地打,间间歇歇敲一个雨季,即兴演奏从惊蛰到清明,在零落的坟上冷冷奏挽歌,一片瓦吟千亿片瓦吟。

在日式的古屋里听雨,听四月,霏霏不绝的黄梅雨,朝夕不断,旬月绵延,湿黏黏的苔藓从石阶下一直侵到舌底,心底。到七月,听台风台雨在古屋顶上一夜盲奏,千层海底的热浪沸沸被狂风挟挟,掀翻整个太平洋只为向他的矮屋檐重重压下,整个海在他的蜗壳上哗哗泻过。不然便是雷雨夜,白烟一般的纱帐里听羯鼓一通又一通,滔天的暴雨滂滂沛沛扑来,强劲的电琵琶忐忐忑忑忐忐忑忑,弹动屋瓦的惊悸腾腾欲掀起。不然便是斜斜的西北雨斜斜刷在窗玻璃上,鞭在墙上打在阔大的芭蕉叶上,一阵寒潮泻过,秋意便弥湿旧式的庭院了。

在日式的古屋里听雨,春雨绵绵听到秋雨潇潇,从少年听到中年,听听那冷雨。雨是一种单调而耐听的音乐是室内乐是室外乐,户内听听,户外听听,冷冷,那音乐。雨是一种回忆的音乐,听听那冷雨,回忆江南的雨下得满地是江湖下在桥上和船上,也下在四川在秧田和蛙塘,一下肥了嘉陵江下湿布谷咕咕的啼声,雨是潮潮润润的音乐下在渴望的唇上,舔舔那冷雨。

因为雨是最最原始的敲打乐从记忆的彼端敲起。瓦是最最低沉的乐器灰蒙蒙的温柔覆盖着听雨的人,瓦是音乐的雨伞撑起。但不久公寓的时代来临,台北你怎么一下子长高了,瓦的音乐竟成了绝响。千片万片的瓦翩翩,美丽的灰蝴蝶纷纷飞走,飞入历史的记忆。现在雨下下来下在水泥的屋顶和墙上,没有音韵的雨季。树也砍光了,那月桂,那枫树,柳树和擎天的巨椰,雨来的时候不再有丛叶嘈嘈切切,闪动湿湿的绿光迎接。鸟声减了啾啾,蛙声沉了咯咯,秋天的虫吟也减了唧唧。七十年代的台北不需要这些,一个乐队接一个乐队便遣散尽了。要听鸡叫,只有去《诗经》的韵里找。现在只剩下一张黑白片,黑白的默片。

正如马车的时代去后,三轮车的时代也去了。曾经在雨夜,三轮车的油布篷挂起,送她回家的途中,篷里的世界小得多可爱,而且躲在警察的辖区以外,雨衣的口袋越大越好,盛得下他的一只手里握一只纤纤的手。台湾的雨季这么长,该有人发明一种宽宽的双人雨衣,一人分穿一只袖子此外的部分就不必分得太苛。而无论工业如何发达,一时似乎还废不了雨伞。只要雨不倾盆,风不横吹,撑一把伞在雨中仍不失古典的韵味。任雨点敲在黑布伞或是透明的塑胶伞上,将骨柄一旋,雨珠向四方喷溅,伞缘便旋成了一圈飞檐。跟女友共一把雨伞,该是一种美丽的合作吧。最好是初恋,有点兴奋,更有点不好意思,若即若离之间,雨不妨下大一点。

真正初恋，恐怕是兴奋得不需要伞的，手牵手在雨中狂奔而去，把年轻的长发的肌肤交给漫天的淋淋漓漓，然后向对方的唇上颊上尝凉凉甜甜的雨水。不过那要非常年轻且激情，同时，也只能发生在法国的新潮片里吧。

大多数的雨伞想不会为约会张开。上班下班，上学放学，菜市来回的途中。现实的伞，灰色的星期三。握着雨伞。他听那冷雨打在伞上。索性更冷一些就好了，他想。索性把湿湿的灰雨冻成干干爽爽的白雨，六角形的结晶体在无风的空中回回旋旋地降下来。等须眉和肩头白尽时，伸手一拂就落了。二十五年，没有受故乡白雨的祝福，或许发上下一点白霜是一种变相的自我补偿吧。一位英雄，经得起多少次雨季？他的额头是水成岩削成还是火成岩？他的心底究竟有多厚的苔藓？厦门街的雨巷走了二十年与记忆等长，一座无瓦的公寓在巷底等他，一盏灯在楼上的雨窗子里，等他回去，向晚餐后的沉思冥想去整理青苔深深的记忆。

前尘隔海，古屋不在。听听那冷雨。

[思考题]
1. 结合周作人的《故乡的野菜》，分析周作人小品文的意蕴及其人生态度。
2. 试解读丰子恺散文的现代意义。

论梁实秋散文的幽默风格

高丽花

"幽默"作为梁实秋散文创作的独特风格，在学界已经得到普遍的关注。但是用"幽默"一词来概括他的文风仍过于宽泛，他的独特之处就在于他的独特的幽默内涵与品位，有别于同类风格的其他作家。

一

徐侗在《试论幽默》中说："真正的幽默首先是作家本身的一种能力，它生气勃勃地到处活跃着……当他们将幽默的思致物化地表现出来时，'幽默'便成为美学事实，存在于具体可感的文艺作品中了。"① 翻开梁文遍布笑料，充满谐趣。他的散文大都以人为对象，写人世众相，人情百态，在平凡的日常生活中渗透幽默的因子，发常人所未发，察常人所无视，挖掘出一定的独特的见解，或者总结出诸多人生甘苦的道理，让读者在影影绰绰浮现了颇久却不得明显的思想，在他的笔下定影。

梁实秋幽默散文并不等同于一般的"消闲小品"。消闲小品以阿世媚俗为特

---

① 徐侗：《试论幽默》，载《文学评论》1984年第2期。

征,或带有清高自赏之习气;也不同于西方的"黑色幽默",超越中渗透着绝望的苦味;也不同于插科打诨式的为笑笑而笑笑。梁实秋追求的是一种温厚而雅正的幽默趣味,自主自律,独标高格,以陶冶性情、弘扬人性为旨归。他幽默地调侃人生世相,并不以批评的思想力量见长,而是以点化负面人生经验为人生谐趣见长。对世俗生活之丑陋现象的玩味和幽默,是梁实秋散文的重要内容。

《女人》一篇不到三千字的短文中,作者从普遍的人性人手,通过贬词褒用的幽默语气,细腻、真切、传神地历数了女人的诸种特点,从不同角度描写了女人"节俭"、"爱美"、"忍耐"、"宽容"等美德。作者对女性的由衷的赞美渗透在一种娓娓道来的拉家常的氛围中,令人觉得亲切、舒服和闲适,沟通了作家与读者的心灵。又如《下棋》一文,不仅刻画了观棋人这种左右为难、进退维谷的情状,同时也在前后文中生动细腻地刻画出"交战"双方在对弈过程中可能出现的种种精彩的口搏、武斗场面,幽默诙谐、俏皮机智,具有生动传神的效果。又如在《骂人的艺术》、《中年》、《送行》、《请客》等文章中,梁实秋并不板起面孔说教,他只是在做机智的隐喻、比方、暗示,有时也用似谑似讽的口吻风趣地道出,使读者在小小的紧张之后猛然地感到可笑。《旁若无人》中,梁实秋批评了电影院抖腿的不文明现象,但作家在写作时突出了"我们"探寻颤动原因时的好奇心,这使得"我们"原本"不愉快"的感受转化为日常生活单调性的、新奇的人生经验。感受上的新奇性和不文明的行为在价值取向上形成落差,文章便产生了亦谐亦庄的艺术魅力。尽管作家最终用"旁若无人"来归结抖腿的心理动因,然而"对人心的讥嘲是轻微的,但是散文的幽默趣味却是浓烈的,独特的"[①]。对人心的讥嘲尽管轻微,但是我们从中仍然能体会出梁实秋崇尚文明的价值取向,而幽默态度则显出创作主体态度的优游自在,造成散文艺术的魅力。正面趣味只是建立在"我们"的好奇上,理性的判断上仍把损人行为归为负面行为,梁实秋的幽默散文便完全避免了恶俗的可能,显得谑而不虐、优雅风趣。还有如《排队》、《吃相》、《送行》等文章都不无幽默的渗透,从不同角度用正直、文明、自由的人格标准去检讨、观照国人的种种陋习。

二

美国美学家帕克曾经说过,小品文的价值在于它所包含的生活的智慧。日本作家鹤见佑辅说:"幽默是诉于我们理性的可笑味。"[②] 可见,理性是幽默的灵魂,梁实秋的幽默注重智慧的开垦,正是深得幽默之趣。他博览古今、融通中西,因此,

---

[①] 孙绍振:《散文中抒情与幽默的冲突——当代幽默散文考察之四》,载《当代中国文学的艺术探险》,福州:福建教育出版社,1998年版,第335—336页。

[②] (日)鹤见佑辅:《思想·山水·人物·说幽默》,鲁迅译,北京:北京十月文艺出版社,2005年版,第160页。

他的散文往往是谈古说今，中外逢源，随手引证，趣味盎然，这构成了他学者式的幽默散文。作为一代学者梁实秋，在他的散文小品中非常自然地使用了一个学者的叙述、描写和树立的惯用方法：常引经据典，寻章摘句。他的幽默也多以学者手笔出之，文中经常穿插中外文化史上富有趣味的轶事、掌故、俚语、人物。宏富的学识和非凡的记忆，使梁实秋的幽默带有很浓厚的书卷气。《孩子》一文中，梁实秋不仅形象地描写了他所接触到的一些处于家庭核心地位的孩子的生活情态，还讲述了一个外国故事以说明娇宠对儿童心理健康的危害。对孩子在家中飞扬跋扈的状况略作勾勒，却也相当生动，与之相辅，他引用了孔子的话："孟懿子问孝，子曰：'无违。'"借以对那些实际上在孩子跟前处于"孝子"地位的父母作了善意的嘲讽，揭示出这是一种倒错现象。中国民谚"树大自直"之说以及兰姆在《伊利亚随笔》中所说的话梁实秋并不赞同。哈代的小事颇具深意，梁实秋对之分别加以评点，从而从不同的角度深化了作品的题旨。尤为令人叫绝的是他对为什么"孩子中最蠢，最懒，最刁，最泼、最丑、最弱、最不讨人欢喜的，往往最得父母的钟爱"这一问题的解答，竟如此机巧、幽默而有说服力："此事似颇费解，其实我们应该记得《西游记》中唐僧为什么偏偏喜欢猪八戒。"[1] 一篇不足二千字的散文，穿插着这样丰富的中外文化知识，并让这些知识在幽默的魔杖点化下，时不时放射出耀眼的机智光芒，激发出阵阵笑声，实在是不容易的。又如《职业》一文谈教书，除了写自己的从教经历、感受外，引用的古例古训就有沈括的《梦溪笔谈》、东方朔的言论和杜工部的诗句。《鸟》文中有济慈的《夜莺》、雪莱的《云雀》以及诗人哈代诗句的征引。作者不是单纯地罗列知识，也不是单纯地引此为据证明自己的观点。他还让这些知识、实例散发出幽默的韵味，让读者在轻松的笑声中更自然地接受文章要说的道理。梁实秋的幽默是学者式的幽默，文气典雅，内涵丰富，独具高格。构成梁实秋幽默文风高品位的最终因素是他达观超脱的人生态度和喜谐善笑的幽默性格。林语堂说："幽默只是一种态度，一种人生观。"[2] 老舍先生也说："幽默，他首要的先是一种心态。"[3] 两位幽默大师对于幽默的见解是梁实秋散文幽默风格的最佳的注脚。

以随缘玩味、旷达有情的态度沉入生活，细细咀嚼人生，于人情物理中，发现人性中存在的种种矛盾、虚假、可笑之处，以犀利简洁的方式一语道破，嘲弄中有理解，戏谑中有宽容，善意的、轻松的、和颜悦色的笑，既不同于林语堂幽默的油滑气，也不似老舍市民型的幽默，梁实秋的幽默既不沉重，也不油滑，较少讽刺，多蕴风趣。

---

[1] 梁实秋：《梁实秋经典作品选：谈话的艺术·雅舍小品》，北京：当代世界出版社，2002年版，第4—6页。
[2] 林语堂：《有不为斋随笔》，北京：群众出版社，1996年版，第77页。
[3] 老舍：《谈幽默》，见《老舍论创作》，上海：上海文艺出版社，1980年版，第69页。

最能体现梁实秋这种人生态度的莫过于那一篇《雅舍》。名曰"雅舍"实则是"篦墙不固,门窗不严"的陋室而已,然而作者游心于那个"风来则洞若凉亭,雨来则渗入滴漏"①的陋室,从中寻觅"雅舍"的诗意,常日无俚,书写自遣,闲情偶寄,成了梁式别一番兴致。即使是"雅舍"赋予的酸甜苦辣,他也躬受亲尝,久而安之。雅舍生长着"不乐寿,不哀夭;不荣通,不丑穷"的心怀,也在恬淡闲适中捕捉艺术的人生情趣。正是这种超而不脱、优雅达观的人生态度,造就了梁实秋能坦然承受和泰然应对人世的纷扰。洞察一切人间的可笑,也通晓一切人生的辛酸,所以他能坦然地接受衰老、退休、耳聋。他嘲弄人老心不歇的人:"人老了也就罢了,何苦成精?"②他乐于接受退休:"理想的退休生活就是真正的退休,完全摆脱赖以糊口的职务,作自己衷心所愿意的事。"③他安于聋聩,认为耳聋多少可以挡住一点噪音,也少听一些蜚短流长。梁实秋并没有因为年老耳聋而产生生命即将终结的焦虑感,没有由耳聋感喟自我生命已不完整。耳聋所带来的诸多不便,在这篇文章披上了幽默的外衣,在侃侃而谈中变成了生之趣味。能微笑面对人生苦恼和人间悲喜,幽默由此而生。同时,幽默也是一种才情与个性的外显。梁实秋喜谑善笑,"他的谈吐,风趣中不失仁蔼,谐谑中自有分寸,十足中国文人的儒雅加上西方作家的机智,近于他散文的风格"④。作者的人格的质素投射在他的散文里,行成了他独特的行文风格。他能够在人们习见而不经意的生活现象中发现种种虚假、矛盾与可笑之处,又因宽容而生善意的笑,因智慧而生嘲弄的笑。

鲁迅先生在世时曾执著地批判和揭露中国国民性的劣根性,在他所批判的国民性中有一条就是:演戏。若干年过去了,中国演戏的习性依然如故。梁实秋的散文中的一些篇章就是要将国人这样虚伪的面具温情委婉地揭开,骨子里却是不无讽刺和戏谑。《结婚典礼》批评了在结婚典礼上,典礼形式以及它所涉及的"婚外人"的脸面等远远超过了结婚的本体和实质。于是"婚姻大事,不可潦草。单凭父母之命媒妁之言就把一对无辜男女捏合起来,这不叫做潦草;惟有不请亲戚朋友街坊四邻来胡吃乱叫,或者不当众提出结婚人来验明正身,则谓之潦草,又名不隆重"。在这场"戏中戏"中,强作欢颜死要面子大肆铺排、故作风雅、谨小慎微、疾首蹙眉全大写着甘愿活受罪的假与虚伪。而这种假与虚伪的披露,并不带半点的道学气,板着面孔去说教。他以漫画式的方式速写了新娘新郎登台的滑稽,"新郎应该像是一只木鸡,由两个傧相挟之而至,应该脸上微露苦相……"而"新娘走出来要像蜗牛,要像日移花影,只见她的位置移动,而不见她行走,头要垂下来,但又不可太垂,要表示出头和颈子还是连着的……"读之让人捧腹大笑,幽默的

---

① 梁实秋:《梁实秋经典作品选:谈话的艺术·雅舍小品》,北京:当代世界出版社,2002年版,第128页。

② 同上,第1页。

③ 同上,第137页。

④ 余光中:《文章与前额并高》,载《联合文学》第3卷第7期。

谐趣大大削弱了讽刺的力度，没有深入腠理、尖酸刻薄之状，好似外部裹挟着糖衣，只给人以微微的紧张而已。

梁实秋不仅以幽默趣味的态度对待人生世相，而且嘲他中不无自嘲。《老年》中戏谑地夸张自己的老态，在《聋》中津津乐道自己的耳聋，《鼾》中，鼾声如雷、被小女录之的窘况，令人捧腹。

总之，梁实秋散文的幽默体现了多层次高品位的内涵，雅正而不失风趣，健康合理的人生调适，对人生百态的细微体察，对普遍人性的解剖，广博丰富的中外历史人文知识，乐观旷达、优雅风趣的人生态度，善良而诙谐的性格特征构成了其散文永久的魅力。

（原载《文艺理论》2010年第3期）

下编　小说、戏剧与电影

13. 宝玉挨打

曹雪芹

  却说王夫人唤他母亲上来，拿几件簪环，当面赏与；又吩咐请几众僧人念经超度。他母亲磕头谢了出去。原来宝玉会过雨村回来，听见了，便知金钏儿含羞赌气自尽，心中早又五内摧伤。进来被王夫人数落教训，也无可回说。见宝钗进来，方得便出来，茫然不知何往，背着手，低头一面感叹，一面慢慢的走着。信步来至厅上，刚转过屏门，不想对面来了一人正往里走，可巧儿撞了个满怀。只听那人喝一声："站住！"宝玉吓了一跳，抬头一看，不是别人，却是他父亲，早不觉倒抽了一口气，只得垂手一旁站了。贾政道："好端端的，你垂头丧气，嗐些什么？方才雨村来了，要见你，叫你那半天你才出来了；既出来，全无一点慷慨挥洒谈吐，仍是葳葳蕤蕤。我看你脸上一团思欲愁闷气色。这会子又咳声叹气。你那些还不足，还不自在？无故这样，却是为何？"宝玉素日虽然口角伶俐，只是此时一心总为金钏儿感伤，恨不得此时也身亡命殒，跟了金钏儿去。如今见了他父亲说这些话，究竟不曾听见，只是怔呵呵的站着。贾政见他惶悚，应对不似往日，原本无气的，这一来倒生了三分气。方欲说话，忽有回事人来回："忠顺亲王府里有人来要见老爷。"贾政听了，心下疑惑，暗暗思忖道："素日并不与忠顺府来往，为什么今日打发人来？"一面想，一面命快请。急走出来看时，却是忠顺府长史官，忙接进厅上坐了献茶。未及叙谈，那长史官先就说道："下官此来，并非擅造潭府，皆因奉王命而来，有件事相求。看王爷面上，敢烦老大人作主。不但王爷知情，且连下官辈亦感谢不尽。"贾政听了这话，抓不住头脑，忙陪笑起身问道："大人既奉王命而来，不知有何见谕？望大人宣明，学生好遵谕承办。"那长史官冷笑道："也不必承办，只用大人一句话就完了。我们府里有一个做小旦的琪官，一向好好在府里，如今竟三五日不见回去。各处去找，又摸不着他的道路。因此各处察访。这一城内，十停人倒有八停人都说他近日和衔玉的那位令郎相与甚厚。下官辈听了，尊府不比别家，可以擅来索取，因此启明王爷。王爷亦云：'若是别的戏子呢，一百个也罢了；只是这琪官随机应答，谨慎老成，甚合我老人家的心，竟断断少不得此人。'故此求老大人转谕令郎，请将琪官放回，一则可慰王爷谆谆奉恳，二则下官辈也可免操劳求觅之苦。"说毕，忙打一躬。贾政听了这话，又惊又气，即命唤宝玉来。宝玉也不知是何原故，忙赶来时，贾政便问："该死的奴才！你在家不读书也罢了，怎么又做出这些无法无天的事来。那琪官现是忠顺王爷驾前承奉的人，你是何等草芥，无故引逗他出来，如今祸及于我。"宝玉听了，吓了一跳，忙回道："实在不知此事。究竟连'琪官'两个字，不知为何物，岂更又加'引逗'二

字。"说着,便哭了。贾政未及开言,只见那长史官冷笑道:"公子也不必掩饰。或隐藏在家,或知其下落,早说了出来,我们也少受些辛苦,岂不念公子之德。"宝玉连说不知,"恐是讹传,也未见得。"那长史官冷笑道:"现有据证,何必还赖?必定当着老大人说了出来,公子岂不吃亏。——既云不知此人,那红汗巾子怎么到了公子腰里?"宝玉听了这话,不觉轰去魂魄,目瞪口呆。心下自思:"这话他如何得知?他既连这样机密事都知道了,大约别的瞒他不过,不如打发他去了,免的再说出别的事来。"因说道:"大人既知他的底细,如何连他买房舍这样大事倒不晓得了?听得说他如今在东郊离城二十里,有个什么紫檀堡,他在那里置了几亩田地,几间房舍。想是在那里,也未可知。"那长史官听了,笑道:"这样说,一定是在那里。我且去找一回:若有了便罢;若没有,还要来请教。"说着,便忙忙的走了。贾政此时气的目瞪口歪,一面送出那长史官,一面回头命宝玉:"不许动,回来有话问你。"一直送那官员去了。才回身,忽见贾环带着几个小厮一阵乱跑。贾政喝命小厮:"快打,快打。"贾环见了他父亲,吓得骨软筋酥,忙低头站住。贾政便问道:"你跑什么?带着你的那些人都不管你,不知往那里逛去,由你野马一般。"喝命叫跟上学的人来。贾环见他父亲盛怒,便乘机说道:"方才原不曾跑。只因从那井边一过,那井里淹死了一个丫头,我看见人头这样大,身子这样粗,泡的实在可怕,所以才赶着跑了过来。"贾政听了,惊疑问道:"好端端的,谁去跳井?我家从无这样事情。自祖宗以来,皆是宽柔以待下人。大约我近年于家务疏懒,自然执事人操克夺之权,致使出这暴殄轻生的祸患。若外人知道,祖宗颜面何在。"喝命快叫贾琏、赖大、来兴来。小厮们答应了一声,方欲去叫。贾环忙上前拉住贾政袍襟,贴膝跪下,道:"父亲不用生气。此事除太太房里的人,别人一点也不知道。我听我母亲说——"说到这里,便回头四顾一看。贾政知意,将眼一看众小厮,小厮们明白,都往两边后面退去。贾环便悄悄说道:"我母亲告诉我说,宝玉哥哥前日在太太屋里,拉着太太的丫头金钏儿强奸不遂,打了一顿,那金钏儿便赌气投井死了。"话未说完,把个贾政气的面如金纸,大喝:"快拿宝玉来!"一面说,一面便往里边书房去。喝命"今日再有人劝我,我把这冠带家私一应就交与他与宝玉过去。我免不得做个罪人,把这几根烦恼鬓毛剃去,寻个干净去处自了,也免得上辱先人,下生逆子之罪。"众门客仆从见贾政这个形景,便知又是为宝玉了,一个个都是咬指咬舌,连忙退出。那贾政喘吁吁的直挺挺坐在椅子上,满面泪痕,一叠声:"拿宝玉,拿大棍,拿索子捆上。把各门都关上。有人传信往里头去,立刻打死。"众小厮们只得齐声答应,有几个来找宝玉。

那宝玉听见贾政盼咐他不许动,早知凶多吉少,那里承望贾环又添了许多的话。正在厅上干转,怎得个人来往里头去捎信,偏生没个人,连焙茗也不知在那里。正盼望时,只见一个老姆姆出来,宝玉如得了珍宝,便赶上来拉他,说道:"快进去告诉,老爷要打我呢。快去,快去。要紧,要紧。"宝玉一则急了,说话不明白;二则老婆子偏生又聋,竟不曾听见是什么话,把"要紧"二字只听作

"跳井"二字，便笑道："跳井让他跳去，二爷怕什么？"宝玉见是个聋子，便着急道："你出去叫我的小厮来罢。"那婆子道："有什么不了的事，老早的完了。太太又赏了衣服，又赏了银子，怎么不了事的！"宝玉急的跺脚，正没抓寻处，只见贾政的小厮走来，逼着他出去了。贾政一见，眼都红紫，也不暇问他在外流荡优伶，表赠私物；在家荒疏学业，淫辱母婢等语，只喝命"堵起嘴来，着实打死"。小厮们不敢违拗，只得将宝玉按在凳上，举起大板打了十来下。贾政犹嫌打轻了，一脚踢开掌板的，自己夺过来，咬着牙，狠命盖了三四十下。众门客见打的不祥了，忙上前夺劝。贾政那里肯听，说道："你们问问他干的勾当可饶不可饶！素日皆是你们这些人把他酿坏了，到这步田地还来解劝。明日酿到他弑君杀父，你们才不劝不成！"众人听这话不好听，知道气急了，忙又退出，只得觅人进去给信。王夫人不敢先回贾母，只得忙穿衣出来，也不顾有人没人，忙忙赶往书房中来。慌的众门客小厮等避之不及。王夫人一进房来，贾政更如火上浇油一般，那板子越发下去的又狠又快。按宝玉的两个小厮忙松了手走开，宝玉早已动弹不得了。贾政还欲打时，早被王夫人抱住板子。贾政道："罢了，罢了，今日必定要气死我才罢！"王夫人哭道："宝玉虽然该打，老爷也要自重。况且炎天暑日的，老太太身上也不大好。打死宝玉事小，倘或老太太一时不自在了，岂不事大！"贾政冷笑道："倒休提这话。我养了这不肖的孽障，已不孝；教训他一番，又有众人护持；不如趁今日一发勒死了，以绝将来之患。"说着，便要绳索来勒死。王夫人连忙抱住，哭道："老爷虽然应当管教儿子，也要看夫妻分上。我如今已将五十岁的人，只有这个孽障；必定苦苦的以他为法，我也不敢深劝。今日越发要他死，岂不是有意绝我！既要勒死他，快拿绳子来，先勒死我，再勒死他。我们娘儿们不敢含怨，到底在阴司里得个依靠。"说毕，爬在宝玉身上大哭起来。贾政听了此话，不觉长叹一声，向椅子上坐了，泪如雨下。王夫人抱着宝玉，只见他面白气弱，底下穿着一条绿纱小衣皆是血渍，禁不住解下汗巾看，由臀至胫，或青或紫，或整或破，竟无一点好处，不觉失声大哭起来："苦命的儿吓！"因哭出"苦命儿"来，忽又想起贾珠来，便叫着贾珠，哭道："若有你活着，便死一百个我也不管了。"此时里面的人闻得王夫人出去，那李宫裁王熙凤与迎春姊妹早已出来了。王夫人哭着贾珠的名字，别人还可，惟有宫裁禁不住也放声哭了。贾政听了，那泪珠更似滚瓜一般滚了下来。正没开交处，忽听丫鬟来说："老太太来了。"一句话未了，只听窗外颤巍巍的声气说道："先打死我，再打死他，岂不干净了！"贾政见他母亲来了，又急又痛，连忙迎出来。只见贾母扶着丫头，喘吁吁的走来。贾政上前躬身陪笑，说道："大暑热天，母亲有何生气，亲自走来？有话，只该叫了儿子进去吩咐。"贾母听说，便止住步，喘息一回，厉声道："你原来是和我说话！我倒有话吩咐，只是可怜我一生没养个好儿子，却叫我和谁说去？"贾政听这话不像，忙跪下含泪说道："为儿的教训儿子，也为的是光宗耀祖。母亲这话，我做儿的如何禁得起？"贾母听说，便啐了一口，说道："我说了一句话，你就禁不起；你那样下死手的板子，难道宝玉就禁得起了!你说教训儿子是光宗耀祖,当初你父亲是怎么教训你来!"说着,不觉就滚下泪来。贾政又陪笑道:"母亲也不必伤感,皆是做儿的一时性起。从此以后,再不打他了。"贾母便冷笑道:"你也不必和我使性子赌气的。你的儿子,我也不该管你打不打。我猜着你也厌烦我娘儿们,不如我们赶早儿离了你,大家干净。"说着,便命人:"看轿马!我和你太太宝玉立刻回南京去。"家下人只得干答应着。贾母又叫王夫人道:"你也不必哭了。如今宝玉年纪小,你疼他;他将来长大成人,为官做宰的,也未必想着你是他母亲了。你如今倒不要疼他,只怕将来还少生一口气呢。"贾政听说,忙叩头哭道:"母亲如此说,贾政无立足之地。"贾母冷笑道:"你分明使我无立足之地,你反说起你来!只是我们回去了,你心里干净,看有谁来许你打。"一面说,一面只命快打点行李车轿回去。贾政苦苦叩求认罪。贾母一面说话,一面又记挂宝玉,忙进来看时,只见今日这顿打不比往日,又是心疼,又是生气,也抱着哭个不了。王夫人与凤姐等解劝了一会,方渐渐的止住。早有丫鬟媳妇等上来,要搀宝玉。凤姐便骂道:"糊涂东西,也不睁开眼瞧瞧。打的这么个样儿,还要搀着走!还不快进去,把那藤屉子春凳抬出来呢。"众人听说,连忙进去,果然抬出春凳来,将宝玉抬放凳上,随着贾母王夫人等进去,送至贾母房中。彼时贾政见贾母气未全消,不敢自便,也跟了进去。看看宝玉,果然打重了。再看看王夫人,儿一声,肉一声,"你替珠儿早死了,留着珠儿,免你父亲生气,我也不白操这半世的心了。这会子你倘或有个好歹,丢下我,叫我靠那一个。"数落一场,又哭"不争气的儿!"贾政听了,也就灰心,自悔不该下毒手,打到如此地步。先劝贾母。贾母含泪道:"你不出去,还在这里做什么?难道于心不足,还要眼看着他死了才去不成?"贾政听说,方退了出去。

　　此时薛姨妈同宝钗、香菱、袭人、史湘云也都在这里。袭人满心委屈,只不好十分使出来。见众人围着,灌水的灌水,打扇的打扇,自己插不下手去,便越性走出来,到二门前,命小厮们找了焙茗来细问:"方才好端端的,为什么打起来?你也不早来透个信儿。"焙茗急的说:"偏生我没在跟前,打到半中间,我才听见了。忙打听原故,却是为琪官同金钏姐姐的事。"袭人道:"老爷怎么得知道的?"焙茗道:"那琪官的事,多半是薛大爷素日吃醋,没法儿出气,不知在外头挑唆了谁来,在老爷跟前下的火。那金钏儿的事,是三爷说的。我也是听见老爷的人说的。"袭人听了这两件事都对景,心中也就信了八九分。然后回来,只见众人都替宝玉疗治。调停完备,贾母命好生抬到他房内去。众人答应,七手八脚,忙把宝玉送入怡红院内自己床上卧好。又乱了半日,众人渐渐散去,袭人方进前来经心服侍。问他端的,且听下回分解。

薛宝钗论

王昆仑

（一）

直到今天，不少中国人还有"娶妻当如薛宝钗"之想。诚然的，宝钗是美貌，是端庄，是和平，是多才，是一般男子最感到"受用"的贤妻。如果你是一个富贵大家庭的主人，她可以尊重你的地位，陪伴你的享受；她能把这一家长幼尊卑的各色人等都处得和睦而得体，不苟不纵；把繁杂的家务管理得井井有条，不奢不吝。如果你是一个中产以下的人，她会维持你合理的生活，甚至帮助你过穷苦的家计，减少你的许多烦恼。如果你多少有些生活的余裕，她也会和你吟诗论画，满足你风雅的情怀。她使你爱，使你敬，永远有距离地和平相处度过这一生。不合礼法的行动，不近人情的说话，或是随便和人吵嘴怄气的事，在她是绝不会有的。寻找人间幸福的男子们大概没有不想望着有宝钗这样一个妻子的理由。

也许由于过分同情于失败者吧，另有些人对于这一位标准闺秀竟认为是虚伪，阴险，奸诈，故意破坏了宝玉和黛玉的婚姻，非理地篡取了"宝二奶奶"的地位。有些《红楼梦》的批注者还要硬说是宝钗和宝玉先有了"苟且之事"，把她谴责诬蔑到极点。于是历史上"拥林"、"拥薛"成为极端的两派。《三借庐笔谈》曾记载过这样一段有趣味的故事——

> 许伯谦孝廉论《红楼梦》，尊薛而抑林。以为林黛玉尖酸，宝钗端重，此直被作者瞒过。夫黛玉尖酸，固也；而天真烂漫，相见以天；宝玉岂有第二知己哉？况黛玉以宝钗之奸，郁未得志，口头吐露，事或有之。……况宝钗在人前必故意装乔，若幽寂无人，如观金锁一段，则真情毕露矣。己卯春，余与伯谦论此书，一言不合，遂相龃龉，几挥老拳，而毓仙排解之。于是两人誓不共话《红楼梦》。

他们这样的官司是永远打不清的。如果林薛二人不是都具备着在人心上相当的重量而各有千秋，《红楼梦》这部大悲剧就不能成立了。注重现实生活的人们，你去喜欢薛宝钗吧！倾向性灵生活的人们，你去爱慕着林黛玉吧！人类中间永远存在着把握现实功利与追求艺术境界的两派；一个人自己也常可能陷在实际福利与意境憧憬的矛盾中；林薛两种典型，正是《红楼梦》作者根据这种客观的事实所创造出来的对立形象。

然而仅止于这样的说明是不够的。我们还需要更进一步去理解作者的心理。中国的浪漫主义作家不同于拜伦、歌德、普希金，中国的现实主义者也不是巴尔扎克、莫泊桑、契诃夫或易卜生。从前中国的浪漫主义或现实主义作家对于自己时代中的所谓"正派人物"，很少采取大声的诅咒或坦白的暴露态度；他们的写作常陷在一种很艰难的处境中。《西厢记》对于老夫人的不满，《三国演义》对于刘备侧面的描绘，《水浒》对于宋江心理的分析，都是同样一方面表露微词，一方面承认他们的地位与优点。因为那本不是自己所喜悦的角色，但实际上又断乎无从取敌视的态度。只有逼使着自己更客观，更深入，以极其精细的技巧掘发出那些自居正统的人物的内蕴，并且指示出他们的命运。《红楼梦》中有两个这种风格的角色，一个是贾政，一个就是薛宝钗。作者对于这两个人是以十分郑重的心情加以处理，在他和她身上，不能有一点任性与忽略。

　　《红楼梦》作者曾借湘云与黛玉联诗的机会，说出"不犯着替他们颂圣去"的话，足见他不满意于当时一般歌舞升平的正统文艺。对于自己的写作，在主观方面提出超越时代的宝玉黛玉的思想与风格；在客观方面，他随时指示出那时代主流力量之衰朽的现象，而决不为满清鼎盛的康乾统治而说教。宝玉黛玉违反时代的威力，自然是悲剧的主人翁；但另一方面，有些代表正统力量制造别人悲剧的人物，自己所立足的队伍，也在动摇、破裂，而同归于尽。玩火的王熙凤受了惩罚，无能而固执的贾政到老毫无出路，抢上岗位的薛宝钗也被牺牲：这样才表现出概括时代的全面悲剧。

　　作者对于薛宝钗当然是作为林黛玉的对照典型而提出的。从一般的人的形象来说，作者使薛宝钗几乎赋有压倒黛玉的力量：她的容貌、品德、才智，不但处处可以与黛玉为敌，而且她取得被环境所推崇喜悦的地位，成为中国封建时代最美满的女性。只有这样，才能反映出宝玉黛玉的反时代性之顽强，使人理解到在正统风格以外，还有更优越的灵魂存在。话虽如此，宝钗这人物的提出，毕竟自有其独立存在的意义。作者对传统的贤妻良母主义之为当时女性生活的领导规范，不能不加以尊重，譬如自甘淡泊而孀居教子的李纨，作者显然予以人格"完"整的嘉许。如果作者对于宝钗是根本鄙视的态度，她便失去了分裂宝玉的感情的资格。这里所谓宝玉感情的分裂，倒不一定是宝钗能从恋爱技术上去争取宝玉，而是宝钗那种完好的风格足以使宝玉彷徨留恋，不能专注于黛玉。更确实地说，就是宝钗和黛玉两种典型代表着两种时代——正统主义与浪漫主义；而宝玉是被第一种时代的力量所羁绊，被第二种时代的精神所吸引。这样才使得他既不能全任性灵而飞跃，又不能安于现实而屈服，因此形成恋爱生活上时代差别的矛盾。这是作者对于恋爱问题和时代关联的正确理解，绝不同于许多传奇小说的庸俗作风，仅把两个女子的美貌程度之相等来作成恋爱纠纷的关键。

　　薛宝钗这一典型确是作为一种时代的代表人物而提出的。

（二）

宝玉和贾政是两个时代的对立，他们的矛盾表现在父子伦理关系上。黛玉和宝钗也是两种时代精神的对立，她们的矛盾主要表现在恋爱冲突上。宝玉和父亲贾政的年龄、教养、社会地位距离很远，因此性格行为，都格格不入。很明显，从表面上看，宝钗和黛玉一切都似乎差不多，然而实际上两个人的家世以及她们在贾府的关系是很不相同的。

"丰年好大雪（薛），珍珠如土金如铁！"这与贾史王三姓齐名的"金陵一霸"的薛家原是"现领着内帑钱粮，采办杂料"的"皇商"，换言之，就是当时一个支用国库营商的大官僚资本家。因此，他们与贾府的那种纯粹贵族式的官僚世家不同，尤其是大异于林黛玉那种已经破落的中等官僚的家庭。商业气质重，是宝钗家世的第一种特质。第二，薛府上虽有百万之富，宝钗却是幼年丧父，哥哥薛蟠是一个酒色荒唐的"呆霸王"；他们在政治社会中的地位却是趋于没落了的，不能和王贾两家相比。好在"这四家皆连络有亲，一损俱损，一荣俱荣，扶持遮饰，皆有照应"。因此薛蟠在金陵为了抢买侍妾，打死人命，他们母子兄妹就进京去和贾府同住，得到安全；这是说薛家在社会地位上必须依仗贾府。第三，宝钗的母亲是王夫人的亲姊妹，王熙凤的亲姑母，她们在贾府有"外戚"的优势；同时薛家虽住在荣府，却并非经济上依赖别人；进退分合，是留有余裕的。因此，他们在贾府占有优越的地位，与黛玉孤女无依寄人篱下的情形完全不同。

黛玉和宝钗虽然都同样是自幼受了高级的闺秀陶养，作者却指示出这两位女才子的教育目的之区别。黛玉是因为她父亲"膝下无儿"，而她又聪明绝顶，因此姑且当她个男孩子来教养。而宝钗呢，因为皇帝"征采才能，……在世宦名家之女，皆得亲名达部，以备选择，为公主郡主入学陪侍，充为'人才''赞善'之职"。（见第四回）因此，黛玉的博览诗书，只为了满足文艺兴趣，发挥性灵，于是心醉于《西厢记》、《牡丹亭》这种浪漫传奇。那"学以致用"的宝钗对于求知就有个一定的规范，她不但认为那些"杂书移了性情，就不可救了"，甚至于说"咱们女孩儿家不认字的倒好"。

一个候选入宫的少女，她的行为当然要适合于正统的标准。另一方面，商业世家无形中赋予了宝钗以计较利害的性格，善于把握现实利益的人必须能控制自己的感情；她永远以平静的态度、精细的方法处理着一切。宝钗是《红楼梦》所有人物中第一个生活技术家。元妃省亲回来要姊妹们作诗，她看见宝玉写了"绿玉春犹卷"的句子，便指点他元妃不喜欢"红香绿玉"的字样，教他把"绿玉"改为"绿蜡"。贾母喜欢热闹，看戏的时候宝钗就专点《西游记》这一类的闹戏。湘云要请客而又没有钱，她便替她设计，并从自己店里要了些螃蟹给她做东。金钏儿挨了打投井而死，王夫人心里懊恼，宝钗却解释说："据我看来，他并不是赌气投井，……或是在井傍边儿玩，失了脚掉下去的。……纵然有这样大气，也不过是个糊涂

人,也不为可惜。"(见第三十二回)王夫人正为了临时要赏一套装裹衣服给金钏儿而为难,宝钗便立刻答应自己有两套新做的衣服可以拿来用,而自己是从不忌讳的。和王熙凤相处是最难的,在王熙凤眼中的宝钗,却是"拿定主意:不干己事不开口,一问摇头三不知"这样不讨人嫌的角色。王熙凤病了,探春代管家务,王夫人派宝钗参加,这当然是个难题;可是她能以消极应付的本质取积极协助的姿态,做出使一家都满意的事来。探春决定了把大观园中的花果生产交给几个老婆子掌管,宝钗就接着提出一种调剂性的主张:凡经管生产收入,除供应头油香粉外,其盈余不必再行交到账房,作为经管人的贴补,而且应当也分些给其他的婆子媳妇们。这样,公家虽然省了钱,却不显得太啬刻;其他未经手的人们得到利益,也便不致抱怨或暗中破坏别人。于是各方面都欢喜感服,作者十分精当地说她这一措置是"小惠全大体"。宝钗对人事的警觉性是最高的,她从不做一件妨碍人的事,从不说一句刺激人的话。有一次偶然高兴扑两个蝴蝶——这样孩子气的行动在宝钗真是绝无仅有的——却不想恰好听到滴翠亭内小红和另外一个小丫头密商与贾芸换手帕的勾当。她知道一时躲闪不及,便立刻假装林黛玉藏在那里而她来寻找,以免小红发觉到自己的秘密被别人窥察。果然小红反担心到林姑娘偷听了去,面对宝姑娘却坦然不疑。大观园人事复杂,情弊日多,危机四伏,宝钗看得清清楚楚;但她却从不指摘什么。到了绣春囊事件发生而举行大检查,虽然例外地不查她的蘅芜院,然而她断定这是搬出去的机会了;于是假托母亲身体不好无人照看,毫无痕迹地搬回自己家里去住,从此再不回来。

这种种处世的技术,绝不是黛玉湘云等人所能领悟,宝钗年纪虽然只比黛玉大一两岁,而对人行事已完全是一个精通世故的成人态度了。

(三)

作者对于宝钗常是加以推崇,试看那么多女性之中,论才能、论美貌、论学识,哪一个及得上她?论家务,她是薛家的一个灵魂。论诗才,只有她有时候能胜过黛玉。惜春画画,她能讲得出一套画画的批评;湘云作诗,她能说出一套吟诗的理论。至于一般常识的丰富,事理的通达,态度之稳重,更不用说。不过作者对宝钗自有他比较深刻的不满。在"寿怡红群芳开夜宴"的时候宝钗抽到的酒签是一枝牡丹花,

题着"艳冠群芳",附注的诗句是"任是无情也动人",作者对她的褒贬就在这里,作者只觉得这是一朵世俗的花王罢了。凡一切世故者总是缺少烂漫的真情,所以他在本书开始介绍她出场的时候说:"罕言寡语,人谓装愚;安分随时,自云守拙。"这当然是讽刺的话。作者使宝钗姓薛(雪),常服用"冷香丸",也就是因为不满于这姑娘性格之冷。

宝钗很少感情激动的时候。宝玉当着人说她长得胖,像是杨贵妃,太伤害了她的体面,她不能不反攻两句话,并借着斥骂一个小丫头的机会,表示自己平日是不

随便和人"嬉皮笑脸"的。黛玉见宝玉奚落了宝钗而表现得意，使宝钗更受不了，这才讽刺了他们"你们通今博古，才知道'负荆请罪'，我不知什么叫'负荆请罪'"（见第二十回）的话。宝玉挨了父亲毒打，宝钗自也不免难过，当面却毫不表现，回到家里就向自己的哥哥薛蟠发作了。有一次，宝玉睡中觉，宝钗来了，贪看袭人的绣工，无心地坐在宝玉床边，顺手拿起蝇帚替宝玉赶着蚊子，这在她真算是例外粗心的忘情。有一次宝玉因要看她手上戴的香串而注视着她那丰润白嫩的手腕，发了呆，使宝钗羞红了脸；这在她算是刚刚触到恋爱情绪的边缘吧。至于她特别同情于贫苦的邢岫烟，原是为了选中一个弟媳妇。对于自己那浑蛋哥哥，真是认为是一个扰害她母女生活的恶魔，惟恐他不远远地离开她们。对于母亲，宝钗当然是她唯一的支柱，作者对于宝钗怎样"娱亲"，有一段极好的刻画——

> 薛姨妈道："我的儿，你们女孩儿家那里知道？自古道：'千里姻缘一线牵。'……比如你姐妹（指黛玉）两个的婚姻，此一刻也不知在眼前，也不知在山南海北呢！"宝钗道："惟有妈妈说动话拉上我们！"一面说，一面伏在母亲怀里，笑说："咱们走罢！"黛玉笑道："你瞧瞧！这么大了，离了姨妈，他就是个最老道的；见了姨妈，他就撒娇儿。"薛姨妈将手摩弄着宝钗，向黛玉叹道："你这姐姐，就和凤哥儿在老太太跟前一样：着了正经事，就有话和他商量；没有了事，幸亏他开我的心。……"，黛玉听说，流泪叹道："他偏在这里这样，分明是气我没娘的人，故意来形容我！"（见第五十七回）

这是对一个善于做女儿的忠实描写，但也是对宝钗所加的一种微词。她对自己亲生的母亲怎么竟然和王熙凤对贾母的态度一样呢？当看到宝钗忽然微娇装小的时候，我们读者会和黛玉同样感到这与她平日的举止太不调和吧！但孤零的黛玉却为了羡慕别人的母女之爱而真心地流下泪来。

冷静的人并不一定是恬淡寡欲，世故深透的人并不一定消极。态度平和的宝钗才更具有着对现世极执著的企图。宝钗一样和姊妹们一处谈说，笑乐，却从来没有忘记一个客观的尺度，她不会如黛玉的逞强、湘云的放纵或宝玉的痴迷。然而惟其如此，才可以知道她是有所为的，她有着自己独具的抱负。她对一般人认为飘零无据的柳絮作了一篇出人意料的翻案文章——

> 白玉堂前春解舞，东风卷得均匀。蜂围蝶阵乱纷纷：几曾随逝水？岂必委芳尘？　万缕千丝终不改，任他随聚随分。韶华休笑本无根：好风凭借力，送我上青云。（见第七十回）

这是何等的现世功利主义！那么这个少女所憧憬的"青云"到底是什么呢？她并没有真个被选入宫。贾元春的地位自是不可幸得的。她所知道的一般少年都和

自己的哥哥那种糊涂虫差不多,因此她唯一无二的出路便是争取宝玉夫人的地位。

最值得我们注意的,在《红楼梦》书中并没有宝钗和宝玉恋爱的史实!宝玉和黛玉初见的时候,和但丁与比特丽丝桥上的相逢,《西厢记》张生在佛场中的"惊艳"相近,是一见面便触动了心灵的悸颤。而宝玉和宝钗的初见阶段,却是彼此认那个通灵玉和金锁——两件命定婚姻的象征物。象征物自然也是有颇大的威力的,但这是作者在指出宝玉和宝钗的关系从外而来。我们看得见黛玉为宝玉而悲啼,宝玉为黛玉而痴恋;也看到宝玉为了欣赏宝钗而有时沉醉,在宝钗方面却永远是那么平平淡淡的。黛玉所要的是宝玉的感情,宝钗所要的却是宝玉夫人的地位。在当时正统思想看来,恋爱不但是不正当,而且是无必要的。青年们应当严防那些浪漫传奇的诱惑,但男女婚姻却是"人之大伦",终不能避免。以贾府门阀之高贵,宝玉地位之重要,这个孙媳妇的宝座是值得取到的。宝钗就以此种观点为根据而作战。黛玉只以心上的血、眼中的泪向着宝玉一个人倾泻,而宝钗却只以智慧与手腕向着宝玉周围做功夫。她曾劝告过宝玉学些应酬庶务,讲些仕途经济的学问,宝玉却"不管人脸上过不去,'咳'了一声,拿起脚来就走了",宝钗"登时羞的脸通红,说不是,不说又不是"。可是在这种人生意态相冲突的关系之下,"真真是有涵养,心地宽大"的宝钗"过后还是照旧一样"。这为什么?因为她深知恋爱的选择固在于宝玉,而婚姻的决定却在旁人。因此她在形迹上反故意躲避宝玉,她只注意到自己怎样做成一个为贾母王夫人凤姐以及各方面都爱重的人。被确定为宝玉候补侍妾的袭人,她也必须和她交好,使袭人感觉到宝姑娘比林姑娘容易相共。总之她是能抓住成败的关键的。

至于宝钗对自己的敌人黛玉,很少使用正面攻战。她对于黛玉随时随处投射过来的枪箭,总是忍让,而少还击。然而,这位战略家除了能从侧面围陷敌人以外,还懂得攻心的办法。她知道黛玉是一个口齿尖利而胸无城府的人,于是冷静地窥伺着她的弱点。果然有一次黛玉当众引用了《西厢记》、《牡丹亭》的词句,被她抓住了机会。她将黛玉叫到自己屋里去——

……笑道:"你还不给我跪下?我要审你呢!"黛玉……笑道:"你瞧,宝丫头疯了!审我什么?"宝钗冷笑道:"好个千金小姐!好个不出屋门的女孩儿!满嘴里说的是什么?你只实说罢。"黛玉……不觉红了脸,便上来搂着宝钗笑道:"好姐姐!原是我不知道,随口说的。你教给我,再不说了!"宝钗笑道:"我也不知道,……所以请教你。"(见第四十二回)

于是宝钗说了一整套的做闺秀的大道理,把黛玉教训得"垂头吃茶,心下暗服,只有答应'是'的一字"。接着这种折服工作之后,便是送人参燕窝给黛玉吃,以及种种对黛玉的温慰,于是这被她先立威后施恩所降服下来的黛玉便叫她做"姐姐",叫薛姨妈做"妈妈";还对宝玉表示,以前不该错怪了宝钗是"藏奸";

对宝钗从此不再设防了。浪漫文人毕竟对付不了富有政治手腕的现实主义者呀！

（四）

宝玉和宝钗从本质上是冲突着的，正和宝玉与贾政的人生观不相容是一样。在林黛玉眼中宝玉和宝钗很亲近，其实宝玉自己知道他们和宝钗之间的距离。宝钗所设想的丈夫应当是一个循规蹈矩的功名富贵中人，而这种人正是宝玉所痛恨的"禄蠹"。宝玉所设想的爱侣应当是一个多情善感超世绝俗的"仙姝"，而这种人恰好是宝钗认为被浪漫传奇诱导坏了的女性。宝玉显然是一个恋爱至上主义者，除了向女孩儿身上做功夫以外，无一事可为；而宝钗的精神却贯注在如何从人世间各方面去努力做人。他和她两颗心永远不会走在同一条路上。宝玉向母亲王夫人提出一个给林黛玉医病的药方，王夫人不相信，宝玉要请宝钗给他证明确实；可是宝钗偏故意说："我不知道，也没听见，你别叫姨妈问我。"在这件小事上说明宝钗宁可牺牲宝玉的信用，以迎合王夫人意思。宝钗给宝玉起诨名叫"无事忙"、"富贵闲人"，分明是对他轻视。这都足以在无形中伤害了宝玉的情感。宝玉听了宝钗劝他一番世俗为人的道理，后来竟说："好好一个清净洁白的女子，也学的沽名钓誉，入了国贼禄蠹之流！"这是何等严重的斥骂！黛玉怀疑宝玉，他便正式向她声明"后不僭先"、"疏不间亲"，这是何等郑重的表白！宝玉派人来探望黛玉，偶然想起宝钗也曾生病，他便对来人说他和林姑娘都问候宝姑娘，都因为有些病不曾去看她。这显然是站在黛玉这一边而虚应酬了宝钗。黛玉忽然受了宝钗笼络而与她接近，宝玉假借了《西厢记》的词句问黛玉说："是几时孟光接了梁鸿案？"当黛玉说明了宝钗对自己很好的情形以后，宝玉却冷冷淡淡的，并没有什么欣慰与赞许。这不是作者的疏忽，而是要表现宝玉对人事关系并不同黛玉一般浅薄；他对宝钗自有其根本的理解，毫无误会。宝玉和黛玉之间常常闹别扭，而和宝钗却从没有当面怄过气；这是说明宝玉和黛玉是本质的一致而形式上冲突，宝玉和宝钗是形式上谐和而本质上矛盾。

既然这样说法，这一场三角纠纷又为什么能成立呢？这就需要知道，宝玉对宝钗是从世俗观点重视其为人，同时，潜意识地常常受到宝钗的美貌的吸引。若说到恋爱与婚姻，他不是常常痛恨着那金玉姻缘的命定论，而几次要砸毁自己那块玉吗？为了和黛玉的关系的圆满，宝玉的心底里也许会把宝钗的闯入，认为是魔鬼在故意地播弄着他吧！

如果说《红楼梦》原作者与书中的宝玉对宝钗的态度略有不同之处，就是宝玉是恋爱的局中人，对宝钗不免主观的爱和憎，而作者却是事后追述。他的任务在客观地把她与黛玉平列地提到世人面前，使她们分别占有着读者的心中地盘。所以，曹雪芹对于宝钗并不像别人那样加以诋毁，但到了后四十回作者高鹗笔下的宝钗就从合理主义的人生态度进到残忍的程度。高鹗对这一个人物的个性也自有他的认识和创造。宝玉的婚姻问题和荣国府整个的事态到八十回以后的时候已演进到严

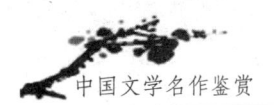

重的阶段，宝钗的争夺战也被逼着加紧了；这正是一个人物个性适应着环境变迁而必须有的发展。

宝钗的家庭一向因为薛蟠的胡闹而不得安宁。薛蟠在家里常和母亲妹妹怄气，挨了柳湘莲一次苦打之后，出去远游了一遭回来，讨了一个"河东吼"的夏金桂，直闹得薛姨妈与宝钗一日不得安居。这薛蟠又在外打死了人，坐监牢，放流刑，于是造成宝钗必须提早出嫁的背景。另一方面，宝玉的年纪逐渐大了，宝玉和黛玉的恋爱关系也被揭露了，而贾政又放了外任就要出京，这样加紧了宝玉结婚的实现。于是由于贾母和王夫人的抉择，薛姨妈的十分迁就，凤姐的巧为设谋，以及宝钗自己的委婉应付，她便获得了婚姻的胜利。

宝钗不知道自己的新郎所爱的是什么人吗？利用他在精神失常的状态中，自己冒充着自己的情敌而取得夫人的位置，当时的情境实在是难堪的啊！作者关于这一段的描绘也真是非常艰苦——

> 那新人坐了帐就要揭盖头的。……宝玉……便走到新人跟前说道："妹妹，身上好了？好些天不见了。盖着这劳什子做什么？"欲待要揭去，反把贾母急出一身冷汗来。宝玉又转念一想道："林妹妹是爱生气的，不可造次了。"又歇了一歇，仍是按捺不住，只得上前揭了盖头；……宝玉睁眼一看，好像是宝钗，心中不信，自己一手持灯，一手擦眼一看，可不是宝钗么！……宝玉发了一回怔，……自己反以为是梦中了，呆呆的只管站着。……两眼直视，半语全无。……凤姐尤氏请了宝钗进入里间坐下。宝钗此时自然是低头不语。……宝玉悄悄的拿手指着道："坐在那里的这一位美人儿是谁？"袭人……半日才说道："那是新娶的二奶奶。"……宝玉又道："好糊涂！你说'二奶奶'，到底是谁？"袭人道："宝姑娘。"宝玉道："林姑娘呢？"袭人道："老爷作主娶的是宝姑娘，……"宝玉道："我才刚看见林姑娘了么，……你们这都是做什么玩呢？"……便也不顾别的，口口声声只要找林妹妹去，……宝钗置若罔闻，也便和衣在内暂歇。（见第九十七回）

这便是我们那标准闺秀的洞房花烛夜！她用全力争取来的"现实"，就是如此的一种惨酷的惩罚！

婚礼以后的几天，新郎的昏迷病状加重到垂危的地步，他哭着要去和林姑娘死在一处，于是温柔敦厚的宝钗在这种情形之下，虽然是心肠都揉碎了，态度却不得不坚强起来。黛玉死在她和宝玉行婚礼的时间，众人都瞒着宝玉，而宝钗却毅然决然地说破了——

> "你放着病不保养，何苦说这些不吉利的话呢？……老太太一生疼你一个，如今八十多岁的人了，……太太更是不必说了，……我虽是薄命，

也不至于此：据此三件看来，你就要死，那天也不容你死的，所以你是不能死的！……"宝玉听了，竟是无言可答，半晌，方才嘻嘻的笑道："你是好些时不和我说话了，这会子说这些大道理的话给谁听？"宝钗……道："实告诉你说罢：那两日你不知人事的时候，林妹妹已经亡故了。"宝玉忽然坐起，大声诧异道："果真死了吗？"宝钗道："果真死了。……"（见第九十八回）

于是宝玉放声大哭而昏死过去。许多人都怪宝钗说得太猛了，但宝钗"自己却深知宝玉之病实因黛玉而起，……故趁势说明，使其一痛决绝，神魂归一，庶可疗治"。这在宝钗是经过"千回万转……才想出这个法子来"的，不能不说是一种有决断而残酷的处理。在当时也颇收到一点效果，宝玉果然似乎是死了心一样麻木了一阵，病渐渐好转了。于是宝钗的美貌对他又恢复了吸引力，夫妻间达到了"圆房"的阶段。可是宝钗还必须做进一步的工作，她必须从四面围剿那随时逃窜的宝玉的情绪。当宝玉听说妹妹探春要远嫁的消息不免感到死别生离的深痛时，宝钗便说出异常狠辣的话来——

"据你的心里，要这些姐妹都在家陪到你老了，都不为终身的事吗？要说别人，或者还有别的想头。你自己的姐姐妹妹，不用说没有远嫁的；就是有，老爷作主，你有什么法儿？打量天下就是你一个人爱姐姐妹妹呢？要是都像你，就连我也不能陪着你了。……这么说起来，我和袭姑娘各自一边儿去，让你把姐姐妹妹们都邀了来守着你。"（见第一百回）

这是什么话？这与宝钗平日的风度太不相合了。一时获得了统治的权威者为了禁锢人心，面貌就如此狰狞起来了！

种种的新刺激再使宝玉日夜不安起来。几番挣扎之后，美貌、多才、伦理的高压，金和玉的命定论，终于都一概被宝玉冲破了。宝玉的心里蕴藏了一个简单的答复：你们不许我得到黛玉，我不许你们得到我！

不需要恋爱只需要婚姻的宝钗，现在名位是到手了，却不想把自己一生付与了一个逃亡的丈夫所遗留的胎儿。作者在这里深刻地嘲讽和怜悯着现世功利主义的智巧。

宝钗这种不成其为前途的前途，就如此被判定了。

薛宝钗是一个以身卫道的实践者呢？还是一个为了自己残害别人的自私者呢？我们的作者不作善与恶的宣判。如果人们说她是个善良的人，她比李纨善良得深刻吧！如果说她是一个罪恶的人，她比王熙凤罪恶得高明吧！至少她是一个坚决而完整的强者。黛玉是恋爱，宝钗是"做人"。秉着自己时代的教养，她学习一切，她应付一切，她努力要完成女性生活的最正常最标准的任务，她有权利为了做成一个人的妻子而战斗。她不知道——是不主张多知道超越这个以外的东西。想不到那镌

着"不离不弃,芳龄永继"字迹的金锁,却正是引导着她趋于惨败的魔鬼。黛玉没有金锁锁住,被抛到时代外面去了;宝钗死抱着自己的项链,却被活埋在时代的里面!

(选自《红楼梦人物论》,北京:北京出版社,2003年版)

14. 智取生辰纲

施耐庵

　　话说当时公孙胜正在阁儿里对晁盖说这北京生辰纲是不义之财，取之何碍。只见一个人从外面抢将入来，揪住公孙胜道："你好大胆！却才商议的事，我都知了也。"那人却是智多星吴学究。晁盖笑道："教授休慌，且请相见。"两个叙礼罢，吴用道："江湖上久闻人说入云龙公孙胜一清大名，不期今日此处得会！"晁盖道："这位秀才先生，便是智多星吴学究。"公孙胜道："吾闻江湖上多人曾说加亮先生大名，岂知缘法却在保正庄上得会。只是保正疏财仗义，以此天下豪杰，都投门下。"晁盖道："再有几个相识在里面，一发请进后堂深处相见。"

　　三个人入到里面，就与刘唐、三阮都相见了。正是：

　　　　金帛多藏祸有基，英雄聚会本无期。
　　　　一时豪侠欺黄屋，七宿光芒动紫薇。

　　众人道："今日此一会，应非偶然，须请保正哥哥正面而坐。"晁盖道："量小子是个穷主人，怎敢占上！"吴用道："保正哥哥年长，依着小生，且请坐了。"晁盖只得坐了第一位，吴用坐了第二位，公孙胜坐了第三位，刘唐坐了第四位，阮小二坐了第五位，阮小五坐第六位，阮小七坐第七位。却才聚义饮酒，重整杯盘，再备酒肴，众人饮酌。吴用道："保正梦见北斗七星坠在屋脊上，今日我等七人聚义举事，岂不应天垂象！此一套富贵，唾手而取。前日所说央刘兄去探听路程从那里来，今日天晚，来早便请登程。"公孙胜道："这一事不须去了。贫道已打听，知他来的路数了，只是黄泥冈大路上来。"晁盖道："黄泥冈东十里路，地名安乐村，有一个闲汉，叫做白日鼠白胜，也曾来投奔我，我曾资助他盘缠。"吴用道："北斗上白光，莫不是应在这人？自有用他处。"刘唐道："此处黄泥冈较远，何处可以容身？"吴用道："只这个白胜家便是我们安身处，亦还要用了白胜。"晁盖道："吴先生，我等还是软取，却是硬取？"吴用笑道："我已安排定了圈套，只看他来的光景，力则力取，智则智取。我有一条计策，不知中你们意否？如此，如此。"晁盖听了大喜，攧着脚道："好妙计！不枉了称你做智多星！果然赛过诸葛亮！好计策！"吴用道："休得再提，常言道：'隔墙须有耳，窗外岂无人。'只可你知我知。"晁盖便道："阮家三兄且请回归，至期来小庄聚会；吴先生依旧自去教学；公孙先生并刘唐，只在敝庄权住。"当日饮酒至晚，各自去客房里歇息。

　　次日五更起来，安排早饭吃了，晁盖取出三十两花银，送与阮家三兄弟道："权表薄意，切勿推却。"三阮那里肯受。吴用道："朋友之意，不可相阻。"三阮

方才受了银两。一齐送出庄外来,吴用附耳低言道:"这般这般,至期不可有误。"三阮相别了,自回石碣村去。晁盖留住公孙胜、刘唐在庄上,吴学究常来议事。正是:

> 取非其有官皆盗,损彼盈余盗是公。
> 计就只须安稳待,笑他宝担去匆匆。

话休絮繁。却说北京大名府梁中书收买了十万贯庆贺生辰礼物完备,选日差人起程,当下一日在后堂坐下,只见蔡夫人问道:"相公,生辰纲几时起程?"梁中书道:"礼物都已完备,明后日便用起身。只是一件事,在此踌躇未决。"蔡夫人道:"有甚事踌躇未决?"梁中书道:"上年费了十万贯收买金珠宝贝,送上东京去,只因用人不着,半路被贼人劫将去了,至今无获。今年帐前眼见得又没个了事的人送去,在此踌躇未决。"蔡夫人指着阶下道:"你常说这个人十分了得,何不着他,委纸领状,送去走一遭,不致失误。"

梁中书看阶下那人时,却是青面兽杨志。梁中书大喜,随即唤杨志上厅说道:"我正忘了你,你若与我送得生辰纲去,我自有抬举你处。"杨志叉手向前禀道:"恩相差遣,不敢不依!只不知怎地打点?几时起身?"梁中书道:"着落大名府差十辆太平车子,帐前拨十个厢禁军监押着车,每辆上各插一把黄旗,上写着'献贺太师生辰纲'。每辆车子再使个军健跟着,三日内便要起身去。"杨志道:"非是小人推托,其实去不得,乞钧旨别差英雄精细的人去。"梁中书道:"我有心要抬举你,这献生辰纲的札子内,另修一封书在中间,太师跟前重重保你受道敕命回来,如何倒生支调,推辞不去?"杨志道:"恩相在上,小人也曾听得上年已被贼人劫去了,至今未获。今岁途中盗贼又多,此去东京,又无水路,都是旱路。经过的是紫金山、二龙山、桃花山、伞盖山、黄泥冈、白沙坞、野云渡、赤松林,这几处都是强人出没的去处。更兼单身客人亦不敢独自经过,他知道是金银宝物,如何不来抢劫?枉结果了性命,以此去不得。"梁中书道:"恁地时,多着军校防护送去便了。"杨志道:"恩相便差五百人去,也不济事。这厮们一声听得强人来时,都是先走了的。"梁中书道:"你这般地说时,生辰纲不要送去了?"杨志又禀道:"若依小人一件事,便敢送去。"梁中书道:"我既委在你身上,如何不依你说?"杨志道:"若依小人说时,并不要车子,把礼物都装做十余条担子,只做客人的打扮行货。也点十个壮健的厢禁军,却装做脚夫挑着。只消一个人和小人去,却打扮做客人,悄悄连夜上东京交付,恁地时方好。"梁中书道:"你说的甚是。我写书呈重重保你受道诰命回来。"杨志道:"深谢恩相抬举。"当日便叫杨志一面打拴担脚,一面选拣军人。

次日,叫杨志来厅前伺候,梁中书出厅来问道:"杨志,你几时起身?"杨志禀道:"告复恩相,只在明早准行,就委领状。"梁中书道:"夫人也有一担礼物,另送与府中宝眷,也要你领。怕你不知头路,特地再教奶公谢都管,并两个虞候,和你一同去。"杨志告道："恩相，杨志去不得了。"梁中书说道："礼物都已拴缚完备，如何又去不得？"杨志禀道："此十担礼物都在小人身上，和他众人，都由杨志，要早行，便早行，要晚行，便晚行，要住，便住，要歇，便歇，亦依杨志提调。如今又叫老都管并虞候和小人去，他是夫人行的人，又是太师府门下奶公，倘或路上与小人别拗起来，杨志如何敢和他争执得？若误了大事时，杨志那其间如何分说？"梁中书道："这个也容易，我叫他三个都听你提调便了。"杨志答道："若是如此禀过，小人情愿便委领状。倘有疏失，甘当重罪。"梁中书大喜道："我也不枉了抬举你，真个有见识！"随即唤老谢都管并两个虞候出来，当厅分付道："杨志提辖情愿委了一纸领状，监押生辰纲，十一担金珠宝贝，赴京太师府交割，这干系都在他身上。你三人和他做伴去，一路上早起，晚行，住歇，都要听他言语，不可和他别拗。夫人处分付的勾当，你三人自理会，小心在意，早去早回，休教有失。"老都管一一都应了。

当日杨志领了，次日早起五更，在府里把担仗都摆在厅前。老都管和两个虞候又将一小担财帛，共十一担，拣了十一个壮健的厢禁军，都做脚夫打扮。杨志戴上凉笠儿，穿着青纱衫子，系了缠带行履麻鞋，跨口腰刀，提条朴刀；老都管也打扮做个客人模样；两个虞候假装做跟的伴当。各人都拿了条朴刀，又带几根藤条。梁中书付与了札付书呈，一行人都吃得饱了，在厅上拜辞了梁中书。看那军人担仗起程。杨志和谢都管、两个虞候监押着，一行共是十五人，离了梁府，出得北京城门，取大路投东京进发。

此时正是五月半天气，虽是晴明得好，只是酷热难行。昔日吴七郡王有八句诗道：

　　玉屏四下朱阑绕，簇簇游鱼戏萍藻。
　　簟铺八尺白虾须，头枕一枚红玛瑙。
　　六龙惧热不敢行，海水煎沸蓬莱岛。
　　公子犹嫌扇力微，行人正在红尘道。

这八句诗单题着炎天暑月，那公子王孙在凉亭上水阁中浸着浮瓜沉李，调冰雪藕避暑，尚兀自嫌热；怎知客人为些微名薄利，又无枷锁拘缚，三伏内，只在有那途路中行。今日杨志这一行人要取六月十五日生辰，只得在路途上行。自离了这北京五七日，端的只是起五更，趁早凉便行，日中热时便歇。五七日后，人家渐少，行路又稀，一站站都是山路。杨志却要辰牌起身，申时便歇。那十一个厢禁军，担子又重，无有一个稍轻，天气热了行不得，见着林子，便要去歇息，杨志赶着催促要行。如若停住，轻则痛骂，重则藤条便打，逼赶要行。两个虞候虽只背些包裹行李，也气喘了行不上。杨志也嗔道："你两个好不晓事！这干系须是俺的，你们不替洒家打这夫子，却在背后也慢慢地挨，这路上不是要处！"那虞候道："不是我两个要慢走，其实热了行不动，因此落后。前日只是趁早凉走，如今怎地正热里要

行,正是好歹不均匀。"杨志道:"你这般说话,却似放屁!前日行的须是好地面,如今正是尴尬去处,若不日里赶过去,谁敢五更半夜走?"两个虞候口里不道,肚中寻思:"这厮不直得便骂人。"杨志提了朴刀,拿着藤条,自去赶那担子。

两个虞候坐在柳阴树下,等得老都管来,两个虞候告诉道:"杨家那厮,强杀只是我相公门下一个提辖,直这般会做大老!"都管道:"须是相公当面分付,道休要和他别拗,因此我不做声,这两日也看他不得,权且耐他。"两个虞候道:"相公也只是人情话儿,都管自做个主便了。"老都管又道:"且耐他一耐。"

当日行到申牌时分,寻得一个客店里歇了。那十一个厢禁军雨汗通流,都叹气吹嘘,对老都管说道:"我们不幸,做了军健,情知道被差出来,这般火似热的天气,又挑着重担,这两日又不拣早凉行,动不动老大藤条打来,都是一般父母皮肉,我们直恁地苦!"老都管道:"你们不要怨怅,巴到东京时,我自赏你。"众军汉道:"若是似都管看待我们时,并不敢怨怅。"

又过了一夜,次日天色未明,众人起来,都要趁凉起身去。杨志跳起来喝道:"那里去!且睡了,却理会。"众军汉道:"趁早不走,日里热时走不得,却打我们。"杨志大骂道:"你们省得甚么?"拿了藤条要打,众军忍气吞声,只得睡了。当日直到辰牌时分,慢慢地打火,吃了饭走,一路上赶打着,不许投凉处歇。那十一个厢禁军口里喃喃讷讷地怨怅,两个虞候在老都管面前絮絮聒聒地搬口。老都管听了,也不着意,心内自恼他。

话休絮繁,似此行了十四五日,那十四个人没一个不怨怅杨志。当日客店里辰牌时分慢慢地打火,吃了早饭行,正是六月初四日时节,天气未及晌午,一轮红日当天,没半点云彩,其日十分大热。古人有八句诗道:

    祝融南来鞭火龙,火旗焰焰烧天红。
    日轮当午凝不去,万国如在红炉中。
    五岳翠干云彩灭,阳侯海底愁波竭。
    何当一夕金风起,为我扫除天下热。

当日行的路,都是山僻崎岖小径,南山北岭,却监着那十一个军汉,约行了二十余里路程。那军人们思量要去柳阴树下歇凉,被杨志拿着藤条打将来,喝道:"快走!教你早歇!"众军人看那天时,四下里无半点云彩,其时那热不可当。但见:

  热气蒸人,嚣尘扑面。万里乾坤如甑,一轮火伞当天。四野无云,风寂寂树焚溪坼;千山灼焰,哔剥剥石裂灰飞。空中鸟雀命将休,倒撷入树林深处;水底鱼龙鳞角脱,直钻入泥土窖中。直教石虎喘无休,便是铁人须汗落。

当时杨志催促一行人在山中僻路里行，看看日色当午，那石头上热了，脚疼走不得。众军汉道："这般天气热，兀的不晒杀人！"杨志喝着军汉道："快走，赶过前面冈子去，却再理会。"正行之间，前面迎着那土冈子。众人看这冈子时，但见：

  顶上万株绿树，根头一派黄沙。嵯峨浑似老龙形，险峻但闻风雨响。山边茅草，乱丝丝攒遍地刀枪；满地石头，碜可可睡两行虎豹。休道西川蜀道险，须知此是太行山。

当时一行十五人奔上冈子来，歇下担仗，那十四人都去松阴树下睡倒了。杨志说道："苦也！这里是甚么去处，你们却在这里歇凉？起来快走！"众军汉道："你便剁做我七八段，其实去不得了！"杨志拿起藤条，劈头劈脑打去，打得这个起来，那个睡倒，杨志无可奈何。

只见两个虞候和老都管气喘急急，也巴到冈子上松树下坐了喘气。看这杨志打那军健，老都管见了说道："提辖，端的热了走不得，休见他罪过。"杨志道："都管，你不知这里正是强人出没的去处，地名叫做黄泥冈。闲常太平时节，白日里兀自出来劫人，休道是这般光景，敢在这里停脚！"两个虞候听杨志说了，便道："我见你说好几遍了，只管把这话来惊吓人！"老都管道："权且教他们众人歇一歇，略过日中行如何？"杨志道："你也没分晓了！如何使得？这里下冈子去，兀自有七八里没人家，甚么去处，敢在此歇凉！"老都管道："我自坐一坐了走，你自去赶他众人先走。"

杨志拿着藤条喝道："一个不走的，吃俺二十棍。"众军汉一齐叫将起来，数内一个分说道："提辖，我们挑着百十斤担子，须不比你空手走的，你端的不把人当人！便是留守相公自来监押时，也容我们说一句，你好不知疼痒，只顾逞辩！"杨志骂道："这畜生不怄死俺！只是打便了。"拿起藤条，劈脸便打去。老都管喝道："杨提辖，且住！你听我说：我在东京太师府里做奶公时，门下官军，见了无千无万，都向着我喏喏连声。不是我口栈，量你是个遭死的军人，相公可怜抬举你做个提辖，比得芥菜子大小的官职，直得恁地逞能！休说我是相公家都管，便是村庄一个老的，也合依我劝一劝；只顾把他们打，是何看待？"杨志道："都管，你须是城市里人，生长在相府里，那里知道途路上千难万难。"老都管道："四川、两广也曾去来，不曾见你这般卖弄。"杨志道："如今须不比太平时节。"都管道："你说这话，该剜口割舌，今日天下怎地不太平？"

杨志却待再要回言，只见对面松林里影着一个人，在那里舒头探脑价望，杨志道："俺说甚么？兀的不是歹人来了！"撇下藤条，拿了朴刀，赶入松林里来喝一声道："你这厮好大胆，怎敢看俺的行货！"正是：

中国文学名作鉴赏

说鬼便招鬼,说贼便招贼。
却是一家人,对面不能识。

杨志赶来看时,只见松林里一字儿摆着七辆江州车儿,七个人脱得赤条条的在那里乘凉,一个鬓边老大一搭朱砂记,拿着一条朴刀,望杨志跟前来,七个人齐叫一声:"呵也!"都跳起来。杨志喝道:"你等是甚么人?"那七人道:"你是甚么人?"杨志又问道:"你等莫不是歹人?"那七人道:"你颠倒问,我等是小本经纪,那里有钱与你?"杨志道:"你等小本经纪人,偏俺有大本钱!"那七人问道:"你端的是甚么人?"杨志道:"你等且说那里来的人?"那七人道:"我等弟兄七人是濠州人,贩枣子上东京去,路途打从这里经过,听得多人说这里黄泥冈上时常有贼打劫客商。我等一面走,一头自说道:'我七个只有些枣子,别无甚财赋。'只顾过冈子来。上得冈子,当不过这热,权且在这林子里歇一歇,待晚凉了行。只听得有人上冈子来,我们只怕是歹人,因此使这个兄弟出来看一看。"杨志道:"原来如此,也是一般的客人。却才见你们窥望,惟恐是歹人,因此赶来看一看。"那七个人道:"客官请几个枣子了去。"杨志道:"不必。"提了朴刀,再回担边来。老都管道:"既是有贼,我们去休。"杨志说道:"俺只道是歹人,原来是几个贩枣子的客人。"老都管道:"似你方才说时,他们都是没命的!"杨志道:"不必相闹,只要没事便好。你们且歇了,等凉些走。"众军汉都笑了。杨志也把朴刀插在地上,自去一边树下坐了歇凉。

没半碗饭时,只见远远地一个汉子挑着一副担桶,唱上冈子来,唱道:"赤日炎炎似火烧,野田禾稻半枯焦。农夫心内如汤煮,公子王孙把扇摇。"那汉子口里唱着,走上冈子来,松林里头歇下担桶,坐地乘凉。众军看见了,便问那汉子道:"你桶里是甚么东西?"那汉子应道:"是白酒。"众军道:"挑往那里去?"那汉子道:"挑出村里卖。"众军道:"多少钱一桶?"那汉子道:"五贯足钱。"众军商量道:"我们又热又渴,何不买些吃,也解暑气。"正在那里凑钱,杨志见了,喝道:"你们又做甚么?"众军道:"买碗酒吃。"杨志调过朴刀杆便打,骂道:"你们不得酒家言语,胡乱便要买酒吃,好大胆!"众军道:"没事又来鸟乱!我们自凑钱买酒吃,干你甚事?也来打人!"杨志道:"你这村鸟,理会的甚么!到来只顾吃嘴!全不晓得路途上的勾当艰难,多少好汉,被蒙汗药麻翻了!"那挑酒的汉子看着杨志冷笑道:"你这客官好不晓事!早是我不卖与你吃,却说出这般没气力的话来!"

正在松树边闹动争说,只见对面松林里那伙贩枣子的客人都提着朴刀,走出来问道:"你们做甚么闹?"那挑酒的汉子道:"我自挑这酒过冈子村里卖,热了,在此歇凉,他众人要问我买些吃,我又不曾卖与他。这个客官道我酒里有甚么蒙汗药,你道好笑么?说出这般话来!"

那七个客人说道:"我只道有歹人出来,原来是如此,说一声也不打紧。我们正想酒来解渴,既是他们疑心,且卖一桶与我们吃。"那挑酒的道:"不卖!不卖!"这七个客人道:"你这鸟汉子也不晓事,我们须不曾说你。你左右将到村里去卖,一般还你钱,便卖些与我们,打甚么不紧?看你不道得舍施了茶汤,便又救了我们热渴。"那挑酒的汉子便道:"卖一桶与你,不争,只是被他们说的不好,又没碗瓢舀吃。"那七人道:"你这汉子忒认真!便说了一声,打甚么不紧?我们自有椰瓢在这里。"只见两个客人去车子前取出两个椰瓢来,一个捧出一大捧枣子来,七个人立在桶边,开了桶盖,轮替换着舀那酒吃,把枣子过口。无一时,一桶酒都吃尽了。七个客人道:"正不曾问得你多少价钱?"那汉道:"我一了不说价,五贯足钱一桶,十贯一担。"七个客人道:"五贯便依你五贯,只饶我们一瓢吃。"那汉道:"饶不的,做定的价钱。"一个客人把钱还他,一个客人便去揭开桶盖,兜了一瓢,拿上便吃,那汉去夺时,这客人手拿半瓢酒,望松林里便走,那汉赶将去。只见这边一个客人从松林里走将出来,手里拿一个瓢,便来桶里舀了一瓢酒,那汉看见,抢来劈手夺住,望桶里一倾,便盖了桶盖,将瓢望地下一丢,口里说道:"你这客人好不君子相!戴头识脸的,也这般罗唣!"

那对过众军汉见了,心内痒起来,都待要吃,数中一个看着老都管道:"老爷爷与我们说一声,那卖枣子的客人买他一桶吃了,我们胡乱也买他这桶吃,润一润喉也好。其实热渴了,没奈何。这里冈子上又没讨水吃处,老爷方便。"老都管见众军所说,自心里也要吃得些,竟来对杨志说:"那贩枣子客人已买了他一桶酒吃,只有这一桶,胡乱教他们买吃些避暑气,冈子上端的没处讨水吃。"杨志寻思道:"俺在远远处望这厮们都买他的酒吃了,那桶里当面也见吃了半瓢,想是好的。打了他们半日,胡乱容他买碗吃罢。"杨志道:"既然老都管说了,教这厮们买吃了,便起身。"

众军健听了这话,凑了五贯足钱,来买酒吃。那卖酒的汉子道:"不卖了!不卖了!这酒里有蒙汗药在里头!"众军陪着笑说道:"大哥直得便还言语!"那汉道:"不卖了!休缠!"这贩枣子的客人劝道:"你这个鸟汉子,他也说得差了,你也忒认真!连累我们也吃你说了几声。须不关他众人之事,胡乱卖与他众人吃些。"那汉道:"没事讨别人疑心做甚么?"这贩枣子客人把那卖酒的汉子推开一边,只顾将这桶酒提与众军去吃。那军汉开了桶盖,无甚舀吃,陪个小心,问客人借椰瓢用一用。众客人道:"就送这几个枣子与你们过酒。"众军谢道:"甚么道理。"客人道:"休要相谢,都是一般客人,何争在这百十个枣子上。"众军谢了,先兜两瓢,叫老都管吃一瓢,杨提辖吃一瓢,杨志那里肯吃。老都管自先吃了一瓢,两个虞候各吃一瓢。众军汉一发上,那桶酒登时吃尽了。杨志见众人吃了无事,自本不吃,一者天气甚热,二乃口渴难熬,拿起来只吃了一半,枣子分几个吃了。那卖酒的汉子说道:"这桶酒被那客人饶一瓢吃了,少了你些酒,我今饶了你众人半贯钱罢。"众军汉凑出钱来还他。那汉子收了钱,挑了空桶,依然唱着山歌,自下冈子去了。

那七个贩枣子的客人,立在松树傍边,指着这一十五人说道:"倒也!倒也!"

只见这十五个人头重脚轻,一个个面面厮觑,都软倒了。那七个客人从松树林里推出这七辆江州车儿,

把车子上枣子丢在地上,将这十一担金珠宝贝都装在车子内,遮盖好了,叫声:"聒噪!"一直望黄泥冈下推了去。正是:

诛求膏血庆生辰,不顾民生与死邻。
始信从来招劫盗,亏心必定有缘因。

杨志口里只是叫苦,软了身体,挣扎不起;十五人眼睁睁地看着那七个人都把这金宝装了去,只是起不来、挣不动、说不的。我且问你,这七人端的是谁?不是别人,原来正是晁盖、吴用、公孙胜、刘唐、三阮这七个。却才那个挑酒的汉子,便是白日鼠白胜。却怎地用药?原来挑上冈子时,两桶都是好酒。七个人先吃了一桶,刘唐揭起桶盖,又兜了半瓢吃,故意要他们看着,只是叫人死心塌地。次后吴用去松林里取出药来,抖在瓢里,只做走来饶他酒吃,把瓢去兜时,药已搅在酒里,假意兜半瓢吃,那白胜劈手夺来,倾在桶里,这个便是计策。那计较都是吴用主张,这个唤做智取生辰纲。

金圣叹批《智取生辰纲》

盖我读此书而不胜三致叹焉,曰:嗟乎!古之君子,受命于内,莅事于外,竭忠尽智,以图报称,而终亦至于身败名丧,为世僇笑者,此其故,岂得不为之深痛哉!夫一夫专制,可以将千军;两人牵羊,未有不僵于路者也。

独心所运,不难于造五凤楼曾无黍米之失;聚族而谋,未见其能筑室有成者也。梁中书以道路多故,人才复难,于是致详致慎,独简杨志而畀之以十万之任,谓之知人,洵无忝矣,即又如之何而必副之以一都管与两虞候乎?观其所云另有夫人礼物,送与府中宝眷,亦要杨志认领,多恐不知头路。夫十万已领,何难一担?若言不知头路,则岂有此人从贵女爱婿边来,现护生辰重宝至于如此之盛,而犹虑及府中之人猜疑顾忌,不视之为机密者也?是皆中书视十万过重,视杨志过轻。视十万过重,则意必太师也者,虽富贵双极,然见此十万,必嚇然心动;太师嚇然入神,而中书之宠,固于磐石,夫是故以此为献,凡以冀其人之得一动心也。视杨志过轻,则意或杨志也者,本单寒之士,今见十万,必嚇然心动,杨志嚇然心动,而生辰十担,险于蕉鹿,夫是故以一都管、两虞候为监,凡以防其心之忽一动也。然其胸中,则又熟有"疑人勿用,用人勿疑"之成训者,于是即又伪装夫人一担,以自盖其相疑之迹。呜呼!为杨志者,不其难哉!虽当时亦曾有早晚行住,悉听约束,戒彼三人不得别拗之教敕,然而官之所以得治万民,与将之所以得制三军者,以其惟此一人故也。今也一杨志,一都管,又二虞候,且四人矣,以四人而欲押此十一禁军，岂有得乎？《易大传》曰："阳一君二民，君子之道也；阴二君一民，小人之道也。"今中书徒以重视十万、轻视杨志之故，而曲折计划，既已出于小人之道，而尚望黄泥冈上万无一失，殆必无之理矣。

故我谓生辰纲之失，非晁盖八人之罪，亦非十一禁军之罪，亦并非一都管、两虞候之罪，而实皆梁中书之罪也，又奚议焉？曰：然则杨志即何为而不争之也？圣叹答曰："杨志不可得而争也。夫十万金珠，重物也，不惟大名百姓之髓脑竭，并中书相公之心血竭矣。杨志自惟起于单寒，骤蒙显擢，夫乌知彼之遇我厚者之非独为今日之用我乎？故以十万之故而授统制易，以统制之故而托十万难，此杨志之所深知也。杨志于何知之？杨志知年年根括十万以媚于丈人者，是其人必不能以国士遇我者也；不能以国士遇我，而昔者东郭斗武，一日而逾数阶者，是其心中徒望我今日之出死力以相效耳。

譬诸饲鹰喂犬，非不极其恩爱，然彼固断不信鹰之德为凤凰，犬之品为驺虞也。故于中书未拨都管、虞候之先，志反先告相公只须一个人和小人去。夫"一个人和小人去"者，非请武阳为副，殆请朝恩为监矣。若夫杨志早知人之疑之，而终亦主于必去，则固丈夫感恩知报，凡以酬东郭骤迁之遇耳，岂得已哉！呜呼！

杨志其寓言也，古之国家，以疑立监者，比比皆有，我何能遍言之！

看他写杨志忽然肯去，忽然不肯去，忽然又肯去，忽然又不肯去，笔势夭矫，不可捉搦。

看他写天气酷热，不费笔墨，只一句两句便已焦热杀人。古称盛冬挂云汉图，满座烦闷，今读此书，乃知真有是事。

看他写一路老都管制人肘处，真乃描摹入画。嗟乎！小人习承平之时，忽祸患之事，箕踞当路，摇舌骂人，岂不凿凿可听；而卒之变起仓猝，不可枝梧，为鼠为虎，与之俱败，岂不痛哉！

看他写枣子客人自一处，挑酒人自一处，酒自一处，瓢自一处，虽读者亦几忘其为东溪村中饮酒聚义之人，何况当日身在庐山者耶？耐庵妙笔，真是独有千古。

看他写卖酒人斗口处，真是绝世奇笔。盖他人叙此事至此，便欲骎骎相就，读之，满纸皆似惟恐不得卖者矣。今偏笔笔撇开，如强弓怒马，急不可就，务欲极扳开去，乃至不可收拾，一似惟恐为其买者，真怪事也。

看他写七个枣子客人饶酒，如数鹰争雀，盘旋跳霍，读之欲迷。

（选自金圣叹评读《水浒传》）

15. 伤　逝

鲁　迅

如果我能够，我要写下我的悔恨和悲哀，为子君，为自己。

——涓生的手记

会馆里的被遗忘在偏僻里的破屋是这样地寂静和空虚。时光过得真快，我爱子君，仗着她逃出这寂静和空虚，已经满一年了。事情又这么不凑巧，我重来时，偏偏空着的又只有这一间屋。依然是这样的破窗，这样的窗外的半枯的槐树和老紫藤，这样的窗前的方桌，这样的败壁，这样的靠壁的板床。深夜中独自躺在床上，就如我未曾和子君同居以前一般，过去一年中的时光全被消灭，全未有过，我并没有曾经从这破屋子搬出，在吉兆胡同创立了满怀希望的小小的家庭。

不但如此。在一年之前，这寂静和空虚是并不这样的，常常含着期待；期待子君的到来。在久待的焦躁中，一听到皮鞋的高底尖触着砖路的清响，是怎样地使我骤然生动起来呵！于是就看见带着笑涡的苍白的圆脸，苍白的瘦的臂膊，布的有条纹的衫子，玄色的裙。她又带了窗外的半枯的槐树的新叶来，使我看见，还有挂在铁似的老干上的一房一房的紫白的藤花。

然而现在呢，只有寂静和空虚依旧，子君却决不再来了，而且永远，永远地！……

子君不在我这破屋里时，我什么也看不见。在百无聊赖中，顺手抓过一本书来，科学也好，文学也好，横竖什么都一样；看下去，看下去，忽而自己觉得，已经翻了十多页了，但是毫不记得书上所说的事。只是耳朵却分外地灵，仿佛听到大门外一切往来的履声，从中便有子君的，而且橐橐地逐渐临近，——但是，往往又逐渐渺茫，终于消失在别的步声的杂沓中了。我憎恶那不像子君鞋声的穿布底鞋的长班的儿子，我憎恶那太像子君鞋声的常常穿着新皮鞋的邻院的搽雪花膏的小东西！

莫非她翻了车么？莫非她被电车撞伤了么？……

我便要取了帽子去看她，然而她的胞叔就曾经当面骂过我。

蓦然，她的鞋声近来了，一步响于一步，迎出去时，却已经走过紫藤棚下，脸上带着微笑的酒窝。她在她叔子的家里大约并未受气；我的心宁帖了，默默地相视片时之后，破屋里便渐渐充满了我的语声，谈家庭专制，谈打破旧习惯，谈男女平等，谈伊孛生，谈泰戈尔，谈雪莱……。她总是微笑点头，两眼里弥漫着稚气的好奇的光泽。壁上就钉着一张铜板的雪莱半身像，是从杂志上裁下来的，是他的最美的一张像。当我指给她看时，她却只草草一看，便低了头，似乎不好意思了。这些地方，子君就大概还未脱尽旧思想的束缚，——我后来也想，倒不如换一张雪莱淹死在海里的记念像或是伊孛生的罢；但也终于没有换，现在是连这一张也不知那里去了。

"我是我自己的，他们谁也没有干涉我的权利！"

这是我们交际了半年，又谈起她在这里的胞叔和在家的父亲时，她默想了一会之后，分明地，坚决地，沉静地说了出来的话。其时是我已经说尽了我的意见，我的身世，我的缺点，很少隐瞒；她也完全了解的了。这几句话很震动了我的灵魂，此后许多天还在耳中发响，而且说不出的狂喜，知道中国女性，并不如厌世家所说那样的无法可施，在不远的将来，便要看见辉煌的曙色的。

送她出门，照例是相离十多步远；照例是那鲇鱼须的老东西的脸又紧帖在脏的窗玻璃上了，连鼻尖都挤成一个小平面；到外院，照例又是明晃晃的玻璃窗里的那小东西的脸，加厚的雪花膏。她目不邪视地骄傲地走了，没有看见；我骄傲地回来。

"我是我自己的，他们谁也没有干涉我的权利！"这彻底的思想就在她的脑里，比我还透澈，坚强得多。半瓶雪花膏和鼻尖的小平面，于她能算什么东西呢？

我已经记不清那时怎样地将我纯真热烈的爱表示给她。岂但现在，那时的事后便已模胡，夜间回想，早只剩了一些断片了；同居以后一两月，便连这些断片也化作无可追踪的梦影。我只记得那时以前的十几天，曾经很仔细地研究过表示的态度，排列过措辞的先后，以及倘或遭了拒绝以后的情形。可是临时似乎都无用，在慌张中，身不由己地竟用了在电影上见过的方法了。后来一想到，就使我很愧恧(nù)，但在记忆上却偏只有这一点永远留遗，至今还如暗室的孤灯一般，照见我含泪握着她的手，一条腿跪了下去……。

不但我自己的，便是子君的言语举动，我那时就没有看得分明；仅知道她已经允许我了。但也还仿佛记得她脸色变成青白，后来又渐渐转作绯红，——没有见过，也没有再见的绯红；孩子似的眼里射出悲喜，但是夹着惊疑的光，虽然力避我的视线，张皇地似乎要破窗飞去。然而我知道她已经允许我了，没有知道她怎样说或是没有说。

她却是什么都记得：我的言辞，竟至于读熟了的一般，能够滔滔背诵；我的举动，就如有一张我所看不见的影片挂在眼下，叙述得如生，很细微，自然连那使我不愿再想的浅薄的电影的一闪。夜阑人静，是相对温习的时候了，我常是被质问，被考验，并且被命复述当时的言语，然而常须由她补足，由她纠正，像一个丁等的学生。

这温习后来也渐渐稀疏起来。但我只要看见她两眼注视空中，出神似的凝想着，于是神色越加柔和，笑窝也深下去，便知道她又在自修旧课了，只是我很怕她

中国文学名作鉴赏

看到我那可笑的电影的一闪。但我又知道，她一定要看见，而且也非看不可的。

然而她并不觉得可笑。即使我自己以为可笑，甚而至于可鄙的，她也毫不以为可笑。这事我知道得很清楚，因为她爱我，是这样地热烈，这样地纯真。

去年的暮春是最为幸福，也是最为忙碌的时光。我的心平静下去了，但又有别一部分和身体一同忙碌起来。我们这时才在路上同行，也到过几回公园，最多的是寻住所。我觉得在路上时时遇到探索，讥笑，猥亵和轻蔑的眼光，一不小心，便使我的全身有些瑟缩，只得即刻提起我的骄傲和反抗来支持。她却是大无畏的，对于这些全不关心，只是镇静地缓缓前行，坦然如入无人之境。

寻住所实在不是容易事，大半是被托辞拒绝，小半是我们以为不相宜。起先我们选择得很苛酷，——也非苛酷，因为看去大抵不像是我们的安身之所；后来，便只要他们能相容了。看了二十多处，这才得到可以暂且敷衍的处所，是吉兆胡同一所小屋里的两间南屋；主人是一个小官，然而倒是明白人，自住着正屋和厢房。他只有夫人和一个不到周岁的女孩子，雇一个乡下的女工，只要孩子不啼哭，是极其安闲幽静的。

我们的家具很简单，但已经用去了我的筹来的款子的大半；子君还卖掉了她唯一的金戒指和耳环。我拦阻她，还是定要卖，我也就不再坚持下去了；我知道不给她加入一点股分去，她是住不舒服的。

和她的叔子，她早就闹开了，至于使他气愤到不再认她做侄女；我也陆续和几个自以为忠告，其实是替我胆怯，或者竟是嫉妒的朋友绝了交。然而这倒很清静。每日办公散后，虽然已近黄昏，车夫又一定走得这样慢，但究竟还有二人相对的时候。我们先是沉默的相视，接着是放怀而亲密的交谈，后来又是沉默。大家低头沉思着，却并未想着什么事。我也渐渐清醒地读遍了她的身体，她的灵魂，不过三星期，我似乎于她已经更加了解，揭去许多先前以为了解而现在看来却是隔膜，即所谓真的隔膜了。

子君也逐日活泼起来。但她并不爱花，我在庙会时买来的两盆小草花，四天不浇，枯死在壁角了，我又没有照顾一切的闲暇。然而她爱动物，也许是从官太太那里传染的罢，不一月，我们的眷属便骤然加得很多，四只小油鸡，在小院子里和房主人的十多只在一同走。但她们却认识鸡的相貌，各知道那一只是自家的。还有一只花白的叭儿狗，从庙会买来，记得似乎原有名字，子君却给它另起了一个，叫作阿随。我就叫它阿随，但我不喜欢这名字。

这是真的，爱情必须时时更新，生长，创造。我和子君说起这，她也领会地点点头。

唉唉，那是怎样的宁静而幸福的夜呵！

安宁和幸福是要凝固的，永久是这样的安宁和幸福。我们在会馆里时，还偶有议论的冲突和意思的误会，自从到吉兆胡同以来，连这一点也没有了；我们只在灯下对坐的怀旧谭中，回味那时冲突以后的和解的重生一般的乐趣。

子君竟胖了起来,脸色也红活了;可惜的是忙。管了家务便连谈天的工夫也没有,何况读书和散步。我们常说,我们总还得雇一个女工。

这就使我也一样地不快活,傍晚回来,常见她包藏着不快活的颜色,尤其使我不乐的是她要装作勉强的笑容。幸而探听出来了,也还是和那小官太太的暗斗,导火线便是两家的小油鸡。但又何必硬不告诉我呢?人总该有一个独立的家庭。

这样的处所,是不能居住的。

我的路也铸定了,每星期中的六天,是由家到局,又由局到家。在局里便坐在办公桌前钞,钞,钞些公文和信件;在家里是和她相对或帮她生白炉子,煮饭,蒸馒头。我的学会了煮饭,就在这时候。

但我的食品却比在会馆里时好得多了。做菜虽不是子君的特长,然而她于此却倾注着全力;对于她的日夜的操心,使我也不能不一同操心,来算作分甘共苦。

况且她又这样地终日汗流满面,短发都粘在脑额上;两只手又只是这样地粗糙起来。

况且还要饲阿随,饲油鸡,……都是非她不可的工作。我曾经忠告她:我不吃,倒也罢了;却万不可这样地操劳。她只看了我一眼,不开口,神色却似乎有点凄然;我也只好不开口。然而她还是这样地操劳。

我所豫期的打击果然到来。双十节的前一晚,我呆坐着,她在洗碗。听到打门声,我去开门时,是局里的信差,交给我一张油印的纸条。我就有些料到了,到灯下去一看,果然,印着的就是:

奉
局长谕史涓生着毋庸到局办事
秘书处启　十月九号

这在会馆里时,我就早已料到了;那雪花膏便是局长的儿子的赌友,一定要去添些谣言,设法报告的。到现在才发生效验,已经要算是很晚的了。其实这在我不能算是一个打击,因为我早就决定,可以给别人去钞写,或者教读,或者虽然费力,也还可以译点书,况且《自由之友》的总编辑便是见过几次的熟人,两月前还通过信。但我的心却跳跃着。那么一个无畏的子君也变了色,尤其使我痛心;她近来似乎也较为怯弱了。

"那算什么。哼,我们干新的。我们……。"她说。

她的话没有说完;不知怎地,那声音在我听去却只是浮浮的;灯光也觉得格外黯淡。人们真是可笑的动物,一点极微末的小事情,便会受着很深的影响。我们先是默默地相视,逐渐商量起来,终于决定将现有的钱竭力节省,一面登"小广告"去寻求钞写和教读,一面写信给《自由之友》的总编辑,说明我目下的遭遇,请他收用我的译本,给我帮一点艰辛时候的忙。

"说做,就做罢!来开一条新的路!"

中国文学名作鉴赏

我立刻转身向了书案，推开盛香油的瓶子和醋碟，子君便送过那黯淡的灯来。

我先拟广告；其次是选定可译的书，迁移以来未曾翻阅过，每本的头上都满漫着灰尘了；最后才写信。

我很费踌躇，不知道怎样措辞好，当停笔凝思的时候，转眼去一瞥她的脸，在昏暗的灯光下，又很见得凄然。我真不料这样微细的小事情，竟会给坚决的，无畏的子君以这么显著的变化。她近来实在变得很怯弱了，但也并不是今夜才开始的。我的心因此更缭乱，忽然有安宁的生活的影像——会馆里的破屋的寂静，在眼前一闪，刚刚想定睛凝视，却又看见了昏暗的灯光。

许久之后，信也写成了，是一封颇长的信；很觉得疲劳，仿佛近来自己也较为怯弱了。于是我们决定，广告和发信，就在明日一同实行。大家不约而同地伸直了腰肢，在无言中，似乎又都感到彼此的坚忍崛强的精神，还看见从新萌芽起来的将来的希望。

外来的打击其实倒是振作了我们的新精神。局里的生活，原如鸟贩子手里的禽鸟一般，仅有一点小米维系残生，决不会肥胖；日子一久，只落得麻痹了翅子，即使放出笼外，早已不能奋飞。现在总算脱出这牢笼了，我从此要在新的开阔的天空中翱翔，趁我还未忘却了我的翅子的扇动。

小广告是一时自然不会发生效力的；但译书也不是容易事，先前看过，以为已经懂得的，一动手，却疑难百出了，进行得很慢。然而我决计努力地做，一本半新的字典，不到半月，边上便有了一大片乌黑的指痕，这就证明着我的工作的切实。《自由之友》的总编辑曾经说过，他的刊物是决不会埋没好稿子的。

可惜的是我没有一间静室，子君又没有先前那么幽静，善于体帖了，屋子里总是散乱着碗碟，弥漫着煤烟，使人不能安心做事，但是这自然还只能怨我自己无力置一间书斋。然而又加以阿随，加以油鸡们。加以油鸡们又大起来了，更容易成为两家争吵的引线。

加以每日的"川流不息"的吃饭；子君的功业，仿佛就完全建立在这吃饭中。吃了筹钱，筹来吃饭，还要喂阿随，饲油鸡；她似乎将先前所知道的全都忘掉了，也不想到我的构思就常常为了这催促吃饭而打断。即使在坐中给看一点怒色，她总是不改变，仍然毫无感触似的大嚼起来。

使她明白了我的作工不能受规定的吃饭的束缚，就费去五星期。她明白之后，大约很不高兴罢，可是没有说。我的工作果然从此较为迅速地进行，不久就共译了五万言，只要润色一回，便可以和做好的两篇小品，一同寄给《自由之友》去。

只是吃饭却依然给我苦恼。菜冷，是无妨的，然而竟不够；有时连饭也不够，虽然我因为终日坐在家里用脑，饭量已经比先前要减少得多。这是先去喂了阿随了，有时还并那近来连自己也轻易不吃的羊肉。她说，阿随实在瘦得太可怜，房东太太还因此嗤笑我们了，她受不住这样的奚落。

于是吃我残饭的便只有油鸡们。这是我积久才看出来的，但同时也如赫胥黎的论定"人类在宇宙间的位置"一般,自觉了我在这里的位置:不过是叭儿狗和油鸡之间。

后来,经多次的抗争和催逼,油鸡们也逐渐成为肴馔,我们和阿随都享用了十多日的鲜肥;可是其实都很瘦,因为它们早已每日只能得到几粒高粱了。从此便清静得多。只有子君很颓唐,似乎常觉得凄苦和无聊,至于不大愿意开口。我想,人是多么容易改变呵!

但是阿随也将留不住了。我们已经不能再希望从什么地方会有来信,子君也早没有一点食物可以引它打拱或直立起来。冬季又逼近得这么快,火炉就要成为很大的问题;它的食量,在我们其实早是一个极易觉得的很重的负担。于是连它也留不住了。

倘使插了草标到庙市去出卖,也许能得几文钱罢,然而我们都不能,也不愿这样做。终于是用包袱蒙着头,由我带到西郊去放掉了,还要追上来,便推在一个并不很深的土坑里。

我一回寓,觉得又清静得多多了;但子君的凄惨的神色,却使我很吃惊。那是没有见过的神色,自然是为阿随。但又何至于此呢?我还没有说起推在土坑里的事。

到夜间,在她的凄惨的神色中,加上冰冷的分子了。

"奇怪。——子君,你怎么今天这样儿了?"我忍不住问。

"什么?"她连看也不看我。

"你的脸色……。"

"没有什么,——什么也没有。"

我终于从她言动上看出,她大概已经认定我是一个忍心的人。其实,我一个人,是容易生活的,虽然因为骄傲,向来不与世交来往,迁居以后,也疏远了所有旧识的人,然而只要能远走高飞,生路还宽广得很。现在忍受着这生活压迫的苦痛,大半倒是为她,便是放掉阿随,也何尝不如此。但子君的识见却似乎只是浅薄起来,竟至于连这一点也想不到了。

我拣了一个机会,将这些道理暗示她;她领会似的点头。然而看她后来的情形,她是没有懂,或者是并不相信的。

天气的冷和神情的冷,逼迫我不能在家庭中安身。但是,往那里去呢?大道上,公园里,虽然没有冰冷的神情,冷风究竟也刺得人皮肤欲裂。我终于在通俗图书馆里觅得了我的天堂。

那里无须买票;阅书室里又装着两个铁火炉。纵使不过是烧着不死不活的煤的火炉,但单是看见装着它,精神上也就总觉得有些温暖。书却无可看:旧的陈腐,新的是几乎没有的。

好在我到那里去也并非为看书。另外时常还有几个人,多则十余人,都是单薄衣裳,正如我,各人看各人的书,作为取暖的口实。这于我尤为合式。道路上容易遇见熟人，得到轻蔑的一瞥，但此地却决无那样的横祸，因为他们是永远围在别的铁炉旁，或者靠在自家的白炉边的。

那里虽然没有书给我看，却还有安闲容得我想。待到孤身枯坐，回忆从前，这才觉得大半年来，只为了爱，——盲目的爱，——而将别的人生的要义全盘疏忽了。第一，便是生活。人必生活着，爱才有所附丽。世界上并非没有为了奋斗者而开的活路；我也还未忘却翅子的扇动，虽然比先前已经颓唐得多……。

屋子和读者渐渐消失了，我看见怒涛中的渔夫，战壕中的兵士，摩托车中的贵人，洋场上的投机家，深山密林中的豪杰，讲台上的教授，昏夜的运动者和深夜的偷儿……。子君，——不在近旁。她的勇气都失掉了，只为着阿随悲愤，为着做饭出神；然而奇怪的是倒也并不怎样瘦损……。

冷了起来，火炉里的不死不活的几片硬煤，也终于烧尽了，已是闭馆的时候。

又须回到吉兆胡同，领略冰冷的颜色去了。近来也间或遇到温暖的神情，但这却反而增加我的苦痛。记得有一夜，子君的眼里忽而又发出久已不见的稚气的光来，笑着和我谈到还在会馆时候的情形，时时又很带些恐怖的神色。我知道我近来的超过她的冷漠，已经引起她的忧疑来，只得也勉力谈笑，想给她一点慰藉。然而我的笑貌一上脸，我的话一出口，却即刻变为空虚，这空虚又即刻发生反响，回向我的耳目里，给我一个难堪的恶毒的冷嘲。子君似乎也觉得的，从此便失掉了她往常的麻木似的镇静，虽然竭力掩饰，总还是时时露出忧疑的神色来，但对我却温和得多了。

我要明告她，但我还没有敢，当决心要说的时候，看见她孩子一般的眼色，就使我只得暂且改作勉强的欢容。但是这又即刻来冷嘲我，并使我失却那冷漠的镇静。

她从此又开始了往事的温习和新的考验，逼我做出许多虚伪的温存的答案来，将温存示给她，虚伪的草稿便写在自己的心上。我的心渐被这些草稿填满了，常觉得难于呼吸。我在苦恼中常常想，说真实自然须有极大的勇气的；假如没有这勇气，而苟安于虚伪，那也便是不能开辟新的生路的人。不独不是这个，连这人也未尝有！

子君有怨色，在早晨，极冷的早晨，这是从未见过的，但也许从我看来的怨色。我那时冷冷地气愤和暗笑了；她所磨练的思想和豁达无畏的言论，到底也还是一个空虚，而对于这空虚却并未自觉。她早已什么书也不看，已不知道人的生活的第一着是求生，向着这求生的道路，是必须携手同行，或奋身孤往的了，倘使只知道捶着一个人的衣角，那便是虽战士也难于战斗，只得一同灭亡。

我觉得新的希望就只在我们的分离；她应该决然舍去，——我也突然想到她的死，然而立刻自责，忏悔了。幸而是早晨，时间正多，我可以说我的真实。我们的新的道路的开辟，便在这一遭。

我和她闲谈，故意地引起我们的往事，提到文艺，于是涉及外国的文人，文人的作品：《诺拉》，《海的女人》。称扬诺拉的果决……。也还是去年在会馆的破屋里讲过的那些话，但现在已经变成空虚，从我的嘴传入自己的耳中，时时疑心有一个隐形的坏孩子，在背后恶意地刻毒地学舌。

她还是点头答应着倾听，后来沉默了。我也就断续地说完了我的话，连余音都消失在虚空中了。

"是的。"她又沉默了一会，说，"但是，……涓生，我觉得你近来很两样了。可是的？你，——你老实告诉我。"

我觉得这似乎给了我当头一击，但也立即定了神，说出我的意见和主张来：新的路的开辟，新的生活的再造，为的是免得一同灭亡。

临末，我用了十分的决心，加上这几句话：

"……况且你已经可以无须顾虑，勇往直前了。你要我老实说；是的，人是不该虚伪的。我老实说罢：因为，因为我已经不爱你了！但这于你倒好得多，因为你更可以毫无挂念地做事……。"

我同时豫期着大的变故的到来，然而只有沉默。她脸色陡然变成灰黄，死了似的；瞬间便又苏生，眼里也发了稚气的闪闪的光泽。这眼光射向四处，正如孩子在饥渴中寻求着慈爱的母亲，但只在空中寻求，恐怖地回避着我的眼。

我不能看下去了，幸而是早晨，我冒着寒风径奔通俗图书馆。

在那里看见《自由之友》，我的小品文都登出了。这使我一惊，仿佛得了一点生气。我想，生活的路还很多，——但是，现在这样也还是不行的。

我开始去访问久已不相闻问的熟人，但这也不过一两次；他们的屋子自然是暖和的，我在骨髓中却觉得寒冽。夜间，便蜷伏在比冰还冷的冷屋中。

冰的针刺着我的灵魂，使我永远苦于麻木的疼痛。生活的路还很多，我也还没有忘却翅子的扇动，我想。——我突然想到她的死，然而立刻自责，忏悔了。

在通俗图书馆里往往瞥见一闪的光明，新的生路横在前面。她勇猛地觉悟了，毅然走出这冰冷的家，而且，——毫无怨恨的神色。我便轻如行云，漂浮空际，上有蔚蓝的天，下是深山大海，广厦高楼，战场，摩托车，洋场，公馆，晴明的闹市，黑暗的夜……。

而且，真的，我豫感得这新生面便要来到了。

我们总算度过了极难忍受的冬天，这北京的冬天，就如蜻蜓落在恶作剧的坏孩子的手里一般，被系着细线，尽情玩弄，虐待，虽然幸而没有送掉性命，结果也还是躺在地上，只争着一个迟早之间。

写给《自由之友》的总编辑已经有三封信，这才得到回信，信封里只有两张书券：两角的和三角的。我却单是催，就用了九分的邮票，一天的饥饿，又都白挨给于已一无所得的空虚了。

然而觉得要来的事，却终于来到了。

这是冬春之交的事，风已没有这么冷，我也更久地在外面徘徊；待到回家，大概已经昏黑。就在这样一个昏黑的晚上,我照常没精打采地回来,一看见寓所的门,也照常更加丧气,使脚步放得更缓。但终于走进自己的屋子里了,没有灯火;摸火柴点起来时,是异样的寂寞和空虚!

正在错愕中,官太太便到窗外来叫我出去。

"今天子君的父亲来到这里,将她接回去了。"她很简单地说。

这似乎又不是意料中的事,我便如脑后受了一击,无言地站着。

"她去了么?"过了些时,我只问出这样一句话。

"她去了。"

"她,——她可说什么?"

"没说什么。单是托我见你回来时告诉你,说她去了。"

我不信;但是屋子里是异样的寂寞和空虚。我遍看各处,寻觅子君;只见几件破旧而黯淡的家具,都显得极其清疏,在证明着它们毫无隐匿一人一物的能力。

我转念寻信或她留下的字迹,也没有;只是盐和干辣椒,面粉,半株白菜,却聚集在一处了,旁边还有几十枚铜元。这是我们两人生活材料的全副,现在她就郑重地将这留给我一个人,在不言中,教我借此去维持较久的生活。

我似乎被周围所排挤,奔到院子中间,有昏黑在我的周围;正屋的纸窗上映出明亮的灯光,他们正在逗着孩子推笑。我的心也沉静下来,觉得在沉重的迫压中,渐渐隐约地现出脱走的路径:深山大泽,洋场,电灯下的盛筵;壕沟,最黑最黑的深夜,利刃的一击,毫无声响的脚步……。

心地有些轻松,舒展了,想到旅费,并且嘘一口气。躺着,在合着的眼前经过的豫想的前途,不到半夜已经现尽;暗中忽然仿佛看见一堆食物,这之后,便浮出一个子君的灰黄的脸来,睁了孩子气的眼睛,恳托似的看着我。我一定神,什么也没有了。

但我的心却又觉得沉重。我为什么偏不忍耐几天,要这样急急地告诉她真话的呢?现在她知道,她以后所有的只是她父亲——儿女的债主——的烈日一般的严威和旁人的赛过冰霜的冷眼。此外便是虚空。负着虚空的重担,在严威和冷眼中走着所谓人生的路,这是怎么可怕的事呵!而况这路的尽头,又不过是——连墓碑也没有的坟墓。

我不应该将真实说给子君,我们相爱过,我应该永久奉献她我的说谎。如果真实可以宝贵,这在子君就不该是一个沉重的空虚。谎语当然也是一个空虚,然而临末,至多也不过这样地沉重。

我以为将真实说给子君,她便可以毫无顾虑,坚决地毅然前行,一如我们将要同居时那样。但这恐怕是我错误了。她当时的勇敢和无畏是因为爱。

我没有负着虚伪的重担的勇气,却将真实的重担卸给她了。她爱我之后,就要负了这重担,在严威和冷眼中走着所谓人生的路。

我想到她的死……。我看见我是一个卑怯者,应该被摈于强有力的人们,无论

是真实者,虚伪者。然而她却自始至终,还希望我维持较久的生活……。

我要离开吉兆胡同,在这里是异样的空虚和寂寞。我想,只要离开这里,子君便如还在我的身边;至少,也如还在城中,有一天,将要出乎意表地访我,像住在会馆时候似的。

然而一切请托和书信,都是一无反响;我不得已,只好访问一个久不问候的世交去了。他是我伯父的幼年的同窗,以正经出名的拔贡,寓京很久,交游也广阔的。

大概因为衣服的破旧罢,一登门便很遭门房的白眼。好容易才相见,也还相识,但是很冷落。我们的往事,他全都知道了。

"自然,你也不能在这里了,"他听了我托他在别处觅事之后,冷冷地说,"但那里去呢?很难。——你那,什么呢,你的朋友罢,子君,你可知道,她死了。"

我惊得没有话。

"真的?"我终于不自觉地问。

"哈哈。自然真的。我家的王升的家,就和她家同村。"

"但是,——不知道是怎么死的?"

"谁知道呢。总之是死了就是了。"

我已经忘却了怎样辞别他,回到自己的寓所。我知道他是不说谎话的;子君总不会再来的了,像去年那样。她虽是想在严威和冷眼中负着虚空的重担来走所谓人生的路,也已经不能。她的命运,已经决定她在我所给与的真实——无爱的人间死灭了!

自然,我不能在这里了;但是,"那里去呢?"

四围是广大的空虚,还有死的寂静。死于无爱的人们的眼前的黑暗,我仿佛一一看见,还听得一切苦闷和绝望的挣扎的声音。我还期待着新的东西到来,无名的,意外的。但一天一天,无非是死的寂静。

我比先前已经不大出门,只坐卧在广大的空虚里,一任这死的寂静侵蚀着我的灵魂。死的寂静有时也自己战栗,自己退藏,于是在这绝续之交,便闪出无名的,意外的,新的期待。

一天是阴沉的上午,太阳还不能从云里面挣扎出来;连空气都疲乏着。耳中听到细碎的步声和咻咻的鼻息,使我睁开眼。大致一看,屋子里还是空虚;但偶然看到地面,却盘旋着一匹小小的动物,瘦弱的,半死的,满身灰土的……。

我一细看,我的心就一停,接着便直跳起来。

那是阿随。它回来了。

我的离开吉兆胡同,也不单是为了房主人们和他家女工的冷眼,大半就为着这阿随。但是,"那里去呢?"新的生路自然还很多,我约略知道,也间或依稀看见,觉得就在我面前,然而我还没有知道跨进那里去的第一步的方法。

经过许多回的思量和比较,也还只有会馆是还能相容的地方。依然是这样的破

屋,这样的板床,这样的半枯的槐树和紫藤,但那时使我希望,欢欣,爱,生活的,却全都逝去了,只有一个虚空,我用真实去换来的虚空存在。

新的生路还很多,我必须跨进去,因为我还活着。但我还不知道怎样跨出那第一步。有时,仿佛看见那生路就像一条灰白的长蛇,自己蜿蜒地向我奔来,我等着,等着,看看临近,但忽然便消失在黑暗里了。

初春的夜,还是那么长。长久的枯坐中记起上午在街头所见的葬式,前面是纸人纸马,后面是唱歌一般的哭声。我现在已经知道他们的聪明了,这是多么轻松简截的事。

然而子君的葬式却又在我的眼前,是独自负着虚空的重担,在灰白的长路上前行,而又即刻消失在周围的严威和冷眼里了。

我愿意真有所谓鬼魂,真有所谓地狱,那么,即使在孽风怒吼之中,我也将寻觅子君,当面说出我的悔恨和悲哀,祈求她的饶恕;否则,地狱的毒焰将围绕我,猛烈地烧尽我的悔恨和悲哀。

我将在孽风和毒焰中拥抱子君,乞她宽容,或者使她快意……。

但是,这却更虚空于新的生路;现在所有的只是初春的夜,竟还是那么长。

我活着,我总得向着新的生路跨出去,那第一步,——却不过是写下我的悔恨和悲哀,为子君,为自己。

我仍然只有唱歌一般的哭声,给子君送葬,葬在遗忘中。

我要遗忘;我为自己,并且要不再想到这用了遗忘给子君送葬。

我要向着新的生路跨进第一步去,我要将真实深深地藏在心的创伤中,默默地前行,用遗忘和说谎做我的前导……。

[思考题]
1. 分析《伤逝》的主题。
2. 试解读《伤逝》的人物形象。

从《伤逝》看"五四"女性启蒙神话的瓦解

刘湘香

波伏娃在《第二性》中说:"并不是他者在将本身界定为他者的过程中确立了此者,而是此者在把本身界定为此者的过程中树立了他者。"① 在男性主权漫长的历史建构过程中,一系列女性神话从生理和心理上钳制着女性主体的发展,"他性"也因此带上某种纯粹性意味。女性处于内在性的闺房内,终生作为一个永久

---

① (法)西蒙·波伏娃:《第二性》,北京:中国书籍出版社,2004年第2版。

性的未成年者，被置于男性监护人的权威和支配之下。她们放弃了自我设计与超越，顺从地接受他者的地位，紧紧依附于男人，从未有过做回此者的打算，成为他们意志的造物，在某种程度上再将这种意志内在化，成为男权制度最根深蒂固的同谋者。

一、女性主体意识觉醒的现代性想象

历史的车轮滑入 20 世纪时大大地打了个趔趄，轰轰烈烈的"五四"启蒙运动洞开了中国社会的铁板一块，引入"民主"、"科学"等新的文明血液。中国似乎迎来了她打破一切古老神话、重建社会秩序的时代。启蒙知识分子在致力于"人的发现"这一主题时也发现了"妇女"，妇女启蒙成为启蒙话语的一个重要主题。在社会上形成一股鼓励妇女走出"父亲"的"家"的"娜拉出走"热潮。因此，爱情婚姻成为"五四"文本特别是冯沅君、冰心、庐隐等女性文本言说的重点。导向婚姻的事件或摧毁或阻碍爱情的事件往往成为她们文本最有意义的叙事。然而，叛离家门的"公主"和"王子"从此就能过上幸福的生活吗？如果我们理清新文化运动的中心阵地《新青年》杂志有关妇女问题理性讨论的逻辑脉络，事实似乎给了我们另样的答案。

启蒙者对女性主体物化的历史处境有着深刻的体认，随即将批判的矛头指向"男女严别"、"蓄妾弊风"、"节孝名教"等父权戒律和社会习俗，试图将女性从中国古老神话中释放出来。然而，如马克斯·霍克海默、西奥多·阿道尔诺在《启蒙辩证法——哲学断片》中所言："启蒙消除了旧的不平等与不公平——即绝对的君王统治，但同时又在普遍的中介中，在所有存在与其他存在的关联中，使这种不平等长驻永存。"① 启蒙在粉碎旧的神话的同时，也正在实现着命运和报应这个宿命的历程，"五四"女性解放是基于女性与社会的关系，女性既不是启蒙的起点也不是终点，随时都有被社会解放宏大叙事遮蔽的可能。周作人在《贞操论·前言》中说："女子问题，终究是件大事，须得切实研究，女子自己不管，男子不得不先来研究。"② "女子"、"男子"作为两个群体被鲜明地标示出来，也标志着与启蒙知识分子对懵懂民众启蒙的不同—— 这是一个性别（男性）对另一个性别（女性）的启蒙。我们不能怀疑男性倾注其间的真诚，然而值得注意的是话语间流露出的知识分子的精英意识以外的由历史文化传承带来的性别优越感。男性/女性在这场启蒙中构成了这样的身份定位：拯救者/被拯救者、审视者/被审视者、主体/客体、启蒙/无语。这时，悖论出现了，扮演拯救者角色的启蒙者却又恰恰是与造成女性悲剧处境的父权夫权有着深层联系的男性。"男性—女性"这个命题本身就暗含着男性在对女性悲剧深层根源追问态度上的游离与规避的可能。当男性在把自

---

① （德）马克斯·霍克海默，西奥多·阿道尔诺：《启蒙辩证法——哲学片断》，上海：上海人民出版社，2003 年第 1 版，第 10 页。
② 周作人：《贞操论·前言》，载《新青年》，第 3 卷 4 号。

己当做女性命运的审判者时也陷入了神话的魔掌之中,神话重新再现在男性对女性社会性别的又一次规范之中。周作人在《可爱的人》中就设计了一个"现代"女性形象:"他(女)爱男子,生育儿女,此外还应做人,他(女)对于丈夫儿女,是妻是母,还有对人类是个人,对于自己是唯一所有,我辈不能一笔抹杀他(女)的'人',他(女)的'我',教他(女)做专心奉事别人的物品。"① 作为"为人类"的"人"是"能同男子平等,智力发达,极有学问,能独立劳动,为社会出力"。即使这样,对"她"的能力估计也是保守的:"纵不胜过男子,也同男子一样。"这个"可爱的人"要接受双重完美标准的规定,一是来自传统女性性别的规定,对于男子是贤妻良母,她要负责他们所有非工作场合的需要;另一方面,是由现代男人设定的超越性规定,即对人类是"人",她要能作为男性的伙伴共同应对外部世界,而那个"我"却在这种转换关系中被架空。这场由男性发起的以集体主义为旨归的女性启蒙运动并不能使女性主体意识觉醒,女性将在新的女性神话中继续她的绝对他者处境。

二、《伤逝》——"五四"女性启蒙神话的瓦解

正如孟悦、戴锦华《浮出历史地表》所指出的,"小说中涓生与子君那种师与生、引导者与追随者的关系,与'五四'新文化先驱和'五四'女性之间的关系是何其相似"②。《伤逝》似乎洞察出了隐藏在这场轰轰烈烈的妇女启蒙运动下的纰漏与缺失。

子君对于爱情表现出与"五四"女性文本中的女主角同样的勇敢,甚至态度上更加果决,"和她的叔子,她早就闹开了,至于使他气愤到不再认她做侄女"。面对社会舆论的压力,"她目不斜视地骄傲地走了,没有看到,我骄傲地回来"。然而,在这种骄傲和勇敢的背后,却显露出女性启蒙的浅薄和女性主体意识缺失带来的症候。"破屋里便渐渐充满了我的语声,谈家庭专制,谈打破旧习惯,谈男女平等,谈伊孛生,谈泰戈尔,谈雪莱。"这是涓生对他们单独相处时的描述,我们看不到恋爱男女主角心灵的交流和平等的对话,而是一个灵魂对另一个灵魂不断地敲击。涓生因为拥有"家庭专制"、"打破旧习惯"、"男女平等"、"伊孛生"、"泰戈尔"、"雪莱"这样一堆由抽象概念和符号构成的新型言说方式而使其在与子君的私人空间中占有话语权和绝对的权威;相反的,子君因对这种言说方式的陌生而处于失语状态,"她总是微笑着点头"。"这些地方,子君就大概还未脱尽旧思想的束缚。"对于涓生来说,子君就如一块未经雕凿地完木或玉石,等待着艺术家的打磨,而子君"两眼里弥漫着好奇的光泽",意味着一种促进和鼓励。"我是我自己的,他们谁都没有干涉我的权利!"这是我们交际半年,又谈起她在这里的胞叔和在家的父亲时,她默想了一会之后,分明地,坚决地,沉静地说出来的话。"半年"

---

① 周作人:《可爱的人》,载《新青年》,第 6 卷 2 号。
② 孟悦、戴锦华:《浮出历史地表》,北京:中国人民大学出版社,2004 年版,第 10 页。

是一段足以令子君熟悉一套新的言说方式的时间,并且能够运用其中的术语对涓生的启蒙做出回应。这种回应在涓生那里并没有激起私人情感的反应,有的只是艺术家从艺术作品中看到自己力量投射后的满足和骄傲,"勇敢"的子君使涓生在自己的心境上塑造了一个女性神话,"这彻底的思想就在他的脑里,比我的还透彻,坚强得多。""这几句话很震动了我的灵魂,此后许多天还在耳中发响,而且说不出的狂喜,知道中国女性,并不如艺术家所说那样的无法可施,在不远的将来,便要看见辉煌的曙色的。"然而,作为艺术品,它体现的是主人的灵魂和思想,"我是我自己的"不可能是子君本人意志的反映,"我自己的"只剩下空洞的能指符号,如果有所指涉,也是指向涓生的:我是你的,他们谁也没有干涉你的权利。

掏空了爱的具体涵义,爱的方式的表达也只能走向程式化的表演,我"曾经很仔细地研究过表达的态度,排列过措辞的先后,以及倘或遭到拒绝以后的情形,可是临时似乎都无用,在慌张中,身不由己地竟用了在电影上见过的方法了"。"我含泪握着她的手,一条腿跪了下去。"对艺术品的爱可以是"纯真热烈的爱",然而艺术品毕竟只是艺术品,因此作为艺术家的涓生为自己求爱的方式感到"很愧恧"、"可恨的"甚至是"可鄙的"。可是,艺术品会忠诚地如镜子般地反射着主人的行为,这种新奇的方式被当做爱的新课题就如"男女平等"、"打破旧习惯"一样见习着,"她却是什么都记得:我的言辞,竟至于读熟了一般,能够滔滔背诵;我的举动,就如有一张我们所看不见的影片挂在眼下,叙述得如生、很细微,自然连那使我不愿再想的浅薄的一闪。"这幕求爱剧是子君爱的历程中最高潮部分,是她掌握的涓生的爱的证据,她牢牢地记住每一个细节,每当"夜阑人静"时刻,便一遍遍地向涓生求证。女性主体意识的未觉醒,即使是走出了封建家庭的牢笼,女人也丢不开对男人情感上的依赖和对爱的变故的恐惧,进而陷入对男人爱的永久性的追讨。正如冯沅君在《卷葹》中所表达的:"她说:她为他可以牺牲世间的一切,只要他的心不变。"①

当爱情远离艺术雕琢所表现的高雅与脱俗而落实到日常生活的凡俗与平庸时,艺术品暴露出它脆弱的本质,而艺术家也显露出对应生活的束手无策。当来自外界的压力进一步紧缩乃至将他们的生存空间压扁得只能容下一个人时,艺术家在危机中从艺术创造的唯美境界中醒悟过来,"待到孤身枯坐,回忆从前,这才觉得大半年来,只为了爱,——盲目的爱——而将别的人生的要义全盘疏忽了。第一,便是生活。人必须活着,爱才有附丽。"子君却过于附着于现实,她养狗,喂鸡,为每天的生活而算计,返还了平凡的本质,失去了艺术品的光鲜与魅力,进而被涓生当做求生的包袱,"她早已什么书都不看,已不知人的第一着是求生,向着这求生的道路,是必须携手同行,或奋身孤往的了,倘使只知道捶着一个人的衣角,那便是虽战士也难于战斗,只得一同灭亡。"涓生企图再一次对子君进行"启蒙",让她

---

① 冯沅君:《卷葹》,北京:人民出版社,1998 年版。

自动地离开,"我和她闲谈,故意地引起我们的往事,提到文艺,于是涉及外国的文人,文人的作品:《诺拉》、《海的女儿》。称扬诺拉的果决……也还是去年在会馆的破屋里讲过的那些话,但现在已经变成空虚。"很显然,这套言说方式再不能在对其早已熟稔的子君心里激起任何新奇的幻想,她戳破了在这种堂皇的言说背后掩藏的涓生自私的心理,对自身安危的敏感使她第一次不再用艺术品的身份而发出自己的声音:"但是,……涓生,我觉得你近来很两样了。可是的?你,——你老实告诉我。"艺术家在抛掉一件艺术品之后,还可以再创造出更多的艺术品,离开了子君,"我便轻如行云,漂浮空际,上有蔚蓝的天,下是深山大海,广厦高楼,战场,摩托车,洋场,公馆,晴明的闹市,黑暗的夜……"而艺术品在艺术家抽空了所有爱的投资后将暗哑至失去生命力,子君在离开涓生后只有走向死亡。

鲁迅似乎意图通过《伤逝》告诫大家,女性解放如果失去了经济基础的支撑,个人小世界失去了社会这个大环境的解放将难以实现,然而在男主人公似剖析似追悔又似辩解的情绪纠葛中,我们可以清楚地看到在女性主体意识缺失下启蒙的徒劳和爱的神话解构过程。女性主体意识的苏醒只是"五四"启蒙者的现代性想象。

(选自《文史博览·理论》2007年第5期)

16. 萧 萧

沈从文

　　乡下人吹唢呐接媳妇，到了十二月是成天会有的事情。

　　唢呐后面一顶花轿，四个伕子平平稳稳的抬着。轿中人被铜锁锁在里面，虽穿了平时不上过身的体面红绿衣裳，也仍然得荷荷大哭。在这些小女人心中，做新娘子，从母亲身边离开，且准备做他人的母亲，从此将有许多新事情等待发生。象做梦一样，将同一个陌生男子汉在一个床上睡觉，做着承宗接祖的事情，这些事想起来，当然有些害怕，所以照例觉得要哭哭，于是就哭了。

　　也有做媳妇不哭的人。萧萧做媳妇就不哭。这小女子没有母亲，从小寄养到伯父种田的庄子上，出嫁只是从这家转到那家。因此到那一天这小女人还只是笑。她又不害羞，又不怕，她是什么事也不知道，就做了人家的媳妇了。

　　萧萧做媳妇时年纪十二岁，有一个小丈夫，年纪还不到三岁。丈夫比她年少九岁，断奶还不多久。地方规矩如此，过了门，她喊他做弟弟。她每天应做的事是抱弟弟到村前柳树下去玩，到溪边去玩，饿了，喂东西吃，哭了，就哄他，摘南瓜花或狗尾草戴到小丈夫头上，或者亲嘴，一面说，"弟弟，哪，再来。"在那肮脏的小脸上亲了又亲，孩子于是便笑了。

　　孩子一欢喜兴奋，行动粗野起来，会用短短的小手乱抓萧萧的头发。那是平时不大能收拾蓬蓬松松在头上的黄发。有时候，垂到脑后那条小辫儿被拉得太久，把红绒线结也弄松了，生气了，就挞那弟弟，弟弟自然哇的哭出声来，萧萧便也装成要哭的样子，用手指着弟弟的哭脸，说，"哪，人不讲理，可不行！"

　　天晴落雨日子混下去，每日抱抱丈夫，也帮家中做点杂事，能动手的就动手。又时常到溪沟里去洗衣，搓尿片，一面还捡拾有花纹的田螺给坐到身边的丈夫玩。到了夜里睡觉，便常常做这种年龄人所做的梦，梦到后门角落或别的什么地方捡得大把大把铜钱，吃好东西，爬树，自己变成鱼到水中各处溜。或一时仿佛身子很小很轻，飞到天上众星中，没有一个人，只是一片白，一片金光，于是大喊"妈！"人就吓醒了。醒来心还只是跳。吵了隔壁的人，不免骂着，"疯子，你想什么！白天疯玩，晚上就做梦！"萧萧听着却不作声，只是咕咕的笑。也有很好很爽快的梦，为丈夫哭醒的事。那丈夫本来晚上在自己母亲身边睡，有时吃多了，或因另外情形，半夜大哭，起来放水拉稀是常有的事。丈夫哭到婆婆无可奈何，于是萧萧轻脚轻手爬起床来，睡眼曚眬走到床边，把人抱起，给他看月亮，看星光。或者互相觑着，孩子气的"嗨嗨，看猫呵"，那样喊着哄着，于是丈夫笑了，玩了一会，慢慢合上眼。人睡了，放上床，站在床边看着，听远处一递一声的鸡叫，知道天快到

什么时候了，于是仍然蜷到小床上睡去。天亮了，虽不做梦，却可以无意中闭眼开眼，看一阵在面前空中变幻无端的黄边紫心葵花，那是一种真正的享受。

萧萧嫁过了门，做了拳头大丈夫的小媳妇，一切并不比先前受苦，这只看她半年来身体发育就可明白。风里雨里过日子，象一株长在园角落不为人注意的蓖麻，大叶大枝，日增茂盛。这小女人简直是全不为丈夫设想那么似的，一天比一天长大起来了。

夏夜光景说来如做梦。大家饭后坐到院中心歇凉，挥摇蒲扇，看天上的星同屋角的萤，听南瓜棚上纺织娘子咯咯咯拖长声音纺车，远近声音繁密如落雨，禾花风悠悠吹到脸上，正是让人在各种方便中说笑话的时候。

萧萧好高，一个人常常爬到草料堆上去，抱了已经熟睡的丈夫在怀里，轻轻的轻轻的随意唱着那自编的山歌，唱来唱去却把自己也催眠起来，快要睡去了。

在院坝中，公公婆婆，祖父祖母，另外还有帮工汉子两个，散乱的坐在小板凳上，摆龙门阵学古，轮流下去打发上半夜。

祖父身边有个烟包，在黑暗中放光。这用艾蒿作成的烟包，是驱逐长脚蚊的得力东西，蜷在祖父脚边，就如一条乌梢蛇。间或又拿起来晃那么几下。

想起白天场上的事，那祖父开口说话：

"听三金说，前天又有女学生过身。"

大家就哄然笑了。

这笑的意义何在？只因为大家印象中，都知道女学生没有辫子，留下个鹌鹑尾巴，象个尼姑，又不完全象。穿的衣服象洋人又不象洋人，吃的，用的……总而言之事事不同，一想起来就觉得怪可笑！

萧萧不大明白，她不笑。所以老祖父又说话了。他说："萧萧，你长大了，将来也会做女学生！"

大家于是更哄然大笑起来。

萧萧为人并不愚蠢，觉得这一定是不利于己的一件事情，所以接口便说："爷爷，我不做女学生！"

"你象个女学生，不做可不行。"

"我不做。"

众人有意取笑，异口同声说："萧萧，爷爷说得对，你非做女学生不行！"

萧萧急得无可如何，"做就做，我不怕。"其实做女学生有什么不好，萧萧全不知道。

女学生这东西，在本乡的确永远是奇闻。每年一到六月天，据说放"水假"日子一到，照例便有三三五五女学生，由一个荒谬不经的热闹地方来，到另一个远地方去，取道从本地过身。从乡下人眼中看来，这些人都近于另一世界中活下的人，装扮奇奇怪怪，行为更不可思议。这种女学生过身时，使一村人都可以说一整天的笑话。

16. 萧 萧

　　祖父是当地一个人物，因为想起所知道的女学生在大城中的生活情形，所以说笑话要萧萧也去做女学生。一面听到这话就感觉一种打哈哈趣味，一面还有那被说的萧萧感觉一种惶恐，说这话的不为无意义了。

　　女学生由祖父方面所知道的是这样一种人：她们穿衣服不管天气冷热，吃东西不问饥饱，晚上交到子时才睡觉，白天正经事全不做，只知唱歌打球，读洋书。她们都会花钱，一年用的钱可以买十六只水牛。她们在省里京里想往什么地方去时，不必走路，只要钻进一个大匣子中，那匣子就可以带她到地。她们在学校，男女一处上课，人熟了，就随意同那男子睡觉，也不要媒人，也不要财礼，名叫"自由"。她们也做州县官，带家眷上任，男子仍然喊作老爷，小孩子叫少爷。

　　她们自己不喂牛，却吃牛奶羊奶，如小牛小羊：买那奶时是用铁罐子盛的。她们无事时到一个唱戏地方去，那地方完全象个大庙，从衣袋中取出一块洋钱来（那洋钱在乡下可买五只母鸡），买了一小方纸片儿，拿了那纸片到里面去，就可以坐下看洋人扮演影子戏。她们被冤了，不赌咒，不哭。她们年纪有老到二十四岁还不肯嫁人的，有老到三十四十还好意思嫁人的。她们不怕男子，男子不能使她们受委屈，一受委屈就上衙门打官司，要官罚男子的款，这笔钱她有时独占自己花用，有时同官平分。她们不洗衣煮饭，也不养猪喂鸡；有了小孩子也只花五块钱、十块钱一月，雇人专管小孩，自己仍然整天看戏打牌，读那些没有用处的闲书……总而言之，说来事事都希奇古怪，和庄稼人不同，有的简直可以说岂有此理。这时经祖父一为说明，听过这话的萧萧，心中却忽然有了一种模模糊糊的愿望，以为倘若她也是个女学生，她是不是照祖父说的女学生一个样子去做那些事？

　　不管好歹，做女学生并不可怕，因此一来却已为这乡下姑娘体念到了。

　　因为听祖父说起女学生是怎样的人物，到后萧萧独自笑得特别久。笑够了时，她说："祖爹，明天有女学生过路，你喊我，我要看看。"

　　"你看，她们捉你去做丫头。"

　　"我不怕她们。"

　　"她们读洋书念经你也不怕？"

　　"念观音菩萨消灾经，念紧箍咒，我都不怕。"

　　"她们咬人，和做官的一样，专吃乡下人，吃人骨头渣渣也不吐，你不怕？"

　　萧萧肯定的回答说："也不怕。"

　　可是这时节萧萧手上所抱的丈夫，不知为什么，在睡梦中哭了，媳妇于是用作母亲的声势，半哄半吓说："弟弟，弟弟，不许哭，不许哭，女学生咬人来了。"

　　丈夫还仍然哭着，得抱起各处走走。萧萧抱着丈夫离开了祖父，祖父同人说另外一样古话去了。

　　萧萧从此以后心中有个"女学生"。做梦也便常常梦到女学生，且梦到同这些人并排走路。仿佛也坐过那种自己会走路的匣子，她又觉得这匣子并不比自己跑路更快。在梦中那匣子的形体同谷仓差不多，里面有小小灰色老鼠，眼珠子红红的，各处乱跑，有时钻到门缝里去，把个小尾巴露在外边。

因为有这样一段经过，祖父从此喊萧萧不喊"小丫头"，不喊"萧萧"，却唤作"女学生"。在不经意中萧萧答应得很好。

乡下的日子也如世界上一般日子，时时不同。世界上人把日子糟蹋，和萧萧一类人家把日子吝惜是同样的，各有所得，各属分定。许多城市中义明人，把一个夏天全消磨到软绸衣服、精美饮料以及种种好事情上面。萧萧的一家，因为一个夏天的劳作，却得了十多斤细麻，二三十担瓜。

做小媳妇的萧萧，一个夏天中，一面照料丈夫，一面还绩了细麻四斤。到秋八月工人摘瓜，在瓜间玩，看硕大如盆上面满是灰粉的大南瓜，成排成堆摆到地上，很有趣味。时间到摘瓜，秋天真的已来了，院子中各处有从屋后林子里树上吹来的大红大黄木叶。萧萧在瓜旁站定，手拿木叶一束，为丈夫编小笠帽玩。

工人中有个名叫花狗，年纪二十三岁，抱了萧萧的丈夫到枣树下去打枣子。小小竹竿打在枣树上，落枣满地。

"花狗大①，莫打了，太多了吃不完。"

虽听这样喊，还不停手。到后，仿佛完全因为丈夫要枣子，花狗才不听话。萧萧于是又喊他那小丈夫："弟弟，弟弟，来，不许捡了。吃多了生东西肚子痛！"

丈夫听话，兜了一堆枣子向萧萧身边走来，请萧萧吃枣子。

"姐姐吃，这是大的。"

"我不吃。"

"要吃一颗！"

她两手哪里有空！木叶帽正在制边，工夫要紧，还正要个人帮忙！

"弟弟，把枣子喂我口里。"

丈夫照她的命令做事，做完了觉得有趣，哈哈大笑。

她要他放下枣子帮忙捏紧帽边，便于添加新木叶。

丈夫照她吩咐做事，但老是顽皮的摇动，口中唱歌。这孩子原来象一只猫，欢喜时就得捣乱。

"弟弟，你唱的是什么？"

"我唱花狗大告我的山歌。"

"好好的唱一个给我听。"

丈夫于是就唱下去，照所记到的歌唱：

天上起云云起花，
包谷林里种豆荚，
豆荚缠坏包谷树，
娇妹缠坏后生家。

---

① "大"即"大哥"的简称。

天上起云云重云，
　　地下埋坟坟重坟，
　　娇妹洗碗碗重碗，
　　娇妹床上人重人。

　　歌中意义丈夫全不明白，唱完了就问好不好。萧萧说好，并且问跟谁学来的。她知道是花狗教的，却故意盘问他。

　　"花狗大告我，他说还有好歌，长大了再教我唱。"

　　听说花狗会唱歌，萧萧说：

　　"花狗大，花狗大，您唱一个好听的歌我听听。"

　　那花狗，面如其心，生长得不很正气，知道萧萧要听歌，人也快到听歌的年龄了，就给她唱"十岁娘子一岁夫"。那故事说的是妻年大，可以随便到外面做一点不规矩事情，夫年小，只知道吃奶，让他吃奶。这歌丈夫完全不懂，懂到一点儿的是萧萧。把歌听过后，萧萧装成"我全明白"那种神气，她用生气的样子，对花狗说："花狗大，这个不行，这是骂人的歌！"

　　花狗分辩说："不是骂人的歌。"

　　"我明白，是骂人的歌。"

　　花狗难得说多话，歌已经唱过了，错了陪礼，只有不再唱。他看她已经有点懂事了，怕她回头告祖父，会挨一顿臭骂，就把话支开，扯到"女学生"上头去。他问萧萧，看没看过女学生习体操唱洋歌的事情。

　　若不是花狗提起，萧萧几乎已忘却了这事情。这时又提到女学生，她问花狗近来有没有女学生过路，她想看看。

　　花狗一面把南瓜从棚架边抱到墙角去，告她女学生唱歌的事，这些事的来源还是萧萧的那个祖父。他在萧萧面前说了点大话，说他曾经到官路上见到四个女学生，她们都拿得有旗子，走长路流汗喘气之中仍然唱歌，同军人所唱的一模一样。不消说，这自然完全是胡诌的笑话。可是那故事把萧萧可乐坏了。因为花狗说这个就叫做"自由"。

　　花狗是"起眼动眉毛，一打两头翘"会说会笑的一个人。

　　听萧萧带着歆羡口气说，"花狗大，你膀子真大。"他就说，"我不止膀子大。"

　　"你身个子也大。"

　　"我全身无处不大。"

　　到萧萧抱了她的丈夫走去以后，同花狗在一起摘瓜，取名字叫哑巴的，开了平时不常开的口。他说："花狗，你少坏点。人家是十三岁黄花女，还要等十年才圆房！"

　　花狗不做声，打了那伙计一掌，走到枣树下捡落地枣去了。

　　到摘瓜的秋天，日子计算起来，萧萧过丈夫家有一年了。

　　几次降霜落雪，几次清明谷雨，一家人都说萧萧是大人了。天保佑，喝冷水，

吃粗砺饭，四季无疾病，倒发育得这样快。婆婆虽生来象一把剪子，把凡是给萧萧暴长的机会都剪去了，但乡下的日头同空气都帮助人长大，却不是折磨可以阻拦得住。萧萧十五岁时高如成人，心却还是一颗糊糊涂涂的心。

　　人大了一点，家中做的事也多了一点。绩麻、纺车、洗衣、照料丈夫以外，打猪草推磨一些事情也要做，还有浆纱织布。凡事都学，学学就会了。乡下习惯，凡是行有余力的都可从劳作中攒点私房，两三年来仅仅萧萧个人分上所聚集的粗细麻和纺就的棉纱，已够萧萧坐到土机上抛三个月的梭子了。

　　丈夫早断了奶。婆婆有了新儿子，这五岁儿子就象归萧萧独有了。不论做什么，走到什么地方去，丈夫总跟到身边。

　　丈夫有些方面很怕她，当她如母亲，不敢多事。他们俩"感情不坏"。

　　地方稍稍进步，祖父的笑话转到"萧萧你也把辫子剪去好自由"那一类事上去了。听着这话的萧萧，某个夏天也看过一次女学生，虽不把祖父笑话认真，可是每一次在祖父说过这笑话以后，她到水边去，必用手捏着辫子梢梢，设想没有辫子的人那种神气，那点趣味。

　　因为打猪草，带丈夫上螺蛳山的山阴是常有的事。

　　小孩子不知事，听别人唱歌也唱歌。一唱歌，就把花狗引来了。

　　花狗对萧萧生了另外一种心，萧萧有点明白了，常常觉得惶恐不安。但花狗是男子，凡是男子的美德恶德都不缺少，劳动力强，手脚勤快，又会玩会说，所以一面使萧萧的丈夫非常欢喜同他玩，一面一有机会即缠在萧萧身边，且总是想方设法把萧萧那点惶恐减去。

　　山大人小，到处树木蒙茸，平时不知道萧萧所在，花狗就站在高处唱歌逗萧萧身边的丈夫；丈夫小口一开，花狗穿山越岭就来到萧萧面前了。

　　见了花狗，小孩子只有欢喜，不知其他。他原要花狗为他编草虫玩，做竹箫哨子玩，花狗想方法支使他到一个远处去找材料，便坐到萧萧身边来，要萧萧听他唱那使人开心红脸的歌。她有时觉得害怕，不许丈夫走开；有时又象有了花狗在身边，打发丈夫走去反倒好一点。终于有一天，萧萧就这样给花狗把心窍子唱开，变成个妇人了。

　　那时节，丈夫走到山下采刺莓去了，花狗唱了许多歌，到后却向萧萧唱：娇家门前一重坡，别人走少郎走多，铁打草鞋穿烂了，不是为你为哪个？

　　末了却向萧萧说："我为你睡不着觉。"他又说他赌咒不把这事情告给人。听了这些话仍然不懂什么的萧萧，眼睛只注意到他那一对粗粗的手膀子，耳朵只注意到他最后一句话。

　　末了花狗大便又唱歌给她听。她心里乱了。她要他当真对天赌咒，赌了咒，一切好象有了保障，她就一切尽他了。到丈夫返身时，手被毛毛虫螫伤，肿了一片，走到萧萧身边。萧萧捏紧这一只小手，且用口去呵它，吮它，想起刚才的糊涂，才仿佛明白自己做了一点不大好的糊涂事。

花狗诱她做坏事情是麦黄四月,到六月,李子熟了,她欢喜吃生李子。她觉得身体有点特别,在山上碰到花狗,就将这事情告给他,问他怎么办。

讨论了多久,花狗全无主意。虽以前自己当天赌得有咒,也仍然无主意。这家伙个子大,胆量小;个子大容易做错事,胆量小做了错事就想不出办法。

到后,萧萧捏着自己那条乌梢蛇似的大辫子,想起城里了,她说:"花狗大,我们到城里去自由,帮帮人过日子,不好么?"

"那怎么行?到城里去做什么?"

"我肚子大了。"

"我们找药去。场上有郎中卖药。"

"你赶快找药来,我想……"

"你想逃到城里去自由,不成的。人生面不熟,讨饭也有规矩,不能随便!"

"你这没有良心的,你害了我,我想死!"

"我赌咒不辜负你。"

"负不负我有什么用?帮我个忙,赶快拿去肚子里这块肉罢。我害怕!"

花狗不再做声,过了一会,便走开了。不久丈夫从他处回来,见萧萧一个人坐在草地上哭,眼睛红红的。丈夫心中纳罕,看了一会,问萧萧:"姐姐,为什么哭?"

"不为什么,灰尘落到眼睛里,痛。"

"我吹吹吧。"

"不要吹。"

"你瞧我,得这些这些。"

他把从溪中捡来的小蚌小石头陈列在萧萧面前,萧萧泪眼婆婆的看了一会,勉强笑着说,"弟弟,我们要好,我哭你莫告家中。告我可要生气。"到后这事情家中当真就无人知道。

过了半个月,花狗不辞而行,把自己所有的衣裤都拿去了。祖父问同住的哑巴知不知道他为什么走路,走哪儿去。哑巴只是摇头,说花狗还欠了他两百钱,临走时话都不留一句,为人少良心。哑巴说他自己的话,并没有把花狗走的理由说明。因此这一家希奇一整天,谈论一整天。不过这工人既不偷走物件,又不拐带别的,这事过后不久,自然也就把他忘掉了。

萧萧仍然是往日的萧萧。她能够忘记花狗就好了。但是肚子真有些不同了,肚中东西总在动,使她常常一个人干着急,尽做怪梦。

她脾气坏了一点,这坏处只有丈夫知道,因为她对丈夫似乎严厉苛刻了好些。

仍然每天同丈夫在一处,她的心,想到的事自己也不十分明白。她常想,我现在死了,什么都好了。可是为什么要死?她还很高兴活下去,愿意活下去。

家中人不拘谁在无意中提起关于丈夫弟弟的话,提起小孩子,提起花狗,都象使这话如拳头,在萧萧胸口上重重一击。

到八月,她担心人知道更多了,引丈夫庙里去玩,就私自许愿,吃了一大把香灰。吃香灰被她丈夫见到了,丈夫问这是做什么,萧萧就说肚子痛,应当吃这个。虽说求菩萨许愿,菩萨当然没有如她的希望,肚子中长大的东西仍在慢慢的长大。

她又常常往溪里去喝冷水,给丈夫见到了,丈夫问她就说口渴。

一切她所想到的方法都没有能够使她与自己不欢喜的东西分开。大肚子只有丈夫一人知道,他却不敢告这件事给父母晓得。因为时间长久,年龄不同,丈夫有些时候对于萧萧的怕同爱,比对于父母还深切。

她还记得花狗赌咒那一天里的事情,如同记着其他事情一样。到秋天,屋前屋后毛毛虫都结茧,成了各种好看的蝶蛾,丈夫象故意折磨她一样,常常提起几个月前被毛毛虫所螫的旧话,使萧萧心里难过。她因此极恨毛毛虫,见了那小虫就想用脚去踹。

有一天,又听人说有好些女学生过路,听过这话的萧萧,睁了眼做过一阵梦,愣愣的对日头出处痴了半天。

萧萧步花狗后尘,也想逃走,收拾一点东西预备跟了女学生走的那条路上城。但没有动身,就被家里人发觉了。

家中追究这逃走的根源,才明白这个十年后预备给小丈夫生儿子继香火的萧萧肚子,已被别人抢先下了种。这真是了不得的一件大事。一家人的平静生活,为这一件事全弄乱了。生气的生气,流泪的流泪,骂人的骂人,各按本分乱下去。悬梁,投水,吃毒药,被禁困的萧萧,诸事漫无边际的全想到了,究竟年纪太小,舍不得死,却不曾做。于是祖父从现实出发,想出了个聪明主意,把萧萧关在房里,派人好好看守着,请萧萧本族的人来说话,看是"沉潭"还是"发卖"?萧萧家中人要面子,就沉潭淹死她,舍不得就发卖。萧萧只有一个伯父,在近处庄子里为人种田,去请他时先还以为是吃酒,到了才知道是这样丢脸事情,弄得这老实忠厚家长手足无措。

大肚子作证,什么也没有可说。伯父不忍把萧萧沉潭,萧萧当然应当嫁人做二路亲了。

这处罚好象也极其自然,照习惯受损失的是丈夫家里,然而却可以在改嫁上收回一笔钱,当做赔偿损失的数目。那伯父把这事告给了萧萧,就要走路。萧萧拉着伯父衣角不放,只是幽幽的哭。伯父摇了一会头,一句话不说,仍然走了。

一时没有相当的人家来要萧萧,因此暂时就仍然在丈夫家中住下。这件事情既经说明白,照乡下规矩倒又象不什么要紧,只等待处分,大家反而释然了。先是小丈夫不能再同萧萧在一处,到后又仍然如月前情形,姊弟一般有说有笑的过日子了。

丈夫知道了萧萧肚子中有儿子的事情,又知道因为这样萧萧才应当嫁到远处去。但是丈夫并不愿意萧萧去,萧萧自己也不愿意去,大家全莫名其妙,只是照规矩象逼到要这样做,不得不做。

在等候主顾来看人，等到十二月，还没有人来，萧萧只好在这人家过年。

萧萧次年二月间，十月满足坐草生了一个儿子，团头大眼，声响洪壮，大家把母子二人照料得好好的，照规矩吃蒸鸡同江米酒补血，烧纸谢神。一家人都欢喜那儿子。

生下的既是儿子，萧萧不嫁别处了。

到萧萧正式同丈夫拜堂圆房时，儿子已经年纪十岁，能看牛割草，成为家中生产者一员了。平时喊萧萧丈夫做大叔，大叔也答应，从不生气。

这儿子名叫牛儿。牛儿十二岁时也接了亲，媳妇年长六岁。媳妇年纪大，才能诸事做帮手，对家中有帮助。唢呐吹到门前时，新娘在轿中呜呜的哭着，忙坏了那个祖父曾祖父。

这一天，萧萧抱了自己新生的月毛毛，却在屋前榆蜡树篱笆看热闹，同十年前抱丈夫一个样子。

一九二九年冬作

[思考题]

1. 分析沈从文乡土小说的人物命运。
2. 试析沈从文湘西小说的人性美。

乡言村语中的"湘西世界"
——沈从文小说《萧萧》新论

孙叶林

在沈从文的短篇杰作《萧萧》① 中，湘西世界乡情风俗的展现、自然景致的描绘与人事命运的叙述浑然一体，尤其是那美丽得令人忧愁的牧歌情调，充分展示了湘西底层人民的自在状态与朴素坚韧的生命本性。小说的成功，无疑与文本独特的语言形式相关。杨义指出，小说 在不及万字的篇幅中鱼翔虾戏，从现实中写出梦，以小说联结着《风俗通》式的风俗散文和《竹枝词》式的爱情歌谣。② 最近，丁帆等人主编《新编大学语文》，同样认为小说的语言扎根湘西生活的土壤，质朴清新的叙述中间夹以富有地方色彩和生活气息的乡言村语。③ 语言不只是思想交流的系统而已。它是一件看不见的外衣，披挂在我们的精神上，预先决定了精神的一切

---

① 《萧萧》，《沈从文文集》第六卷，生活·读书· 新知三联书店香港分店，花城出版社，1982 年版，第 220—235 页，以下未加说明处全部引自该小说。

② 杨义：《中国现代小说史》，北京：人民出版社，1998 年版，第 637 页。

③ 丁帆、朱晓进、徐兴无主编：《新编大学语文》，上海：外语教学与研究出版社，2005 年版，第 55—56 页。

符号表达的形式。① 所以，文学文本主题内容与语言形式之间有着深刻的关联。本文在上述基础上，试图从语言学视角论述沈从文在小说《萧萧》中是如何以湘西底层人民（"乡下人"）的声音口吻、词汇体系和表达方式这一特殊语言体系来展现独特"湘西世界"这一主题的。

一、口吻唇舌间再现湘西真实的"声音"

语言之间的差异主要是通过语音形式构成的。② 在德语中，表达方言的词是mundarden，字面意思就是"口型"。方言，作为语言的地方变体，是一种最为贴近生活的语言，它与普通话最大差别就在其方音。鲁迅就曾以"响亮京腔"与"绵软的苏白"来说明北京方言和吴语的不同。在现代湘籍作家方言写作中，方音的运用是他们重要的创作手段之一。虽然在文本形式上，方音的区别一般不太明朗，但细细品读《萧萧》，湘西方音便会渐渐凸显。

文本中有不少明显的方音标记。如文本中"儿尾词"（如小方片纸儿、牛儿）与"子尾词"（如帮工汉子、夫子、身个子、旗子、梭子、日子、手膀子、新娘子、心窝子等）并存使用，就是湘西话（属西南官话）受湘方言影响特征在文本中的真实再现③。文本中还有一些可能是作者不自觉情况下流露方音例子，如：

"不管好歹，做女学生并不可怕，因此一来却已为这乡下姑娘体念到了。"

这里的"体念"一词也是湘西方音的表现，虽然在《现代汉语词典》中有词条"体念"和"体验"，但二者的意思不同，"体念"是设身处地为别人着想的意思；"体验"是"通过实践来认识周围的事物；亲身经历"的意思④。二者的意思比较相近，根据文本的意思，这里的"体念"实为"体验"，因为在湘西方言里，"体念"和"体验"读音相同，"验"读如"念"音。

其次从句末语气助词来看，语气助词附着在句子末尾表示某种语气，往往成为一种语言语音韵律的表征。正如书楚语、作楚声的楚辞大量出现语气词"兮"，体现了古楚语绵长悠扬的韵味，沈从文作品中也带入了大量湘西方言特色语气词，展现其特有的节奏和韵律。如：

"我们到城里去自由，帮帮人过日子，不好么？"

"你想逃到城里去自由，不成的！"

"的"是典型的官话语气词，"么"是典型的湘语语气词，这二者在湘西方言中共存并处，在语流中形成或升或降的语调，体现了湘西方言独特的语音节奏。当

---

① （美）爱德华·萨丕尔著：《语言论》，陆卓元译，北京：商务印书馆，1985年版，第198页。

② （德）威廉·冯·洪堡特著：《论人类语言结构的差异及其对人类精神发展的影响》，姚小平译，北京：商务印书馆，1999年版，第97页。

③ 从方言学可知，儿化音是北方方言区的典型特征，而子尾词则是南方方言的标志。沈从文的母语湘西方言一般被划归西南官话（北方方言区之一），但地处湖湘大地，不可避免地要受到湘方言的影响。儿化与子尾的并存是这一语言互相作用的必然结果。

④ 参见《现代汉语词典》，北京：商务印书馆，1984年版，第1129—1130页。

然，更多的情形是，沈从文在创作中有意识地调动语言中扑面而来、最容易被感知的声音，自觉建立起一种有意味的湘西（"乡下人"）的语音形象，并带来蕴涵丰富的"声音"中的世界。如：

> 女学生这东西，在乡下的确永远是奇闻。每年一到六月天，据说放"水假"日子一到，照例便有三三五五女学生，由一个荒谬不经的热闹地方来，到另一个远地方去，取道从本地过身。

沈从文使用"水假"一词，真实地保留了湘西人的语音特征和对事物模糊的认知态度。①

二、俚俗词汇中折射乡下人对世界的朴素认知

当然，要判断一个文学文本是否成熟，不仅要看文本语言是否传达属于自己的"声音"（即语音形象的树立），关键要看文本中所使用的语言是否具有自己独特的词汇系统。对《萧萧》而言，要全面评价文本中"乡言村语"的成功与否，就是要具体分析文本中是否运用有独特词汇系统的"乡言村语"，传达属于湘西"乡下人"认知、解释和想象方式的完整图景，而不是仅仅呈现了某种地域的"风情"。湘西地处湖南和贵州交界处，地理位置偏远，现代文明很难进入，湘西人俨然处于"世外桃源"，过着自己简单纯朴的生活。因此，他们对世界的认知总体呈现简单、朴素的特点。作为"湘西世界"的文学语言再现，小说《萧萧》的文本词汇体系真实地再现了这一特点。

为了科学、准确地进行文本分析，判断和归纳文本《萧萧》的词汇性质和特征，我们采用"文本调查法"②，对《萧萧》的词汇体系进行了一番调查、统计和分析。具体途径和方法是：首先对小说文本所使用的词汇（主要是名词、动词和形容词）进行甄别、分类和统计，在比较中考察文本词汇体系的总体特征。在此基础上，对文本中的形容词、名词进行进一步的词频统计和考察，归纳和印证文本词汇体系的特点。

---

① 参见拙文《母语声音的审美化再现——以沈从文小说〈萧萧〉中"水假"一词为例》，载《时代文学》2008年3期。

② 赵宪章认为，"文学评论如果不甘于'鉴赏'的层面，而是企图将自己提升到'文学学术'的高度，那么，类似'田野调查'一样的'文本调查'肯定是不可省略的，因为只有建立在文本调查基础之上的思想分析才是可靠的，才能达到'学术'本身的确定性和无可置疑性。"为此，他采用"文本调查"法，以词频分析的方式，对陆文夫小说《美食家》进行了形式美学上的分析。见赵宪章：《形式美学之文本调查——以〈美食家〉为例》，载《广西师范大学学报》哲学社会科学版2004年第3期。

表一 《萧萧》名词、动词、形容词使用情况统计表

词类\项目	数量（计重复出现）	比例	例词
名词	1015	51.3%	乡下人、木叶、旧螺……
动词	707	35.7%	拉、爬、飞、喊、哄……
形容词	258	13%	陌生、欢喜的、洪壮……
总计	1980	100%	

　　从表中可见，《萧萧》文本名词的使用数量最多，达1015个，超过了整个文本三大基本词汇半数；动词其次，共有707个，比例为35.7%；而形容词词条最少，只有258个，比例为13%；名词、动词在整个文本中的统治地位非常明显，形容词的出现频率相对很低。从语言学理论可知，语言是思维的载体，名词反映的是认知主体对人或事物的认知；动词则表示认知主体的动作、行为、心理活动或存在、变化、消失等；形容词表示认知主体对人或事物性质或状态的认识、体验和感知。一般来说，名词和动词便可构成相对较简单的言语交流，形容词则是语言表达精细化的结果，也是认知主体对世界进一步丰富、深入的认知使然。《萧萧》文本名词、动词和形容词使用数量的巨大差异，真实地反映了湘西（乡下人）对人和事物简单化、粗线条的认知特点。结合文本来看，这种特点更加明显。如小说开头："乡下人吹唢呐接媳妇，到了十二月是成天会有的事情。"在这21个音节、15个词构成的句子中，除了2个黏附作用的虚词"了"、"的"外，都是由名词和动词结构而成，形成一种白描式的风格，简洁而清新。即使是描写人间至真的情歌："天上起云云起花，包谷林里种豆荚，豆荚缠坏包谷树，娇妹缠坏后生家。天上起云云重云，地下埋坟坟重坟，娇妹洗碗碗重碗，娇妹床上人重人。"这首民歌没有运用一个形容词，而是大量使用名词，从乡下人所熟知的事物现象入手，诠释着乡下人心中对"爱情"的质朴的理解。

　　为了进一步考察文本词汇体系与湘西（乡下人）朴素认知特点的相互对应，我们对文本中所使用的49个形容词进行了词频分析。结果表明，出现6次以上的形容词只有10个，它们出现的频率如下：大（57次）、小（43次）、好（32次）、多（15次）、坏（9次）、欢喜的（7次）、乱（7次）、新（6次）、规矩的（6次）、生气的（6次）。它们出现的总次数为188，接近整个文本形容词出现次数258的三分之二；而其余39个形容词只占三分之一。仔细分析上述高频出现的形容词，大多为反映认知主体对人事大小、多寡、好坏的简单、朴素的认知和判断，如："大"、"小"、"多"、"好"、"坏"；而反映认知主体对人事丰富、细腻的情感体认、感悟的高频形容词只有"欢喜的"、"规矩的"、"生气的"寥寥几个。这进一步印证和体现了湘西"乡下人"对世界简单、朴素的认知特点。

名词的使用也证明了这一点。仔细甄别文本出现的351个名词词条（重复出现词条不计），可划入城里人普遍话词汇的有153个，而另外的198个名词词条则接近湘西乡下人的口语。我们主要对后一部分名词进行了词频统计和分析。

表二　《萧萧》湘西口语名词使用情况统计表

词类＼项目	数量	比例	例词
人物类	68	34.3%	乡下人、新娘子、月毛毛、黄花女……
植物类	27	13.6%	大南瓜、榆蜡树、蓖麻、狗尾草……
动物类	14	7%	田螺、长脚蚊、乌梢蛇、毛毛虫……
时间类	22	11.1%	夜里、水假、麦黄四月、先前……
处所方位类	45	22.7%	山阴、屋角、城里、门缝……
其他类	22	11.1%	唢呐、二路亲、圆房、大话……
总计	198	100%	

从表二，我们发现，在文本所使用的名词词条中，表人及动植物类名词占了主要部分。这也体现了沈从文有意识通过"乡下人"的语言反映"乡下人世界"的目的，因为在"乡下人"的生活中，人、动物、植物的组合构成了他们的基本生活环境，而"精美饮料"、"软稠衣服"是属于城里"文明人"的。"细麻"和"大南瓜"才是"乡下人"的收获。下面这段文字典型地折射了城乡观念对比在词汇中的反映："许多城市中文明人，把一个夏天全消磨到软稠衣服、精美饮料以及种种好事情上面。萧萧的一家，因为一个夏天的劳作，却得了十多斤细麻，二三十担瓜。"即使是现代文明所带来的新奇事物，"乡下人"也可以用自己熟知的词汇来界说，如把"电影票"说成"小方纸片儿"，把"电影"说成"影子戏"，把"汽车"说成"大匣子"。因此，我们说"乡下人"的词汇系统是自足而完善的。作者不仅运用"乡下人"身边的人、事、物来反映他们的生活状况，作者还刻意采撷了"乡下人"的方言词汇来反映他们对世界的质朴认知，如"黄花女（处女）、月毛毛（婴儿）、狗尾花（一种草）、纺织娘子（蝉）、长脚蚊、毛毛虫、乌梢蛇"等词的运用。下面从文本中选取一个典型场面，作一具体分析。

乡下人吹唢呐接媳妇，到了十二月是成天会有的事情。唢呐后面一顶花轿，四个伕子平平稳稳的抬着。轿中人被铜锁锁在里面，虽穿了平时不上过身的体面红绿衣裳，也仍然得荷荷大哭。在这些小女人心中，做新娘子，从母亲身边离开，且准备作他人的母亲，从此将有许多新事情等待发生。象做梦一样，将同一个陌生男子汉在一个床上睡觉，做着承宗接祖的

事情,这些事想起来,当然有些害怕,所以照例觉得要哭哭,于是就哭了。

小说开头这段话写乡下人的婚嫁,叙述语调平缓,尤其是所使用的词汇:乡下人、吹唢呐、接媳妇、成天、花轿、伕子、铜锁、红绿衣裳、荷荷大哭、小女人、新娘子、做梦、男子汉、睡觉、承宗接祖、哭哭,无一不是湘西底层"乡下人"平常所用的词汇。现代西方不少语言学家和哲学家都认识到一个人的语言与世界观的深刻联系。"每一种语言都包含着一种独特的世界观",每种语言都包含着属于某个人类群体的概念和想象方式的完整体系。① 因此,上面这段话所采用的乡下人词汇,也可以说正是他们特有的对世界的命名方式和认知方式。很难想象,如果小说用婚礼、洁白婚纱、酒宴、婚车、丈夫、妻子、结婚等现代人语汇来描述乡下人的婚娶事情,会是怎样一个糟糕的选择。事实上,吹唢呐、抬花轿、锁铜锁、红绿衣裳、荷荷大哭才是乡下人"接媳妇"的生活真实图景。一方面,这些词汇属于乡下人以及他们的那个世界,另一方面,也只有这些词汇才能真实地再现乡下人以及他们的那个世界。

三、言说表达中再现自然的人生形式

《萧萧》的文本语言不仅在语音、词汇上贴近地地道道的湘西"乡下人"的口语,而且,为了表现"乡下人"那种"优美,健康,自然,而又不悖乎人性的人生形式"②,文本抒写中也尽可能采用和接近"乡下人"的表达方式,让"乡下人"自由自在地言说自身。

朱熹在《楚辞集论》中说:"昔楚南郢之邑、沅湘之间,其俗信鬼而好祀,其祀必使巫觋作乐,歌舞以娱神。"沈从文也曾自承:"这个区域居住的三十多万苗族,除部分已习用汉文,本族还无文字。('热'情多表现于歌声中。任何一个山中地区,凡是有村落或开垦过的田土地方,有人居住或生产劳作的处所,不论早晚都可听到各种美妙有情的歌声。……"③ 从沈从文这段话中,可以得出两个结论:一是歌声无处不在,伴随着湘西人的生活生产,是湘西人真实的思想感情和审美趣味的最为恰当的言语载体。换言之,各种山歌,已经成为湘西人话语体系的重要组成部分。二是从湘西人的话语表达方式看,"唱"比"说"容易,唱歌成为他们最为自然最为本真的言语表达方式。他们不仅会唱,而且能编。"萧萧好高,一个人常常爬到草料堆上去,轻轻的轻轻的随意唱着那自编的山歌。"小说中的花狗大是

---

① (德)威廉·冯·洪堡特著:《论人类语言结构的差异及其对人类精神发展的影响》姚小平译,北京:商务印书馆1999年版,第72—73页。

② 沈从文:《〈从文小说习作选〉+代序》,《沈从文文集》第十一卷,生活·读书·新知三联书店香港分店,花城出版社,1982年版,第41页。

③ 沈从文:《湘西苗族的艺术》,《沈从文文集》第十卷,生活·读书·新知三联书店香港分店,花城出版社,1982年版,第222页。

"起眼动眉毛，一打两头翘"会说会笑的一个人，他引诱萧萧的话语武器就是略带几分粗俗之气的"山歌"：天上起云云起花，包谷林里种豆荚，豆荚缠坏包谷树，娇妹缠坏后生家。天上起云云重云，地下埋坟坟重坟，娇妹洗碗碗重碗，娇妹床上人重人。这是借萧萧小丈夫来传递的情爱"信息"。后来花狗自己登场，向萧萧唱：娇家门前一重坡，别人走少郎走多，铁打草鞋穿烂了，不是为你为哪个？这种通过山歌对唱表达情爱的举动无疑又是湘西"乡下人"特有的情感表达方式。《萧萧》中花狗用歌声传递爱慕之情，不仅在他是最为自然的表达方式，也是从小就熏陶在歌声的海洋中的萧萧最能接受的情感方式。"终于有一天，萧萧就这样给花狗把心窍子唱开，变成个妇人了。"

比喻是语言形象化的重要手段，最能体现人的价值判断和情感趋向，也是《萧萧》中运用最多的一种修辞格：

萧萧嫁过了门，做了拳头大丈夫的小媳妇，一切并不比先前受苦，这只看她半年来身体发育就可明白。风里雨里过日子，象一株长在园角落不为人注意的蓖麻，大叶大枝，日增茂盛。

夏夜光景说来如做梦。大家饭后坐到院中心歇凉，挥摇蒲扇，看天上的星同屋角的萤，听南瓜棚上纺织娘子咯咯咯拖长声音纺车，远近声音繁密如落雨，禾花风悠悠吹到脸上，正是让人在各种方便中说笑话的时候。

祖父身边有个烟包，在黑暗中放光。这用艾蒿作成的烟包，是驱逐长脚蚊的得力东西，蜷在祖父脚边，就如一条乌梢蛇。

到后，萧萧捏着自己那条乌梢蛇似的大辫子，……

提起小孩子，提起花狗，都象使这话如拳头，在萧萧胸口上重重一击。

只因为大家印象中，都知道女学生没有辫子，留下个鹌鹑尾巴，象个尼姑，又不完全象。

婆婆虽生来象一把剪子，把凡是给萧萧暴长的机会都剪去了，但乡下的日头同空气都帮助人长大，却不是折磨可以阻拦得住。萧萧十五岁时高如成人，心却还是一颗糊糊涂涂的心。

上述语句，造语新奇，出人意表，朴实而又神气飞扬。究其原因，在于这些语句都采用了湘西人就地取譬的传统方式，喻体"拳头"、"蓖麻"、"梦"、"落雨"、"乌梢蛇"、"鹌鹑尾巴"、"剪子"等全部都是湘西底层人民（"乡下人"）习以为常的事物，是活在人们口头上的村言土语。也就是说，这些事物是属于他们已认知的世界的。因此，这些比喻既贴切自然、生动传神，又富有地方色彩和生活气息，带上了民间话语的生机和活力。特别是把人比蓖麻，比剪子，十分新鲜贴切，恰当好处地传递出人物特定情境下的神气和精魂，可以看出沈从文对民间话语（湘西口语）精华的吸收和提炼。

没有语言，人的心灵就不会有任何对象。因为对于人来说，每一个外在的对象唯有借助语言才会获得完整的存在。而另一方面，人对事物的全部主观知觉都必然在语言的构造和运用上得到体现。语词正是从这种人的知觉行为中产生。当然，语词也会借助自身附带的意义而成为人的心灵的客观对象。因此，对文学写作者而言，选择一种语言，就是选择一种语词体系，也意味着选择一种属于每个特定人群的概念和想象方式的完整体系。不少研究者已经发现，大致从 1928 年开始，沈从文摆脱了初期的幼稚而走向成熟①。那么，这种成熟具体表现在哪些方面呢？

从上面对《萧萧》文本的分析可知，沈从文为了展现一个丰富、真实而纯朴的"湘西世界"，选择了属于湘西（"乡下人"）自己的语言系统进行写作，并且让叙述者尽量从文本中隐退，让文本中人物——"乡下人"自由自在地言说自身。因此，从语言本体论的角度看，《萧萧》"湘西世界"的成功建构，首先应归功于文本"乡言村语"语言策略的成功使用。

（原载《中国文学研究》2009 年第 2 期）

---

① 钱理群，温儒敏，吴福辉：《中国现代文学三十年》（修订本），北京：北京大学出版社，1998 年版，第 280、277 页。

17. 烦恼人生

池 莉

  早晨是从半夜开始的。

  昏蒙蒙的半夜里"咕咚"一声惊天动地，紧接着是一声恐怖的嚎叫。印家厚一个惊悸，醒了，全身绷得硬直，一时间竟以为是在噩梦里。待他反应过来，知道是儿子掉到了地上时，他老婆已经赤着脚蹿下了床，颤颤地唤着儿子。母子俩在窄狭拥塞的空间撞翻了几件家什，跌跌撞撞抱成一团。

  他该做的第一件事是开灯，他知道。一个家庭里半夜发生意外，丈夫应该保持镇定。可是灯绳却怎么也摸不着了！印家厚咻咻喘着粗气，一双胳膊在墙壁上大幅度摸来摸去。老婆恨恨地咬了一个字："灯！"便哭出声来。急火攻心，印家厚跳起身，踩在床头柜上，一把捉住灯绳的根部用劲一扯：灯亮了，灯绳却也断了。印家厚将掌中的断绳一把甩了出去，负疚地对着儿子，叫道："雷雷！"

  儿子打着干噎，小绿豆眼瞪得溜圆，十分陌生地望着他。他伸开臂膀，心虚地说："怎么啦？雷雷，我是爸爸哟！"老婆挡开了他，说："呸！"

  儿子忽然说："我出血了。"

  儿子的左腿有一处擦伤，血从伤口不断沁出。夫妻俩见了血都发怔了。总算印家厚首先摆脱了怔忡状态，从抽屉里找来了碘酒、棉签和消炎粉。老婆却还在发怔，眼里蓄了一包泪。印家厚利索地给儿子包扎伤口，在包扎伤口的过程中，印家厚完全清醒了，内疚感也渐渐消失了。是他给儿子止的血，不是别人。印家厚用脚把地上摔倒的家什归拢到一处，床前便开辟出了一小块空地。他把儿子放在空地上，摸了摸儿子的头，说："好了。快睡觉。"

  "不行，雷雷得洗一洗。"老婆口气犟直。

  "洗醒了还能睡吗？"印家厚软声地说。

  "孩子早给摔醒了！"老婆终于能流畅地说话了："请你走出去访一访，看哪个工作了十七年还没有分到房子。这是人住的地方？猪狗窝！这猪狗窝还是我给你搞来的！是男子汉，要老婆儿子，就该有个地方养老婆儿子！窝囊巴叽的，八棍子打不出一个屁来，算什么男人！"

  印家厚头一垂，怀着一腔辛酸，呆呆地坐在床沿上。

  其实房子和儿子摔下床有什么联系呢？老婆不过是借机发泄罢了。谈恋爱时的印家厚就是厂里够资格分房的工人之一，当初他的确对老婆说过只要结了婚，就会分到房子的。他夸下的海口，现在只好让她任意鄙薄。其实当初是厂长答应了他，他才敢夸那海口的。如今她可以任意鄙薄他，他却不能同样去对付厂长。

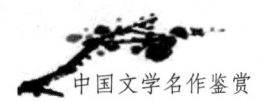

　　印家厚等待着时机，要制止老婆的话闸必须是儿子。趁老婆换气的当口，印家厚立即插了话："雷雷，乖儿子，告诉爸爸，你怎么摔下来了？"

　　儿子说："我要屙尿。"

　　老婆说："雷雷，说拉尿，不要说屙尿。你拉尿不是要叫我的吗？"

　　"今天我想自己起来……"

　　"看看！"老婆目光炯炯，说："他才四岁！四岁！谁家四岁的孩子会这么灵敏！"

　　"就是！"印家厚抬起头来，掩饰着自己的高兴。并不是每个丈夫都会巧妙地在老婆发脾气时，去平息风波的。他说："我家雷雷是真了不起！"

　　"嘿，我的儿子！"老婆说。

　　儿子得意地仰起红扑扑的小脸，说："爸爸，我今天轮到跟你跑月票了吧？"

　　"今天？"印家厚这才注意到已是凌晨四点缺十分了。"对。"他对儿子说："还有一个多小时咱们就得起床。快睡个回笼觉吧。"

　　"什么是——回笼觉？爸爸。"

　　"就是醒了之后又睡它一觉。"

　　"早晨醒了中午又睡也是回笼觉吗？"

　　印家厚笑了。只有和儿子谈话他才不自觉地笑。儿子是他的避风港。他回答儿子说："大概也可以这么说。"

　　"那幼儿园阿姨说是午觉，她错了。"

　　"她也没错。雷雷，我看你洗了脸，清醒得过分了。"

　　老婆斩钉截铁地说："摔清醒的！"话里依然含着寻衅的意味。

　　印家厚不想一大早就和她发生什么利害冲突。一天还长着呢，有求于她的事还多着呢。他妥协地说："好吧，摔的。不管这个了，都抓紧时间睡吧。"

　　老婆半天坐着不动，等印家厚刚躺下，她又突然委屈地叫道："睡！电灯亮刺刺的怎么睡？"

　　印家厚忍无可忍了，正要恶声恶气地回敬她一下，却想起灯绳让自己扯断了。他大大咽了一口唾沫，爬起来……

　　在电灯黑灭的一刹那，印家厚看见手中的起子寒光一闪，一个念头稍纵即逝。再也不敢去看老婆。他被自己的念头吓坏了。

　　当眼睛适应了黑暗之后，发现黑暗原来并不怎么黑。曙色已朦胧地透过窗帘，大街上已有轰隆隆开过的公共汽车。印家厚异常清楚地看到，所谓家，就是一架平衡木，他和老婆摇摇晃晃在平衡木上保持平衡。你首先下地抱住了儿子，可我为儿子包扎了伤口。我扯断了开关我修理，你借的房子你骄傲。印家厚异常地酸楚，又壮起胆子去瞅起子。后来天大亮了，印家厚觉得自己做过一个关于家庭的梦，但内容却实在记不得了。

还是起得晚了一点。

八点上班，印家厚必须赶上六点五十分的那班轮渡才不会迟到。而坐轮渡之前还要乘四站公共汽车，上车之前下车之后还要各走十分钟的路程。万一车不顺利呢？万一车顺利人却挤不上呢？不带儿子当然就不存在挤不上车的问题，可今天轮到他带儿子。印家厚打了一个短短的呵欠后，一边飞快地穿衣服一边用脚摇动儿子："雷雷！雷雷！快起床！"

老婆将毛巾被扯过头顶，闷在里头说："小点声不行吗？"

"实在来不及了。"印家厚说："雷雷叫不醒。"

印家厚见老婆没有丝毫动静，只得一把拎起了儿子，"嗨，你醒醒！快！"

"爸爸，你别揉我。"

"雷雷，不能睡了。爸爸要迟到了，爸爸还要给你煮牛奶。"印家厚急了。

公共的卫生间有两个水池，十户人家共用。早晨是最紧张的时刻，大家排着队按顺序洗漱。印家厚一眼就量出自己前面有五六个人，估计去一趟厕所回来正好轮到。他对前面的妇女说："小金，我的脸盆在你后边，我去一下就来。"小金表情淡漠地点了点头，然后用脚勾住地上的脸盆，准备随时往前移。

厕所又是满员。四个蹲位蹲了四个退休的老头。他们都点着烟，合着眼皮悠着。印家厚鼻孔里呼出的气一声比一声粗。一个老头嘎嘎笑了："小印，等不及了？"

印家厚勉强吭了一声，望着窗格子上的半面蛛网。老头又嘎嘎笑："人老了什么都慢，再慢也得蹲出来，要形成按时解大便的习惯。你也真老实到家了，有厂子的人不留到厂里去解呀。"

屁！印家厚极想说这个字可他又不想得罪邻居，邻居是好得罪的么？印家厚憋得慌，提着双拳正要出去，后边响起了草纸的揉搓声，他的腿都软了。

返回卫生间，印家厚的脸盆刚好轮到，但后边一位已经跨过他的脸盆在刷牙了。印家厚不顾一切地挤到水池前洗漱起来。他没工夫讲谦让了。被挤在一边的妇女含着满口牙膏泡沫瞅了印家厚一眼，然后在他离开卫生间时扬声说："这种人，好没教养！"

印家厚听见了，可他希望他老婆没听见。他老婆听见了可不饶人，她准会认为这是一句恶毒的骂人话。

糟糕的是儿子又睡着了。

印家厚一迭声叫"雷雷"。一面点着煤油炉煮牛奶，一面抽空给了儿子的屁股一巴掌。

"爸爸，别打我，我只睡一会儿。"

"不能了。爸爸要迟到了。"

"迟到怕什么。爸爸，我求求你。我刚刚出了好多的血。"

"好吧，你睡，爸爸抱着你走。"印家厚的嗓子沙哑了。

老婆掀开毛巾被坐起来,眼睛红红的。"来,雷雷,妈妈给你穿新衣服。海军衫。背上冲锋枪,在船上和海军一模一样。"

儿子来兴趣了:"大盖帽上有飘带才好。"

"那当然。"

印家厚向老婆投去感激的一瞥,老婆却没理会他。趁老婆哄儿子的机会,他将牛奶灌进了保温瓶,拿了月票,钱包,香烟,钥匙和梁羽生的《风雷震九州》。

老婆拿过一筒柠檬夹心饼干塞进他的挎包里,嘱咐和往常同样的话:"雷雷得先吃几块饼干再喝牛奶,空肚子喝牛奶不行。"说罢又扯住挎包塞进一个苹果,"午饭后吃。"接着又来了一条手帕。

印家厚生怕还有什么名堂,赶紧抱起儿子:"当兵的,咱们快走吧,战舰要启航了。"

儿子说:"妈妈再见。"

老婆说:"雷雷再见!"

儿子挥动小手,老婆也扬起了手。印家厚头也不回,大步流星汇入了滚滚的人流之中。他背后没有眼睛,但却知道,那排破旧老朽的平房窗户前,有个烫了鸡窝般发式的女人,她披了件衣服,没穿袜子,趿着鞋,憔悴的脸上雾一样灰暗。她在目送他们父子。这就是他的老婆。你遗憾老婆为什么不鲜亮一点吗?然而这世界上就只她一个人在送你和等你回来。

机会还算不错。印家厚父子刚赶到车站,公共汽车就来了。

这辆车笨拙得像头老牛,老远就开始哼哼叽叽。车停了,但人多得开不了门。顿时车里车外一起发作,要下车的捶门,要上车的踢门。印家厚把挎包挂在胸前,连儿子带包一齐抱紧。他像擂台上的拳击家不停地跳跃挪动,观察着哪个门好上车,哪一堆人群是容易冲破的薄弱环节。

售票员将头伸出车窗说:"车门坏了。坏了坏了。"

车启动了,马路上的臭骂暴雨般打在售票员身上。骂声未绝,车在前面突然煞住了。"哗啦"一下车门全开,车上的人带着参加了某个密谋的诡笑冲下车来;等车的人们呐喊着愤怒地冲上前去。印家厚是跑月票的老手了,他早看破了公共汽车的把戏,他一直跟着车小跑。车上有张男人的胖脸在嘲弄印家厚。胖脸上嗫起嘴,做着唤牲口的表情。印家厚牢牢地盯着这张脸,所有的气恼和委屈一起膨胀在他胸里头,他看准了胖脸要在中门下,他候在中门下。好极了!胖脸怕挤,最后一个下车,慢吞吞好像是他自己的车,印家厚从侧面抓住车门把手,一步蹬上车,用厚重的背把那胖脸抵在车门上一挤然后又一揉,胖脸啊呀呀叫唤起来,上车的人不耐烦地将他扒开,扒得他在马路上团团转。印家厚缓缓地长长地舒了一口气。

车下的一切甩开了,抬头便要迎接车上的一切。印家厚抱着孩子,虽没有人让座但有人让出了站的位置,这就够令人满意了。印家厚一手抓扶手,一手抱儿子,面对车窗,目光散淡。车窗外一刻比一刻灿烂,朝霞的颜色抹亮了一爿爿商店。朝

朝夕夕，老是这些商店。印家厚说不出为什么，一种厌烦，一种焦灼却总是不近不远地伴随着他。此刻他只希望车别出毛病，快快到达江边。

儿子的愿望比父亲多得多。

"爸爸，让我下来。"

"下来闷人。"

"不闷。我拿着月票，等阿姨来查票，我就给她看。"

旁边有人称赞说这孩子好聪明，儿子更是得意非凡，印家厚只得放他下来。车拐弯时，几个姑娘一下子全倒过来。印家厚护着儿子，不得不弯腰拱肩，用力往后撑。一个姑娘尖叫起来：呀——流氓！印家厚大惑不解，扭头问："我怎么你了？"不知哪里插话说："摸了。"

一车人都开了心。都笑。姑娘破口大骂，针对印家厚，唾沫喷到了他的后颈脖上。一看姑娘俏丽的粉脸，印家厚握紧的拳头又松开了。父亲想干没干的事，儿子倒干了。儿子从印家厚两腿之间伸过手去朝姑娘一阵拳击，嘴里还念念有词："你骂！你骂！"

"雷雷！"印家厚赶快抱起儿子，但儿子还是挨了一脚。这一脚正踢在儿子的伤口上。只听雷雷半哀半怒叫了一声，头发竖起，耳朵一动一动，扑在印家厚的肩上，啪地给了那姑娘一记清脆的耳光。众目睽睽之下，姑娘怔了一会儿，突然嘤嘤地哭了。

父子俩获得全胜下车。儿子非常高兴，挺胸收腹，小屁股鼓鼓的，一蹦三跳。印家厚耷头耷脑，他不知为什么不能和儿子同样高兴。

上了轮渡就像进了自家的厂，几乎全是厂里的同事。

"嘿，又轮到你带崽子了。"

"嗯。"

自然是有人让出了座位。儿子坐不住，四处都有人叫他逗他。厂里一个漂亮的女工，刚刚结婚，对孩子有着特别的兴趣，雷雷对她也特别有好感，见了她就偎过去了。女工说："印师傅，把印雷交给我，我来喂他喝牛奶。"

印家厚把挎包递过去，拍拍巴掌，做了几下扩胸运动，轻松了。整个早晨的第一下轻松。

有人说："这崽子好眼力。"

"嗯。"印家厚说。

"来，凑一圈？"

"不来。我是看牌的。"印家厚说。

一支烟飞过来，印家厚伸手捞住，用唇一叼，点上了火。汽笛短促地"呜呜"两声，轮船离开趸船漾开去。

打牌的圈子很快便组合好了。大家各自拿出报纸杂志或者脱下一只鞋垫在屁股底下。甲板顿时布满一个接一个的圈子。印家厚蹲在三个圈子交界处看三面的牌，

中国文学名作鉴赏

半支烟的工夫,还没有看出兴趣来,他走开了。有段时间印家厚对扑克瘾头十足,那是在二十五岁之前。他玩牌玩得可精,精到只赢不输,他自以为自己总也有一个方面战无不胜。不料,一天早晨,也就是在轮渡的甲板上,几个不起眼的人让他输了。他突然觉得扑克索然寡味。赢了怎样?输了又怎样?从此便不再玩牌。偶尔看看,只看出当事者完全是迷糊的,费尽心机,还是不免被运气捉弄。看那些人被捉弄得鬼迷心窍,嚷得脸红脖子粗,印家厚不由得直发虚。他想他自己从前一定也是这么一副蠢相。他妈的,世界上这事!——他暗暗叹息一阵。

雷雷的饼干牛奶顺利地进了肚子,乖乖地坐在一只巴掌大的小小折叠椅上听那位漂亮女工讲故事。他看见他父亲走过来就跟没看见一样。印家厚冷冷地望了儿子好一会,莫名的感伤情绪和喷出的轻烟一样弥漫开去。

印家厚朝周围撒了一圈烟作为对自己刚上船就接到了烟的回报。只要他抽了人家的烟他就要往外撒烟,不然像欠了债一样,不然就不是男子汉的作为。撒烟的时候他知道自己神情满不在乎,动作大方潇洒,他心里一阵受用——这常常只是在轮渡上的感觉。下了船,在厂里,在家里,在公共汽车上,情况就比香烟的来往复杂得多,也古怪得多,他经常闹不清自己是否接受了或者是否付出了。这些时候,他就让自己干脆别想着什么接受付出,认为老那么想太小家子气,吞吐量太窄,是小鸡肚肠。

长江正在涨水,江面宽阔,波涛澎湃。轮渡走的是下水,确实有乘风破浪的味道。太阳从前方冉冉升起,一群洁白的江鸥追逐着船尾犁出的浪花,姿态灵巧可人。这是多少人向往的长江之晨,船上的人们却熟视无睹。印家厚伏在船舷上吸烟,心中和江水一样茫茫苍苍。自从他决绝了扑克,自从他做了丈夫和父亲,他就爱伏在船舷上,朝长江抽烟;他就逐渐逐渐感到了心中的苍茫。

小白挤过来,问印家厚要了一支烟。小白是厂办公室的秘书,是个愤世嫉俗的青年,面颊苍黄,有志于文学创作。

"他妈的!"小白说:"你他妈裤子开了一条缝。这,好地方,大腿里,还偏要迎着太阳站。"

印家厚低头一看,果然里头的短裤都露出了白边。早晨穿的时候是没缝的,有缝他老婆不会放过。是上车时挤开的。

"挤的。没办法。"印家厚说:"不要紧,这地方男人看了无所谓,女人又不敢看。"

"过瘾。你他妈这语言特生动。"小白说。

靠在一边看报的贾工程师颇有意味地笑了。他将报纸折得整整齐齐装进提包里,凑到这边来。

"小印,你的话有意思,含有一定的科学性。"

"贾工,抽一支。"

"我戒了。"

小白讥讽:"又戒了?"

"这次真戒。"贾工掏出报纸,展得平平的,让大家看中缝的一则最新消息:香烟不仅含尼古丁、烟焦油等致癌物质,还含放射线。如果一个人一天吸一包烟,就相当于在一年之内接受二百五十次胸透。

贾工一边认真地折叠报纸一边严峻地说:"人要有一股劲,一种精神,你看人家女排,四连冠!"

印家厚突然升起一股说不清的自卑感,他猛吸一口烟,让脸笼罩在蓝雾里边。

小白说:"四连冠算什么?体力活,出憨劲就成。曹雪芹,住破草棚,稀饭就腌菜,十年写成《红楼梦》,流传百世。"

有人插进来说话了:"去蛋!什么体力脑力,人哪,靠天生的聪明,玩都玩得出名堂来。柳大华,玩象棋,特级大师称号。有什么比特级大师更中听?"

争论范围迅速扩大。

"中听有屁用!人家周继红,小丫头片子,就凭一个斤斗往水里一栽:一块金牌,三室一厅房子,几千块钱奖金。"

印家厚叭叭吸烟,心中愈发苍茫了。他忿忿不平的心里真像有一江波涛在里面鼓动。同样都是人。都是人!

小白不服气,面红耳赤地争辩道:"铜臭!文学才过瘾呢。诗人。诗。物质享受哪能比上精神享受。有些诗叫你想哭想笑,这才有意思。有个年轻诗人写了一首诗,只一个字,绝了!听着,题目是《生活》,诗是:网。绝不绝?你们谁不是在网中生活?"

顿时静了。大家互相淡淡地没有笑容地看了看。

印家厚手心一热,无故兴奋起来。他说:"我倒可以和一首。题目嘛自然是一样,内容也是一个字——"

大家全盯着他。他稳稳地说:"梦。"

好!好!都为印家厚的"梦"叫好。以小白为首的几个文学爱好者团团围住他,要求与他切磋切磋现代诗。

轮渡兀然一声粗哑的"呜——"淹没了其它一切声音。船在江面上划出一个优美的弧线向趸船靠拢。印家厚哈哈笑了,甩出一个脆极的响指。这世界上没有什么人比别人高一等,他印家厚也不比任何人低一级。谁能料知往后的日子有怎样的机遇呢?

儿子向他冲过来,端来冲锋枪,发出呼呼声,腿上缠着绷带,模样非常勇猛。谁又敢断言这小子将来不是个将军?

生活中原本充满了希望和信心。

一个多么晴朗的五月的早晨!

随着人潮涌上岸去。该是吃点东西的时候了。只要赶上了这班船就成,就可以停下来吃顿早饭。

餐馆方便极了，就是马路边搭的一个棚子。棚子两边立了两只半人高的油桶改装的炉子，蓝色的火苗蹿出老高。一口油锅里炸着油条，油条放木排一般滚滚而来，香烟弥漫着，油焦味直冲喉咙；另一口大锅里装了大半锅沸沸的黄水，水面浮动一层更黄的泡沫，一柄长把竹篾笊篱塞了一窝油面，伸进沸水里摆了摆，提起来稍稍沥了水，然后扣进一只碗里，淋上酱油、麻油、芝麻酱、味精、胡椒粉，撒了一撮葱花——热干面。武汉特产：热干面。这是印家厚从小吃到大的早点。两角钱能吃饱。现在有哪个大城市花两角钱能吃饱早餐？他连想都没想过换个花样。

卖票的桌子在棚子旁边的大柳树下，售票员是个淡淡化了妆但油迹斑斑的姑娘。树干上挂了一块小黑板，白粉笔浪漫地写着：哗！凉面上市！哗！

热干面省去伸进锅里烫烫那道程序就叫凉面。

印家厚买了凉面和油条。凉面比热干面吃起来快得多。

父子俩动作迅速而果断，显出训练有素的姿态。这里父亲挤进去买票，那里儿子便跑去排热干面的队了。雷雷见拿油条的人不少，就把冲锋枪放在自己站的位置上，转身去排油条队。

拿油条连半秒钟都没等。印家厚嘉奖似地摸了把儿子的头。儿子异常得意。可印家厚买了凉面而不是热干面，儿子立刻霜打了一般，他快快地过去拾起了自己的枪——取热干面的队伍根本没理会这支枪，早跨越它前进了；他发现了这一点，横端起冲锋枪，冲人们"哒哒哒"就是一梭子。

"雷雷！"印家厚吃惊地喝住儿子。

不到三分钟，早点吃完了。人们都是在路边吃，吃完了就地放下碗筷。印家厚也一样，放下碗筷，拍了拍儿子，走路。儿子捏了根油条，边走边吃，香喷喷的。印家厚想：这小子好残酷，提枪就扫射，怎么得了！像谁？他可没这么狠的心。老婆似乎也只是嘴巴狠。怎么得了！他提醒自己儿子要抓紧教育了！不能再马虎了！立时他的背就弯了一些，仿佛肩上加压了。

上了厂里接船的公共汽车。印家厚试图和儿子聊聊。

"雷雷，晚上回家不要惹妈妈烦，不要说我们吃了凉面。"

"不是'我们'，是你自己。"

"好。我自己。好孩子要学会对别人体贴。"

"爸，妈妈为什么烦？"

"因为妈妈不让我们用餐馆的碗筷，那上面有细菌。"

"吃了肚子疼的细菌吗？"

"对。"

"那你为什么不听妈妈的话？"

他低估了四岁的孩子。哄孩子的说法该过时了。

"喏，是这样。本来是不应该吃的。但是在家里吃早点，爸爸得天不亮就起床开炉子，为吃一碗面条弄得睡眠不足又浪费煤。到厂里去吃吧，等爸爸到厂时，食堂已经卖完了。带上碗筷吧,更不好挤车。没办法,就只能在餐馆吃了。好在爸爸从小就吃凉面,习惯了,对上面的细菌有抵抗力了。你身体不好,就一定不能吃餐馆。"

"哦,知道了。"

儿子对他认真的回答十分满意。对,就这么循循善诱。印家厚刚想进一步涉及对人开枪的事,儿子又说话了:"我今天晚上一回家就对妈妈说:爸爸今天没有吃凉面。对吧?"

印家厚啼笑皆非,摇摇头。也许他连自己都没教育好呢。如果告诉儿子凡事都不能撒谎,那将来儿子怎么对付许许多多不该讲真话的事?

送儿子去了厂幼儿园得跑步到车间。

在幼儿园磨蹭的时间太多了。阿姨们对雷雷这种"临时户口"牢骚满腹。她们说今天的床铺,午餐,水果糕点,喝水用具,洗脸毛巾全都安排好了,又得重新分配,重新安排,可是食品已经买好了,就那么多,一下子又来了这么些"临时户口",僧多粥少,怎么弄?真烦人!

印家厚一个劲赔笑脸,作解释,生怕阿姨们怠慢了他的儿子。

上班铃声响起的时候,印家厚正好跨进车间大门。

记考勤的老头坐在车间门口,手指头按在花名册上印家厚的名字下,由远及近盯着印家厚,嘴里嘀咕着什么。

这老头因工伤失去了正常人健全的思维能力,但比正常人更铁面无私,并且厂里认为他对时间的准确把握有特异功能。

印家厚与老头对视着。他皮笑肉不笑地对老头做了个讨好的表情。老头声色不动,印家厚只得匆匆过去。老头从印家厚背影上收回目光,低下头,精心标了一个1.5。车间太大了,印家厚从车间大门口走到班组的确需要一分半钟,因此他今天迟到了。

印家厚在卷取车间当操作工。

他不是一般厂子的一般操作工,而是经过了一年理论学习又一年日本专家严格培训的现代化钢板厂的现代化操作工。他操作的是日本进口的机械手。

一块盖楼房用的预制板大小的钢锭到他们厂来,十分钟便被轧成纸片薄的钢片,并且卷得紧紧的,拦腰捆好,摞成一码一码。印家厚就干卷钢片包括打捆这活。

他的操作台在玻璃房间里面,漆成奶黄色,斜面的工作台上,布满各式开关,指示灯和按钮,这些机关下面的注明文字清一色是日文。一架彩色电视正向他反映着轧钢全过程中每道程序的工作状况。车间和大教堂一般高深幽远,一般洁净肃穆,整条轧制线上看不见一个忙碌的工人,钢板乃至钢片的质量由放射线监测并自动调节。全自动,不要你去流血流汗,这工作还有什么可挑剔的?

七十年代建厂时它便具有了七十年代世界先进水平,八十年代在中国,目前仍是绝无仅有的一家。参观的人从外宾到少数民族兄弟,从小学生到中央首长,潮水般一层层涌来。如果不是工作中掺杂了其他种种烦恼,印家厚对自己的工作会保持绝对的自豪感,热爱并十分满足。

印家厚有个中学同学,在离这儿不远的炼钢厂工作,他就从来不敢穿白衬衣:穿什么也逃不掉一天下来之后那领口袖口的黄红色污迹,并且用任何去污剂都洗不掉。这位老弟写了一份遗嘱,说:在我的葬礼上,请给我穿上雪白的衬衣。他把遗嘱寄给了冶金部部长。因此他受到了行政处分。而印家厚所有的衬衣几乎都是白色的,配哪件外衣都帅。轮到情绪极度颓丧的时候,印家厚就强迫自己想想同学的事,忆苦思甜以解救自己。

眼下正是这样。

印家厚瞅着自己白衬衣的袖口,暗暗摆着自己这份工作的优越性,尽量对大家的发言充耳不闻。

本来工作得好好的。站立在操作台前,看着火龙般飞舞而来的钢片在自己这儿变成乖乖的布匹,一任卷取……可是,厂办公室决定各车间开会。开会评奖金。

四月份的奖金到五月底还没有评出来,厂领导认为严重影响了全厂职工的生产积极性。

车间主任一开始就表情不自然,讲话讲到离奖金十万八千里的计划生育上去了。

有人暗里捅捅前一个人的腰,前面的人便噤声敛气注目车间主任。捅腰的暗号传递给了印家厚,印家厚立刻意识到气氛的异样。

会不会……出什么……意外?印家厚惴惴地想。

终于,车间主任一个回马枪,提起奖金问题,并亮出了实质性的东西:厂办明确规定,严禁在评奖中搞"轮流坐庄",否则,除了扣奖之外还要处罚。这次决不含糊!

印家厚在一瞬间有些茫然失措,心中哽了团酸溜溜的什么。可是很快他便恢复了常态。

"轮流坐庄"这词是得避讳的。平日车间班组从来没人提及。自从奖金的分发按规定打破平均主义以来,在几年的时间里,大家自然而然地默契地采用了"轮流坐庄"的办法。一、二、三等奖逐月轮流,循环往复。同事之间和谐相处,绝无红脸之事;车间领导睁只眼闭只眼,顺其自然。车间便又被评为精神文明模范单位。

好端端今天突然怎么啦?

众人的眼光在印家厚身上游来游去。车间主任老注意印家厚。这个月该是印家厚轮到得一等奖了。

一等奖三十元。印家厚早就和老婆算计好这笔钱的用途:给儿子买一件电动玩具,剩下的去"邦可"吃一顿西餐。也挥霍一次享受一次吧,他对老婆说。老婆

展开了笑颜：早就想尝尝西餐是什么滋味，每月总是没有结余，不敢想。

老婆前几天还在问："奖金发了吗？"

他答道："快了。"

"是一等奖？"

"那还用说！名正言顺的。"

印家厚不愿意想起老婆那难得和颜悦色的脸。她说得有道理：哪儿有让人舒心的事？他看了好一会儿洁白的袖口，又叭嗒叭嗒挨个活动指关节。

二班的班长挪到印家厚身边，他俩的处境一样。二班长说："喂喂，小印，人善被人欺，马善被人骑。"

"得了！"印家厚低低吼了一句。

二班长说："肯定有人给厂长写信反映情况。现在有许多婊子养的可喜欢写信了。咱俩是他妈什么狗屁班长，干得再多也不中。太欺负人了！就是吃亏也得吃在明处。"

印家厚说："像个婆娘！"

二班长说："看他们评个什么结果，若是太过分，我他妈干脆给公司纪委寄份材料，把这一肚子烂渣全捅出去。"

印家厚干脆不吱声了。

如果说评奖结果未出来之前印家厚还存有一丝侥幸心理的话，有了结果之后他不得不彻底死心了。他总以为即便不按轮流坐庄，四月份的一等奖也该他。四月份大检修，他日夜在厂里，干得好苦！没有人比他干得更苦的了，这是大家有目共睹的。可是为了避嫌，来了个极端，把他推到了最底层：三等奖。五元钱。

居然还公布了考勤表。车间主任装成无可奈何的样子念迟到旷工病事假的符号，却一概省略了迟到的时间。有人指出这一点，车间主任手一摆，说："这无关紧要。那个人不太正常的嘛。"印家厚又吃了暗亏。如果念出某人迟到一分半钟，大家会哄堂一笑，一笑了之；可光念迟到，那就两样了。印家厚今天就迟到了，许多评他三等奖的人心里宽松了不少。

当车间主任指名道姓问印家厚要不要发表什么意见时，他张口结舌，拿不定该不该说点什么。

说点什么？

早晨在轮渡上，他冲口作出《生活》的一字诗，思维敏捷，灵气逼人。他对小白一伙侃侃而谈，谈古代作家的质朴和浪漫，当代作家的做作和卖弄，谈得小白痛苦不堪可又无法反驳。现在仅仅只过去了四个钟头，印家厚的自信就完全被自卑代替了。

他站起来说了一句什么话，含糊不清，他自己都没听清就又含糊着坐下了。

似乎有人在窃窃地笑。

印家厚的脖子根升起了红晕，猪血一般的颜色。其实他并不计较多少钱，但人

们以为他——一个大男人被五块钱打垮了。五块钱。笑掉人的牙齿。印家厚让悲愤堵塞了胸口。他思谋着腾地站起来哈哈大笑或说出一句幽默的话,想是这么想,却怎么也做不出这个动作来,猪血的颜色迅速地上升。

他的徒弟解了他的围。

雅丽蓦地站起身,故意撞掉了桌子上的水杯,一字一板地说:"讨厌!"

雅丽见同事们的目光都集中在她身上,她噗地吹了吹额前的头发,孩子气十足地说:"几个钱的奖金有什么纠缠不清的,别说三十块,三百块又怎么样?你们只要睁大眼睛看看谁干的多,谁干的少,心里有个数就算是有良心的人了。"

车间主任说:"雅丽!"

雅丽说:"我说错了?别把人老浸在铜臭里。"

不知好笑在哪儿,大家哄哄一笑。雅丽也稚气地笑了,说:"主任大人,吃饭时间都过了。"

"散会吧。"车间主任也笑了笑。

雅丽和印家厚并肩走着,她伸手掸掉了他背上的脏东西。

印家厚说:"吃饭了。"

雅丽说:"咱们吃饭去。"

五月的蓝天里飘着许多白云。路边的夹竹桃开得娇艳。师徒俩一人拿了一个饭盒,迎着春风轻快地往前走。印家厚清晰地感觉到自己的侧面晃动着一张喷香而且年轻的脸,他不自觉地希望到食堂的这段路更远些更长些。

雅丽说:"印师傅,有一次,我们班里——哦,那是在技校的时候。班里评三好生,我几乎是全票通过,可班委会研究时刷下了我。三好生每人奖一个铝饭锅,他们都用那锅吃饭,上食堂把锅敲得叮咚响,我气得不行,你猜我怎么啦?"

"哭了。"

"哭?哈,才不呢!我也买了只一模一样的,比哪个都敲得响。"

她试图宽慰他,印家厚咧唇一笑。虽然这例子举得不着边际,于事无补,但毕竟有一个人在用心良苦地宽慰他。

"对。三好生算什么。你挺有志气的。"

雅丽咯咯地笑,笑得很美,脸蛋和太阳一样。她说:"人生得一知己足矣。"

印家厚心里格登了一下,面上纹丝不动。雅丽小跑了两步,跳起来扯了一朵粉红的夹竹桃,对花吹了一口气,尽力往空中甩去,姑娘天真活泼犹如一只小鹿,可那扭动的臀部,高耸的胸脯却又流露出无限风情。

"我不想出师,印师傅,我想永远跟随你。"

"哦,哪有徒弟不出师的道理?"

"有的。只要我愿意。"雅丽的声音忽然老了许多,脚步也沉重了。印家厚心里不再格登,一块石头踏踏实实地落下——他多日的预感,猜测,变成了现实。

雅丽用女人常用的痛苦而沙哑的声音低低地说:"我没其他办法,我想好了,

我什么也不要求，永远不，你愿意吗？"

印家厚说："不。雅丽，你这么年轻……"

"别说我！"

"你还不懂——"

"别说我！说你，你不喜欢我？"

"不！我，不是不喜欢你。"

"那为什么？"

"雅丽，你不懂吗？你去过我家的呀。"

"那有什么关系。我生活在另一个世界。我什么也不要求。你不能那样过日子，那太没意思太苦太埋没人了。"

印家厚的头嗡嗡直响，声音越变越大，平庸枯燥的家庭生活场面旋转着，把那平日忘却的烦恼琐事一一飘浮在眼前。有个情妇不是挺好的——这是男人们私下的话。他定眼注视雅丽，雅丽迎上了清澈的眼光。印家厚突然意识到自己的浑浊和肮脏。他说："雅丽，你说了些什么哟，我怎么一句也没听清楚，我一心想着他妈的评奖的事。"

雅丽停住了。仰起脑袋平视着印家厚。亮亮的泪水从深深的眼窝中奔流出来。

后面来人了。一群工人，敲着碗，大步流星。

印家厚说："快走。来人了。"

雅丽不动。泪水流个不止。

印家厚说："那我先走了。"

等人群过去，印家厚回头看时，雅丽仍然那么站着，远远地，一个人，在路边太阳下。印家厚知道自己若是返回她身边，这一缕情丝必然又剪不断，理还乱；若独自走掉，雅丽的自尊心则会大大受伤害。他遥遥望着雅丽，进退不得。他承认自己的老婆不可与雅丽同日而语，雅丽是高出一个层次的女性；他也承认自己乐于在厂里加班加点与雅丽的存在不无关系。然而，他不能同意雅丽的说法。不能的理由太多太充足了。

印家厚转身跑向食堂。

他明明知道，事情并没有结束。

食堂有十个窗口，十个窗口全是同样长的队伍。印家厚随便站了一个队。

二班长买了饭，双手高举饭碗挤出人群，在印家厚面前停了停。印家厚以为他又要谈评奖的事。他也得了三等奖，不但没有吵闹争论，反而在车间主任的指名下发言说他是班长，应该多干，三等奖比起所干的活来说都是过奖的了。他若真是个乖巧人，就不该提评奖，印家厚已经准备了一句"屁里屁气"赠送给他。

"哦！行不得也哥哥。"二班长把雅丽的嗓音摹仿得惟妙惟肖。

"屁里屁气！"印家厚说。对这件事这句话一样管用。

今天上午没一桩事幸运。榨菜瘦肉丝没有了，剩下的全是大肥肉烧什么、盖什么，一个菜六角钱，又贵又难吃，印家厚决不会买这么贵的菜。他买了一份炒小白菜加辣萝卜条，一共一角五分钱。

食堂里人头济济，热气腾腾，没买上可意菜的人边吃边骂骂咧咧，此外便是一片咀嚼声。印家厚蹲在地上，捧着饭盒，和人们一样狼吞虎咽。他不想让一个三等奖弄得饭都不香了。吃了一半，白菜里出现了半条肥胖的，软而碧绿的青虫。他噎住了，看着青虫，恶心的清涎一阵阵往上涌。没有半桩好事——他妈的今天上午！他再也不能忍耐了。

印家厚把青虫摊在饭碗里，端着，一直寻到食堂里面的小餐室里。

食堂管理员正在小餐室里招待客人，一半中国人一半日本人。印家厚把管理员请了出来，让他尝尝他手下的厨师们炒的小白菜。管理员不动声色地望望菜里的虫又不动声色地望了望印家厚，招呼过来一个炊事员，说："给他换碗饭菜得了。"他那神态好像打发一个要饭化子，吩咐后便又一溜烟进了小餐室。年轻的炊事员根本没听懂管理员那句浙江方言是什么意思，朝印家厚翻了翻白眼，耸了耸肩，说："哈罗？"

印家厚本来是看在有日本人在场的分上才客客气气，"请出"管理员的。家丑不可外扬嘛。这下他要给个厉害他们瞧瞧了。印家厚重返小餐室，捏住管理员的胳膊，把他拽到墙角落，将饭菜底朝天扣进了他白围裙胸前的大口袋里。

雷雷被关"禁闭"了。

幼儿园大大小小的孩子都在床上睡午觉，雷雷一个人被锁在"空中飞车"玩具的铁笼里。他无济于事地摇撼着铁丝网，一看见印家厚，叫了声"爸！"就哭了。

一个姑娘闻声从里面房间奔了出来，奶声奶气地讥讽："噢，原来你还会哭？"

印家厚说："他当然会哭。"

姑娘这才发现印家厚，脸上一阵尴尬。这是个十分年轻的姑娘，穿着一件时髦的薄呢连衣裙。她的神态和秀丽的眉眼使印家厚暗暗大吃一惊。这姑娘酷像一个人。印家厚顷刻之间便发现或者说认可了他多少年来内心深藏的忧郁，那是一种类似遗憾的痛苦，不可言传的下意识的忧郁。正是这股潜在的忧郁使他变得沉默，变得一切都不在乎，包括对自己的老婆。

姑娘说："对不起。你儿子不好好睡午觉，用冲锋枪在被子里扫射小朋友，我管不过来，所以……"

就连声音语气都像。印家厚只觉得心在喉咙口上往外跳，血液流得很快。他对姑娘异常温厚地笑笑，尽量不去看她，转过身面对儿子，决定恩威并举，做一次像电影银幕上的很出色很漂亮的父亲。他阴沉沉地问："雷雷，你扫射小朋友吗？"

"是……"

"你知道我要怎么教训你吗？"

儿子从未见过父亲这般的威严，怯怯地摇头。

"承认错误吗?"

"承认。"

"好。对阿姨承认错误,道歉。"

"阿姨,我扫射小朋友,错了。对不起。"

姑娘连忙说:"行了行了,小孩子嘛。"她从笼子里抱出雷雷。

泪珠子停在儿子脸蛋中央,膝盖上的绷带拖在脚后跟上。印家厚换上充满父爱的表情,抚摸儿子的头发,给儿子擦泪包扎。

"雷雷,跑月票很累人,对吗?"

"对。"

"爸爸还得带上你跑就更累了。"

"嗯。"

"你如果听阿姨的话,好好睡午觉,爸爸就可以去休息一下。不然,爸爸就会累病的。"

"爸爸。"

"好了。乖乖去睡,自己脱衣服。"

"爸,早点来接我。"

"好的。"

雷雷径直走进里间,脱衣服,爬上床钻进了被窝。

姑娘说:"你真是个好父亲!"

印家厚不禁产生几分惭愧,他其实是在表演,若是平时,一巴掌早烙在儿子屁股上了。他就是为她表演的吗?他不愿意承认这点。

玩具间里,印家厚和姑娘呆呆站着。他突然意识到自己没理由再站下去了,说:"孩子调皮,添麻烦了。"

"哪里。这是我的工作。我——"

印家厚敏感地说:"你什么?说吧。"

姑娘难为情地笑了一笑,说:"算了算了。"

凭空产生的一道幻想,闪电般击中了印家厚,他按捺不住激动的心情。"你叫什么名字?"

"肖晓芬。"

印家厚一下子冷静了许多。这个名字和他刻骨铭心的那个名字完全不相干。但毕竟太相像了,他愿意与她多在一起呆一会儿。"你刚才有什么话要说,就说吧。"

姑娘诧异地注视了他一刻,偏过头,伸出粉红的舌尖舔了舔嘴唇,说:"我是待业青年,喜欢幼儿园的工作。我来这里才两个月,那些老阿姨们就开始在行政科说我的坏话,想要厂里解雇我。我想求你别把刚才的事说出去,她们正挑我的毛病呢。"

"我当然不会说。是我儿子太调皮了。"

"谢谢!"

姑娘低下头,使劲眨着眼皮,睫毛上挂满了细碎的泪珠。印家厚的心生生地疼,为什么每一个动作都像绝了呢。

"晓芬,新上任的行政科长是我的老同学,我去对他说一声就行了。要解雇就解雇那些脏老婆子吧。"

姑娘一下子仰起头,惊喜万分,走近了一步,说:"是吗?"

鲜润饱满的唇,花瓣一样开在印家厚的目光下,他似乎看那唇迎着他缓缓上举。印家厚不由自主地靠近了一步,头脑里嗡嗡乱响,一种渴念,像气球一般吹得胀胀的。姑娘眼一闭,泪珠洒落了一脸。他好像猛地被人拍了一下,突然醒了。没等姑娘睁开眼睛,印家厚掉头出了幼儿园。

马路上空空荡荡,厂房静悄悄,印家厚一口气奔出了好远好远。在一个无人的破仓库里,他大口大口喘气,一连几声唤着一个名字。他渐渐安静下来,用指头抹去了眼角的泪,自嘲地舒出一口气,恢复了平常的状态。

现在他该去副食品商店办事了。

天下居然有这么巧的事,印家厚和他老婆同年同月同日出生,他们俩的父亲也是同年同月同日出生。

下个月十号是老头子们——他老婆这么称呼——的生日。五十九周岁,预做六十大寿。这是按的老规矩。

印家厚不记得有谁给自己做过生日,从没有为自己的生日举过杯。做生日是近些年才蔓延到寻常人家的,老头子们赶上了好年月。五年前他满二十九岁,该做三十岁的生日。老婆三天两头念叨:"三十岁也是大寿哩,得做做的。"正儿八经到了生日那天,老婆把这事给忘了。她妹妹那天要相对象,她应邀陪她妹妹去了。晚上回来,她兴奋地告诉印家厚:"人家一直以为是我,什么都冲着我来,可笑不?"他倒觉得这是件可喜的事,居然有人把他老婆误认为未嫁姑娘。关于生日,没必要责怪老婆,她连自己的也忘了。

老婆和他商量给老头子们买什么生日礼物,轻了可不行,六十岁是大生日;重了又买不起。重礼不买,这就已经排除了穿的和玩的,那么买喝的吧,酒。

他们开始物色酒。真正的中国十大名酒市面上是极少见到的,他们托人找了些门路也没结果,只好降格求其次了。光是价钱昂贵包装不中看的,老婆说不买,买了是吃哑巴亏的,老头子们会误以为是什么破烂酒呢;装潢华丽价钱一般的,他们也不愿意买,这又有点哄老头子们了,良心上过不去;价钱和装潢都还相当,但出产地是个未见经传的乡下酒厂,又怕是假酒。夫妻俩物色了半个多月,酒还没有买到手。

厂里这家副食商店曾一度名气不小。武汉三镇的人都跑到这里来买烟酒。因为当时是建厂时期,有大批的日本专家在这里干活,商店是为他们设的,自然不缺好烟酒。日本专家回国后,这里也日趋冷清。虽是冷清了,但偶尔还可以从库里翻出些好东西来。

印家厚近来天天中午逛逛这个店子。

"嗨。"印家厚冲着他熟识的售货员打了个招呼。递烟。

"嗨。"

"有没有?"

"我把库里翻了个底朝天,没希望了。"

"能搞到黑市不?"

"你想要什么?"

"自然是好的。"

"'茅台'怎么样?"

"好哇!"

"要多少?先交钱后给货,四块八角钱一两。"

印家厚不出声了。干瞅着售货员默默盘算:一斤就是四十八块钱。得买两斤。九十六块整。一个月的工资包括奖金全没有了,牛奶和水果又涨价了,儿子却是没有一日能缺这两样的;还有鸡蛋和瘦肉,万一又来了其他的应酬,比如朋友同事的婚丧嫁娶,那又是脸面上的事,赖不过去的。

印家厚把眼皮一眨说:"伙计,你这酒吓人。"

"吓谁啦?一直这个价,还在看涨。这买卖是'周瑜打黄盖',两厢情愿的事。你这儿子女婿,没孝心的。"

"孝心倒有,只是心有余力不足。"印家厚打了几个干哈哈退出了商店。

要是两位老人知道他这般盘算,保证喝了"茅台"也不香。印家厚想,将来自己做六十岁生日必定视儿子的经济水平让他意思意思就行了。

雅丽在斜穿公路的轨道上等着他。

印家厚装出突然想起了什么似的摸了摸上上下下的口袋,扭头往副食商店走。

雅丽说:"你的信。"

印家厚只好停止装模作样。平时他的信很少,只有发生了什么事,亲戚们才会写信来。

信是本市火车站寄来的,印家厚想不起有哪位亲戚在火车站工作。他拆开信,落款是:你的知青伙伴,江南下。印家厚松了一口气。

"没事吧?"雅丽说。

"没。"印家厚想起了肖晓芬。想起了那份心底的忧伤。他明白了自己的心是永远属于那失去了的姑娘,只有她才能真正激动他。除她之外,所有女人他都能镇静地理智地对待。他说:"雅丽,我说了我的真实想法后你会理解的。你聪明,有教养,年轻活泼又漂亮,我是十分愿意和你一道工作的。甚至加班——"

"我不要你告诉我这些!"雅丽打断了他,倔强地说:"这是你的想法,也许是,可不是我的!"

中国文学名作鉴赏

雅丽走了。昂着头,神情悲凉。

印家厚不敢随后进车间,他怕遭人猜测。

江南下,这是一个矮小的、目光闪闪的、腼腆寡言的男孩。他招工到哪儿了?不记得了。江南下的信写道:

"我路过武汉,逗留了一天,偶尔听人说起你,很激动。想去看看,又来不及了。

"家厚,你还记得那块土地吗?我们第一夜睡在禾场上的队屋里,屋里堆满了地里摘回的棉花,花上爬着许多肉乎乎的粉红的棉铃虫,贫下中农给我们一只夜壶,要我们夜里用这个,千万别往棉花上尿。我们都争着试用,你说夜壶口割破了你的皮,大家都发疯似地笑,吵着闹着摔破了那玩艺。

"你还记得下雨天吗?那个狂风暴雨的中午,我们在屋里吹拉弹唱。六队的女知青来了,我们把菜全拿出来款待她们,结果后来许多天我们没菜吃,吃盐水泡饭。

"聂玲多漂亮,那眉眼美绝了,你和她好,我们都气得要命。可后来你们为什么分手了?这个我至今也不明白。

"那只小黄猫总跟着我们在自留地里,每天收工时就在巷子口接我们,它怀孕了,我们想看它生小猫,它就跑了。唉,真是!

"我老婆没当过知青,她说她运气好,可我认为她运气不好。女知青有种特别的味儿,那味儿可以使一个女人更美好一些。你老婆是知青吗?我想我们都会喜欢那味儿,那是我们时代的秘密。

"家厚,如今我们都是三十好几的人了。我已经开始秃顶,有一个七岁的女孩,经济条件还可以。但是,生活中烦恼重重,老婆也就那么回事,我觉得我给毁了。

"现在我已是正科级干部,入了党,有了大学文凭,按说我该知足,该高兴,可我怎么也不能像在农村时那样开怀地笑。我老婆挑出了我几百个毛病,正在和我办离婚。

"你一切都好吧?你当年英俊年少,能歌善舞,性情宽厚,你一定比我过得好。

"另外,去年我在北京遇上聂玲了。她仍然不肯说出你们分手的原因。她的孩子也有几岁了,却还显得十分年轻……"

印家厚把信读了两遍,一遍匆匆浏览,一遍仔细阅读,读后将信纸捏入了掌心。他靠着一棵杨树坐下,面朝太阳,合上眼睛;透过眼皮,他看见了五彩斑斓的光和树叶。后面是庞然大物的灰色厂房,前面是柏油马路,远处是田野,这里是一片树林。印家厚歪在草丛中,让万千思绪飘来飘去。聂玲聂玲,这个他从不敢随便提及的名字,江南下毫不在乎地叫来叫去。于是,一切都从最底层浮起来了……五月的风里饱含着酸甜苦辣,从印家厚耳边呼呼吹过,他脸上的肌肉细微地抽动,有

198

时像哭有时像笑。

空中一絮白云停住了，日影正好投在印家厚额前。他感觉了阴暗，又以为是人站在了面前，便忙睁开眼睛。在明丽的蓝天白云绿叶之间，他把他最深的遗憾和痛苦又埋入了心底。接着，记忆就变得明朗有节奏起来。

他进了钢铁公司。去北京学习，和日本人一块干活，为了不被筛选掉拼命啃日语。找对象，谈恋爱，结婚。父母生病住院，天天去医院护理。兄妹吵架扯皮，开家庭会议搞平衡。物价上涨，工资调级，黑白电视换彩色的，洗衣机淘汰单缸时兴双缸——所有这一切，他一一碰上了，他必须去解决。解决了，也没有什么乐趣；没解决就更烦人。例如至今他没法解决电视的更新换代问题，儿子就有些瞧不起他了，一开口就说谁谁谁的爸爸给谁谁谁买了一台彩电，带电脑的。为了让儿子第一个想到自己的爸爸，印家厚正在加紧筹款。

少年的梦总是有着浓厚的理想色彩，一进入成年便无形中被瓦解了。印家厚随着整个社会流动，追求，关心。关心中国足球队是否能进军墨西哥；关心中越边境战况；关心生物导弹治疗癌症的效果；关心火柴几分钱一盒？他几乎从来没有想是否该为少年的梦感叹。他只是十分明智地知道自己是个普通的男人，靠劳动拿工资而生活。哪有工夫去想入非非呢？日子总是那么快，一星期一星期地闪过去。老婆怀孕后，他连尿布都没有准备充分，婴儿就出世了。

老婆就是老婆。人不可能十全十美。记忆归记忆。痛苦该咬着牙吞下去。印家厚真想回一封信，谈谈自己的观点，宽宽那个正承受着离婚危机的知青伙伴的心，可他不知道写了信该往哪儿寄？

江南下，向你致敬！冲着你不忘故人；冲着你把朋友从三等奖的恶劣情绪中解脱出来。

印家厚一弹腿跳了起来，做了一个深呼吸动作，朝车间走去。

相比之下，他感到自己生活正常，家庭稳定，精力充沛，情绪良好，能够面对现实。他的自信心又陡然增加了好多倍。

下午不错。

主要是下午的开端不错。

来了一拨参观的人。谁也不知道这些人是哪个地方哪个部门来的，谁也不想知道，谁都若无其事地干活。这些见得太多了。

倒是参观的人不时从冷处瞟操作的工人们，恐怕是纳闷这些人怎么不好奇。

车间主任骑一辆铮蓝的轻便小跑车从车间深处溜过来，默默扫视了一圈，将本来就撂在踏板上的脚用力一踩，掉头去了。他事先通知印家厚要亲自操作，让雅丽给参观团当讲解员。印家厚正是这么做的。车间主任准认为三等奖委屈了印家厚，否则他不会来检查。以为印家厚会因为五元钱赌气不上操作台，错了！

印家厚的目光抓住了车间主任的目光，无声却又明确地告诉他：你错了。

有一个人明白了他的心，尤其是车间的最关键人物，印家厚就满足了。受了委

屈不要紧,要紧的是在于有没有人知道你受了委屈。

参观团转悠了一个多小时,印家厚硬是直着腿挺挺地站了过来。一个多小时没人打扰他,挺美的。班组的同事今天全欠他的情,全看他的眼色行事以期补偿。

雅丽上来接替印家厚。两人都没说话,配合得非常默契。只有印家厚识别得出雅丽心上的暗淡,但他决定不闻不问。

"好!堵住你了,小印。"工会组长哈大妈往门口一靠,封死了整扇门。她手里挥动着几张揉皱的材料纸,说:"臭小子,就缺你一个人了。来,出一份钱:两块。签个名。"

印家厚交了两块钱,在材料纸上划拉上自己的名字。

哈大妈急煎煎走了。转身的工夫,又急煎煎回来了。依旧靠在门框上。"人老了。"她说:"可不是该改革了。小印,忘了告诉你这钱的用途,我们车间的老大难苏新结婚了!大伙儿向他表示一份心意。"

"知道了。"印家厚说。其实他根本没听过这个名字。他问旁的人:"苏新是谁?"

"听说刚刚调来。"

"刚来就老大难?"

"哈哈。"旁的人干笑。

哈大妈的大嗓门又来了。"小印,好像我还有事要告诉你。"

"您说吧。"印家厚渴得要命同时又要上厕所了。

"我忘记了。"哈大妈迷迷怔怔地望着印家厚。

"那就算了。"

"不行。好像还是件挺重要的事。"哈大妈用劲绞了半天手指,泄了气,摊开两手说:"想不起来了。这怪不得我,人老了。臭小子们,这就怪不得我了,到时候大伙给我作个证。"

哈大妈带着一丝狡黠的微笑走了。接着二班长进门拉住了印家厚。二班长告诉印家厚他们报考电视大学的事是厂里作梗。公司根本没下文件不准他们报考。完完全全是厂里不愿意让他们这批人(日本专家培训出的人)流走。

"我们去找找厂里吧,你和小白好,先问问他。"二班长使劲怂恿印家厚。

印家厚说:"我不去。"

"那我们给公司纪委写信告厂里一状。"

"我不会写。"

"我写,你签名。"

"不签。"

"难道你想当一辈子工人?"

"对!"

现在有许多婊子养的太爱写信了——这是二班长上午说的,应不应该提醒他一句？算了。

二班长极不甘心地离开了。印家厚的脚还没迈出门槛，电话铃响了。有人说："等等，你的电话。"

印家厚抓起话筒就说："喂，快讲！"他实在该上厕所了。

是厂长。从厂办公室打来的。印家厚倒抽一口凉气，刚才也太不恭敬了。这是改革声中新上任的知识分子厂长，知识分子是特别敏感的，应该给他一个好印象。

印家厚立即借了一辆自行车，朝办公室飞驰而去。

印家厚在进厂办公室时，正碰上小白从里面出来，小白神色严峻，给他一句耳语："坚强些！"

他被这地下工作式的神秘弄得晕乎乎的，心里七上八下。

厂长要印家厚谈谈对日本人的看法。

对……日本人……看法？他一时间脑子里一片空白。日本专家撤回去七年了，七年里他的脑袋里没留下日本人的印象。"坚强些！"又是指什么？他竭力搜索七年前对小一郎的看法。小一郎是他的师傅。

"日本人……有苦干精神，能吃苦耐劳……一不怕苦，二不怕——"他差点失口说出毛主席语录。他小心谨慎，字斟句酌："他们能严格按科学规律工作，干活一丝不苟，有不到黄河不死心的——"他意识到日本与黄河没关系，但他还是坚持说完了自己的话："……的钻研精神。"

厂长说："这么说你对日本人印象不错？"

"不是全体日本人，也不是全面……是干活方面。"

"日本侵华战争该知道吧？"

"当然。日本鬼子——"印家厚打住了。厂长到底要干什么？即便是厂长，他也不愿意被人耍弄。他干吗要急匆匆离开车间跑到这儿踩薄冰？七年前厂里有个工人对日本专家搞恐怖活动受到了制裁；前些时候某个部级干部去了日本靖国神社给撤了职，这是国际问题，民族问题，他岂能涉嫌！

他一把推开椅子，说："厂长，有事就请开门见山，没事我得回去干活了。"

厂长说："小印，别着急嘛。事情十分明确。你认为现在我们引进日本先进设备，和他们友好交往是接受第二次侵略吗？"

"当然不是。"

"既然不是，那为什么迟迟不组织参加联欢的人员？下星期三日本青年友好访华团准时到我们厂。接待任务由工会布置下去已经两周了，你不仅不动，反而还在年轻人中说什么'不做联欢模特儿'，'进行第二次抗日战争'，'旗袍比西服美一千倍'，这是为什么？"

印家厚终于从鼓里钻出来了。有人栽了他的赃，栽得这么成功，竟使精明的厂长深信不疑。

"胡扯！他妈的一派谎言！"他今天的忍让到此为止！顾不上留什么好印象了，

他要他的清白和正直。这些狗娘养的！——他骂开了。他根本就没得到工会的任何通知。两周前他姥姥去世了，他去办了两天丧事。回厂没上几天班，他妈因伤心过度，高血压发了，他又用了两个休息日送她老人家去住院。看小白那鬼鬼祟祟的模样，不定就是他捣的鬼，他和几所大学的学生勾勾搭搭，早就在宣扬"抵制日货"的观点。要么是哈大妈，对了！她方才还假做忘了什么事是因为她老了。她丈夫是在抗日战争中牺牲的，她从来对日本人是横眉冷对的。要么他们串通一气坑了他。但他并不是一味敌视日本人，他至今还和小一郎通信来往，逢年过节寄张明信片什么的。

厂长倒笑了。他相信了印家厚并宽宏大量地向他道了歉。

"既然是这么回事那就赶快动手把工作抓起来！"厂长不容印家厚分辩，当即叫来了厂工会主席，面对面把印家厚交给了工会。

"不要搞什么各车间分头行动了。让小印暂调到厂工会来，全面下手抓。到时候出了差错我就找你们俩。"

工会主席是个转业军人，领命之后把印家厚拽到工会办公室，如此如此，这般这般布置开了。印家厚连连咕噜了几声："不行不行"，工会主席绝不理睬，布置中还夹叙了一通意义深远之类的话，大有军令如山倒的气势。

这就是说，印家厚从今天起，在一个星期内要组织起一个四十位男女青年的联欢团体，男青年身高要一米七十至一米八十公分；女青年身高要一米六十五公分左右；一律不胖不瘦，五官端正，漂亮一点的更好；要为他们每人订做一套毛料西装；教会他们日常应用的日语，能问候和简单会话；还要让他们熟悉一般的日本礼节；跳舞则必须人人都会。

印家厚头发都麻了，说："主席，你听清楚，我干不了！"

"干得了。你是日本专家。"工会主席三把两把给他腾出了一张办公桌，将一叠贴有相片的职工表格放在他面前，说："小印，要理解组织的信任。现在，我们只有背水一战了。对任何人一律用行政命令。来，我们开始吧！"

下班时印家厚遇上了小白。小白说："我听说了。真他妈替你抱屈。好像考他妈驻日本的外交官。奴颜婢膝。"

印家厚狠狠白了他一眼，嘿嘿一个冷笑。小白马上跳起来，"老兄，你怎么以为是我……我！观点不同是另一回事。我若是那种背后插刀的小人，还搞他什么文学创作！"

这真是委屈。到目前为止，在小白的认识上，作品和人品是完全一致的。印家厚虽不搞创作却已超越了这种认识上的局限。他谅解地给了小白一巴掌，说："对不起了！"

几个身材苗条挺拔的姑娘挎着各式背包走过来，朝小白亲切地招呼，可是对印家厚却脸一变冲着他叫道："汉奸！"

"我们绝不做联欢模特儿！"

"我们要抗日！"

印家厚绷紧脸，一声不哼。姑娘们过去之后，印家厚回头数了数，差不多十五六个，几乎全是合乎标准的。他这才真正感到这事太难了。

这一下午真累。在岗位上站了一个多小时；和厂长动了肝火；让工会拉了差。召集各车间工会组长紧急会议；找集训办公室；去商店选购衣料；和服装厂联系；向财务要活动资金；楼上楼下找厂长——当你需要他签字的时候，他不知上哪去了。

报考电大的要求根本没机会提出来；忍气吞声领了三等奖的五元钱。

刚调来的老大难结婚"表示"了两块钱；拯救非洲饥民捐款一元；"救救熊猫"募捐小组募到他的面前，他略一思忖，便往贴着熊猫流泪图案的小纸箱里塞了两元。募捐的共青团员们欢声雀跃，赞扬印家厚是全厂第一！第一个心疼国宝！就是厂长也只捐了五毛钱。

五块钱像一股回旋的流水，经过印家厚的手又流走了。全派了大用场，抵消了三等奖的耻辱。雅丽的确知他的心，说："印师傅，你做得真俏皮！"印家厚不能不遗憾地想，如此理解他的人如果是他老婆就好了。不能否认，哪怕是最细微的一点相通也是有意义的。然而，他不敢想象他老婆的看法，他不由朝雅丽看了一眼，然而随即便后悔了，因为雅丽读懂了他的眼神。

印家厚接儿子的时候，生怕儿子怪他来晚了；生怕又单独碰上肖晓芬。结果，儿子没有质问，肖晓芬也正混在一群阿姨里。什么事也没有。他为自己中午在肖晓芬面前的失控深感不安，便低着眼睛带走了儿子。

马路上车如流水，人如潮，雷雷窜上去猛跑。印家厚在后边厉声叫着，提心吊胆，笨拙地追上儿子。他的儿子，和他长得如同一个模子里铸出来的，这就是他生命的延续。他不能让他乱跑，小心撞上车了；他又不能让他走太久的路，可别把小腿累坏了。印家厚丝毫没有下了班的感觉，他依然紧张着，只不过是换了个专业罢了。

父子俩又汇入了下班的人流中。父亲背着包，儿子挎着冲锋枪。早晨满满一包出征，晚归时一副空囊。父亲灰尘满面，胡碴又深了许多。儿子的海军衫上滴了醒目的菜汁，绷带丝丝缕缕披挂，从头到脚肮脏之极。

公共汽车永远是拥挤的。当印家厚抱着儿子挤上车之后，肚子里一通咕咕乱叫，他感到了深深的饿。

车上有个小女孩和她妈妈坐着，她把雷雷指给她妈妈看："妈，他是我们班新来的小朋友，叫印雷。"小女孩可着嗓子喊："印雷！印雷！"

雷雷喜出望外，骄傲地对父亲说："那是欣欣！"

两个孩子在挤满大人们的公共汽车里相遇，分外高兴，呱呱地叫唤着，充分表达他们的喜悦。印家厚和小女孩的妈妈点了点头，笑了。

小女孩的妈站了起来，让雷雷和自己的女儿坐在一个座位上，自己挤在印家厚旁边。

"我们欣欣可顽皮，简直和男孩子一样。"

"我儿子更不得了。"

"养个孩子可真不容易啊！"

"就是。太难了！"

有了孩子们这个话题，大人们一见如故地攀谈起来了，可在前一刻他们还素不相识呢。谈孩子的可爱和为孩子的操劳，叹世世代代如水流；谈幼儿园的不健全，跑月票的辛酸苦辣，气时时事事都艰难。当小女孩的妈听印家厚说他家住在汉口，还必须过江，过了江还得坐车时，她"哇"了一下，说："简直到另一个国家去，可怕！"

印这厚说："好在跑惯了。"

"我家就在这趟车的终点站旁边。往后有什么不方便的时候，就把印雷接到我家吧。"

"那太谢谢了！"

"千万别客气！只要不让孩子受罪就行！"

"好的。"

印家厚发现自己变得婆婆妈妈了，变得容易感恩戴德，变得喜欢别人的同情了。本来是又累又饿，被挤得满腹牢骚的，有人一同情，聊一聊，心里就熨帖多了，不知不觉就到终点。从前的他哪是这个样子？从前的他是个从里到外，血气方刚，衣着整齐，自我感觉良好的小伙子，从不轻易与女人搭话，不轻易同情别人或接受别人同情。印家厚清清楚楚地看出了自己的变化，他却弄不清这变化好还是不好。

在爬江堤时，他望见紫褐色的暮云仿佛就压在头顶上。心里闷闷的，不由长长叹了一口气。

轮渡逆水而上。

逆水比顺水慢一倍多，这是漫长而难熬的时间。

夕阳西下，一分钟比一分钟暗淡。长江的风一阵比一阵凉。不知是什么缘故，上班时熟识的人不约而同在一条船上相遇，下班的船上却绝大多数是陌生面孔。而且面容都是怏怏的，呆呆的，疲惫不堪的。上船照例也抢，椅子上闪电般地坐满了人，然后甲板上也成片成片地坐上了人。

印家厚照例不抢船，因为船比车更可怕，那铁栅栏门"哗啦"一开，人们排山倒海压上船来，万一有人被裹挟在里面摔倒了，那他就再也不可能站起来。

印家厚和儿子坐在船头一侧的甲板上，还不错，是避风的一侧。印家厚屁股底下垫着挎包。儿子坐在他叉开的两腿之间，小屁股下垫了牛皮纸，手绢和帆布工作服，垫得厚厚的。冲锋枪挂在头顶上方的一个小铁钩上，随着轮船的震动有节奏地晃荡。印家厚摸出了梁羽生的《风雷震九州》，他想总该可以看看书了。他刚翻开书，儿子说："爸，我呢？"

他给了儿子一本《狐狸的故事》，说：自己看，这本书都给你讲过几百遍了。

他看了不到一页，儿子忽然跟着船上叫卖的姑娘叫起来：“瓜子——瓜子，五香瓜子——”声音响亮引起周围打瞌睡人的不满。

"你干什么呢？"

儿子说："我口渴。"

"口渴到家再说。"

"吃冰淇淋也可以的。"

印家厚明白了，给儿子买了支巧克力三色冰淇淋，然后又低头看书。结果儿子只吃了奶油的一截，巧克力的那截被他抠下来涂在了一个小男孩的鼻子上，这小男孩正站在他跟前出神地盯着冰淇淋。于是小男孩哭着找妈妈去了。唉，孩子好烦人，一刻也不让他安宁。孩子并不总是可爱，并不啊！印家厚愣愣地，瞅着儿子。

一个嗓门粗哑的妇女扯着小男孩从人堆里挤过来，劈头冲印家厚吼着："小孩撒野，他老子不管，他老子死了！"

印家厚本来是要道歉的，顿时歉意全消。他一把搂过儿子，闭上眼睛前后摇晃。

"呸！胚子货！"

静了一刻，妇女又说："胚子货！"又静了一刻，妇女骂骂咧咧走了。雷雷从父亲怀里伸出头来，问："胚子货是骂人话吗？爸。"

"是的。往后不许对人说这种话。"

"胚子货是什么意思？"

"骂人的意思。"

"骂人的什么？"

这是个爱探本求源的孩子，应该尽量满足他。可印家厚想来想去都觉得这个词不好解释。他说："等你长大就懂了。"

"我长大了你讲给我听吗？"

"不，你自然就懂了。"他想，孩子，你将面对生活中的一切，包括丑恶。

"哦——"

儿子这声长长的哦令人感动，印家厚心里油然升起了数不清的温柔。

儿子老成而礼貌地对挡在他前面的人说："叔叔，请让一让。"

印家厚说："雷雷，你干什么去？"

"我拉尿。"儿子叮嘱他，"你好好坐着，别跟着过来。"

儿子站在船舷边往长江里拉尿。拉完尿，整好裤子才转身，颇有风度地回到父亲身边。他的儿子是多么富有教养！可他母亲说他四岁的时候是个小脏猴，一天到晚在巷子口的垃圾堆里打滚，整日一丝不挂。儿子这一辈远远胜过了父亲那一辈，长江总是后浪推前浪，前景应是一片诱人的色彩。

他收起了小说。累些，再累些吧。为了孩子。

中国文学名作鉴赏

天色愈益暗淡了。船上的叫卖声也低了。底舱的轰隆声显得格外强烈。儿子伏在他腿上睡着了。他四处找不着为儿子遮盖的东西,只好用两扇巴掌捂住儿子的肚皮。

长江上,一艘幽暗的轮船载满了昏昏欲睡的乘客,慢慢悠悠逆水而行。看不完那黑乎乎连绵的岸,看不完一张张疲倦的脸。印家厚竭力撑着眼皮,竭力撑着,眼睛里头渐渐红了。他开始挣扎,连连打哈欠,挤泪水,死鱼般瞪起眼珠。他想白天的事,想雅丽,想肖晓芬,想江南下的信,用各种方法来和睡意斗争。最后不知怎么一来,头一耷拉,双手落了下来,鼾声随即响了,父子俩一轻一重,此起彼伏地打着呼噜。

彩灯在远处凌空勾勒出长江大桥的雄姿,两岸的灯火闪闪烁烁,晴川饭店矗立在江边,上半部是半截黑影,下半部才有稀疏的灯光。船上早睡的人们此刻醒了,伸了伸懒腰,说:"晴川饭店的利用率太低了!"

舱面上一片密集的人头中间突然冒出了一个乱蓬蓬的大脑袋,这是一个披头散发的女疯子,她每天在这个时候便出现在轮渡上。女疯子大喝一声,说:"都醒了!都醒了!世界末日就要到来了。"

印家厚醒了,他赶快用手护住儿子的肚皮,恼恨自己怎么搞的!一个短短的觉他居然做了许多梦,可一醒来那些具体情节却全飞了,只剩下满口的苦涩味。在猛醒的一瞬间,他好不辛酸。好在他很快就完全清醒了,他听见女疯子在嚷嚷,便知道船该靠码头了。

"雷雷,到了。嘿,到了。"

"爸爸。"

"嘿,到了!"

"疯子在唱歌。"

"来,站起来,背上枪。"

"疯子坐船买票吗?"

"醒醒吧,还迷糊什么!"

汽笛突然响了,父子俩都哆嗦了一下,接着都笑起来,天天坐船的人倒让船给吓了一跳。

人们纷纷起立,哦啊啊打哈欠,骂街骂娘。有人在背后扯了扯印家厚,他回头一看,是讨钱的老头。老头扑通一下跪在他们父子跟前,不停地作揖。印家厚迟疑了一下,掏出一枚硬币给儿子。雷雷惊喜而又自豪地把硬币扔进老头的破碗,他大概觉得把钱给人家比玩游戏有趣得多。

印家厚却不知该对老头持什么样的看法才对。昨天的晚报上还登了一则新闻,说北方某地,一个年轻姑娘靠行乞成了万元户。他一直担心有朝一日儿子问他这个问题。

"爸,这个爷爷找别人要钱对吗?"

问题已经来了。说对吧,孩子会效法的;不对吧,爸爸你为什么把钱给他?就连四岁的孩子他都无法应付,几乎没有一刻他不在为难之中。他思索了一会,一本正经地告诉儿子:"这是个复杂的社会问题,你太小怎么理解得了呢?"

幸好儿子没追问下去,却说:"爸,我饿极了!"

浮桥又加长了,乘客差不多是从江心一直步行到岸上。傍晚下班的人真怕踏上这浮桥,一步一拖,摇摇晃晃,总像走不到尽头,况且江上的风在春天也是冷的。

为什么不把江疏浚一下?为什么不想办法让轮渡快一些?为什么江这边的人非得赶到江那边去上班?为什么没有一个全托幼儿园?为什么厂里的麻烦事都摊到了他的头上?为什么他不能果断处理好与雅丽的关系?为什么婚姻和爱情是两码事?印家厚真希望自己也是一个孩子,能有一个负责的父亲回答他的所有问题。

到家了!

炉火正红,油在锅里嗤拉拉响,乱七八糟的小房间里葱香肉香扑面,暖暖的蒸汽从高压锅中悦耳地喷出。妈妈!儿子高喊一声,扑进母亲怀里。印家厚摔掉挎包,踢掉鞋子,倒在床上。老婆递过一杯温开水,往他脸上扔了一条湿毛巾。他深深吸吮着毛巾上太阳的气息和香皂的气息,久久不动。这难道不是最幸福的时刻?他的家!他的老婆!尽管是憔悴、爱和他扯横皮的老婆!此刻,花前月下的爱情,精神上微妙的沟通等等远远离开了这个饥饿困顿的人。

儿子在老婆手里打了个转,换上了一身红底白条运动衫,伤口重新扎了绷带,又恢复成一个明眸皓齿,双颊喷红的小男孩。印家厚感到家里的空气都是甜的。

饭桌上是红烧豆腐和余元汤;还有一盘绿油油的白菜和一碟橙红透明的五香萝卜条。儿子单独吃一碗鸡蛋蒸瘦肉。这一切就足够足够了啊!

老婆说:"吃啊,吃菜哪!"

她在婚后一直这么说,印家厚则百听不厌。这句贤惠的话补偿了其他方面的许多不足。

她说:"菜真贵,白菜三角一斤。"

"三角?"他应道。

"全精肉两块八哩,不兴还价的,为了雷雷,我咬牙买了半斤。"

"好家伙!"

"我们这一顿除去煤和佐料钱,净花三块三角多。"

"真不便宜。"

"喝人的血汗呢!"

"就是。"

议论菜市价格是每天晚饭时候的一个必然内容,也是他们夫妻一天不见之后交流的开端。

看印家厚和儿子吃得差不多了,老婆就将剩汤剩菜扣进了自己的碗里,移开凳子,拿过一本封面花哨的妇女杂志,摊在膝盖上边吃边看。

美好的时光已经过去,轮到印家厚收拾锅碗了。起先他认为吃饭看书是一个恶习,对一个为妻为母的人尤其不合适。老婆抗争说:"我做姑娘时就养成了这习

惯，请你不要剥夺我这一点点可怜的嗜好！"这样印家厚不得不承担起洗碗的义务。好在公共卫生间洗碗的全是男的，他也就顺应自然了。

男人们利用洗碗这短暂的时间交流体育动向，时事新闻，种种重要消息，这几分钟成了这排房子的男人们的友谊桥梁。今天印家厚在洗碗时听的消息太不幸了。一个男人说：伙计们，这房要拆了。另有人立刻问：我们住哪儿？答：管你住哪儿！是这个单位的安排，不是的一律滚蛋。问：真的吗？答：我们单位职工大会宣布的，马上就来人通知。好几个人说：这太不公平了！说这话的都是借房子住的人。印家厚也不由自主说了句："是不公平得很。"

印家厚顿时沉重起来，脸上没有了笑意，心里像吊着一块石头坠坠的发慌。他想，这如何是好呢？

他洗碗回来又抄起了拖把，准备拖了地再洗儿子换下的衣服。他不停地干活，进进出出，以免和老婆说话泄漏了拆房的事。她半夜还要去上夜班，得早点睡它一觉。暂且让自己独自难受吧。

"喂，你该睡觉了。"

"嗯。"

老婆还埋头于膝上的杂志。儿子自己打开了电视，入迷地看《花仙子》。

"喂喂，你该睡觉了。"

老婆徐徐站起。"好，看完了。有篇文章讲夫妻之间的感情的，你也看看吧。"

"好。你睡吧。"

老婆过去亲了儿子一下，说："主要是说夫妻间要以诚相见，不要互相隐瞒，哪怕一点小事。一件小事常常会造成大的裂痕。"

"对。"印家厚说。

老婆总算准备上床睡觉了，她脱去外衣，又亲了亲儿子，说："雷雷，今天就没有什么新鲜事告诉妈妈吗？"

印家厚立刻意识到应该冲掉这母子间的危险谈话，但他迟了。

儿子说："噢，妈妈，爸爸今天没在餐馆吃凉面。"

老婆马上脸形怒色。"你这人怎么回事！告诉你现在乙肝多得不得了，不能用外边的碗筷！"

"好好，以后注意吧。"

"别糊弄人！别以后，以后的……我问你：你今天找了人没有？"

印家厚愣了，"找……谁？"

"瞧！找谁——？"老婆气急败坏，一屁股顿在床沿上，翘起腿，道："你们厂分房小组组长啊！我好不容易打听到了这人的一些嗜好，不是说了花钱送点什么的吗？不是让你先去和他联络感情的吗？"

真的，这件事是家中的头等大事。只要有可能分到房子，彩电宁可不买。他怎么把这事忘得一干二净了呢？

"妈的！我明天一定去！"他愧疚地捶了捶脑袋。尤其从今天起，房子的事是燃眉之急的了，再不愿干的事也得干。

印家厚的态度这么好，老婆也就说不出话来了，坐在那儿干瞪着丈夫。

"酒呢?"

"黑市茅台四块八一两。"

"那算了，我再托托人去。奖金还没发?"

"没有。"他撒了谎。如果夫妻间果然是任何事都以诚相见，那么裂痕会更迅速地扩大。他说："看动静厂里对轮流坐庄要变，可能要抓一抓的。"先铺垫一笔，让打击来得缓和些。西餐是肯定吃不成的了，老婆，你有所准备吧，不要对你的同事们炫耀，说你丈夫要带你和儿子去吃西餐。

老婆抹下眼皮，说："唉，倒霉事一来就是一串。有件事本来我打算明天告诉你，今天让你睡个安稳觉的。可是……唉，姑妈给我来了长途电话。"

"河北的?"

"她说老三要来武汉玩玩，已经动身了，明天下午到。"

"是腿上长了瘤的那个?"

"大概是那瘤不太好吧。姑妈总尽情满足他……"

"住我们家。"

"当然。我们在闹市区。交通也方便。"

印家厚觉得无言以对。难怪他一进门就感到房间里有些异样，他还没来得及仔细辨别呢。现在他明白了：床头的墙壁上垂挂着长长的玻璃纱花布，明天晚上它将如帷幕一般徐徐展开，挡在双人床与折叠床之间；折叠床上将睡一个二十岁的小伙子。印家厚讪讪地说："好哇。"他弹了弹花布，想笑一笑冲淡一下沉闷的空气，结果鼻子发痒，打了个喷嚏。老婆一抬腿上了床，他扭小了电视的音量，去卫生间洗衣服。

洗衣服。晾衣服。关掉电视。把在椅子上睡着了的儿子弄到折叠床上，替他脱衣服而又不把他搬醒，鉴于今天凌晨的教训给折叠床边靠上一排椅子。轻轻地，悄悄地，慢慢地，不要惊醒了老婆。憋得他吭哧吭哧，一头细汗。

印家厚上床时，时针指向十一点三十六分。

他往床架上一靠，深吸了一口香烟，全身的筋骨都咯吧咯吧松开了。一股说不出的麻麻的滋味从骨头缝里弥漫出来，他坠入了昏昏沉沉的空冥之中。

只亮着一盏朦胧的台灯。

他在灯晕里吐烟，杂乱地回想着所有难办的事，想得坐卧不宁，头昏眼花，而他的躯体又这么沉，他拖不动它，翻不动它，它累散了骨架。真苦，他开始怜悯自己。真苦！

老婆摊平身子，发出细碎的酣声。印家厚拿眼睛斜瞟着老婆的脸。这脸竟然有了变化，变得洁白，光滑，娇美，变成了雅丽的，又变成了晓芬的。他的脸膛呼地

一热,他想,一个男人就不能有点儿野心么?这么一点破心中顿时涌出一团邪火,血液像野马一样奔腾起来。他暗暗想着雅丽和晓芬,粗鲁地拍了拍老婆的脸。老婆勉强睁开眼皮觑了他一下,讷讷地说:"困死了。"

他火气旺盛地低声吼道:"明天你他妈的表弟就睡在这房里了!"他"嚓"地又点了一支烟,把火柴盒啪地扔到地上。

老婆抹走了他唇上的香烟,异常顺从地说:"好吧,我不睡了,反正也睡不了多久了。"她连连打呵欠,扭动四肢,神情漠然地去解衣扣。

印家厚突然按住了老婆的手,凝视着她皮肤粗糙的脸说:"算了。睡吧。"

"不,只有半小时了,我怕睡过头。"

"不要紧,到时候我叫醒你。"

"家厚!家厚,你真好……"

他含讥带讽地笑了笑。平静得像退了潮的沙滩。

老婆忽然眼睛湿润,接着抽泣起来,说:"我实在不忍心告诉你,这房子马上就要拆了……通知书已经送来了……"

"哦。我也早知道了。"他说:"明天我拼命也得想办法!"

"你也别太着急,退路也不是完全没有。我打听了,有私房出租,十五平方每月五十块钱,水电费另加。……西餐是吃不成的了,可笑的是……我们还像小孩子一样,嘴馋……"

印家厚关了台灯,趁黑暗的瞬间抹去了涌出的泪水。他捏了捏老婆的手,说:"睡吧。车到山前必有路,船到桥头自会直。"

老婆,我一定要让你吃一次西餐,就在这个星期天,无论如何!——他没有把这话说出口,他还是怕万一做不到,他不可能主宰生活中的一切,但他将竭尽全力去做!

雅丽怎么能够懂得他和他老婆是分不开的呢?普通人的老婆就得粗粗糙糙,泼泼辣辣,没有半点身份架子,尽管做丈夫的不无遗憾,可那又怎么样呢?

印家厚拧灭了烟头,溜进被子里。在睡着的一刻前他脑子里闪出早晨在渡船上说出的一个字:"梦",接着他看见自己在空中对躺着的自己说:"你现在所经历的这一切都是梦,你在做一个很长的梦,醒来之后其实一切都不是这样的。"他非常相信自己的话,于是就安心入睡了。

烦恼人生中的片刻轻松

——论池莉小说的生存哲学

谷瑞丽,牛光夏

池莉因写烦恼——《烦恼人生》而成名,而且因其视点的下移,对"烦恼"、

"悲剧"做出了独特的理解——"为了维持日常生活而必须要做的事情却偏偏做不到,这就是悲剧。哈姆莱特的悲哀在中国有几个人有?我的悲哀,我那邻居孤老太婆的悲哀,我的许多熟人朋友同学同事的悲哀却遍及全国。这悲哀犹如一声轻微的叹息……有时候甚至让人们留意不到,值不得思索,但它总有一刻使人感到不堪重负"①,其笔下人生中的烦恼可以说是无处不在,无孔不入。但是,揭示烦恼、呈现烦恼并不是池莉的最终目的,化解和超越人生烦恼以及由此获得精神的净化和升华,才是池莉"烦恼"主题的终极所归。所以,池莉在其小说中集中呈现了独具特色的生存哲学:以韧性的生命力——"不屈不挠的活",去对付沉重的生存。

具体说来,面对生活中的种种烦恼,池莉主要采取了以下对策:

一、"中和"烦恼

"中和"、"中庸"是儒家思想的精髓。在对待人生的态度上,儒家重视现世享受,行乐生主义,不回避人生"烦恼",有一套化解"烦恼"的办法。

这就是,儒家大多能保持一种达观知足的人生态度。所谓"知足",即是有效地控制欲望和需求,不使它无限制地增长,以至于发展到无法满足而造成"烦恼"的境地。既无太上极乐的人生,亦无彻底悲观的人生,儒家常取一种"中和"的态度,故而能常享生之欢乐。这既是中国文化也是中国人独有的一种性格特征。

池莉的作品是深得其中三昧的。尽管种种人生"烦恼"常常弄得印家厚(《烦恼人生》)十分尴尬,将他置于无可奈何的境地,但他并不把这种尴尬和困境看做是生存的悲剧,而是以一种顺应的态度,通过得失互补、福祸相替的转换"中和",求得精神上的慰藉和平衡。"比上不足,比下有余","好不会太好,坏也坏不到哪里去"及"解决了,没有什么乐趣,没解决也自有退路"的心理就是印家厚这种态度的真实的具体写照。比如,印家厚认识到,"老婆就是老婆,人不可能十全十美"。况且居然还有人把他老婆误认为未嫁姑娘,这不是一件可喜的事吗?收到知青伙伴江南下的来信,印家厚"相比之下,他感到自己生活正常,家庭稳定,精力充沛,情绪良好,能够面对现实",于是"他的自信心又陡然增强了好多倍"。"轮到情绪极度颓丧的时候,印家厚就强迫自己想想同学(指的是在炼钢厂工作,在遗嘱上写'在我的葬礼上,请给我穿上雪白的衬衣'的那位)的事,忆苦思甜以解救自己。"另外,印家厚将三等奖金——五元钱分别派了大用场,也可看做是"中和"自己烦恼心情的一副良方,以致徒弟雅丽赞他"做得真俏皮"。饥饿困顿的他下班回到家,"老婆递过一杯温开水,往他脸上扔了一条湿毛巾",令他感觉到"家里的空气都是甜的",尤其是当老婆把晚饭端上桌,看着满桌实在又有营养的饭菜,他禁不住感慨:"这一切就足够足够了啊!"老婆自结婚后一直这么说的"吃啊,吃菜哪"的谦让,则让印家厚"百听不厌"。这句贤惠的话补偿了其他方面的许多不足。

---

① 池莉:《我写〈烦恼人生〉》,载《小说选刊》1988年第2期。

二 "忍"受烦恼

"忍"同样是儒家人生哲学的一个重要方面,忍辱负重也是我们民族的一大传统美德。黑格尔也曾说过:人不但要善于"承担"生活加诸的各种矛盾,而且要善于"忍受"生活加诸的各种矛盾。

这种"忍受"其实就是一种深层和本质意义上的征服行为。它体现了一种不为生活所击倒的坚韧毅力,一种敢于生存下去的非凡勇气,反映出凡俗人物对生存环境的巨大压力与莫可名状的吞噬力的抗拒与反拨,英雄本色尽显其中。

池莉的小说把人在现实社会里的忍耐性表现得相当充分。《烦恼人生》中的印家厚也好,《不谈爱情》中的庄建非也好,他们没有什么崇高的理想、深刻的思想,他们有的只是普通人的普通生活愿望及其力不从心的世俗的烦恼,然而他们的生活和心态却有着广泛的代表性,蕴含着中国国民那种一贯的利命保身的现世协调精神,一种隐忍的主体倾向。印家厚工作十七年仍分不到房子,只能住在随时都有可能被拆迁的"猪狗窝"里,因而时时受到老婆的鄙薄,他忍受着;他日夜在厂里加班加点,没有人比他干得更苦,按"轮流坐庄"该他拿头等奖了,最后却莫名其妙地只得到三等奖金,他忍受着;被抓"壮丁"组织什么和日本来的友好访华团联欢,他忍受着;在参观团参观的全过程中,他在操作台前,直着腿挺挺地站着、忍受着……庄建非在因和妻子的一次口角而发展成的婚姻危机面前,为了争取到出国进修的名额,只得"宰相肚里能撑船",委曲求全低三下四地把赌气跑回娘家的妻子请回来。没有爱情就强忍着不谈爱情只谈结婚,"婚姻磨练男人","结婚是成家,妻子不是性的对象,而是过日子的伴侣……"本来富有玫瑰般迷人色彩和醉人馨香的婚姻爱情,却滋生出剪不断理还乱的茫然与苦涩。然而,庄建非还是忍受着这理想与现实的背离。再如《金手》中的主人公,对待不公正的人生境遇,也采取了忍耐的态度,等等。

对印家厚们来说,忍受生活、顺从现实是建立在他们对现实环境清醒认识之后的一种无奈选择。工人印家厚的烦恼主要来自于必须的物质生活需要却得不到满足,即其所有人生的"烦恼"都是形而下的,都是与实际的生活密切相关的,诸如住房、工资、奖金、老婆、孩子等现实的问题。这些琐屑的生活欲望体现着人作为有生命的自然物的感性存在,维系着人的基本生存。然而即使是为了获取这些基本的生存条件,也时时受到生存环境的阻遏,生存环境对人显示出了它的极大的威慑力。对此,印家厚有着清醒的认识。对于小人物而言,他们每时每刻都被强大的生活力量折磨着压抑着,他们自身的力量如此微弱,他们别无选择,只能委屈自己,以逐渐磨灭自己个性去适应现实环境的方式,求得与现实环境的暂时和谐。因此,印家厚选择了顺从和忍受,不再抱不切实际的梦想,不再被不切实际的要求所奴役,而是睁开眼睛注视现实,在"冷也好热也好活着就好"这一观念的支配下,甘于承担和忍受生活的重压与磨难,尊重生活的现有秩序,依循生活的逻辑来安排切合自己的生活,以自己的方式享受生活的情趣与满足。限于物质条件的困窘,印家厚对现实生活不可能有更高的理性认识。用马克思对人与环境的关系的论点来说，印家厚只是认识到了环境对人的制约和限制，只认识到了人身上的受动性，而认识不到人对环境的能动性。生活就如同一只灰色的染缸，任何人只有接受染色才能更好地生存，而那些拒绝染色的人总以自己独具的颜色招致环境的敌对，这也便是从印家厚们的身上折射出的具有池莉特色的以市民文化视角观照下的人与环境的辩证法。

三、"悬置"烦恼

具体说来就是只谈"个体生存体验"，不谈"终极意义"；或者说，只谈"世俗关怀"，不谈"终极关怀"。任何事物都有正与反、消极与积极的两面，无视它的消极面，自然就突出了积极的一面。

在池莉的部分小说里，用"悬置"烦恼的方法，消解了烦恼；用漠视绝对的社会道德准则的方法，收获了快乐。

在《怀念声名狼藉的日子》里，池莉试图挽留的是一种失去的记忆，是作为十七岁少女豆芽菜的"那一刻"的真实而轻盈的生命欲望，一种片刻的存在状态。豆芽菜的个体混沌的存在体验之所以轻盈，是因为放弃了我们惯常的对终极意义的探索。终极意义的存在，要求人生有一个为之奋斗的所谓正确的终极目标，进而导致对道德的强调，而任何对道德的强制要求都是对个体经验的束缚。现实生活中，每个人都会面对自己的道德困境做出选择，但这种选择不一定都是围绕着一个绝对的社会道德准则做出的。这中间就会存在着无数的悖论。比如，声名狼藉的日子是美好的吗？豆芽菜是一个声名狼藉的女孩，可是她快乐得一塌糊涂，以至于在很多年以后，她依然无限怀念，并"打心眼里热爱"她那些声名狼藉的日子。

豆芽菜坚定地告诉我们：声名狼藉的日子不一定就是痛苦的，它也可以是美好的，值得怀念的。豆芽菜从最初的道德负罪感中摆脱出来，恢复了个体自主的感觉价值偏好。声名狼藉是当时的绝对道德对豆芽菜的评价，而就豆芽菜这个独立个体而言，她是正常而美好的，相对的道德感为精神上饥饿的豆芽菜留住了生命中最难忘最欢愉的记忆。

池莉非常注重个体生存体验。或者说，人生的幸福和快乐本来就细小和微弱，池莉是用抓住并状写瞬间的细屑的感性经验从而放大它的方法，收获快乐，增强自信。她在散文《人间牵挂》里，曾这样写道："在武汉市，无论你居住在三镇的哪一个镇，无论天气多热多冷，无论你是在挤车还是挤船，忽然在某一个时刻，呜的一声船鸣缓缓滚过，这声音是那么巨大却又绝不高亢尖锐，它远远超越城市的嘈杂，清晰而从容地从你心头抚摸而去。那感觉真熨帖，仿佛那是你百岁祖父慈爱的手。"[①] 用心头那一刻温馨的真实体验消除了生活中无处不在的烦恼，增强了生存勇气。

在小说《绝代佳人》里，出乎读者意料，"绝代佳人"竟会是一道菜的名字。

---

① 池莉：《池莉文集》（第四卷），南京：江苏文艺出版社，1995年版，第23页。

这道菜的材料非常简单,"是茄子和辣椒。辣椒带着秋天的红晕,茄子是最新一茬也是最后一茬秋茄子,小小的,尖尖的,紫里透绿"。制作过程也没有什么特别的。但不知怎么的,"绝代佳人"就像老知青所说的那样,是"一个非常非常好吃的菜,其美味举世无双,你吃过一次,必将终身难忘并且只要你有悟性,还会终身受用"。那么为什么叫"绝代佳人"呢?老知青解释说:"它绝对的新鲜,因为菜地就在屋后。炒菜的火候绝对的好,是木柴的火。锅盖也是一绝,杉木做的,没上过桐油或者油漆。还有两种佐料更是绝品。……一种佐料是你们今天的饥饿,知青的饥饿;另一种佐料是我们的感情。我们见面就是亲人。我非常乐意为你们做菜,你们非常想吃我做的菜。我们共同拥有一个时代共同拥有一个家,我们无疑将共同拥有一段历史。历史过去了就不会再来。'绝代佳人'也一样,是个唯一。所以说,生活是值得珍惜的,不管是什么样的生活。"在当时,对老知青的解释,三个女孩子(张莉,李萍,许玲)总有一些似懂非懂,但"万万没有想到这顿普通的炒茄子,真是她们这一生中的'绝代佳人'。在后来的岁月里,无论怎么费尽心机,想吃一口与这天一样味道的炒茄子,却不是缺这就是缺那,怎么也吃不到了"①。

用个体独特而美妙的生存体验弥补知青生活的单调乏味、物质的匮乏以及精神的饥饿,从而使得知青生活幻化为每一位主人公的美好而难忘的记忆。

因为物质生活的普遍匮乏,池莉二十世纪八十年代中后期的作品更多是反映当代平民百姓的生存困难。在生存困境面前,池莉更注重人的当下体验。这些作品的人物虽然因为物质条件的制约和限制,不能充分地发展自己的"自然本性",发挥自己的"自然能力",做他们所爱做和所能做的事情,但却能在受制约的人生中通过自我体验去求得一种心理上的顺应和平衡。在池莉的笔下,这些"小人物"总是在不尽如人意的物质匮乏的环境中坚韧地生活着,百折不挠。这些与生存融为一体、挥之不去的"烦恼"就如生活的润滑剂,不仅没有摧毁主人公对生活的热情,反而一次次诱使他们体味了生存的真谛。"我尊重、喜欢和敬畏在人们身上发生的一切和正存在的一切。这一切皆是生命的挣扎和奋斗。"② 八十年代后期的池莉就是以这种注重当下体验的人生模式,为在充满矛盾的困境中生存的印家厚们找到了一种重要的精神支撑。

再看《烦恼人生》中的几个片断:"你遗憾老婆为什么不鲜亮一点吗?然而这世界上就只有她一个人在送你和等你回来。""谁又敢断言这小子(印雷)将来不是个将军?生活中原本充满了希望和信心。"忙碌一天之后拖着疲惫的身子回到家,"印家厚摔掉挎包,踢掉鞋子,倒在床上。老婆递过一杯温开水,往他脸上扔了一条湿毛巾。他深深吸吮着毛巾上太阳的气息和香皂的气息,久久不动。这难道不是最幸福的时刻?他的家!他的老婆!尽管是憔悴的、爱和他扯横皮的老婆!

---

① 池莉:《一夜盛开如玫瑰》,北京:中国文联出版社,2001年版,第169—171页。
② 池莉:《于云破处看天蓝》,南宁:广西民族出版社,2001年版,第188页。

……印家厚感到家里的空气都是甜的。"

这些片断准确传达出了个体生存体验的美好,然而不少评论家却理解成是印家厚在无奈困顿的现实中利用"精神胜利法"对自己的安慰。本人认为,这和鲁迅先生小说中阿Q的"精神胜利法"有着本质区别。阿Q的"我们先前阔多啦"、"儿子打老子"是用虚构的"事实"和胜利来安慰自己的精神,而印家厚则不然。这些感觉是他个人在某一时刻的生存体验,是一种真实的生存状态。这一刻,印家厚是幸福的,是满足的,是愉悦的。但如果从终极意义上说,印家厚又是不幸的。似乎正应了中国的那句俗话———好汉无好妻,首先他不满意自己的老婆。然真实的生活中,先不说老婆因为谁而憔悴、而粗糙,假使印家厚的老婆是光艳的、鲜亮的,印家厚就不会有烦恼了吗?江南下就是他的前车之鉴。试想,他和"我什么也不要求"的雅丽结合会不会幸福?印家厚自己就做了回答:"他不能同意雅丽的说法。不能的理由太多太充足了。"印家厚还算明智。举个不太恰切的例子,同是作为绿化植物,法桐枝繁叶茂,长得快,泼辣,省心省力,最关键的是绿化效果好;而银杏,固然比法桐更有经济价值,但它娇贵,单薄,长得慢,需要花费很多精力且补栽率高,最关键的是绿化效果不太好。印家厚所认识到的"普通人的老婆就得粗粗糙糙,泼泼辣辣,没有半点身份架子,尽管做丈夫的不无遗憾,可那又怎么样呢",确实是现实生活所赋予的真知灼见。强调个体美好的生存体验,不谈终极意义和标准,这是消解"烦恼"的极现实、极佳的一种方式,也是人生灰色风景线中的一抹温情和亮色,人生将因此而变得轻松。

这里通过对知青豆芽菜们和印家厚们的"个体经验"的观照,传达出了池莉对世俗人生的"世俗关怀",虽然从"终极意义"上来说,它并不能引导或激励人们今后的人生道路,但它强调的是入世精神,一种对个体的人生状态的关怀,是别样的"逃避烦恼"的人生哲学,而不是"逃避生活"的人生态度。无疑,前者是一种生活的智慧,而后者则是对生活的惧怕。

总之,池莉面对烦恼无处不在的现实生活,思考的是怎样才能在现实中生活得更好,而不是寻求对于现实的挑战和反抗。池莉生存哲学的基本精神是具有积极意义的。人现实地生存于社会这张大网中,对抗社会显然是不明智的行为,只能选择接受既成规范并于其中找寻某种乐趣和安慰。

生活就像一部巨大而又精密的机器,一个人必须了解它,适应它,小心翼翼地进入它指定的某个位置,才能得到自己的那份幸福。这里,启蒙文学所宣扬的个人对抗社会,已经被个人服从社会所取代。只有认识我们的生活,看清我们自己的处境,才能有效地保持对于生活和生命的热爱,而不至于走向消极和沉沦。

这就是池莉"烦恼人生"中的忘忧草,具有现实协调作用的一种处世精神和哲学。

(原载《济南大学学报》2005年第4期)

18. 蚊　刑

孙方友

陈州城四周皆是湖，万余亩，水天一色，素有"水城"之誉。湖内蒲草丛丛，荷花片片，因而夏日多蚊虫。傍晚时分，那蚊虫便密匝匝飞出；团团而来，团团而去，云集之处，铺天盖地，"嗡嗡"之声，能传百步之遥。

此地蚊虫，针长翅大，肚明腿花，为花脚蚊子，咬人贼轻，过后则又肿又硬，奇痒难忍，素有"飞蛇"之称。

每到夏日傍晚，陈州内外便火艾熏天。外埠人进陈州，必得先经得起火艾薰，要不，你就无法呆下去。洗澡要带火艾，一手举着在头上绕圈儿，一手搓灰洗身，稍慢一时，便黑压压落满前胸后背，搭手一拍，鲜血满掌。晚间大解，更需火艾，一手提裤脱裤，一手拿火艾身前身后甩。若不然，落下黑麻麻一层，屁股当即要"肥"一圈儿。更可怕的是叮了人的要害。那玩艺儿最怕叮，肿得透明，屙尿也要滴湿鞋。据传当年包公下陈州就曾受过此苦。好在人们不愿朝清官身上泼黑，于是未见诸文字，只是口传而已。

因而，此地火艾有价钱。

先前的时候，陈州一直为府。不知何朝何代，降为县。首任知县姓贾，至于叫贾什么，已无从考究。此人为人刁毒，搜刮民财，不择手段，人送外号"花脚蚊子"。每到夏日，他必做火艾生意，而且还订了"土政策"：不准外埠或本地客商在此出售火艾。独门生意好做，因此他年年必发火艾财。

火艾生意，扎本小，获利大，商人和四周村民见钱眼开，便偷做。每每抓到偷售火艾者，贾知县就用蚊刑惩罚之。

蚊刑，顾名思义，就是用蚊子叮。让人把罪犯衣服扒光，然后缚了，划船送到河心，看守守在四旁，坐在吊了帐子的船上。受刑者如若天明五时身亡，罪有应得；如若命大不死，当场放生。可大多受蚊刑者，皆撑不到黎明，便浑身浮肿，一命呜呼。

有时候，贾知县也用此刑法严惩土匪和惯偷。偷偷倒卖火艾的商人和村民虽然对贾某奈何不得，但土匪们却不是好惹的。土匪们扬言，若有一天活捉贾知县，一定要为弟兄们雪耻。

这一年七月，一队土匪夜袭县城，果真绑走了贾知县。到了一处，众匪推出贾知县。匪首望了望一县之长，冷笑一声，当即命令，用蚊刑。

几个匪徒应声把贾知县的衣服扒了个净光，知县又白又胖，如同刚褪净的肥猪。一匪徒照腚一掌，脆响。众匪大乐，细看父母官，仍气宇轩昂，不屑一顾。匪首大怒，高喝："上刑！"众匪应声而动，把知县缚了，搁到船板上，送到湖中。

时处盛夏,蚊虫极多。月光下,众匪坐在吊了帐子的大船上,喝酒吃肉,笑看贪官丧九泉,那贾知县身上早已落满了蚊虫,里三层外三层,如蜂房一般。一时间,知县又肥了许多,像陡然下了一场黑雪,父母官被埋进了雪堆里。

……那知县如死了般一动不动,直到天明。众匪以为知县已亡,给他松了绳索。没想他突起,虽然眼肿脸胖,竟没死。众匪惊诧,问:"你怎么没死?"

知县笑道:"蚊子,懒虫也,吃饱喝足便是睡觉。吾一夜如眠,怕的就是惊动他们。这样一来,后边的蚊子过不来,趴在身上的已喝饱,是它们保全了我!说出道理来怕你们不懂,这就叫逆来顺受!"

"胡扯!"匪首怒吼,"我们兄弟为何叮死了?"

"这就怪他们自己了!蚊刑中有明文规定:天明不死者放生。可他们耐不住,来一批蚊子刚喝饱,他们便摇头晃身,把它们赶跑了,于是又来了一批!一夜之间,赶跑一批又来一批,赶跑一批又来一批……如此循环,那血哪有不被喝干之理呢?"

众匪惊叹。

匪首顿悟,当下就放了贾知县。

妙在小大之间
——微型小说艺术探微
胡凌芝

(一)

微型小说的称谓很多,有袖珍小说、瞬间小说、掌篇小说、精短小说、一分钟小说、口袋小说、极短篇、超短篇、小小说等等。从篇幅的短长、体积的大小、阅读所需的时间等不同角度予以命名,一时难以统一。然而,在体制短小、字数有限这两点上,似乎为大家所认同。字数少——一般多则千余字,少则几百、几十字,自然决定了篇幅的短小。所以,"小"构成了它最显著的外部特征。微型小说在八十年代的文学舞台上异军突起,形成一种颇有影响的文学潮流,原因固然很多,但显然同当代社会经济的繁荣、时代进程加快所形成的人们对信息量的追求有关。

(二)

"麻雀虽小,五脏俱全。"微型小说作为小说的一种特殊形式,绝不可能割断小说自身的血脉;凡小说所涉及的诸种艺术手段,如故事、情节、人物等,在微型小说里,都不能忽略。不仅如此,从某种意义上说,由于微型小说的"小",在艺术手法上的要求往往就更高、更难。所以,"小"既是微型小说的特征、优势,又成为它的短处与局限。在创作微型小说的时候,要扬长避短,就必须处理好"小"

与"大"的关系,善于寄大于小,以小见大。中外一切优秀的微型小说的妙处,正在于小大之间。

微型小说篇幅的小和字数的少,限制作者去从容铺写,细细描述;然而,这并不意味着微型小说不能有深邃的主题,隽永的意味。微型小说要是都淡如白水,小如芥舟,不但读者不会欣赏,作家也不会去创作。事实上,在如何选取题材,如何开掘主题上,微型小说的作者照样可以大显身手。他虽不应"小题大做",却可以而且应该"大题小做",在有限的文字里,包容无限的意味和尽可能多的思想信息量。中外许多优秀的文学家,在微型小说的创作实践中,为我们提供了丰富的经验。

微型小说的创作,要求作家把自己全部艺术才能,集中体现在一个"小"字上。这不仅要求作家具有超人的审美感受力,善于捕捉生活中那些有意义的、闪光的东西;而且还要有杰出的艺术表现力,能够把自己独特、丰富的审美感受,凝聚为耐人寻味的一个小小的点。

以"一瞥"见精神的微型小说,可以说是一种"点"的艺术,在某种意义上,我们可以说,长篇小说是"线"的艺术,它展开了人类历史的画卷,短篇小说是"面"的艺术,它截取社会生活的横断面,而微型小说则是"点"的艺术,它只能选取生活面上的一个或两个点来加以表现,而难以作面上的铺陈。优秀的微型小说之所以得到读者的垂青,正是由于它把艺术"以一当十"、"小中见大"、寓无限于有限的特点,发挥到淋漓尽致的地步。泰国作家司马攻曾经这样形容微型小说:"小小说如一口井,井面很小而里面很深。"这个比喻既通俗,又形象。微型小说虽"小",却在取材、立意上给作者留下了广阔的天地。所有意图创作微型小说的人,都不能以为它的"小"可以取巧,因而容易创作。其实,恰恰相反,正因为它的"小",才更需要作者向深度开拓,往高处攀登。

(三)

从古到今,故事情节构成了小说的重要因素。现代派的小说家们,为了突破一切传统,表现他们对现实的独特感受,提出了淡化情节、淡化人物、淡化主题的主张,并在自己的创作实践中作了大胆的实验。他们的努力,对于扩展文学、尤其是小说的表现手法,虽不无裨益,但在满足大众的审美要求上,却令人感到隔了一层。微型小说看来更不能没有情节,要是真正淡化了情节,微型小说就不能称其为"小说"了,或许只能称之为"格言"。

从现有的创作来看,微型小说的情节是多样的:情绪型、氛围型、特写式、对话式(戏剧式)、断线式、有头有尾的、掐头去尾的……五彩缤纷,各显其能。由于受到体裁和字数的限制,微型小说在情节的处理上,不能像其他小说那样从容建构,完整有序,而只能巧妙营造,另辟蹊径。从微型小说的创作看,它在情节上的总体要求,可以概括为单纯、集中。台湾作家陈启佑的《永远的蝴蝶》,其情节的单纯性,堪为代表。天下着雨,为了到街对面的邮筒发信,只有一把小伞的"我"

的未婚妻樱子，体贴地提出自己一人去寄信，在穿越马路的瞬间，"随着一阵拔尖的煞车声，樱子的身体轻轻地飞了起来，缓缓地，飘落在湿冷的街面，好像一只夜晚的蝴蝶"。这一刹那间发生的不幸事件，时间、地点集中，情节极为简单；然而，由于作者的精心营造，寥寥几笔使作品悲剧的意味令读者永远难忘：

　　……她是要带我寄信的，那是一封写给在南部的母亲的信，我茫然站在骑楼下，我又看到樱子走在街心。其实雨下得并不大，却是一生一世最大的一场雨。而那封信是这样写的，年轻的樱子知不知道呢？"妈：我下个月和樱子结婚。"

　　作品写到这里戛然而止，但读者心里感受到的震撼与遗憾，可能并不下于作者。
　　相对于其他形式的小说，微型小说情节的完整、连贯是相对的，其空缺、跳跃则是绝对的。有的微型小说，出于主题的要求，须展现一个生活的横断面，但由于体制的约束难以实现，这时作者便巧妙地运用时空跳跃、时断时续的手法，来达到预期目的。
　　为了弥补微型小说情节线索的断裂和空缺，作家们在创作中都致力于意象建构中的有无相间、虚实结合，以便调动欣赏者的积极性，使他们的想象、联想充分活跃起来。文学艺术的欣赏，离不开欣赏者的意象再造；优秀的艺术都善于为欣赏者留下足以驰骋其想象的适当"空白"，微型小说在这一点上尤为突出。马克·吐温的《丈夫支出单中的一页》这篇没头没尾、不作任何描写的微型小说，仅以一页账单中的七行文字，活画出一个普通家庭中的复杂矛盾。账单上的前四笔，全是为女打字员开销的——从付招聘广告费，到送花、"共进晚餐"；紧接着两大笔开支，则是为"夫人"、"岳母"买衣服；最后一笔开支，是付"招聘中年女打字员的广告费"。当读到这最后一笔支出时，作品展示的情节，揭露的矛盾，刻画的性格，无不一一跃然纸上，令我们忍俊不禁。幽默大师马克·吐温的艺术才华，不能不叫人肃然起敬。

（四）

　　美存在于人生价值的创造之中。所以，古今中外一切文学艺术均以人及其生活情感作为表现的中心，微型小说自然也不能不写人。有的作品，如俄罗斯作家阿斯塔菲列夫的《月影》，表现月影怎样在平滑的水面上嬉戏；法国作家罗伯格里耶的《模特儿》，细致描绘房间中的几个模特儿模型和各种陈设物件。这类作品表面上并无任何人物，然而在其建构的静态或动态景象中，无不清晰地传达出人的感受，人的情绪，体现了人的意识的流动。就人物塑造的艺术手段而言，微型小说虽然可以采用一般小说常用的正写、侧写、明写、暗写、内心开掘、外貌刻画、行为表现、环境烘托等手法，但由于文字的限制，微型小说采用较多而又有效的方法大致为：

　　（1）融多样于单一。
　　生活是丰富的，性格是复杂的。文学作品在刻画人物上，理应表现出性格的复

杂多样。这种对于一般小说的合理要求，在微型小说的创作上实行起来，却不无困难。为了在有限的文字中勾勒出人物的精神面貌，作家必须删繁就简，融多样于单一，力避人物描写的繁冗和面面俱到。

在微型小说中，融多样于单一技巧的采用，比比皆是，不胜枚举。所以，融多样于单一的"单一"，不是单调，更不是贫乏。恰如古人所论的巧拙、智愚、精粗、美丑之辨一样，大巧若拙，大智若愚，而"丑到极处便是美到极处"。因而，成功的微型小说的"单一"，恰恰是作家艺术匠心独运之所在。

（2）借重复显诗情。

为了以一总多，以小见大，微型小说在人物性格的刻画中，常常又要像诗歌那样，一唱三叹，不避重复。埃及知名作家穆罕默德·阿里的《一个老人的问题》，描写一位孤苦伶仃的穷苦老人，连续三次在酒店即将关门的时候，来到酒店，重复着一句问话"有人问起过我吗？"一得到否定的答复，他便向酒保要酒喝，一杯，两杯，第三次竟要了一瓶，喝完之后，终于倒在地上。作家为什么要在如此短小的篇幅里，一再重复他的故事呢？小说的最后一笔使我们得到了答案——看到倒下的老人，酒保的双眼终于涌出了泪水，哭着说："最近好像有人问起过您，爸爸！"

重复，才能显示出父子间的纠葛；重复，才能揭示人际关系的不合理；重复，才能表达亲子之情的难以泯灭；重复，才能给读者以最大的心灵震撼。正是因为如此，优秀的微型小说往往具有诗歌的情意特点，给人以诗的审美享受。

（3）以对比为映衬。

为了以小见大，寓虚于实，在有限中包容尽可能多的内容，以对比作映衬的技巧，成为微型小说常用的一种手段。法国作家科莱特的《另一个妻子》和俄罗斯作家克拉夫琴科的《前妻》，为我们提供了范例。赞前妻贬新妻，是这两篇小说共同的题旨，然而在构思和布局上，两者却各有特色。前一篇视点较广，以大量的笔墨描写丈夫和新妻的心理、举止、吃喝、对话，而焦点则集中于前妻。在餐馆里，丈夫和新妻见到了他的前妻，两人不约而同产生了比的念头，他们处处贬损"前妻"，企图把她"比"下去，以求心理平衡。然而，正是这种贬损、对比，暴露出丈夫和新妻的粗鄙、庸俗，把着墨不多的前妻的高尚、自立显现出来。后一篇采用误会法，写作的角度大为不同。在医院里，住院的丈夫每天接受亲人送来的各种各样美味可口的食物，他向病友们介绍说，这是他美丽体贴的新妻送来的，简直把她吹成了一位天使。事实戳穿了他自己编造的谎言，新妻在他住院的半个多月中，根本未予过问，每天默默无言地送食物的，恰恰是他的前妻。

这两篇小说的经验表明，通过对比映衬，微型小说可以由此及彼，节省大量的篇幅，更好地实现以少总多、以小见大，增强自身的表现力。

（原载《华文文学》1995年第2期。此处有删节）

19. 日出（存目）

从新排《日出》看曹禺剧作的恒久魅力

何西来

自二十世纪五六十年代以来，我看了多次由几代导演和演员演绎的《日出》，每次都颇为感动，引起共鸣，进而沉思。但是，我看了此次新排的、由任鸣执导的《日出》，演出的成功，特别是导演的总体立意、演员的投入、技艺水平的整齐和节奏的自然流畅，都给我留下了深刻的印象。至于观众现场反应之热烈，更是出乎我的意料。

《日出》创作并发表于1936年，距今七十四年了。自其问世以来，不断地被不同时代的导演、演员、观众扮演着、欣赏着。戏剧，是剧作家生命存在的方式，只要他的剧作仍然被诠释着、演绎着，在舞台上呈现着并被观众欣赏着、共鸣着，他就仍然活着，活在舞台上，活在万千观众的心里。曹禺正是如此。剧作家也是人，作为个体生命，他像所有人一样，生理寿数是有限的，但他把自己的生命对象化到自己的剧作中去，升华为一种精神性的存在。如《日出》《雷雨》《北京人》《原野》、改编自巴金的《家》这样的杰作，就会超越个体生理寿数的有限时空，获得恒久的魅力。

《日出》的恒久魅力、生命力，存在于作家作品，二度创作的导演、演员的舞台呈现和坐在剧场里看戏的观众这三个维度的互动关系之中，当然也与大的时代环境以及具体的欣赏情境有关。

《日出》的恒久魅力，首先是剧作所具备的一种内在的质素，有了这种质素，才能够成功搭建起作家作品、二度创造者和观众的互动关系，魅力才能呈现在舞台上，实现作家、导演、演员与观众的交流，并最终被观众捕捉到、体验到。

《日出》之所以具有恒久的魅力，从剧作本身来看，我以为有这样几点：第一，这是一出有所感而发，有所为而作的戏，有深厚的生活累积，有现实的依据，是植根于当时历史沃土之中，而又经过综合提炼的戏。第二，作者深刻地揭露了那个"损不足以奉有余"的丑恶腐朽的社会制度，深入挖掘并展示了人性的善恶，塑造了陈白露这样一个交际花的典型形象，还有方达生、潘月亭、李石清、顾八奶奶、胡四、翠喜、小东西等个性鲜明的角色。第三，我很赞成田本相所强调的诗意。这诗意，实际上就是作者对象化到作品和人物创造上的童心，或赤子之心。它是曹禺睁着诗性的眼睛看取世界、看取人生、看取人物心灵的结晶。第四，作家为二度创造、为观众参与创造，留下了巨大的空间，留下了众多的可能性。

　　任鸣曾先后四次执导《日出》，每次都有创新，都有提高，都更接近了原作的底蕴和剧作家的精神境界，当然也适应着观众的当代审美需求。这次纪念版的排演，在综合前几次排演的经验与成果的基础上，任鸣给自己提出的要求是最大限度地尊重原作，最大限度地呈现原作，百分百地使用曹禺的语言，人物塑造、舞台美术、音乐使用都力求更接近那个时代。他认为，曹禺的作品之所以成为经典，"除了他的天才之外，更重要的是因为他的作品具有一种永恒的深刻和批判精神"。他还说："《日出》中的人物是可以超越时空存在的，我相信陈白露、潘月亭、李石清甚至胡四之流过去存在、现在存在，今后之未来也依然会存在下去。"剧作的恒久魅力是需要导演、演员根据自己的艺术经验、艺术感受力和人生经历去开掘、去辨识，并加以呈现的。作为二度创作的主体，他们都生活在当今非常现实的物质的和精神的文化环境之中。因此，即使力求尊重原作，也很难真正做到完全等同于曹禺在1936年写作《日出》时的感受，这才有了创作，有了时空的超越。魅力是一种关系，是一种创造，它是在后来者不断地阐释、发现中才变得恒久的。曹禺的伟大之处就是在于，他像戏剧史上许多大师巨匠一样，为后来者提供了这种几乎可以说是无限的可能。

　　任鸣把新排《日出》的关注焦点始终放在不同人物性格的开掘和塑造上，而在他看来，曹禺原作的深刻之处，首先就表现在深层人性善恶的揭示上，而批判精神也最终要通过人物之间爱恨情仇的关系表现出来。所以，舞台上的每个人物都显现出比较清晰的个性特色，这当然主要还看演员的艺术功力。这一台戏的整体流畅、自信、不显参差也主要表现在这里。

　　在我所看过的《日出》里，陈白露的扮演者可以说各见特色、各有千秋。但是陈好饰演的陈白露还是让我感到惊喜，是留给我印象最深、最好的一个。形体好、扮相好，演得放松、自然，既演出了这个人物沉沦堕落、纸醉金迷和作为交际花风情万种的一面，又演出了她未泯灭的人性善良的一面、天真纯情的一面，演出了人物不可逆转的悲剧命运。陈白露的服安眠药自杀，是必然的，此前做足了铺垫。导演把自杀的瞬间做了放大处理，把那张椅床一直推出舞台最前端，也凸显了那种悲剧之美。陈好说她扮演的角色："有时候风尘放荡，有时候纯情浪漫，有时候放纵任性，有时候又哀婉绝望，她是沉沦的，又不甘于沉沦；她厌恶了那个世界，厌恶了那个世界里的人，可又找不到一条新生的道路，这么复杂的人物，内心充满矛盾，苦痛万分，所以只有毁灭了自己才能解脱。"陈好理解了人物内心的深层矛盾，塑造出了只属于她自己的这一个陈白露。她成功了，她应该感谢曹禺为她提供了这种可能。然而，这并不妨碍以后别的演员创作出属于她们的陈白露。曹禺剧作和剧作中的人物们恒久的魅力也正是在这不断的创造中彰显出来的。

　　梁丹妮同时扮演顾八奶奶和翠喜两个人物，一个属于养尊处优的"有余"一端，一个则处于被侮辱被损害的"不足"一极。人物的气质、性格差异很大，梁丹妮既演出了富婆华丽服饰下的空虚、无聊、无耻,又演出了下等妓女下贱生涯掩盖不了的善良和洁白,当然也有无奈。

此外,谷智鑫饰演方达生的善良、书生气迂,王刚饰演潘月亭的老奸巨猾、贪色、装嫩,丛林饰演王福生的势利、世故、八面玲珑也都可圈可点。总之,他们都从曹禺的原作中找到了自己开掘人物性格的空间与可能,并且融进了自己的感悟和人生,实现了与观众的交流。《日出》正是通过他们的舞台呈现而赢得了当代观众的心。

我看新排《日出》上演的那天,剧场座无虚席,观众大多为年轻人,台下秩序极好。能够感受到随着剧情的推进台下观众情感、情绪的律动。特别是最后陈白露自杀这场戏,演员是慢节奏演的,而且有较长的停顿,我很担心观众等不及、不耐烦。但我的担心是多余的,观众已经入戏很深,台下静极了,直到灯光转暗,才掌声四起。

中间休息时,我听有的观众说,这出戏好像就是为现在写的。历史往往有惊人的相似,不一定是重复,更不一定是循环,但世道人心,特别是人性善恶的分野,人物性格深层的矛盾,往往会在不同环境、不同情境下反复出现。这就为经典剧作的被演绎,被重新阐释与解读,提供了可能。

曹丕在《典论·论文》中说,繁华有时而尽,未若文章之不朽也。好文章之不朽,就在于它们被读者阅读、鉴赏。曹禺经典剧目的恒久魅力,也在于仍被后来的剧人搬演,并被观众欣赏。

(原载《文艺报》)

20. 电影《活着》(存目)

论张艺谋电影的视觉表现性

范 颖

根据再现美学原则,视觉艺术的本性应是物质现实的复原,强调视觉真实性;而根据表现美学原则,视觉艺术的图像则更重视表现心灵及激发心灵的功能,注重视觉表现性。

张艺谋曾经毫不讳言地说:"现代电影摄影,就画面而言,在物质现实的准确还原(所谓视觉真实性)之后,进而都注重视觉表现性。虽有强调浓烈有力的,有喜好自然舒展的,有拍'诗电影'的,也有拍'生活流'的,风格迥异,但视觉上都得有表现力,这样才有味儿。也有一些影片,肤色不像肤色,农舍不像农舍,灯不像灯,夜不像夜,视觉真实尚差很远,视觉表现性则无法谈及。"① 显然,在张艺谋看来,视觉表现性是电影画面艺术的更高要求。张艺谋电影文本中所体现出来的视觉表现性主要表现在两个方面:一是充分发挥视觉艺术的视觉效果,对假定的情境或具有表现性的现实物质进行夸张的处理,形成一种"气势";二是充分发挥空间结构要素所具有的隐喻和象征作用,营造影片主题所需要的情感氛围。

一、造型与构图

张艺谋电影的视觉表现性首先从画面造型和构图方面凸显出来。他的发愤之作也是他的处女作《一个和八个》表现的是中华民族的浩然正气和一种男性的阳刚之美。在构图上他采用大块的画面结构和粗放的线条,在银幕上描绘出"天地相连的群山,苍茫浩瀚的戈壁……",而在这群山与戈壁滩之中是不完整或扭曲的人像造型。通过影片中广阔的天和地以及寸草不生的环境,张艺谋对民族危急关头的严酷性进行抽象的表现。银幕上那天地相连的群山和苍茫浩瀚的戈壁形成一股压迫之势给观众以强烈的视觉冲击力,而不完整的人像造型又使观众联系到在那个特殊年代里人性的扭曲和人格的变异。在构图上采用了畸形或不规则构图,或将人物挤至画框内一个角落,或将人物整体形象大部截在画外空间,更多的是运用广角镜头拍摄人物近景,使人物形象变形,有意识地造成画面构图的失调、失重的畸变感、反常感,从而形成内在的张力,这与以往战争片中的那种矫饰画面和"贪花好色"的美学倾向形成强烈反差,因而这部被张艺谋称为"大把地抹泥"的本能

---

① 张艺谋:《就拍这块土——〈黄土地〉摄影体会》,载《电影艺术》1985 年第 5 期,第 28 页。

之作①，一出道便为世人瞩目。

如果说《一个和八个》是张艺谋初生牛犊之作，那么《黄土地》则是他初尝喜果后逐步形成自己独特的画面艺术风格的奠基之作。《黄土地》"想表现天之广漠，想表现地之沉厚，想表现民族精神自强不息，想表现人们从原始的蒙昧中焕发而出的呐喊和力量，想表现从贫穷的黄土中生发而出的荡气回肠的歌声，想表现人的命运，想表现人的感情——爱、恨、强悍、脆弱，在愚昧和善良中对光明的渴望和追求"②，因此，画框内大部分是土地，用以表现土地之浑厚和沉重，更深地挖掘土地和人的关系。在这种"造型"处理中，我们可以发现《画论》中"画之当以意，不在形似"的神韵。对画面不是进行具体的描述，而是一种概括的表现；不求形似，尊崇写意，以气韵生动的描写取代表象，抒发内心，表情达意。张艺谋追求的是一种隐喻的或修辞性的效果，大胆表现"内心感觉"上的真实。

《黄土地》是中国电影艺术的一个新的里程碑，是中国电影的骄傲。张艺谋似乎尝到了胜利果实的滋味，从此后，他便高举写意的大旗，一路凯歌前进。如《红高粱》中一望无际的高粱地、《菊豆》中占据大片大片画面的染布、《大红灯笼高高挂》中红灯笼等景物的造型，《一个都不能少》的魏敏芝、《我的父亲母亲》中的招娣和《秋菊打官司》中的秋菊等人物的造型，等等，都成了张艺谋电影画面的经典符号。

二、场景与环境

选择什么样的场景和环境同样可以体现出电影导演的美学追求。在张艺谋的影片中，场景和环境不仅仅是作为故事的发生地，作为艺术描写工具，而且是作为剧作元素参与创作，显示出了独特的艺术效果。

"找到恰当的环境，找到正确的场景就改变了整个的一场戏，出来的味道就不一样了，所以戏的提高，常常开花结果在场景的选择上。"③《菊豆》中的环境似乎对情节的推动没有太大的影响，但导演却精心设计了染房这一具有舞台效果的环境，使环境具有一种独特的魅力，给影片带来了特殊的造型感和表现力。《红高粱》野合一场戏，安排在充满勃勃生机的高粱地里，狂风吹动高粱如一片翻滚的海洋，把人的自由自在的本性演绎到了极点。这种用夸张手段处理了的环境，在视觉上加强了人与影的联系，抒发了人物的情感。《秋菊打官司》是张艺谋立志要"讲好一个故事"之作，于是他别出心裁地用偷拍手段，真实地记录了中国当代村镇的生存空间。那人潮涌动的集市、烟雾弥漫的派出所以及省城的小旅馆，无一不以其朴素、真实使我们感到扑面而来的生活气息。可是就是在这样一部号称"写实"之作中，张艺谋却始终忘不了抓住时机"表现"一回。如秋菊临产那场戏，

---

① 徐皓峰：《环境作为艺术描写工具》，载《北京电影学院学报》1994年第1期，第119—122页。
② 李尔葳：《张艺谋说》，沈阳：春风文艺出版社，1998年版。
③ 张艺谋：《就拍这块土——〈黄土地〉摄影体会》，载《电影艺术》1985年第5期，第28页。

张艺谋把众人抬秋菊去医院的环境设计在夜晚大雪覆盖的山路上,在这种戏剧性因素很强的环境中,村长人性深处的真诚、善良与热情便凸显了出来。

张艺谋常用戏剧化的手段来尽量简化复杂的人文环境,增强人物生存环境的表现性。特殊的假定情境的营造增强了对人物本身(心灵)的关注,达到了张艺谋把"镜头对准人"的目的。

三、光影与色调

光与色是张艺谋追求"视觉表现性"的另一组电影元素。光影与色调是一个可感性的充满欢乐与哀愁、温馨与幸福、阴险与狡猾、聪明与智慧、狂热与宁静的多义的无形的语言世界。银幕上的光与色是最易穿透人物的表层空间直达人物内心世界的造型因素,它将人物的心灵和灵魂像摆物品那样通过银幕展示给观者。高水平的光色构思与设计能将银幕世界如同高速运转的核子反应堆一样发出极强的辐射线,塑造人物,影响观众。

张艺谋常常采用大块的单一色调(如红、黄色)或者强烈的冷暖对比色彩以达到营造氛围、强化情调的"造型"目的。《菊豆》大环境是封闭的院落,室内以青灰冷色调贯穿全片,但狭小天井中布杆上的红黄布匹在阳光的照射下,显示出强烈的具有象征寓意的暖色块,青年男女的欲望与活力在这灿烂的色块中得到了体现,其最后被青灰色吃掉的局面,又给观者沉重的压抑感。《红高粱》中的绿高粱与红棉袄和鲜血红色的补色对比关系,寓意出中国人的无限生命力和中华民族的刚毅气质;那泅透银幕的红雾,那汩汩流淌的红高粱酒,无不洋溢着生命的血性与喜庆,成为人的生命仪式的成功象征,使观者的思绪得到无限发挥。《一个与八个》以青灰色为基调,自始至终都剔除了绿色,以毫无绿色的荒凉世界,象征战争对和平、幸福、安宁的践踏,构成日寇"三光"政策的扩展意象,并且成为人物心理、情感和命运的外化形式。《秋菊打官司》中房前屋后挂满黄玉米,精巧的布光使秋菊家和村长家都显现出温暖的黄色调,小学校黄色的校舍,满是枯黄枝条的苍茫大山,以及城里巨幅的黄色广告牌——对黄色调的营造和选择,使全片充满了浓郁的人情味。

色彩是一种"情感语言"[①],一切人都与色彩有着一定的联系,但并非所有的联系都是同一的,因为文化的差异,人面对不同色彩产生不同的心理感应,不同的心理感应又决定了人们的情绪的不同变化和内容。这样,艺术作品中的色彩便经过人们富有文化特色的联想而成为人们情感语言内容的词汇,选择和应用什么样的色彩及色彩组合就体现了导演的内在气质和审美趣味。

四、音乐

音乐具有天生的艺术表现性,张艺谋电影的视觉表现性还因为其对于音乐的独到的运用而得到强化。音乐天生的艺术性来自于音乐的音调结构,因为"音乐的

---

① 周登富:《论电影色彩的表现功能》,载《北京电影学院学报》1994年第2期,第131—148页。

音调结构，与人类的情感形式——增强与减弱，流动与休止，冲突与解决，以及加速、抑制、极度兴奋、平缓和微妙的激发，梦的消失等形式——在逻辑上有着惊人的一致……这种一致恐怕不是单纯的喜悦和悲哀，而是与二者或其中一者在深刻程度上，在生命感受到一切事物的强度、简洁和永恒流动中的一致。……音乐是情感生活的音调摹写"。①

在电影历史中，音乐往往用来表达情感或解释画面。早在默片时代，电影人就用钢琴等乐器为画面配乐。在我国电影史上，尽管出现了不少 MTV 式的音乐，但也产生了许多杰出的电影音乐。许多电影音乐之所以流行，不仅有音乐作品本身匮缺的原因，而且主要是因为电影音乐本身所具有的强烈的感染力。张艺谋的独到之处在于他不是用音乐来图解画面，也不仅仅是用音乐抒情，而更多的是用它来"造势"，使音乐也变成了一种"空间结构"元素。他很少用婉约性的音乐，而往往选用那些极具阳刚之气的中国民族音乐来增强空间结构的气势，或者营造沉重的氛围。正因为如此，在《活着》中，张艺谋便把主人公福贵的身份由原作中的农民改为唱皮影戏的市民，让扮演福贵的演员葛优扯着嗓子吼，一大群民间艺人用嘶哑的嗓音附合，这样，一来场面就变得非常热闹，气势非凡，二来我们可以体会到福贵那苍茫高亢的唱腔释放出来的他内心压抑的情感。《秋菊打官司》中采用了秦腔的基调，每当秋菊出门告状，背景音乐就会响起，一句"俺——走——呃……"及几句"桃花依旧笑春风"之类的唱词一再重复，伴随着秋菊到乡，到县，到市，再准备到省，直至影片结尾处。在这里，张艺谋是借助"通感"的作用，使观众在观看电影时通过听觉来刺激视觉，就像版画通过触觉刺激视觉一样。高亢苍凉的秦腔使人如临秦境，似乎看到了那同样苍凉的黄土高坡，而秋菊这一出村、二出村、三出村乃至四出村、五出村，由于有秦腔相伴而不再单一平板，显得非常"神圣"而有"气魄"。

总之，作为电影语言基本元素的画面（包括造型、构图、光色、场景）和音乐等是电影的原材料，如何运用这些原材料来构筑电影的空间结构形式是根据导演的具体意图进行的。张艺谋的电影不是以讲故事见长，它的魅力很大程度来自于其具有强烈表现性的空间结构形式。凸显视觉表现性的空间结构形式是张艺谋电影独特性的最为显著的标志。

（原载《广东轻工职业技术学院学报》2003 年第 4 期）

---

① （美）苏珊·朗格：《情感与形式》，刘大基等译，北京：中国社会科学出版社，1986 年版。